Una chica judía

en

París

HISTÓRICA

Una chica judía en París

MELANIE LEVENSOHN

Traducción de RENATA SOMAR

El papel utilizado para la impresión de este libro ha sido fabricado a partir de madera
procedente de bosques y plantaciones gestionadas con los más altos estándares ambientales,
garantizando una explotación de los recursos sostenible con el medio ambiente y beneficiosa para las personas.

Una chica judía en París

Título original: *A Jewish Girl in Paris*

Primera edición: marzo, 2023

D. R. © 2022, Melanie Levensohn

Publicado por primera vez en 2022 por Macmillan, un sello de Pan Macmillan, división de Macmillan Publishers International Ltd.
La edición en español es publicada bajo acuerdo con Casanovas & Lynch Literary Agency

D. R. © 2023, derechos de edición mundiales en lengua castellana:
Penguin Random House Grupo Editorial, S. A. de C. V.
Blvd. Miguel de Cervantes Saavedra núm. 301, 1er piso,
colonia Granada, alcaldía Miguel Hidalgo, C. P. 11520,
Ciudad de México

penguinlibros.com

· D. R. © 2022, Renata Somar, por la traducción

ISBN: 978-607-382-736-2

Impreso en México – *Printed in Mexico*

Para Pascal, mi amor, mi vida y mi hogar

En memoria de Melanie Levensohn,
una joven llamada igual que yo,
deportada a Auschwitz en 1943,
a los diecinueve años

NOTA DE LA AUTORA

El amor y ciertas coincidencias extraordinarias cambiaron la vida de los protagonistas de esta novela, y también la mía.

En 2013, cuando me casé con Pascal Levensohn y adopté su apellido, de pronto tuve el mismo nombre que su prima segunda. Melanie Levensohn vivió en Francia a principios de la década de los cuarenta, era estudiante y fue deportada a Auschwitz en diciembre de 1943. Nadie sabe con certeza si sobrevivió al campo de concentración.

Mi esposo se enteró de esta parte de la historia de la familia en 2005 durante el bar mitzvá de su hija mayor, Amanda. En esa ocasión, su prima, Jacobina Löwensohn, le reveló a la familia que tenía una media hermana llamada Melanie. Jacobina no supo de Melanie sino hasta 1984, cuando, en su lecho de muerte, su padre le dijo que tenía otra hija, producto de un primer matrimonio. Tras la confesión, el padre de Jacobina le hizo prometer que la buscaría. La joven pasó más de diez años tratando de encontrar a una media hermana que no conocía, contactó a organizaciones relacionadas con el Holocausto, a expertos y a investigadores en varias partes del mundo, y todos los indicios la dirigieron a Auschwitz.

Jacobina conservó las cartas y los documentos históricos que recopiló a lo largo de esos años en una carpeta etiquetada con el nombre de *Melanie Levensohn* y se la entregó a Pascal.

En cuanto la encontré en su oficina, me sumergí en el trágico destino de la joven.

La notable coincidencia de que, justo setenta años después de que Melanie fuera víctima de las atrocidades de la Alemania nazi, otra Melanie, originaria de Alemania, se uniera a los Levensohn y hubiera estudiado en Francia igual que ella, provocó una turbulencia emocional en nuestra familia.

El destino de Melanie y el hecho de que tuviéramos el mismo nombre me cautivó. De pronto sentí la necesidad urgente de rendirle homenaje, y eso fue lo que me inspiró a escribir esta novela que, a pesar de todo, no es una biografía. Aunque el relato está basado en hechos y vidas reales, todos mis personajes son ficticios.

Las coincidencias y mi vínculo emocional con Melanie alcanzaron su culminación durante mi embarazo, cuando nos enteramos de que la fecha probable del nacimiento de Aurelia, nuestra hija, era la misma que la del cumpleaños de Melanie.

Sin importar si fueron las acciones o el destino lo que me inspiró a escribir *Una chica judía en París*, espero que los lectores también experimenten algunas de las intensas emociones que viví al escribir las vicisitudes de la historia.

MELANIE LEVENSOHN

Melanie Levensohn
en 1942 probablemente

1

JACOBINA
MONTREAL, 1982

—Sangre... —resolló el viejo respirando con dificultad por la boca—. Sangre...

Su voz atravesó el silencio como las tijeras el papel. La primera palabra en dos días. Jacobina, quien se encontraba acurrucada en el estrecho sillón junto a la cama, se levantó asustada y miró a su padre. Vio sus ojos entrecerrados y las diminutas escamas de piel sobre los labios descarapelados.

Llevaba horas sentada en aquella habitación sobrecalentada observándolo dormir. Él yacía en su lecho sin moverse, con las comisuras de los labios caídas. La única señal de que continuaba vivo era el ligero ascenso y descenso de su pecho. Jacobina se quedó dormida varias veces.

El amortiguado tañido de la campana en la torre de una iglesia se escuchaba cada quince minutos como un recordatorio puntual de que el tiempo había pasado un poco. En cada ocasión, Jacobina le echaba un vistazo a su reloj para ver cuál cuarto de la hora acababa de pasar. ¿Ya eran las tres y media? ¿O solo dos y media?

Una de las religiosas enfermeras del hospital visitaba la habitación cuatro veces al día. Por las mañanas, la serena rubia se presentaba para tomar la temperatura y la presión arterial del paciente. Manejaba los instrumentos con destreza y confianza, como cada vez que colocaba con suavidad el brazalete alrededor de su brazo. Jacobina la escuchaba bombear la pelota de caucho y, unos segundos después, el siseo del aire liberado. La hermana hacía una anotación y desaparecía.

Por la tarde venía la enfermera pelirroja de las suelas rechinantes.

—Debería irse usted a casa —le decía en cada ocasión con su generoso francés quebequense, mientras cambiaba la administración por goteo o vaciaba la bolsa de orina—. De todas formas, él está exhausto.

Sin embargo, Jacobina solo negaba con la cabeza, con el tosco acento de la enfermera repicándole aún en los oídos.

Finalmente se fue y pasó la noche en un pequeño hotel. No era un lugar bien cuidado, pero al menos era económico y estaba junto al hospital. Cortinas color marrón y un colchón deformado. Ahí Jacobina escuchó también las campanadas de la torre de la iglesia cada cuarto de hora. Se sentía aturdida. Ciertas imágenes de su padre le pasaban por la mente, el adorable hombre de su infancia contorsionándose hasta convertirse en el ser macilento en la cama del hospital. Hasta ese momento, le había sido imposible dormir.

—La sangre —repitió el viejo, un poco más fuerte, con un ligero silbido en la "s". Luego la voz le falló. Apretó los labios y trató de tragar, pero era obvio que eso implicaba una gran batalla.

Jacobina lo observó. ¿Le daría gusto verla?

—¿Padre? —preguntó en voz baja—. ¿Me escuchas?

Una sensación de vacío se extendió en su estómago, una mezcla de alivio e incertidumbre. ¿Debería sentarse en su cama, tomar su mano y tratar de apurar su despertar? No. Lo mejor era darle un poco de tiempo. Necesitaría un momento para recobrar la calma.

Su padre sacó el brazo de debajo de la cobija con un movimiento vacilante y se pasó la manga por los ojos cerrados. No parecía notar que Jacobina estaba ahí. Fijó la vista en el muro frente a su cama y analizó el cuadro que estaba colgado un poco bajo y que quizás colocaron ahí para darle a la habitación del hospital un poco de color. Incluso en la semioscuridad era posible discernir la Torre Eiffel. Una reproducción barata de alguna pintura impresionista, supuso Jacobina cuando entró al cuarto por primera vez. Mas no uno de los típicos motivos de Monet que siempre imprimían en los calendarios para colgar. Este cuadro no lo había visto nunca. Lo estudió en detalle durante las largas horas de espera, no porque le agradara en particular, ya que, de hecho, no le gustaba, sino porque era lo único en aquel entorno que no la hacía pensar en la muerte. En la muerte y en las expectativas que tendría que satisfacer cuando esta llegara. *Si* llegaba.

¿Podría llorar? ¿Podría sentir la aflicción que se supone que uno debe sentir cuando su padre fallece? ¿Ese dolor permanente que reclama un espacio en tu corazón cuando por fin comprendes que la pérdida es irremediable? O tal vez no sentiría gran cosa. A su padre ya lo había perdido más de veinte años atrás. Cuando apenas tenía veintiuno, cuando partió de Canadá para ir a Nueva York. Cuando no la perdonó.

La muerte de su madre fue ardua. Después de acostumbrarse a su locuacidad, a Jacobina le tomó años aceptar el silencio definitivo. De ella extrañaba todo. Las breves y casi cotidianas llamadas telefónicas que siempre hacía en el peor momento. La conversación nimia.

—*Jackie, mi niña, ¿cómo estás?*

—Mamá, estoy en la oficina, no puedo hablar mucho tiempo.

—*Solo quería cerciorarme de que todo estuviera bien.*

Los paquetes no solicitados de mamá. Llenos de chocolate amargo y bagels de la panadería de Saint-Viateur. Sus cartas con la caligrafía garabateada que Jacobina podría reconocer incluso a distancia. El invierno había durado demasiado, le escribió su madre, no estaba bien de salud. Ella casi nunca las respondía. Cada año, cuando llegaba la Pascua, su madre le enviaba más pan matza del que jamás podría comer. En Nueva York había más tiendas kosher incluso que en Montreal, pero su madre se negaba a escucharla. En aquel entonces, la atención excesiva la irritaba. Ahora, años después, seguía extrañándola. Añoraba la plétora de llamadas telefónicas. *Si solo hubiera sido más atenta*, pensaba con frecuencia, era lo mínimo que habría podido hacer. Comprendió demasiado tarde que su madre fue su único hogar. A veces, incluso a la magia de la nostalgia le es imposible disimular el dolor del arrepentimiento. Los "y si...", los "lo que pudo ser". Todas esas palabras no pronunciadas.

Y su padre. No, ese era un asunto distinto.

La mirada de Jacobina se deslizó de nuevo hasta la cama de hospital. No extrañaría su frialdad, pero, a pesar de ello, vino a despedirse. Ya había sufrido demasiado durante su vida, no debería morir solo también. La noción del deber de una hija única.

De pronto tosió con tanta violencia que la cabeza latigueó hacia el frente en fragmentos. Entonces trató de hablar otra vez.

—La sangre... —farfulló, hizo una pausa breve y se esforzó por continuar—: es más densa... que el agua.

Cerró los ojos gruñendo, como si musitar aquella frase lo hubiera despojado del último gramo de fuerza.

Jacobina se encogió un poco. Con qué frecuencia predicó su padre eso en el pasado. Fue su explicación para todo: para la guerra y la paz, para la lealtad y la traición.

¿Se dirigía a ella o deliraba?

—Un vecino lo encontró inconsciente en el suelo —le dijo el médico cuando llamó y le pidió que fuera lo antes posible.

Una frase que provocó muchas preguntas—. Necesitamos observarlo —añadió el galeno.

Desde que Jacobina llegó a Montreal no había podido obtener mucha más información. El médico estaba ocupado y solo le concedió algunos minutos. Era bueno que estuviera ahí, le dijo estrechando un instante su mano. Su padre estaba débil. Era cuestión de tiempo.

Nunca le mencionó su estado de salud. Por supuesto, su movilidad se deterioró con rapidez en los últimos años y llevaba mucho tiempo sufriendo de insomnio. Señales habituales del envejecimiento.

—Envejecer es espantoso —solía decir—. Te duelen todos los huesos.

Sin embargo, no hubo más detalles. Si se enfrentaba a una presión arterial elevada o a la diabetes, si un cáncer arrasaba con su cuerpo, o por qué tragaba aquellas pastillitas blancas, Jacobina no tenía idea. Y tampoco le habría interesado.

Una empleada de intendencia pasó a trapear el suelo una hora antes, pero el punzante olor del desinfectante aún se percibía en el ambiente. Jacobina miró por la ventana que no podía abrirse. La vida en el exterior se veía lejana. Irreal.

A pesar de que apenas eran las cuatro de la tarde, ya estaban encendidas las farolas de la calle. Nevaba de nuevo. Los copos de nieve caían en líneas sesgadas hasta llegar al suelo. Estos malditos inviernos canadienses. Jacobina siempre los odió, y cuánto. La oscuridad eterna, las manos congeladas y enrojecidas. Había odiado casi todo ahí, ¿por qué nunca lo entendió su padre?

Pero lo que en verdad la sofocaba era la oscuridad del invierno. ¿O acaso sería otro tipo de oscuridad la que se estaba formando ahora? ¿Una que solo ella podía discernir?

Extendió la mano hacia el interruptor para encender la lámpara sobre el buró, pero luego se arrepintió y la retiró.

Con un súbito dejo de indulgencia, recordó que a su padre le agradaba la luz crepuscular. El ocaso dándole la bienvenida a la noche y permitiendo que todo se apaciguara de forma gradual. En casa a menudo se sentaba en medio de la oscuridad, feliz de permitir que la paz aumentara en su interior, como si se tratara de un bálsamo para una especie de dolor invisible.

Solo dejó la pequeña lámpara de pared que la enfermera encendió esa mañana, y cuya luz resplandecía tenuemente sobre la mejilla derecha de su padre.

El hombre se aclaró la garganta y volvió a abrir los ojos. Jacobina tomó un vaso de la mesa, lo llenó con agua de la jarra que la enfermera rubia había traído en la mañana y se lo ofreció a su padre en silencio. Él no reaccionó, solo se quedó contemplando, como hechizado, la silueta de la Torre Eiffel. Su rostro lucía incluso más hundido que cuando lo alumbró la luz diurna; sobre su frente se dibujaban amplias líneas negras como fisuras, y el poco pelo que aún tenía le colgaba en mechas de la cabeza. Dios santo, ¡qué viejo se veía! *Era* viejo. Ochenta y dos. A pesar de que llevaba contemplándolo sin pausa casi dos días, la demacrada figura con mejillas grises le resultaba desconocida. En ella no quedaba nada que le recordara al alegre y un poco regordete Papa Lica que solía estrecharla con fuerza y la hacía girar en el aire cuando era niña. Aquel que presionaba su tosca mejilla contra la de ella y le susurraba cosas divertidas al oído. No quedaba nada de todo aquello que alguna vez transpiró calidez y seguridad: su voz, su risa, el aroma de su loción para después de afeitar. Ella tenía ocho años entonces y el mundo parecía enorme y fulgurante.

"El Salvaje Lica", así lo llamaban todos. Sí, fue salvaje y ruidoso. Le había exigido demasiado a la vida, pero no respetaba a nada ni a nadie salvo las sagradas reglas del Sabbat, cuando mamá encendía con devoción las velas y él se servía una cantidad generosa de vino y bendecía a su familia. A Jacobina le agradaba recordar las tardes de viernes de su infancia. La casa limpia, las preocupaciones económicas y de otro tipo pospuestas, el aroma del jalá, aquel pan blanco trenzado que su madre sacaba del horno y espolvoreaba con sal, y cuyo aroma llegaba hasta las habitaciones. Cuando su madre aún vivía y Lica no era todavía aquel malhumorado cínico que devino tras su fallecimiento. ¡Hace cuánto tiempo pasó todo eso!

Jacobina había tratado de suprimir en vano aquellos otros recuerdos menos placenteros. Las innumerables discusiones. Las acusaciones. El silencio. Y ahora, el silencio se quedaría con ella porque la muerte de él no cambiaría nada.

—París —dijo Lica, rompiendo la quietud de la misma súbita manera que minutos atrás. Su voz sonaba áspera pero estable. Ya no tuvo que aclararse la garganta—. Judith… mi hija —dijo. Respiró hondo y volvió a quedarse callado.

¿De quién hablaba? ¿Estaba alucinando?

—Padre, soy yo, Jacobina.

—París —repitió en voz baja, casi con aire melancólico y sin desviar la mirada de la Torre Eiffel.

—Padre, ¿cómo te sientes? —él no respondió.

Jacobina se inclinó hacia el frente y tocó su mano. ¿Por qué no querría voltear a verla? ¡Seguro se daba cuenta de que estaba ahí!

En su rostro había una especie de anhelo. Giró lentamente la cabeza hacia Jacobina y la miró, la atravesó con la mirada. Estaba en otro lugar por completo.

—¿Cómo pude hacerte esto, Judith? —dijo, deslizando el dorso de la mano sobre su boca, y ella se le quedó mirando.

—¿De qué hablas?

En ese momento se abrió la puerta. La luz del techo se encendió y llenó la habitación con un resplandor neón. Jacobina parpadeó.

La enfermera pelirroja de los zapatos rechinantes entró y se colocó al pie de la cama.

—*Bonsoir, Monsieur* Grunberg. ¿Su descanso fue satisfactorio? —preguntó con voz sonora y guiñando. Luego giró hacia Jacobina—: ¿Cuánto tiempo lleva su padre despierto?

Pero él habló antes de que ella pudiera responder.

—Agua —dijo.

—Unos cinco minutos, tal vez —murmuró Jacobina poniéndose de pie. Estaba a punto de levantar el vaso para ponérselo en los labios, pero él lo tomó con mano temblorosa y le empujó el brazo.

Típico, pensó ella.

Su padre sujetó el vaso con ambas manos y tomó breves y ávidos sorbos.

La enfermera caminó alrededor de la cama, se ocupó en reajustar el goteo y cerró las cortinas. Lica se hundió en la almohada y su debilitada mano perdió el control del vaso medio lleno de agua que rodó sobre la cobija, cayó al suelo y se hizo añicos.

—Tenga cuidado, *Madame* —dijo la hermana sujetando el blando brazo del enfermo para sentir su pulso.

Jacobina se inclinó para recoger los vidrios rotos. Le dolían las piernas por haber pasado tanto tiempo sentada sin moverse.

—Cuarenta y cuatro. Bastante bajo —dijo la pelirroja antes de dejar reposar el brazo de nuevo sobre la cobija y anotar la cifra—. Asegúrese de que coma algo —ordenó, y oprimió el botón de las enfermeras—: Cena para la habitación cincuenta y cuatro —dijo antes de irse.

Jacobina sacó algunas servilletas de una caja colocada en la mesa al lado de la cama de Lica y las usó para recoger las últimas astillas que quedaban en el piso. *No vayas a causar problemas* —se había dicho a sí misma—, *no hagas comentarios irritantes*. No valía la pena discutir con la enfermera.

Un joven camillero entró a la habitación con una charola con alimentos y una tetera, y los colocó en la mesita de noche del paciente. Sonrió con timidez y le deseó buenas noches a Jacobina. Ella miró el plato: una rebanada de pan con una rebanada cuadrada de queso y, al lado, unos cuantos pepinillos secos.

—Basura —dijo Lica, resoplando cuando volvieron a estar solos.

Jacobina sonrió. Ese era el Lica de su juventud: aquella audacia como bofetada deliberada, el hombre lleno de vida, el "me importa un comino lo que la gente piense" que adoraba en su infancia. Tal vez seguía ahí, detrás de esa fachada hosca que se fue construyendo a lo largo de sus años de soledad. Quizá los temores del médico se presentaron con demasiada premura. Se retiró un mechón de cabello del rostro, apagó la luz del techo y jaló su silla para acercarse a la cama.

—¿Te gustaría beber un poco de té?

—Necesito hablar contigo —dijo sin mirarla. Habló con un tono apacible pero resuelto.

Jacobina lo miró sorprendida. Entonces *sí sabía* que ella estaba ahí.

—La vida es complicada, Jackie —murmuró, pronunciando el breve nombre que usaba para llamarla cuando era niña—. Ahora solo nos tenemos el uno al otro.

Si hubiera llegado a esta conclusión diez años antes, pensó Jacobina mientras las campanas tañían como un incesante recordatorio, *me habría ahorrado mucho dolor*. La ira empezó a crecer en su interior. Ahora que estaba sufriendo, quería arreglar todo con su retórica vacía. *Ahora solo nos tenemos el uno al otro*. Las palabras resonaron en su cabeza como las campanas olvidadas por Dios. No era tan sencillo. Además, era muy tarde. Demasiado. Jacobina trató de respirar con calma, se permitió mirar sin rumbo por toda la habitación.

Nada de comentarios amargos, se recordó. No pensaba perder la compostura.

—¿Cómo podría explicarlo? —continuó Lica, pasando la mano sobre la mancha de agua en la cobija—. Yo... me equivoqué en algunas cosas.

¡Algunas cosas! A Jacobina le dieron ganas de reír con amargura. *¡Todas!* Pero solo se repuso y permaneció en silencio. Recordó la terrible riña que tuvieron en su última visita, cuando juró que no volvería nunca. Siempre habían discutido cada vez que se veían. Con intensidad y furia. En cuanto el café y la conversación trivial de las primeras horas del día quedaban atrás, él se lanzaba de lleno a las recriminaciones. Sobre su vida, sobre el hecho de que no hubiera terminado sus estudios; sobre haberse conformado con un trabajo donde solo "golpeteaba teclas", como él decía, a pesar de que no era tonta. Sobre haber cambiado Canadá por Estados Unidos.

—Debiste quedarte con Louis —le decía en aquel tiempo mientras cenaban en la mesa de la cocina estofado de lata recalentado, lo único que a su padre le gustaba comer—. Él habría hecho algo valioso y ahora ambos tendrían una buena vida.

Louis, su novio de la adolescencia. Nunca lo amó en realidad, tampoco sintió su ausencia ni la pérdida de la aburrida vida que habría tenido con él.

—*Tengo* una buena vida.

—¿En esa caja de zapatos? —decía con malicia refiriéndose a su diminuto departamento en Manhattan—. No me hagas reír.

Era inútil. ¿Qué sabía sobre ella? ¿Que se sintió aturdida cuando llegó a Nueva York? ¿Comprendía la ligereza que le brindó calidez a su alma cuando miró hacia abajo desde el departamento en el piso cincuenta y siete? ¿Su felicidad y la sensación de plenitud porque estaba viviendo su sueño? No sabía nada. ¿Cómo podría? La muerte de su madre creó una brecha entre ellos. Y ahora, la distancia se sentía demasiado grande para superarse con una plática superficial junto a su lecho.

Jacobina no podía recordar la última vez que tuvieron una conversación tranquila. Todo comenzó en los primeros años después de que su madre murió. Él empezó a hablarle con menos frecuencia, rara vez contestaba el teléfono y se fue aislando cada vez más. Dejó de recibir a los vecinos y pasaba el día entero sentado frente al televisor. Jacobina nunca dejó de preocuparse por él, así que lo visitaba los fines de semana largos. Eran días agonizantes. Él mantenía los postigos de las ventanas cerrados hasta el anochecer, apenas tocaba sus alimentos. Siempre usaba los mismos pantalones de pana gris y dejó de rasurarse. La casa olía a moho, el jardín estaba descuidado. Y cuando hablaba, era solo para hacerle reproches. ¡El tono de su voz! ¡Esta oscuridad! Jacobina empezó a odiar la casa de su infancia, el lugar que en algún tiempo albergó tanto amor.

Este pesado sentido de la responsabilidad la consumía, era algo de lo que no podía librarse, por eso se forzaba cada seis meses a tomar el autobús Greyhound y viajar los cientos de miles de kilómetros del otro lado de la frontera para ir a Montreal y visitar a su aislado padre. Se quedaba una noche, dos como máximo, pero ya no podía lidiar con el asunto.

—No debería vivir solo —le había dicho Iris, la vecina que se convirtió en la mejor amiga de su difunta madre. De vez en cuando Iris iba a ver cómo estaba Lica, y luego llamaba por teléfono a Jacobina para darle el reporte—. Trata de entenderlo —decía, pero Jacobina nunca pudo ni quiso.

En su última visita, su padre fue particularmente hostil, tanto, que después de eso no lo contactó en todo un año.

—¡Algún día tendrás tu merecido! —le gritó cuando salió furiosa de la casa—. Algún día te descubrirás vieja y sola en tu departamento, y te arrepentirás de la vida que tuviste.

Eso fue algunos años antes. No lo había visitado desde entonces, solo le llamaba de vez en cuando. ¿Por qué estaba tan enojado? ¿Y por qué con ella?, se preguntaba a menudo. Nunca le hizo nada malo. Sí, de acuerdo, lo decepcionó porque no llevó a casa un esposo ni le dio nietos que abrazar, pero seguir su propio camino no cambiaba nada: seguía siendo su hija.

¿Y ahora quería implorarle perdón por todo el rechazo y la amargura que le causó? ¿Una disculpa por todo? ¿Podría aceptar algo así? Cruzó las piernas y empezó a balancear el pie derecho de arriba abajo.

Lica miraba fijamente la Torre Eiffel otra vez.

—París… —dijo—. Ahí empezó todo.

Jacobina lo volteó a ver sorprendida. Quería preguntarle de qué hablaba, pero decidió permanecer callada y esperar. Tal vez él se explicaría en un momento.

—Claire —susurró—, la hermosa Claire… Yo la amaba —dijo con un suspiro y se enjugó los ojos—. Luego el bebé. Llegó demasiado pronto, la cosita.

—¿De quién estás hablando?

—La partera pensó que no lo lograría —dijo antes de hacer una pausa y tragar saliva—, pero Judith… sobrevivió —agregó. Entonces volteó hacia Jacobina y la miró directo a los ojos por primera vez—: Tu media hermana.

Ella lo miró confundida. Estaba alucinando. El medicamento, sí. Tendría que llamar al médico.

Lica frunció el ceño, su mirada volvió a vagar hasta la Torre Eiffel.

—Claire y yo nos divorciamos —dijo en tono áspero—. Yo volví a Rumania, pero prometí que le escribiría a Judith, que la visitaría y le enviaría dinero. Después de eso conocí a tu madre.

A Jacobina se le atoró el aliento en la garganta, de pronto sintió una ola de calor que le recorrió el cuerpo de golpe. ¿Era la calidez de la habitación lo que la estaba sofocando o las palabra de su padre?

—Luego llegó Hitler y, más tarde, la guerra —Lica hizo una pausa—. Los tontos rumanos se unieron a los nazis, querían aniquilarnos. Primero vinieron por el tío Philip, luego por mí —dijo y se quedó en silencio un instante, como si necesitara reunir toda su fuerza para pronunciar la última parte de su confesión—. Yo... perdí el contacto con Judith. No volví a verla jamás.

Jacobina sintió que el estómago se le acalambraba, el dolor también le provocó una sensación de presión en la cabeza. Su mirada siguió las marcas negras que las ruedas de las camas habían dejado en el suelo. En la esquina junto a la ventana se habían formado pequeñas pelotas de pelusa. ¿Acaso no acababan de limpiar el suelo? O tal vez solo lo imaginó todo, igual que imaginó que alguna vez supo quién era su padre. Las campanas de la iglesia volvieron a sonar y a retumbar en sus oídos. Este hombre yacía frente a ella, viejo y con una palidez mortecina, y pasaba sus últimas horas pensando en una mujer que amó y en un bebé que mantuvo oculto durante décadas. La vida era una colosal mentira.

—¿Por qué nunca me contaste esto? —susurró Jacobina. En su frente se habían formado perlas de sudor que enjugó con el dedo índice.

—Los rizos —murmuró el viejo—, rizos color castaño dorado... iguales a los de Claire.

Una *media hermana*. Todos esos años su padre vivió *con* aquella verdad y *sin* ella. Eludió sus responsabilidades de padre dos veces: no hizo el esfuerzo de buscar a su primogénita y tampoco le contó a su otra hija que tenía una media herma-na. ¡Qué cobarde! Jacobina quería decirle todo eso en ese ins-tante. Aullarlo a los cuatro vientos. Purgarse el dolor con un alarido. No obstante, solo pasó saliva y sintió la lengua pesa-da y seca.

De niña, siempre que le preguntaba a Lica sobre su vida, él solo hacía un gesto desdeñoso con la mano y decía: "Ah, la guerra… nos destruyó".

Estaba al tanto de que fue deportado a un campo de traba-jo, de que tuvo suerte de no terminar en los campos de exter-minio en Polonia y que permaneció en Rumania. Pero nunca quería hablar de ello, siempre terminaba la conversación de forma abrupta. Por eso ella no sabía los detalles, de lo único que se enteró fue de que en algún momento escapó y de inme-diato dejó el país y salió de Europa con su madre y con ella. Jacobina nunca lo presionó para que hablara, no le agradaba la tensa, oscura y horrorizada expresión que aparecía en el ros-tro de sus padres cuando pronunciaban la palabra *guerra*. Para ella no tenía ningún significado porque Europa estaba lejos y eso sucedió mucho tiempo atrás. Era un bebé en aquel entonces y no recordaba nada. En su pasaporte decía que ha-bía nacido en Bucarest y eso era todo lo que necesitaba saber.

—Dentro de poco todo habrá terminado para mí —mas-culló Lica—, no quiero continuar.

—Debiste decírmelo —exclamó Jacobina con dificultad. Lica volteó a verla con los ojos llorosos, sin color.

—No podía, Jackie —dijo—, estaba demasiado avergonza-do —Jacobina se mordió el labio, la honestidad de su padre la tomó por sorpresa—. La última vez que vi a Judith fue en París —continuó—, tenía trece años, o quizás ya había cumplido ca-torce… Fue mucho antes de la ocupación. Era primavera.

Lica volvió a mirar el cuadro. Jacobina siguió su mirada y por primera vez notó que la pintura estaba ligeramente inclinada.

Lica movió los brazos con torpeza y trató de sacar la almohada de detrás de su espalda, pero se dio por vencido pronto y solo la miró. Ella se puso de pie, agradecida por la silenciosa petición de ayuda, agradecida de poder hacer algo que no implicara hablar. Lo ayudó a sentarse erguido, sacó la almohada, la aplanó y la colocó detrás de su cabeza. Se estremeció al tocar sus huesudos hombros, casi no quedaba nada de su padre.

—Estábamos sentados en Champ-de-Mars, admirando la Torre Eiffel. Lucía justo como en este cuadro, casi rosada bajo la luz matinal. Y orgullosa, como su gente.

Jacobina arqueó las cejas.

La puerta se abrió y el joven camillero que había traído la comida entró para llevarse la charola. El pan con queso continuaba pálido sobre el plato, sin que nadie lo hubiese tocado.

—¿Tal vez preferirías un poco de sopa o caldo caliente? —preguntó Jacobina. No porque le preocupara que su padre no hubiera comido nada, sino por decir algo que no tuviera que ver con lo que acababa de escuchar. Algo normal, cotidiano.

El camillero con la cara llena de pecas la miró a través de sus pequeños lentes redondos y negó con la cabeza. En el gafete de su delantal se leía *François*.

—Lo lamento, *Madame*, para hacer solicitudes especiales debe llenar un formulario y entregárselo a la hermana por la mañana.

Jacobina asintió sin prestar mucha atención y viendo al camillero levantar la charola.

—¿Le gustaría tomar una pastilla para dormir, *Monsieur*? —preguntó el joven.

—Acaba de despertar —susurró Jacobina antes de que Lica pudiera contestar—. ¡No puede ofrecerle una pastilla para dormir!

—Oh, lo siento —dijo el camillero rápido y dio un paso atrás. Los cubiertos se deslizaron sobre el plato y tintinearon al caer sobre la charola—, la pastilla es para otro paciente. Ha sido un largo día —agregó con una sonrisa de resignación.

Jacobina no respondió.

—La vida es larga —exclamó Lica—. Demasiado —agregó mirando al camillero.

—¿Le importaría dejarnos solos? —preguntó Jacobina y luego añadió—: François —con la esperanza de que reaccionara con más rapidez al escuchar su nombre.

El camillero salió deprisa y cerró de un portazo.

—Apaga la luz, Jackie —dijo Lica—, me está cegando.

Jacobina apagó el interruptor de la lámpara que estaba en la pared y se sentó de nuevo en el sillón. Luego aflojó las agujetas de sus botas y estiró las piernas. La oscuridad solo le permitía distinguir el contorno de la cama. Vio el sombrío rostro de su padre delineado en negro, respiró y emitió un sonido ronco.

Entonces escuchó pasos afuera, en el corredor. Voces apagadas. Una breve risa.

—Jackie... —volvió a hablar Lica después de un rato—. Tu madre fue mi vida, cuando murió, todo se derrumbó.

A Jacobina se le inundaron los ojos de lágrimas. ¿Y qué había de *ella*? ¿Acaso no ocupaba un lugar en su corazón?

—Los recuerdos me alcanzaron —continuó su padre—, todo volvió desbordándose: los rizos de Judith. París. Y luego Rumania. El campo de trabajos forzados. Vivíamos como ratas, sentados en nuestra propia mierda y comiendo basura. Teníamos piojos. Tifoidea. Cuando tu madre faltó, empecé a revivir todo aquello, noche y día. Era insoportable, pero no podía hablar al respecto.

Jacobina tensó los puños.

—Me tenías a mí.

Luego Lica dijo algo inesperado.

—Tenía miedo de ti, Jackie. Eras tan independiente. Nunca me escuchaste, no tenías miedo de nada. Eras igual que yo de joven —dijo y se quedó callado un momento. Jacobina lo escuchó frotarse la cara con la palma—. Tu corazón estaba en el lugar correcto, y yo me sentía pequeño y viejo cuando estabas cerca. ¿Qué caso habría tenido quejarme de la guerra contigo?

Jacobina sintió que la garganta se le cerraba, como si se la hubieran cosido. Las palabras de su padre se deslizaron en el aire del lóbrego cuarto de hospital como una confesión y un bálsamo al mismo tiempo. Por desgracia, lo que no se dijeron durante tantos años ahora parecía un abismo demasiado grande para cruzarse.

—Me odiaba a mí mismo y me desquité contigo —continuó Lica con voz tensa—. No sabía hacer las cosas de manera distinta. Nunca pude hablar de emociones, en especial contigo —agregó inquieto, gruñendo. Los resortes del colchón rechinaron, una almohada cayó al suelo—. Tu madre organizó nuestro escape de Rumania. Era tan fuerte —dijo. A Jacobina le pareció escucharlo sonreír ligeramente—: logró colmar mi vida de nuevo.

Jacobina recogió la almohada en la oscuridad y la volvió a colocar en la cama.

—Logré continuar por años, actuar como si todo estuviera en orden —dijo respirando con dificultad—, pero no era así, todo estaba mal y yo fingía por todos nosotros.

A Jacobina se le volvieron a inundar los ojos. Anhelaba con desesperación volver a sentirse como cuando era niña, cuando Lica y su madre se tenían el uno al otro, cuando todo estaba en orden. Pero en lugar de eso, se tragó la urgencia de romper en un llanto evidente, temerosa de que su padre la escuchara. Incluso en aquel momento prevalecía su orgullo, ahora casi impenetrable tras tantos años de tener una relación tan fría con su padre.

—Nada se olvida —murmuró Lica—, y no hay escape —tosió con fuerza, comenzó a ahogarse, a farfullar, pero unos instantes después, se recuperó un poco—. Perdóname, Jackie —susurró entre las tinieblas.

Perdóname. La palabra que tanto había esperado escuchar. No podía más, las emociones que albergaba eran demasiado fuertes y de improviso la hicieron estallar. Su cuerpo se agitó. Se inclinó hacia el frente, se cubrió la mano con la boca y trató en vano de hacer que las lágrimas regresaran a su fuente.

—Ven aquí, mi niña.

Sollozó como si tuviera un ataque de hipo, extendió la mano en busca de la de Lica y, al encontrarla, la asió con fuerza. Los dedos de su padre estaban tiesos, fríos, como los de un cadáver. Por un largo rato lloró sin control con la cara hundida en la cobija. Todos esos años perdidos, los sentimientos negativos.

—Tienes que encontrar a Judith —dijo Lica implorando—. ¡Prométemelo!

Jacobina se calmó de inmediato. ¿Había escuchado bien? Soltó la mano de su padre y levantó la cabeza.

—Quiero que... —la voz de Lica empezó a entrecortarse. Pasó saliva e inhaló fuerte por la boca—. Quiero que termines lo que yo pasé toda mi vida dejando para después.

Jacobina solo se quedó asombrada mirando la negrura de la habitación.

—Por favor —resolló Lica mientras buscaba la mano de su hija sobre la cobija.

Ella volvió a extender el brazo. Lica sujetó y apretó sus dedos. La más íntima señal de afecto de un hombre roto, de un hombre que ocultó su dolor durante años, que lo sofocó con miedo, vergüenza y disciplina; cuyas heridas eran demasiado profundas para sanar.

Al principio, Jacobina sintió pena por él, pero luego la invadió una ternura abrumadora, un sentimiento desconocido.

Sintió la necesidad urgente de acariciar su cabeza, pero ¿cómo pasar a ese nuevo lugar de emoción y cariño después de tantos años de vivir en cólera? Su reticencia ganó como de costumbre.

—Prométemelo —insistió Lica con voz ronca y dificultad para respirar.

—Lo prometo —susurró Jacobina. ¿Qué más le podía decir?

Su padre reconoció la promesa estrechando de nuevo su mano.

Afuera, en el corredor, se apagó el ruido del diligente ir y venir del personal. Jacobina escuchó el silencio.

—¿Puedes abrir la ventana? —preguntó su padre—. Me gustaría ver la nieve.

Jacobina se puso de pie y separó las cortinas. Bajo el ambarino resplandor de las lámparas de la calle vio nubes de copos de nieve arremolinándose que le recordaron que no tenía ropa adecuada para ese clima. Su partida fue tan apresurada que dejó los guantes en casa y tomó la chaqueta equivocada. Al menos, el hotel estaba a solo unos pasos.

—Voy a dormir un poco más —dijo su padre. Su voz sonaba ligera y confiada, casi como con la que le hablaba cuando era niña. ¿Su confesión lo habría aliviado tanto?

—Deberías irte ahora, Jackie.

—Me quedaré hasta que te duermas.

—No, no te preocupes. Voy a ver la nieve. Me tranquiliza.

Con un esfuerzo enorme, Lica giró sobre su costado para ver mejor por la ventana. Jacobina miró vacilante la rígida silueta de su espalda, pero no dijo nada más.

Si de verdad quería estar solo, tal vez debería irse, pensó y tomó su chaqueta.

—De acuerdo. Te dejaré ahora, pero regresaré mañana por la mañana —dijo, mientras se enrollaba la bufanda en el cuello—. Y te traeré algo apetitoso para el desayuno —solo de pensarlo, su estómago empezó a rugir, no había notado lo hambrienta que estaba—. Buenas noches, padre —murmuró y salió de la habitación cerrando la puerta con delicadeza.

Camino al elevador se detuvo en la estación de las enfermeras. Una joven de cabello largo trenzado estaba sentada repartiendo tabletas en vasitos de plástico. Junto a ella había una taza grande de café y un paquete de galletas abierto. Jacobina dio unos golpecitos en la puerta entreabierta y saludó a la hermana.

—Me voy, ¿sabe dónde encontrarme?

—¿Nombre del paciente? —preguntó la enfermera, un poco confundida antes de darle un sorbo al café. *I Love Canada*, decía el mensaje con grandes letras impreso en la taza. Jacobina no la había visto antes.

—Lica Grunberg. Habitación cincuenta y cuatro.

La hermana miró el tablero con chinchetas sobre el escritorio sin soltar la taza.

—Está hospedada en el Auberge. Muy bien —murmuró antes de dar otro sorbo.

—Por favor, llámeme de inmediato si sucede cualquier cosa —dijo Jacobina, más tranquila al ver que las hermanas estaban bien organizadas—: vendré enseguida.

La hermana asintió y continuó separando las tabletas.

Tal vez no debería irse después de todo, pensó Jacobina. Giró y volvió sobre sus pasos. La enfermera pelirroja salió de una de las habitaciones y cuando la vio murmuró algo y señaló su reloj con el dedo.

A Jacobina no le importaba que las horas de visita hubieran terminado. Pasó al lado de la enfermera con el mentón en alto. Se detuvo frente a la puerta de Lica y miró alrededor. Sintió como si la observaran, pero la enfermera ya no estaba ahí.

Jacobina colocó una mano sobre la manija y titubeó. Su padre le había dicho que quería dormir. Mañana tendrían mucho tiempo para hablar. Le traería *croissants* frescos y café con mucha leche como le gustaba beberlo. Por primera vez desde que murió su madre desayunarían juntos sin pelear, porque él ya no le temía y ella ya no le guardaba resentimiento. Le preguntaría sobre Judith y tal vez le contaría un poco sobre ella también. Descansarían juntos bajo la apacible luz de su confesión. No más oscuridad. Un nuevo inicio tan cerca del fin. Soltó la manija, dio media vuelta y se dirigió al elevador.

* * *

Jacobina encendió la luz. La habitación del hotel estaba helada, alguien debió de haber apagado la calefacción. ¡En el momento más álgido del invierno! El frío volvía el entorno aún menos grato de lo que ya era. La camarera había extendido la cobija café sobre la cama y colocado dos almohadas con flores bordadas junto a la cabecera. La pijama estaba bien doblada sobre la mesa de noche. En algún lugar se escuchaba el siseo de una tubería.

Se acercó al radiador y giró la perilla para aumentar el nivel de calefacción, luego abrió las cortinas, apagó la luz y se sentó junto a la ventana, pero no se quitó la chaqueta. El estómago le gruñía de nuevo; sin embargo, no tenía ganas de volver a salir e ir a comer sola a algún lugar. Hoy no.

Hurgó en su bolso y sacó una barra de chocolate que ya estaba abierta, terminó de rasgar la envoltura y la mordió. La masa azucarada le provocó un calambre en el estómago, pero le calmó el hambre un poco. Observó los copos de nieve bailarina igual que Lica lo hacía en ese instante. De vez en cuando, una ráfaga de viento arremolinaba la nieve haciéndola formar amplios arcos en el aire. De pronto, se sintió muy cerca de su padre.

Escuchó una puerta abrirse al otro lado del corredor, se hundió un poco más en el sillón y escuchó el zumbido de la calefacción. Recordó que Lica nunca hizo muñecos de nieve con ella, tampoco le leyó cuentos ni le ayudó a hacer su tarea. Su madre se había hecho cargo de todas esas cosas. La influencia y la participación de Lica se produjeron de otras formas, en otra escala. Él le leyó fragmentos de la Torá, le contó sobre el éxodo de los judíos de Israel y la llevó a la sinagoga. No seguía las reglas de su religión de manera absoluta: le encantaban los mariscos y, en su opinión, el vino kosher no era más que agua jabonosa endulzada. Sin embargo, siempre puso énfasis en la importancia de transmitirle a su hija una noción de pertenencia a pesar de estar lejos de su hogar en Rumania, una sensación que no tenía que ver con la situación geográfica. Nunca significó nada para ella cuando fue niña porque era lo único que sabía. Además, ¿qué niño comprende el valor de regalos tan profundos? Su padre le había transmitido la identidad, la historia y la Historia de su pueblo, y aunque ella nunca se obligó a ser más curiosa respecto a su educación religiosa, años después, cuando se encontró sola en Nueva York, esta se convirtió en la piedra angular de su vida. Era algo que le daba fuerza y una sensación de comunidad, algo que la conectaba con la familia feliz que alguna vez tuvo.

La habitación comenzaba a entibiarse poco a poco, el calor la arrullaba y la hacía sentirse cada vez más cómoda. Se quitó la chaqueta y cerró los ojos. Las imágenes inundaron su mente, volvió a ver a su padre, pálido, con barba de varios días, sentado en una silla de la cocina cubriéndose los ojos con las manos. La taza de té frío frente a él. *Baja las persianas*, lo escuchó ordenarle en tono hosco, *me enferma la luz.*

Años atrás, una primavera. Él reía, la levantó para acomodarla en el pequeño asiento que acababa de atornillar a la barra central de su bicicleta. Ella, orgullosa, se sentía como en un trono sentada entre su padre y el manubrio, con el bollo del desayuno en la mano. *¡Tengan cuidado!*, gritó su madre cuando él comenzó a pedalear para llevarla a la escuela.

De pronto, varios golpes en la puerta la hicieron despertar. ¿Dónde estaba? ¿Cuánto tiempo llevaba ahí? Un golpeteo más, con más ímpetu.

—¿*Madame*? ¿Está ahí?

Jacobina se puso de pie, se tropezó con su bolso en la oscuridad y tuvo que extender las manos hacia la pared. Por Dios santo, ¿dónde estaba el interruptor?

—Ya voy —dijo.

Pero la mujer que estaba afuera no la escuchó y golpeó la puerta por tercera vez.

—Es urgente —dijo con voz agitada—. ¿Está ahí?

Jacobina abrió la puerta.

Frente a ella estaba la recepcionista del hotel sin aliento.

—Por favor, baje —farfulló—: tiene una llamada telefónica.

En su habitación no había teléfono, así que no habrían podido transferir la llamada desde la recepción.

El hospital. Fue lo primero que le pasó por la mente. Dejó la puerta entreabierta y bajó corriendo por las escaleras con alfombra de motivos orientales. Lica quería hablar con ella, no podía dormir.

Pero en cuanto tomó el auricular y se lo colocó sobre la oreja, supo que estaban a punto de decirle algo distinto. Sintió el corazón palpitarle en las sienes, un dolor abrasador le desgarró el pecho. Había llegado, el momento para el que se había preparado durante días, años, había llegado. El instante que hasta entonces creyó que no cambiaría nada.

—¿*Madame* Grunberg?

—Sí —susurró Jacobina muy cerca del auricular que sostenía con ambas manos.

—Soy la hermana Louise —dijo una mujer e hizo una pausa—. Lamento informarle que su padre falleció.

Jacobina no dijo nada.

—Debe de haber sucedido poco después de que usted se fue —explicó la hermana—. Lo siento.

Ahora solo nos tenemos el uno al otro, creyó escuchar a Lica.

Se quedó mirando la oscuridad por la ventana mientras una tormenta de emociones formaba una espiral en su interior. Las campanas de la iglesia repicaron y su tañido se mezcló con el silencio de la nevada: cuántas etapas distintas del día habían precisado. Toda una vida de amargura troncada por una revelación, por una confesión que dio lugar a esa gracia y afecto olvidados tanto tiempo atrás. Gozó de ellos por un momento brevísimo, y ahora su padre se había ido.

¿Esa sensación bastaría para eliminar el dolor que se había arraigado en ella de una manera tan profunda? Años de resentimiento y abandono, el secreto de que tenía una media hermana. ¿Podría perdonarle a su padre que descargara en ella todo el peso de su culpabilidad para poder morir en paz? ¿Podría perdonarlo por dejarla tras haberle hecho una promesa tan grande que no sabía si tendría la fortaleza de cumplir? ¿Podría perdonarlo por abandonarla *a ella*?

No fue sino hasta más tarde, cuando volvió a su habitación del hotel, que pudo llorar por su padre.

2

JUDITH
PARÍS, SEPTIEMBRE DE 1940

Estaba sentada en uno de los peldaños a la mitad de la desvencijada escalera de la biblioteca cuando descubrí la nota. Escrita en un papel peculiar, demasiado grueso, color azul cielo, doblado varias veces y oculto entre las páginas de *A la sombra de las muchachas en flor* de Marcel Proust. Ediciones Gallimard, 1919, 492 páginas. Un volumen bien hojeado y el lomo torcido: los estudiantes lo solicitaban con frecuencia. El año pasado, como parte de mis estudios de literatura en La Sorbonne, también tuve que batallar para recorrer las frases laberínticas y las excéntricas metáforas del escritor parisino, sus palabras como denso perfume que podía inhalar y casi oler, pero no retener.

Lo primero que pensé al ver el papel fue que alguien había olvidado sus anotaciones de estudio. Coloqué sobre el estante los otros libros que llevaba bajo el brazo y saqué el papel del de Proust. *Para Judith*, decía en la parte superior con letra pulcra y pequeña. Me quedé mirando mi nombre desconcertada.

Una ligera ráfaga de viento atravesó el lugar y cerró de golpe la ventana entreabierta. Me asusté, casi perdí el equilibrio, tuve que sujetarme de la escalera. Bajé los escalones deprisa y desdoblé el papel.

El fluido movimiento de tus delicadas, pálidas e incansables manos —decía, escrito en tinta negra—. *Tu esbelta figura, tu natural andar. Cada vez que entras a un lugar, lo iluminas. C.*

Mi corazón palpitó más rápido. Nunca había recibido un mensaje así. ¿Quién diablos era C? Volteé la nota para ver si tal vez el remitente había escrito su nombre en la parte de atrás, pero no había nada.

¿Sería el inicio de algo emocionante y distinto? ¿Un mensaje que buscaba atraerme a una especie de *relación peligrosa* como con tanta maestría las había descrito Choderlos de Laclos? O, ¿acaso sería la carta que me abriría la puerta al romántico viaje que siempre anhelé, pero solo había podido vivir en los libros de Flaubert, George Sand y Balzac?

Romance: qué idea tan audaz y prohibida. Volví a doblar el papel con un gesto resuelto. La vida ya era demasiado agitada y riesgosa entonces. En aquellos días, incluso el amanecer lo percibía como una amenaza.

Unos tres meses antes, los franceses habían capitulado y ahora los alemanes ocupaban la mitad de nuestro país. A esta humillación del pueblo francés, el mariscal Pétain la llamó "cese al fuego", y desde entonces los alemanes se instalaron en los hoteles de lujo, y nuestra ciudad me pareció extraña, ajena. En todos lados empezaron a surgir anuncios con largas palabras en alemán que ningún francés podía pronunciar. Una bandera con la esvástica ondeó en la Torre Eiffel y tuvimos que adelantar nuestros relojes una hora para sincronizarlos con la hora de Berlín.

Alguien dijo mi nombre, levanté la vista. *Monsieur* Hubert, el bibliotecario principal se acercaba a mí pasándose la mano por el escaso cabello.

—¿Ya registró la información de las nuevas adquisiciones en el fichero? —preguntó. En sus ojos, detrás de sus pequeñas gafas redondas, su amable mirada brillaba.

Al menos, una persona actuaba como si no pasara nada. Cierto, las cosas se habían normalizado un poco desde el catorce de junio, cuando llegaron los primeros alemanes a la

Porte de la Villette, en las afueras de París. Muchos de los parisinos que, por temor a la amenaza alemana, huyeron al sur al principio del verano ya estaban de vuelta; los cines reiniciaron su programación, y los cafés y los restaurantes reabrieron. La ciudad parecía revivir, pero las cosas no eran del todo lo que parecían. Desde varias semanas antes, sobre París se cernía una incertidumbre fantasmal.

—Sí, por supuesto, *Monsieur*, lo hice ayer —respondí sin prestar mucha atención y sin despegar la vista del papel que tenía en la mano.

—Entonces puede irse a casa, *Mademoiselle*, se hace tarde —dijo suspirando con delicadeza mientras miraba por encima de los anaqueles—. De nuevo hay una larga fila en Georges, los suministros comienzan a escasear. Vaya a hacer sus compras antes de que todo se acabe.

El querido y dulce *Monsieur* Hubert, siempre pensando en los otros. Le sonreí, me recordaba a mi padre. O, más bien, a la imagen que me había inventado de mi padre con las pocas piezas del rompecabezas que me quedaron en el recuerdo. Le agradecí su gentileza, me despedí, guardé la misteriosa nota en el bolsillo de mi falda y salí de la biblioteca.

Cuando salí a la Place de la Sorbonne me recibió un cálido día de septiembre. Las ramas de las grandes hayas que flanqueaban la plaza se mecían aletargadas al ritmo de la brisa vespertina. Como siempre, en la pizarra del café de la esquina se anunciaba el *plat du jour*, y en el quiosco se exhibían las ediciones más recientes de *Paris Soir*, *Le Temps* y *Le Figaro*; sin embargo, algo era distinto. Aunque el año académico acababa de empezar, en la plaza universitaria que por lo general desbordaba de vida, ahora reinaba un silencio agobiante. Algunos estudiantes convivían en grupos pequeños y compactos, no se atrevían a mirar a los soldados alemanes que se paseaban por la plaza riendo y fumando con sus uniformes recién planchados. Eran guapos, los invasores alemanes. Altos, con piernas fuertes y el cabello cortado al ras. Transpiraban una fuerza siniestra, una virilidad repulsiva. Los miré rápido, no quería arriesgarme a hacer contacto visual con ellos.

La luz del sol me hizo parpadear mucho en el trayecto a Georges, la tienda de abarrotes en la rue des Écoles. Incluso desde lejos pude ver la interminable hilera al frente, ¡había más de cincuenta personas formadas! Ayer solo había unas veinticinco. Imaginé que para cuando llegara ya no quedaría nada, pero de todas formas caminé hasta allá y me formé. No tenía caso ver si corría con suerte en otro lugar. La cacería de alimentos empezó a definir nuestra vida cotidiana en el París germanizado. Teníamos que formarnos hasta para comprar una hogaza de pan. Ayer conseguí tres huevos y un poco de café de verdad, pero la leche se había acabado mucho antes. Georges dijo que la siguiente semana recibiría algunos suministros.

Frente a mí estaba formada una mujer de vestido negro con un niño de *shorts* aferrándose a su falda y, envuelto en el chal, un bebé que no dejaba de llorar. Le hablaba con voz suave para tratar de apaciguarlo, pero él solo berreaba. El niño de los *shorts* tenía las rodillas raspadas y en la mano llevaba una canasta vacía. Cuando lo miré, hundió el rostro entre los pliegues de la falda de su madre.

Volteé y vi que detrás de mí se habían formado por lo menos veinte personas más, y entre una anciana con sombrero y un joven de traje negro, vi a mi amiga Alice. De niñas, Alice y yo éramos inseparables, pero ahora que ambas estábamos ocupadas con los estudios universitarios, nos veíamos menos. Desde la llegada de los alemanes no nos habíamos reunido para nada.

Levanté la mano y la saludé sonriendo de oreja a oreja, feliz por el inesperado encuentro. Ella me miró brevemente y en sus labios se dibujó una vaga sonrisa, pero luego volteó hacia otra dirección y se quedó viendo a lo lejos.

—Alice —dije.

—Shhh —siseó alguien detrás de mí. La reprimenda me hizo volver de golpe a nuestra nueva realidad. La vida en la ocupación era distinta. Extraña. Nadie reía. Nadie hacía preguntas. La gente permanecía en silencio, con el rostro tenso y una expresión que parecía una mezcla de miedo y nerviosismo.

Agaché la cabeza y miré al suelo. Poco después, dos soldados alemanes pasaron a mi lado.

Unos minutos más tarde, saqué la nota color azul cielo y la volví a leer. Qué caligrafía tan hermosa y expresiva. Aunque el mensaje era muy breve, parecía que lo había pensado bien. Como si C me hubiera observado durante mucho tiempo desde su asiento, hasta encontrar las palabras correctas para describirme a mí y cada uno de mis movimientos.

Observé mis manos. ¿Eran delicadas? Y mi andar, ¿era tan natural como a él le parecía? Agaché la cabeza y miré mis pies envueltos en zapatos de cuero desgastado. Decidí que, en mi próximo turno, buscaría la ficha de préstamo del libro de Proust y vería el nombre de la persona que lo pidió prestado hoy. Me daba curiosidad.

Después de esperar casi una hora, por fin entré a la tienda y tuve suerte. A pesar de lo que me esperaba, no habían vendido todo aún, así que pude comprar algunas rebanadas de queso y cuatro manzanas. Mamá se pondría feliz al verme llegar a casa con algunos víveres.

Cuando salí de la tienda volví a buscar a Alice, pero se había ido.

3

BÉATRICE

lic clac, clic clac. Incluso de lejos reconocería su andar apresurado, casi a tropezones, lo habría podido identificar entre miles de pasos. El golpeteo ágil y furioso de sus suelas de goma contra el suelo de linóleo. La garganta de Béatrice se tensó. Sabía lo que sucedería a continuación. En un instante Michael entraría hecho una furia a su oficina sin llamar a la puerta, con los ojos entrecerrados y su regordeta cara un poco enrojecida. Dejaría caer de golpe en la mesa el comunicado de prensa que ella había escrito y le presentaría *su* versión editada. El encabezado estaría recortado, la introducción enterrada en alguna parte de la segunda página, y párrafos enteros habrían desaparecido. Solo para alardear de su poder un poco, le pediría que arreglara todo antes de una fecha límite imposible de cumplir.

No había terminado de pensar en todo eso cuando él entró empujando la puerta de golpe. Se cernió frente a ella hasta donde su baja y fornida figura se lo permitió. En la mano tenía una hoja de papel. El texto. *De ella.*

Béatrice parpadeó con un tic y su respiración se aceleró.

El hedor del tabaco frío flotó hacia ella. ¿Cómo diablos encontraba Michael tiempo para escapar de las reuniones en su apretada agenda y salir cada dos horas a fumar afuera? No tenía idea. A veces, cuando volvía de su descanso para almorzar, lo veía de pie frente a la entrada principal. Siempre pasaba presurosa a su lado y solo lo saludaba asintiendo ligeramente con la cabeza.

Michael la miró amenazante y dejó caer las hojas de papel sobre el escritorio.

—¿En verdad te tengo que explicar cómo escribir un comunicado de prensa? —resopló como ella se lo esperaba.

—¿Cuál es el problema? —preguntó esforzándose por mantener un tono firme y profesional—. Lo escribí justo como lo discutimos, y al director de proyecto le agradó.

A diferencia de todos los demás, cuando se trataba de confrontar a Michael, Béatrice no jugaba a complacerlo solo para avanzar profesionalmente. Sin embargo, las tensiones que eso provocaba eran agotadoras. Tóxicas. Su mera presencia en su vida desencadenaba una nauseabunda combinación de temor y repugnancia que nunca había sentido; sin embargo, estaba decidida a mantenerse firme. Cuando empezó a trabajar para él se prometió que no permitiría que ni su arrogancia ni su torrente de críticas la paralizaran, pero su candor solo alimentaba la enemistad.

—El director de proyecto es economista —gruñó Michael—. Esos tipos no saben nada sobre relaciones de medios de comunicación.

Béatrice tomó el papel y miró sus palabras. Irreconocibles. Había comentarios manuscritos en rojo en todos lados: arriba, en los márgenes y entre los renglones. Había oraciones tachadas o subrayadas con fechas que iban de un lado a otro de la página para indicar una nueva idea aprobada por Michael.

—No puedo leer lo que escribiste aquí arriba —dijo Béatrice al levantar la cabeza y tratar de mirar a Michael a los ojos, pero él se había acercado tanto que solo podía ver su corbata. La espantosa corbata color café.

—¿No puedes leer? ¿Es todo lo que tienes que decir? —ladró Michael—. Empieza por trabajar en esas forzadas declaraciones del presidente. Él nunca hablaría así.

—Pero si son las palabras de su discurso de la semana pasada —objetó Béatrice.

—Esto está mal escrito. Fin de la historia —insistió Michael.

El corazón se le derrumbó al escuchar el burdo insulto. *Mantente tranquila*, se advirtió a sí misma. Michael encontraría una manera condescendiente de restarle importancia a cualquier cosa que ella dijera.

¡La cantidad de veces que había hablado de esto con su terapeuta! *No permitas que ese hombre te saque de tus cabales. Cuenta hasta diez o haz uno de los ejercicios de respiración que hemos practicado. Eso te ayudará*, le había sugerido.

Pero nada le servía. En cuanto su jefe texano entraba a su oficina, todas sus estrategias y buenas intenciones se evaporaban, y con trabajos alcanzaba a transformar su aversión en una especie de distancia diplomática. Había, también, una inseguridad bien enraizada que la abrumaba en ocasiones, en especial cuando la criticaba de esa forma tan agresiva. Era un sentimiento que trataba de superar en vano.

La vida no había sido fácil. De niña, cuando vivía en París, su madre batallaba para que el dinero que ganaba como enfermera le alcanzara, pero nunca era suficiente, y a pesar de todo seguía trabajando. Todo el día y toda la noche, y casi todos los fines de semana. Sin la ayuda de un marido. El padre de Béatrice había abandonado a su familia por irse con otra mujer cuando ella era todavía muy pequeña. Solía pensar que, si se hubiera portado mejor, si hubiera sido más inteligente o fuerte, él no se habría ido. Si solo hubiera sido *suficiente*, pero no lo fue, y nunca entendería por qué.

Esta forma de pensar pesaba demasiado en ella y ahora formaba parte de su personalidad. Confiaba en poca gente, pero anhelaba recibir afecto: una contradicción difícil de conciliar. Y, sin embargo, se negaba a ceder ante su arraigada cólera.

Prefería dejar que fuera el combustible de su ardiente deseo de escapar de esa situación y forjar su camino al éxito. Ganó becas, se graduó con honores y, poco después, obtuvo un empleo en el Ministerio del Interior de Francia. Sin embargo, no fue sino hasta que cumplió cuarenta y un años, cuando el Banco Mundial la contrató y pudo mudarse al epicentro político del mundo, que sintió que en verdad había triunfado.

No, no importaba lo que le dijera, no iba a permitir que Michael le arrebatara esa sensación de logro y orgullo que tanto le había costado llegar a tener. Pero, por otra parte, no podía deshacerse de la angustia que su simple apariencia le provocaba.

Michael se llevó la mano a la corbata para acomodarla.

—Quiero cifras, Béatrice. Cifras de éxito. ¿Cuántas veces tengo que repetirlo? —dijo Michael. Cuando pronunció la palabra *éxito*, sus ojos brillaron con rabia—. Leí en el reporte que, gracias al proyecto del banco, treinta mil niños más van a poder asistir a la escuela en Haití. *Ese* es un logro mayor y tú ni siquiera lo mencionas aquí. Debería estar en el encabezado.

—Pero, Michael —replicó Béatrice—, nuestros expertos en economía no estuvieron de acuerdo con esa cifra y le solicitaron información adicional al Ministerio de Educación. Hasta que no tengamos...

—Nuestros economistas nunca están de acuerdo en nada —la interrumpió—, y nosotros no podemos esperar tanto tiempo. Este comunicado tiene que aparecer mañana por la mañana —dijo. Entre las cejas se le formaron dos profundas arrugas—. El banco le inyectó cien millones de dólares al sector educativo en Haití. La gente necesita saber lo bien que se gastan sus impuestos —añadió, hablando cada vez más fuerte. Hurgó en el bolsillo de su pantalón y sacó un rollo de pastillas de menta para el aliento—. Título principal: treinta mil niños más asistirán a la escuela en Haití. Subtítulo: el Banco

Mundial contribuye con cien millones de dólares para apoyar la educación de calidad —entonces arrancó la envoltura de papel y algunas pastillas cayeron en su mano—. Luego consigues para el sitio web una buena fotografía en que aparezcan algunos niños y listo. Son los rudimentos de las relaciones públicas, Béatrice, para eso te pagan.

Michael se metió las pastillas de menta a la boca y las molió ruidosamente con los dientes. Béatrice suspiró, pero sabía que lo mejor sería dejar de retarlo, evitar que la situación se saliera de control. Ahora solo quería que se fuera.

—Antes de que lo olvide —añadió Michael masticando todavía—: no veo las palabras clave en ningún lugar. Sustentabilidad. Crecimiento. Prosperidad. Igualdad de oportunidades. Para eso trabajamos. Es lo que el banco representa, así que inclúyelas.

La química entre ellos nunca había existido. Claro, él la contrató, así que debió de haberlo convencido en las entrevistas por alguna razón, pero antes de cumplir un año siquiera cometió el fatal error de corregirlo frente a todo el equipo. Cuando lo escuchó declarar que los compromisos de préstamos del banco con África eran mayores que los que tenía con América Latina, no pudo quedarse callada, así que citó el reporte anual que decía justo lo contrario. Desde entonces no pasaba un día sin que Michael tratara de vengarse de ella por haberlo puesto en evidencia.

Béatrice, sin embargo, con frecuencia especulaba que debía de haber algo más. Tal vez a Michael no le agradaba su personalidad. ¿O sería que en verdad le temía? ¿Tal vez le daba miedo que una mujer atractiva, a la mitad de su carrera y con referencias deslumbrantes pudiera quitarle el puesto algún día?

Michael se alejó del escritorio y se dirigió a la puerta, pero luego volteó de nuevo.

—Quiero la nueva versión en mi escritorio en tres horas máximo. Haz un esfuerzo, Béa, o, de otra forma, tendremos que sostener una seria conversación respecto a tu futuro aquí —dijo antes de cerrar la puerta de golpe al salir.

Béatrice estaba segura de que el resto del equipo había escuchado toda la discusión, cada uno desde su lugar a lo largo del corredor. Pero no dirían nada más tarde, solo habría un intercambio breve de miradas y un silencio de complicidad. Nada más que eso. Rara vez se atrevían a criticar a Michael a sus espaldas porque, por alguna razón, siempre se enteraba y se vengaba. No de forma inmediata ni de frente, sino a su manera. Cuando llegara el momento de aumentar sueldos o dar ascensos, no tomaría en consideración a ciertos empleados; tampoco aprobaría las solicitudes de vacaciones; se negaría a autorizar asientos en clase *business* para viajes de larga duración al extranjero. Béatrice siempre creyó que la secretaria de Michael era quien los acusaba con él porque era obvio que le encantaba el chisme, pero ya no estaba tan segura porque la semana anterior también la regañó a ella frente a todo el equipo. Sí, regañó a Verônica: la curvilínea y rubia brasileña del brillante esmalte rosado de uñas.

Después de dar unos golpecitos en la puerta, Verônica asomó la cabeza.

—Está a punto de empezar la reunión con el equipo —dijo.

Béatrice asintió en silencio, miró los garabatos frente a ella y cerró los ojos dando un suspiro. Tres horas. No acabaría nunca.

* * *

El salón de juntas I-8001 se sentía irreal. La luz blanca de una lámpara de neón iluminaba noche y día el recinto sin ventanas. Las mesas estaban acomodadas en forma de herradura, y frente a cada asiento había un pequeño micrófono. En la pared colgaba una enorme pantalla que se usaba para que las oficinas regionales se conectaran y realizaran videoconferencias. En la puerta de al lado estaba pegado uno de los muchos carteles de la optimista campaña de marketing del Banco Mundial, con la imagen de un grupo de delgados niños de origen asiático. Su risa permitía ver los huecos entre los dientes. Debajo se podía leer en letras grandes: *Nuestro sueño es un mundo libre de pobreza. Grupo del Banco Mundial.*

El banco era uno de los proveedores de fondos más importantes de los proyectos de desarrollo global. Cada año entregaba a países en vías de desarrollo hasta treinta mil millones de dólares en préstamos, créditos y subvenciones. Apoyaba a los países pobres en sus labores de reconstrucción tras terremotos y guerras civiles; luchaba contra la corrupción y el cambio climático. Ayudaba a desarrollar los sistemas educativos y de salud; construía puentes y presas; e impulsaba el crecimiento económico en países en los que la gente había dejado de creer en la filantropía.

Cuando volvía a casa, en París, a Béatrice le agradaba contarles a sus amigos lo especial que era trabajar para "el banco", como le llamaba de cariño todo el personal. Estaba orgullosa de formar parte de una organización que se había consagrado a la noble tarea de luchar contra la pobreza. Para Béatrice, trabajar para el banco era algo más que un empleo: era una oportunidad de hacer que el mundo fuera un poquito mejor.

Sin embargo, como suele suceder, los ideales elevados y la realidad no siempre coinciden. Apenas un año después de haberse unido a la colosal organización, Béatrice se sentía muy desilusionada, cada vez más. Todo tardaba una eternidad, progresaban con la velocidad de un iceberg. Ella se sentía obligada a cambiar las cosas, pero su empleo la mantenía alejada de la vida de aquellos a quienes deseaba ayudar más.

Cuando se dio cuenta de que los objetivos humanitarios del banco y la realidad de su empleo tenían muy poco en común, decidió involucrarse de una manera distinta: apoyando con generosas donaciones a organizaciones de caridad locales. Washington D.C. tenía uno de los índices de pobreza más elevados del país. Era evidente en todos lados, incluso frente al elegante edificio del Banco Mundial, donde todos los días se reunían los indigentes para pedirles a los empleados algunas monedas.

Emitir cheques para ayudar a organizaciones de asistencia en el Distrito tampoco era de gran ayuda, pero, para Béatrice, saber que al menos algunos de los menesterosos que veía camino al trabajo todos los días tendrían acceso a una comida caliente la hacía sentir un poco mejor.

A pesar de su decepción profesional, renunciar a su trabajo no era una opción viable. No podía ni quería arruinar su gran oportunidad y volver a Francia. Los defectos morales del banco eran innegables, pero ella se había acostumbrado a los beneficios. A pesar de que sus sueños de altruismo se desmoronaron, disfrutaba bastante del salario libre de impuestos, las excelentes prestaciones, los viajes internacionales y, lo mejor de todo, la posibilidad de ayudar a su madre. Además, tenía la esperanza de que en cuanto lograra escapar de la sombra de Michael su situación sería más favorable.

* * *

En general, en la sala de conferencias I-8001 se llevaban a cabo importantes discusiones políticas. Crisis de deuda en Argentina; privatización del agua en Bolivia; cambio de gobierno en Brasil; intercambios comerciales entre Latinoamérica y China. Aquí era donde se especulaba, evaluaba y decidía.

Hoy, el equipo de relaciones con medios de comunicación del Departamento de Latinoamérica se reuniría para analizar los sucesos más importantes de la semana: las visitas y discursos del vicepresidente; anuncios de nuevos proyectos de desarrollo y la publicación de pronósticos económicos internacionales.

Antes de que la reunión empezara siquiera, Béatrice ya estaba temblando de frío. El aire acondicionado estaba en el nivel más alto, ¡en marzo! Qué costumbre tan estadounidense. Se abotonó el blazer y sacó una bufanda de lana de su bolso. Había muchas cosas que le gustaban de Estados Unidos: los estadounidenses tenían una mentalidad abierta y eran fáciles de tratar; sonreían mucho y se sentían cómodos llamando a los desconocidos por su nombre de pila. Sin embargo, jamás se acostumbraría al gélido clima de sus salas de reuniones, supermercados y casas.

Michael se sentó en la cabecera. Tenía los lentes para leer apoyados en la parte más baja de la nariz y, frente a él, una carpeta abierta y una lata de Coca Zero. Extendió los brazos sobre la mesa como si fueran alas.

—Empecemos con la visita del vicepresidente a Perú la próxima semana —ordenó—. Es la primera reunión con el nuevo ministro de Economía. En la agenda: prioridades para los próximos tres años. Ricardo se unirá y organizará la conferencia de prensa.

El guapo Ricardo. Siempre bien vestido, siempre preparado. Todas las mujeres de la oficina lo deseaban… hasta el día que descubrieron que había un hombre en su vida.

Al escuchar su nombre, Ricardo se enderezó y se pasó la mano por el negro y suave cabello peinado con gel.

—Todo bajo control, jefe —dijo alto y claro, anticipando lo que estaba a punto de anunciar—: Aquí está el plan. Almuerzo con el ministro y los consejeros más cercanos al llegar.

Enseguida, una conferencia de prensa en el ministerio. Por la tarde, visita a un pueblo que forma parte del proyecto de electrificación rural del banco. Fotografía con el vicepresidente, el ministro y el alcalde. Entrevista en locación con *El Comercio*. Viaje de vuelta y cena en el hotel Belmond Miraflores.

—Excelente, Ric —gruñó Michael satisfecho e hizo una anotación en su carpeta—. ¿Marcela? ¿Cuánto hemos avanzado con el evento de lanzamiento para el reporte *Doing Business*?

La reunión se transformó en una letanía. Béatrice escuchaba, pero tenía la cabeza en otro lugar, en la fecha límite que se acercaba. Tendría que llamar a Martine, líder del equipo de tareas para el proyecto de Haití, y hablar sobre la cantidad de alumnos en las escuelas. En su última conversación, Martine hizo hincapié en el hecho de que todavía no tenían datos confiables respecto a la cantidad de niños que asistían a las escuelas, y se refirió a una nota al pie de página de algún documento. Pero Michael quería una cifra que "gritara éxito". Quería a los treinta mil en el encabezado. ¿Y ahora qué se suponía que debería hacer ella?

Tendría que usar otra cifra, una validada por los expertos, *pero* también interesante para la prensa. Necesitaba volver a revisar las estadísticas en el apéndice y buscar las cifras de los nuevos textos escolares y maestros contratados. Tenía que haber algo más. Su mente empezó a divagar.

Luego, necesitaría contactar a Alexander, el director del programa en Haití, y alertarlo, decirle que en poco tiempo recibiría un comunicado de prensa y que tenía que firmarlo antes de enviarlo a los periodistas. Alexander estaba en Puerto Príncipe, una hora delante. El equipo de allá empezaba a trabajar a las siete de la mañana y se iba de la oficina como a las cuatro de la tarde. Se suponía que todos debían llegar a casa antes de que oscureciera. Nivel de seguridad I. Era una nueva regulación que entró en vigor dos semanas antes, cuando le dispararon al chofer de Alexander. Béatrice miró su reloj, lo llamaría en cuanto terminara la reunión.

Y luego, todavía tendría que contactar al departamento de traducción y solicitar que tradujeran urgentemente el comunicado al francés a primera hora de la mañana. Eso significaría que les cobrarían una tarifa adicional, es decir, otra desagradable discusión con Michael; esta vez, sobre el incremento de los costos y los recortes presupuestarios.

Tenía el estómago hecho nudos. ¿Terminaría todo a tiempo? En Francia había lidiado sin mucho esfuerzo con los desafíos profesionales, aceptado de buena gana la feroz competencia académica y, más adelante, las inflexibles exigencias de sus superiores en el ministerio. Pero aquí se sentía estancada bajo las órdenes de Michael.

Respiró hondo. Solo un pensamiento la apaciguaba: en cuanto la ascendieran no volvería a formar parte del equipo de Michael. Sentía que la entrevista de trabajo que tuvo dos semanas antes en la oficina del presidente se desarrolló de manera favorable. Cecil, director de contrataciones, llevaba algún tiempo deseando incluirla en su equipo de comunicaciones. Él sabía que era perfecta para el puesto, lo notó en su sonrisa. Le ofrecerían el puesto en cualquier momento.

—¡Béa! Ho-laaa. ¿Hay alguien en casa?

El gruñido de Michael la trajo de vuelta a la realidad. Todos la miraban. Sintió el rostro caliente, seguramente se veía sonrojada. Peor, como tomate.

—¿Qué tal si nos pones al tanto sobre lo que pasa en Haití? —dijo Michael, antes de beber un sorbo de su Coca-Cola y mirándola con ansiedad.

Tenía que limitarse a los hechos. Como Ricardo. Se esforzó mucho por lucir relajada, se reclinó en el asiento y tiró un poco de su bufanda.

—Después de la junta hablaré con Martine y luego volveré a trabajar en el comunicado de prensa —dijo.

—Por Dios santo. Sabes bien que Martine lleva todo el día en un avión —masculló Michael y dejó con un golpe la lata sobre la mesa, de una forma tan abrupta que un poco de líquido salpicó por la abertura.

Béatrice se sintió avergonzada. No, no lo sabía. ¿Por qué? ¿Acaso Martine lo mencionó? No. Si lo hubiera hecho, no lo habría olvidado. ¿O sí? Sintió que las manos se le acalambraban.

Verônica se puso de pie y limpió el líquido derramado con una servilleta y una sonrisa. Sus uñas color rosado brillaban.

—*Obrigado* —dijo Michael, agradeciéndole con su acento estadounidense mezclado con goma de mascar.

Obrigado era la única palabra que sabía en portugués, a pesar de que se jactaba de hablarlo con fluidez. Verônica sonrió y volvió a su asiento. Se había vuelto experta en aplacar a vaqueros coléricos.

—Tendrás que arreglarlo directo con Alexander —dijo Michael antes de gritar en un tono gélido dirigiéndose solo a Béatrice—: ¡De inmediato!

Béatrice tomó sus cosas y salió de la sala de conferencias. En cuanto cerró la puerta exhaló aliviada. Se acabó. Al menos por un rato. Pero antes de volver al trabajo necesitaba respirar aire fresco para aclarar su mente. ¿Debería arriesgarse? Titubeó. Claro que debería, se aseguró a sí misma de inmediato. Si Michael podía tomar descansos para fumar, ella también podía salir algunos minutos. Volvería a la oficina antes de que terminara la reunión del equipo, y haría todo. Nadie notaría su ausencia.

4

JUDITH
PARÍS, SEPTIEMBRE DE 1940

Jalé el carro detrás de mí por la sala de lectura y fui apilando en él todos los libros que andaban por ahí para ponerlos en su lugar.

Una biblioteca no podía funcionar sin un orden inmaculado, pero a muchos estudiantes no les importaba eso y por ello maltrataban los libros que les confiábamos. Doblaban las esquinas de las páginas, escribían tonterías en ellos, o solo los dejaban botados en los escritorios cuando acababan de usarlos o los ponían en el estante equivocado. El eterno reacomodo, arreglar y volver a poner todo en los anaqueles correctos no siempre eran actividades divertidas, pero no me molestaban. Adoraba el silencio industrioso de la sala de lectura, los susurros de los estudiantes, el crujir del papel: me imbuían asombro y fe. Los sólidos estantes tan altos como edificios me brindaban refugio y comodidad. Ahora más que nunca, en estos tiempos turbulentos, estar aquí me hacía sentir segura.

Los libros protegían mis sueños. Eran mi luz, mi libertad, un espacio sagrado que nadie podría arrebatarme. Mi padre me quitó la inocencia de la infancia, mi madre la ligereza de mi espíritu. Y ahora, los alemanes me arrebataban mi país. Sin embargo, los libros que leyera siempre serían míos y entibiarían mi corazón cuando la vida se tornara fría.

Todos los días, los libros inspiraban e iluminaban a cientos de estudiantes, los atormentaban e informaban. A veces me habría gustado saber cuántas preguntas habían respondido a lo largo de los siglos, y cuántas más habrían motivado. Pero anhelaba algo más que el silencio de una biblioteca. Quería, algún día, tener mi propia librería para poder compartir con otros mi infinito entusiasmo por la literatura. Aspiraba a ser como la famosa Adrienne Monnier, la primera librera de Francia. ¡Cuánto la admiraba! Siempre que podía, cuando París todavía era libre, visitaba su librería en la rue de l'Odéon para hojear los nuevos títulos. Mi librería sería como la suya: un pozo de palabras hermosas y de personajes e historias inolvidables. Presentaría a nuevos autores, organizaría lecturas, y vendría gente de todo París. Por desgracia, el sueño se sentía demasiado distante ahora.

Giré el carrito de los libros para volver a colocarlo entre los que ya estaban apilados. En la cima de una pila, entre las páginas de un diccionario inglés-francés, vi una hoja de papel azul. *Para Judith*. La misma caligrafía, el mismo papel grueso.

El corazón me dio un salto. Miré alrededor. El lugar estaba casi vacío, no había nadie cerca. ¿Cómo llegó la nota al carrito? Desdoblé la hoja de papel con manos temblorosas y leí: *Te ves tan seria y triste. Solo puedo imaginar lo hermosa que debe de ser tu sonrisa. C.*

Bajé la mirada. Me sentí avergonzada. Los rizos castaños me cayeron sobre el rostro y cubrieron mis mejillas ardientes. Por el rabillo del ojo miré a *Monsieur* Hubert. Estaba de pie junto a su escritorio, hablaba entre susurros con unas estudiantes, dos chicas. Un hombre joven y alto a quien había visto en la biblioteca en numerosas ocasiones pasó cojeando junto a ellos y se dirigió a la salida. Más allá, una mujer sacó de un estante uno de los treinta y cinco volúmenes de la *Enciclopedia* de Diderot, y yo, por instinto, deseé que volviera a colocarlo en el lugar correcto. Más tarde iría a ver si lo hizo.

Metí la nota en el bolsillo de mi falda y volví al trabajo. En cuanto encontré el primer mensaje analicé con detenimiento la tarjeta de préstamos del volumen de Proust, pero no encontré un solo nombre que comenzara con C.

Mientras empujaba con calma el carrito por el estrecho pasillo, me sorprendí sonriendo, halagada por las palabras en la nota azul. Con esa sonrisa, ¿luciría como él me había imaginado? De pronto volví a sentirme avergonzada de tener pensamientos tan personales y egoístas, así que recobré la compostura y volví a poner cara seria. Toda la tarde trabajé en silencio, acompañada por el crujido de la nota que, al moverse en mi bolsillo, me infundía confianza y orgullo mientras caminaba por los pasillos.

* * *

Al salir del trabajo fui a Georges. Caminé a lo largo de la hilera de rostros tristes y silenciosos, y me formé al final. Tal vez en las mañanas no sería tan larga. Al día siguiente no tenía que ir a trabajar, así que trataría de ir temprano.

Llevábamos algunas semanas usando cupones para alimentos que arrancábamos de una libreta perforada. Tras una espera de hora y cuarto logré conseguir medio kilo de pasta, doscientos gramos de azúcar real, una bolsa de sacarina y trescientos cincuenta gramos de café con achicoria para mí y mi madre. Eso tendría que bastarnos por algún tiempo.

Camino de vuelta al cuarto distrito, pasé por la tienda de pieles donde mamá solía ayudar los fines de semana para ganar un poco de dinero extra. En el aparador había un gran letrero amarillo que decía "Negocio judío". Sentí que el cuerpo se me acalambraba por dentro y pensé en los terribles reportes del Reich en Alemania, donde los nazis estaban incendiando sinagogas y destruyendo las tiendas judías; privando a los judíos de sus derechos, despojándolos y persiguiéndolos. Dios, ¿empezarían a hacer lo mismo aquí?

Nuestra vida cotidiana había cambiado muchísimo. Yo me sentía cada vez más aislada. De la misma manera en que mi relación con Alice se desvaneció, ahora rara vez veía a mis otras amigas, y cuando llegábamos a reunirnos era de manera breve y restringida. No mencionábamos nada sobre los ocupantes extranjeros. Nadie se quejaba de los alemanes ni los criticaba, teníamos miedo de decir alguna imprudencia y que nos escucharan. En la biblioteca pasaba lo mismo. Antes conversaba con los otros empleados y convivíamos en los descansos para el café, pero en tiempos recientes todos se consagraban a su trabajo en silencio. Nos saludábamos y despedíamos con discreción, pero nada más. Incluso las relaciones con nuestros vecinos cambiaron. Desde que podía recordar, *Madame* Berthollet, la señora del quinto piso, bajaba cada semana a nuestro departamento para regalarme una rebanada de pastel o preguntarle a mamá si necesitaba algo del mercado, pero ahora solo pasaba encarrerada sin llamar a la puerta.

Los parisinos nos volvimos desconfiados en el instante en que las banderas con la esvástica se desplegaron por toda la ciudad. Ahora nos movíamos con tiento y pensábamos demasiado en quién confiar y en quién no.

Cuando por fin abrí la puerta de nuestro pequeño departamento en la rue du Temple, vi el portafolios marrón de mi madre tirado en el suelo. Las carpetas, plumas y papeles se habían salido y estaban desperdigados como si, en lugar del portafolios, se hubieran caído de una mochila infantil puesta de cabeza. Mi madre solía llegar varias horas después que yo, así que algo malo debió de haberle pasado. De pronto sentí la ansiedad recorrer mi cuerpo.

—Madre, ¿ya regresaste? —pregunté en voz alta.

No contestó.

Era maestra en una pequeña escuela primaria del tercer distrito a la que le hacía falta casi todo: espacio para jugar, libros de texto y, sobre todo, personal. Mi madre trabajaba muchas horas, cubría a las secretarias y maestros ausentes, preparaba clases e incluso ayudaba a mantener el viejo edificio en condiciones razonables.

A pesar de todos estos inconvenientes, adoraba su empleo. La escuela era su santuario tanto como la biblioteca era el mío. En cuanto entraba por la mañana, se concentraba en los niños y sus dificultades, y se olvidaba de las propias. Por desgracia, yo también me convertía en apenas un reparo, incluso cuando venía a casa después de su jornada. Su trabajo era lo mejor. Lo mejor para ella.

Todo cambió en nuestra familia cuando mi padre le pidió el divorcio y se fue. En cuanto ella retomó su apellido de soltera, Goldemberg, se volvió una persona distinta. La desenfadada mujer que solía reír con abandono y hornearme pastelillos para el postre se esfumó, y su hermoso y grueso cabello oscuro se volvió blanco. Un día, sin un ápice de emoción, tomó sus trenzas del color del hielo y las cortó con unas grandes tijeras. Después de eso, pasó mucho tiempo antes de que yo pudiera disipar de mi mente la imagen de aquellas sogas de cabello en el suelo. Ese día desechó su feminidad por siempre, y desde entonces mantuvo su cabello corto, solo usó pantalones y no volvió a mirar a otro hombre a los ojos.

El fallido matrimonio la envejeció de forma prematura, la convirtió en una figura macilenta con el rostro enjuto y los labios adelgazados. Nunca perdonó a mi padre. Yo, en cambio, aunque no lo hice de inmediato, en algún momento le otorgué el perdón con el corazón apesadumbrado.

En una ocasión que vino a visitarme me explicó que nunca había sido feliz en París, que en verdad lo intentó, pero que siempre se sintió como un extranjero, como alguien a quien la gente solo toleraba. Me lo dijo sin mirarme a los ojos. Mamá no había querido mudarse a Rumania con él; así que, en algún momento, tuvo que hacerlo solo.

Fue la última vez que lo vi. Nos sentamos en una banca, tensos, lado a lado. Miramos la Torre Eiffel como dos personas que apenas se conocían. Comprendí lo que quería decir. Ahora yo era Judith Goldemberg. Y, también para mí, mi padre se había vuelto un extraño, un extranjero.

* * *

Entré a la cocina. Mamá estaba sentada en un banco, inmóvil, con las manos alrededor de una taza de té humeante.

—Tenemos que ir a la policía —dijo impávida—. Tenemos que registrarnos —añadió y dio un sorbo.

—¿Por qué? —pregunté, mientras colocaba sobre la mesa, con un gesto orgulloso, la pasta, el azúcar y el sustituto de café, pero mamá no prestó atención a los víveres.

—Porque somos judías —respondió y se puso de pie para dejar la taza en el fregadero—. Esta tarde fui a la sinagoga, estaban entregando volantes. Todos los judíos tienen que registrarse con la policía antes del veinte de octubre —explicó y volteó a verme. Sus ojos brillaban un poco, como si estuviera a punto de llorar—. Nos odian. Todo el mundo se ha vuelto en nuestra contra. Estoy muy asustada.

—¿Y qué pasaría si no fuéramos? —pregunté y me senté frente a ella.

Mamá arqueó las cejas.

—¡No seas ingenua, Judith! Por supuesto que tenemos que ir, y lo antes posible. Antes de Yom Kippur. Dios nos proteja.

Fue a su habitación y poco después la escuché jalar las cortinas. Luego oí sus sollozos. Suspiré. ¿Habíamos vuelto a lo mismo? ¿Se arrastraría otra vez a su cama y permanecería ahí días enteros?

La depresión de mi madre venía en oleadas vigorosas y regulares. Con frecuencia podía estar bien durante meses, y en ese periodo se levantaba temprano, preparaba café intenso y trabajaba en la escuela la mayor cantidad de horas posible. Pero cuando los tiempos oscuros la envolvían, quedaba a merced de sus demonios internos. Oscurecía nuestro departamento y detenía el gran reloj de pared de la sala porque el tictac la perturbaba. Un silencio ominoso cubría como sombra nuestra modesta vida.

El ciclo recomenzó cuando yo tenía trece años. Mi padre había vuelto a su pueblo en Rumania y las cosas empeoraron cuando volvió a casarse. Antes de irse confrontó a mi madre con una decisión imposible: mudarse a Rumania con él, convertirse en una extranjera y, quizá, vivir la misma soledad que él sintió en París, o quedarse en Francia y criarme sola. La idea de mudarse era demasiado para ella, pero también la ausencia de él. Quedó atrapada entre dos tristezas que destruyeron a la madre que yo conocía y adoraba, la madre con la que crecí. Una quietud melancólica nos dividía a lo largo de aquellas interminables semanas que ella permanecía entre las sombras. Era difícil no reaccionar a sus extremos episodios emocionales. Difícil no esperar y desear más de ella.

La partida de mi padre se llevó toda mi juventud de golpe. Su ausencia física y la ausencia emocional de mi madre se convirtieron en una aflicción que viví en silencio, que nadie podía ver ni escuchar, excepto yo. A diferencia de mamá, yo no mostraba mi tristeza porque habíamos cambiado de papeles: ahora *yo* la cuidaba a *ella* y hacía lo posible por mantenerla viva cada vez que caía en las tinieblas. Le cocinaba sopa que no comía, dejaba de ir a clases por miedo a que se hiciera daño ella misma en mi ausencia y mentía sin reservas para que pudiera conservar su empleo. Le contaba a la directora de la escuela ficciones sobre una escarlatina, una viruela o una tos inclemente. Les aseguraba a los vecinos que todo iba bien y, pasadas dos, a veces tres semanas, ella salía de la cama por voluntad propia, volvía a echar a andar el reloj del corredor y regresaba al trabajo como si nada hubiera pasado. Es decir... hasta el embate de la siguiente oleada.

No otra vez, no ahora, pensé cuando la escuché sollozar. Acababa de empezar el ciclo escolar, ya era difícil lidiar con ella cuando solo tenía que estudiar y hacer mi tarea en la biblioteca, pero desde la ocupación, también tenía que pasar horas formada para conseguir un escaso suministro de víveres. No tenía tiempo para cuidar de ella encima de todo.

Los sollozos se fueron calmando y luego hubo silencio. Suspiré aliviada, me recliné y cerré los ojos.

5

BÉATRICE
WASHINGTON, D.C., 2006

Con un café en un vaso grande de papel en una mano y una rebanada de pastel en la otra, Béatrice se sentó en una banca de Murrow Park, un lugar que, a pesar de su nombre, no era más que una isleta de tráfico con algo de césped en la esquina de 19th y H Street.

Murrow Park no era hermoso ni estaba bien cuidado. Además, era bastante popular entre los indigentes que a menudo se sentaban ahí sobre cobijas manchadas y al lado de bolsas de plástico retacadas de sus pocas pertenencias.

Desde su banca, Béatrice tenía una perspectiva muy buena de la entrada principal del edificio del Banco Mundial y sus doce pisos que se elevaban hacia el cielo. Sorbió su café y vio a la gente entrar y salir. Una delegación asiática en trajes oscuros, un grupo de diplomáticos africanos en coloridos kaftanes y dos mujeres indias con sus tradicionales saris.

En la otra esquina del parque, un afroestadounidense en shorts azules tocaba la trompeta. Béatrice lo conocía. Por las mañanas, antes de entrar al banco, siempre dejaba caer uno o dos dólares en el estuche abierto del instrumento.

El pastel en sus manos ahora se sentía húmedo y pegajoso. A decir verdad, no tenía ganas de comer nada y, mucho menos, algo dulce. No debió comprarlo. Se levantó y lo tiró en el bote de basura más cercano.

—Espero que nadie haya visto eso —dijo una estricta voz detrás de ella. Béatrice volteó dando un latigazo y vio a una mujer en pantaloncillos para trotar y una holgada sudadera anaranjada que decía *Sunset Aid*. Llevaba gafas oscuras y era un poco mayor que ella, tendría unos cincuenta años. Su cabello corto color castaño rojizo brillaba como cobre bajo la luz del sol.

—Tirar a la basura una deliciosa rebanada de pastel de esa forma frente a todos los pobres que hay por aquí es un acto arriesgado. Llevan una hora formados —dijo la mujer, señalando hacia 19th Street y encendiendo un cigarro. Béatrice volteó y vio un nutrido grupo de gente alrededor de un autobús. Por las ventanas los voluntarios estaban entregando platos de sopa y, cada vez que servían otro, más manos se extendían para recibirlo.

—Oh —dijo Béatrice nerviosa y avergonzada—. Ni... ni siquiera lo noté. Lo lamento de verdad.

—¿Usted trabaja ahí? —preguntó la mujer, señalando el edificio del banco antes de fumar su cigarro y acercarse un poco más.

—Sí —contestó Béatrice. Frente a esta mujer, su respuesta se sentía como una triste confesión.

—Entonces es uno de ellos, de los que ganan un salario tremendo y no pagan impuestos —afirmó la mujer.

Béatrice trató de ignorar el desdeñoso comentario. Para ella, el banco ahora solo representaba una fecha límite ajustada. Estrés. Tenía que volver al trabajo. Hacer sus llamadas telefónicas.

Para ese momento la mujer ya estaba a su lado.

—¡Qué grupo de gente, eh! Sentados en su torre de cromo y vidrio, todo el día escupiendo a borbotones estupideces sobre su batalla contra la pobreza. Pero no hacen nada respecto al drama que se vive frente a sus puertas —dijo la mujer antes de exhalar el humo de su cigarro.

Béatrice sabía que tenía razón. Envuelta en su costoso abrigo, se empezó a sentir cada vez más incómoda frente a aquella desconocida.

—Lo lamento —repitió antes de dar la vuelta y caminar por la calle.

La mujer la siguió sin dejar de hablar.

—Se pasean por los barrios bajos de África con sus trajes Armani, pero ninguno quiere ensuciarse las manos de verdad.

Béatrice trató de encontrar algunas palabras conciliatorias.

—Estoy de acuerdo con usted, la situación no es la ideal, pero hacemos lo que podemos.

—Viven totalmente fuera de la realidad —continuó despotricando la desconocida.

Béatrice no le vio sentido a discutir y explicarle las funciones y el papel del Banco Mundial. En especial, no a alguien que ya tenía una opinión bien formada al respecto. Además, ahora no tenía tiempo para eso. Se acercó a la calle para cruzarla, pero de pronto sintió una mano sobre su brazo.

—Espere un segundo —suplicó la mujer—. Lo lamento, no lo dije como un ataque personal, es solo que estoy muerta de cansancio. Hoy empezamos a las cuatro de la mañana.

Béatrice se soltó de la mujer y se hizo a un lado.

—Descuide, yo también estoy estresada.

De pronto se aproximaron un autobús y varios automóviles, y tuvo que esperar antes de cruzar para entrar al banco.

—Usted de verdad podría ayudarnos —continuó la mujer. Lo dijo en un tono mucho más suave, casi amigable—. Mire, aquí hay mucha gente necesitada.

Béatrice la miró rápido y notó dos tulipanes tatuados en su cuello, justo debajo de la oreja.

—Quizás en otra ocasión —dijo, al tiempo que giraba hacia la calle—. Ahora tengo que volver a la oficina.

—Espere un minuto —insistió la desconocida—. ¡Por favor! —dejó caer el cigarro y lo apagó en la calle—. Me gustaría mostrarle lo que sucede aquí mientras ustedes se sientan frente a sus gráficas.

En cualquier otra ocasión, Béatrice se habría quedado a escuchar e incluso habría ofrecido ayuda, pero el plazo para entregar su trabajo se avecinaba de una forma ominosa, tan enorme e imponente como el edificio frente a ella.

—¿Sabe? Cualquiera puede tener una temporada difícil —dijo la mujer mirando al autobús— y, a partir de ese momento, las cosas pueden deteriorarse muy rápido.

Las palabras y la tristeza en su voz hicieron que a Béatrice le dieran escalofríos. Una imagen fugaz de su madre cruzó su pensamiento. Delicada y exhausta, calentando una cena exigua en la estufa, después de un turno doble en el hospital. Al sentir que sus palabras habían conmovido a Béatrice, la mujer se acercó más.

—Soy Lena —dijo antes de remangarse la sudadera y extender la mano.

Béatrice, un poco titubeante, pero curiosa al mismo tiempo, la estrechó.

Lena le habló de Sunset Aid, la organización que había fundado. Fue enfática al explicar que las donaciones eran lo que les infundía vida, y que el trabajo que debían hacer siempre iba en aumento.

—¿Sunset Aid? —exclamó Béatrice sorprendida al recordar el colorido volante de la organización de caridad que encontró un día en su buzón, y los cheques que les enviaba con regularidad para apoyar a una causa que le parecía digna—. Ustedes cuidan a los ancianos —dijo—. He sido donadora de su organización por algún tiempo. Me da mucho gusto conocerla en persona.

—Oh, gracias —dijo Lena con una sonrisa antes de encender otro cigarro—. Me alegra escuchar eso —caló el cigarro a fondo y exhaló el humo por la nariz—. Así es, trabajamos principalmente con adultos mayores. A veces también ayudamos en los comedores comunitarios. Los autobuses están aquí, eran autobuses escolares, pero los convertimos.

Béatrice se esforzó en no mirar el reloj.

—Impresionante —dijo con sinceridad—. Ustedes de verdad cambian la vida de la gente —añadió. Aunque una parte de ella quería seguir escuchando lo que Lena tenía que decir, no dejaba de pensar en el comunicado de prensa y en Michael entrando furioso a su oficina—. Por desgracia, tengo que irme ahora.

—Comprendo —dijo Lena, deslizando con mano ágil su tarjeta de presentación en el bolsillo del abrigo de Béatrice—. ¿Por qué no viene a verme mañana al salir del trabajo? Necesitamos más voluntarios con urgencia —su mirada se tornó cálida—. ¿Tal vez podría convencerla de ayudarnos?

Béatrice sintió que podría ser una oportunidad de contribuir por fin a algo que de verdad importaba. Dar algunos cheques no bastaba. Podía hacer más, mucho más.

—Me parece genial —dijo, asintiendo con entusiasmo.

—Entonces la veo mañana —exclamó Lena antes de despedirse agitando la mano mientras caminaba de vuelta al autobús. En un instante desapareció entre la muchedumbre que la rodeaba.

* * *

Era tarde. Una jornada de doce horas y casi cada minuto bajo el inclemente control de Michael.

—No tienes niños que recoger en la escuela —señaló su jefe en tono seco cuando la vio lanzar una mirada furtiva al reloj—, así que te quedarás aquí hasta que termines el trabajo.

No dejó que Béatrice se fuera hasta que el comunicado de prensa no tuvo el nivel de calidad que él consideraba aceptable, y hasta que no llamó a Alexander en Puerto Príncipe e interrumpió una cena de trabajo. Alexander, al igual que Michael, puso énfasis en que la cifra de treinta mil tenía que aparecer en el encabezado porque era una oportunidad formidable de dar a conocer los excelentes resultados del banco en Haití.

Béatrice caminó confundida por P Street. En el cielo se habían acumulado nubes que parecían hongos exóticos, pronto empezaría a llover. Los cerezos ya tenían algunos capullos blancos y delicados que resaltaban en el lóbrego cielo.

Sus zapatos nuevos le rozaban los pies, la computadora portátil que le colgaba del hombro se sentía cada vez más pesada y, para colmo, había olvidado el paraguas en la oficina. Béatrice nunca estaba preparada para los intempestivos chubascos de Washington. En general, no estaba bien armada para la vida en la capital estadounidense. No estaba armada para los veranos tropicales y sus tempestades como huracanes que con frecuencia desencadenaban apagones. Ni para los nevados inviernos que paralizaban el tráfico durante días. Ni para los ubicuos y oscuros cafés Starbucks donde servían esas enormes porciones de café en vasos de papel. Ni para el traqueteo de los aparatos de aire acondicionado que abundaban en la ciudad y siempre estaban programados en el nivel de congelamiento. Tampoco para la obsesión con el ejercicio que hacía que la gente saliera de su casa como poseída todos los días a las cinco de la mañana para ir al gimnasio.

De hecho, había muchas cosas que extrañaba de Francia. La centralizada lentitud. Las largas vacaciones de verano que empezaban el mismo día en todo el país. A las parisinas, siempre tan conscientes de la moda, paseándose por la ciudad con sus tacones altos como si anduvieran en zancos. Los cafés citadinos y la gente sentada a las mesitas redondas, bebiendo expreso amargo y quejándose por horas de los malos modos de los meseros. Y, a veces, incluso extrañaba la cultura huelguista de su país: las enormes manifestaciones que recorrían los bulevares parisinos inmovilizaban el tránsito y hundían a la ciudad en un caos organizado.

Cuando pensaba en su país natal, lo hacía con melancolía. A pesar de que ya tenía casi dos años viviendo en Washington, no había podido hacer amigos cercanos. Su intenso programa de viajes, quedarse hasta la noche en la oficina y la simple fatiga acumulada hacían que cualquier actividad que no fuera casual se convirtiera en un lujo impagable para ella. Claro, tenía algunos colegas con quienes se llevaba bien y a veces iba al cine o a cenar, pero en todo ese tiempo no se había concretado ninguna relación profunda ni amistad íntima. Con sus colegas hablaba del trabajo, criticaba a los gerentes y debatía sobre qué aerolínea ofrecía el mejor servicio. Tras una noche de charla superficial entre expatriados, podían pasar semanas antes de volver a reunirse porque en el banco siempre había alguien de viaje.

A pesar de todo, siempre anheló tener ese empleo. A cualquier precio. Soñó con él por años y luchó hasta conseguirlo. Se sentía orgullosa de haberlo obtenido y, en particular, de estar ahí y ser una mujer francesa porque, en cuanto llegó, se dio cuenta de que en Estados Unidos su lengua y su cultura eran consideradas *très sophistiquées*. Su acento fascinaba a los estadounidenses, las prendas que con tanto cuidado elegía atraían miradas admirativas, y en la calle la detenían mujeres desconocidas para hacerle cumplidos: "Adoro sus zapatillas" o "¿Dónde compró ese precioso vestido?".

Los estadounidenses en verdad parecían creer que la vida en Francia era mejor, que todos los franceses eran hermosos y esbeltos a pesar de comer *croissants* horneados con kilos de mantequilla y de beber champagne en el almuerzo. La gente en Estados Unidos parecía convencida de que ningún francés trabajaba más de treinta y cinco horas a la semana, que los niños franceses en los restaurantes comían con cuchillo y tenedor, y que París era la ciudad más romántica del mundo. Y Béatrice prefería permitir que el mito prevaleciera.

Las nubes acumuladas en el cielo se tornaron negras. No habría manera de llegar a su departamento en R Street sin empaparse. Miró al fondo de la calle, pero a esa hora el autobús de Georgetown solo pasaba cada quince minutos.

El estómago empezó a gruñirle, y se dio cuenta de lo hambrienta que estaba. No había comido nada desde la hora del almuerzo. La Trattoria del Sorriso, su restaurante predilecto, estaba cerca de ahí. La idea de un plato de espagueti fue como una inyección de energía, así que caminó rápido hasta la siguiente esquina. Desde ahí pudo ver las tenues luces a través de las ventanas del restaurante. Para cuando las primeras gotas de lluvia empezaron a caer en el asfalto, ya estaba sentada frente a una mesita cubierta con un mantel a cuadros rojos y blancos. En la mesa de junto había una pareja absorta en su animada conversación.

Lucio, el dueño, la saludó con una gran sonrisa desde el otro lado del mostrador. Poco después, se acercó con una garrafa de vino tinto y le sirvió una copa. Justo lo que necesitaba con urgencia. Béatrice empezó a relajarse. Poco a poco, los nefastos recuerdos de su jornada laboral se fueron disipando.

Lucio era mexicano, pero siempre la recibía con un bien entonado *"Buona sera, signorina"*, tratando de imitar la melodiosa voz de los italianos. Porque, después de todo, era una trattoria, no una taquería, como una vez le dijo en tono de broma.

—¿Día difícil? —preguntó Lucio.

—Bastante —contestó Béatrice con un suspiro.

—De acuerdo, *bella mia*, le diré al chef que te prepare algo especial —dijo Lucio, guiñando antes de volver al mostrador.

Para cuando regresó a la mesa con el pan y el aceite de oliva, ella ya había vaciado la copa.

Béatrice sacó su BlackBerry y vio aliviada que no tenía mensajes de Michael desde que salió de la oficina. Volvió a llenar su copa y se reclinó en la silla. Después de varios sorbos más, sintió una agradable y sutil alegría. En unos instantes apareció un plato con una deliciosa pasta cubierta de verde salsa de pesto. Hundió el tenedor en la comida con gusto. Una profunda sensación de bienestar inundó su cuerpo en cuanto sintió en la lengua el primer bocado. La pasta le recordaba un platillo similar que solía comer en París en un encantador restaurante familiar en rue du Cherche-Midi. Casi podía saborear su hogar en ese espagueti. El vino la invadió como una oleada de nostalgia y placer. Ese era *su* lugar: cómodo, satisfactorio y hermoso.

El teléfono sonó y la estridencia la sobresaltó. Miró la pantalla con los nervios chocando entre sí, pero luego se relajó de nuevo. Joaquín. No había hablado con él ese día. Dejó el tenedor sobre la mesa y tomó el teléfono.

—Cariño, ¡por fin! —dijo él en tono cariñoso y de inmediato empezó a hablar de su trabajo en el *Washington Post*: reuniones editoriales, una entrevista difícil y los encabezados de mañana. Era bueno escuchar su voz, pero lo conocía demasiado bien y ese tono casi siempre era señal de que iba a darle malas noticias, así que la frustración de costumbre se volvió a apoderar de ella.

La pareja sentada a la mesa de junto se tomaba de las manos y compartía un postre. Él le susurró algo al oído y ella rio. Qué felices se veían. Adorables. Joaquín y ella jamás volverían a ser como esa pareja. Desde que le dieron el gran ascenso de reportero de negocios a editor, había estado sometido a una presión enorme. Además de sus nuevas responsabilidades, esperaban que se hiciera cargo de importantes artículos de fondo que exigían demasiado tiempo y un trabajo minucioso.

Béatrice añoraba el inicio de su relación, cuando la espontaneidad y la pasión que compartían por el trabajo los unía más.

Qué pronto desaparece la simplicidad. Extrañaba poder llamarlo para ir a comer algo rápido. Aunque sería algo improvisado, podrían compartir esta cena, sería muy agradable, incluso romántico, cenar y ver caer toda esa lluvia. Pero ahora, en la vida de Joaquín sencillamente no había espacio para nada que no fuera planeado con por lo menos una semana de anticipación. Citas. Su oficina. Un artículo principal. Tráfico imposible y, sobre todo… Laura.

—¿Qué tal tu día? —preguntó Joaquín con dulzura.

Béatrice enrolló con maestría unas tiras de espagueti en su tenedor.

—No quieres saberlo —murmuró cansada antes de comer el bocado.

—Déjame adivinar. ¿Michael?

—Ajá —admitió, pero no quería contarle los detalles. En los últimos meses había pasado tardes enteras explicándole sus problemas con Michael. Además, la pasta estaba deliciosa. Lo único que quería era escuchar y continuar comiendo.

Joaquín no le preguntó más, cambió de tema.

—Bien, pues me gustaría hablar contigo respecto al fin de semana —dijo e hizo una pausa breve. Una ligera sensación de incomodidad invadió a Béatrice.

—Por desgracia vamos a tener que posponer nuestro viaje. Necesito terminar la entrevista de Ben Bernanke para la edición del lunes. Será el artículo principal.

¿Posponerlo de nuevo? El pulso se le aceleró. Masticó aprisa y dejó el tenedor en la mesa.

—Lo lamento, Béa —añadió Joaquín en voz baja.

Afuera, la lluvia aún caía implacable. Desde su asiento, Béatrice podía ver las gotas de lluvia salpicar sobre las sillas verdes de metal frente al restaurante. Algunos peatones pasaron corriendo por la calle.

—¿Y no puedes terminarlo antes? —preguntó poco después.

—Pues, es que también hay una fiesta de cumpleaños el sábado y Laura tiene muchas ganas de ir.

Entonces *eso* era. Debió imaginarlo. Laura siempre importaba más. A Béatrice le encantaba que Joaquín adorara a su hija. Su esposa falleció cuando ella era solo una bebé y él era todo lo que le quedaba. Su devoción a su hija le llamó la atención desde el principio, era una cualidad adorable, la atrajo a él de inmediato. Su padre nunca mostró el menor interés en ella. De hecho, Béatrice sufrió mucho por su ausencia y falta de atención. *Si solo hubiera sido lo suficientemente valiosa.* Por todo eso, ver a un padre consentir así a su hija le resultaba refrescante e incluso inspirador.

Y, al mismo tiempo, exasperante. Le lastimaba que Joaquín nunca necesitara pensarlo dos veces antes de descartar sus planes con ella si interferían con los de Laura de alguna manera. A veces sentía que tenía que competir por su afecto, y eso empezaba a cansarla por diversas razones.

—Ya veo —contestó después de un rato. Quería sonar indiferente, pero le fue imposible ocultar su desilusión. Bebió un gran sorbo de vino y le hizo un gesto a Lucio para pedirle otra garrafa de vino. Luego pensó que no debería beber más, pero cuando vio que Lucio ya estaba abriendo otra botella dejó de preocuparse y se llevó a la boca otro bocado de espagueti.

—No me malinterpretes —trató de explicar Joaquín—, me encantaría salir de la ciudad contigo, pero casi no he visto a Laura en la semana.

—Comprendo —murmuró Béatrice ayudándose a pasar el espagueti con un generoso trago de vino.

—Podríamos ir todos juntos al cine el domingo —dijo Joaquín.

El cine. Con su hija. Béatrice miró irritada el plato medio lleno. Joaquín le estaba proponiendo cambiar el fin de semana en un romántico *bed and breakfast* de Virginia, que habían planeado desde hace tanto, por una ida al cine con una adolescente y una bolsa de palomitas de maíz. La idea de darse una escapada con él había sido una luz al fondo del túnel para ella, una relajante recompensa después de una semana de demasiadas exigencias. A veces, salir con un padre soltero era muy difícil. Se sirvió más vino. Tal vez por eso su madre nunca volvió a casarse, porque un hijo y un empleo no dejaban suficiente tiempo para una relación.

—Bueno, y... el artículo con la entrevista de Bernanke es muy importante —añadió Joaquín—. Es su primer mes como el nuevo presidente de la Reserva Federal. Todas las oraciones deben estar redactadas a la perfección.

Siempre había una razón. El recuerdo de Béatrice estaba repleto de incontables ejemplos de los cambios de planes de Joaquín, de las justificaciones y las disculpas. Y sí, claro que sentía empatía por él y sus responsabilidades, pero no era sencillo lidiar con la situación. Su empatía tenía límites.

En esas ocasiones, como ahora, cuando era tarde y el vino le había soltado la lengua, le costaba trabajo ocultar su frustración y su enojo. Exhaló sin reservas. Se sintió lista para verter su disgusto sobre su pareja como una jarra de agua. Lista para terminar el día con una tremenda discusión.

A pesar de todo, logró contenerse. Era inútil. Las acusaciones y críticas no la llevarían a ninguna parte, solo terminaría pasando la noche sin poder dormir porque después de una confrontación nunca podía conciliar el sueño. Los conflictos avivaban su temor de que Joaquín diera fin a su relación y eso la lanzara de vuelta al agujero negro de soledad que habitó hasta antes de conocerlo. Además, si se enfrascaban en una discusión en ese momento, las secuelas serían las mismas de siempre. Un silencio radial durante días. Poco después, ella le enviaría un correo electrónico para ofrecerle disculpas y él respondería pidiéndole que lo disculpara también. La recogería el viernes en la oficina, tarde y cansado de tanto trabajar como de costumbre, y ni siquiera hablarían del asunto. Luego, el domingo, irían al cine con Laura.

—Al cine. Sí, ¿por qué no? —respondió Béatrice con calma. Quedarse sola todo el fin de semana era peor que ceder. Después de hablar, casi no escuchó nada más de lo que dijo Joaquín, solo el ruido de la lluvia golpeando la ventana.

* * *

A las nueve de la mañana del día siguiente, Béatrice estaba sentada frente a su escritorio. Le dolía la cabeza y los lentes de contacto le provocaban comezón. Era obvio que la segunda garrafa de vino en el restaurante de Lucio la noche anterior había sido demasiado, y las seis horas de sueño que le siguieron, insuficientes. Al mirar hacia abajo y observar el silencioso flujo de tránsito que recorría la calle, su mente continuó dando vueltas entre sus opciones profesionales.

Unos tres meses antes, a principios de enero, no había podido siquiera crearse una perspectiva elemental de lo que sucedía. La situación en la oficina era tan oscura y fría como la sensación invernal en las calles de la capital del país. Frente a ella se presentaba otro largo año con dos hombres difíciles: uno al que trataba de amar y otro al que trataba de no odiar.

Poco después, su paciencia se vio recompensada cuando fue anunciado el puesto directivo en el equipo de Cecil. Todos los requisitos y habilidades coincidían con su perfil. Las especificaciones la describían a ella, lo intuía. Cecil cumplió su palabra, pronto todo sería distinto, mejor.

Luego sostuvo aquella llamada telefónica y una reunión con él. La repasó en su mente. Llevó un traje de buen corte, el cabello recogido en un chongo impecable. El café estaba tan caliente que le quemó la lengua.

—Te fue bien en la entrevista —le dijo Cecil con una sonrisa de complicidad, lo cual la reconfortó—, *muy* bien —agregó. El halago la hizo sonrojar.

—¿Crees que alguien pudiera objetar? —le preguntó.

Él se quedó pensando un instante, pero luego negó con la cabeza. Sus cortos rizos grises rebotaron como resortes.

—Descuida —dijo sonriendo de oreja a oreja—. El puesto es tuyo.

Con esa frase se extinguieron las dudas que le quedaban. Béatrice sonrió encantada. Cecil pasó saliva, su manzana de Adán se asomó.

—Anunciaré nuestra decisión dentro de poco —susurró y bebió el expreso de un solo trago—: Confía en mí.

Confía en mí. Desde entonces, esas dos palabras envolvieron a Béatrice protegiéndola como un delgado abrigo que usaba los días fríos. Los días que empezó a contar en ese instante.

Ascender por el escalafón profesional en una organización multilateral como el Banco Mundial era una tarea que tenía que realizarse con estrategia porque, de otra manera, podías quedarte en tu mismo escritorio hasta el día de tu retiro. Era como un juego de ajedrez pensado con mucho cuidado: había que avanzar en una burocracia que solo funcionaba como jerarquía, pero, al mismo tiempo, era muy política y había que enfrentarse a competidores de ciento noventa y cuatro Estados miembros. Tenías que anticipar los movimientos de tus contrincantes de manera constante; encontrar aliados en los pisos ejecutivos, gente cuya opinión tuviera peso en los comités de personal influyentes; trabajar incansablemente y volverte indispensable para tus superiores hasta que te recompensaran con un ascenso; salir a almorzar con regularidad con los colegas que ocupaban puestos ventajosos; mantener los oídos y los ojos abiertos; siempre prepararse para las reuniones y contribuir de manera significativa.

Los banqueros del Banco Mundial que deseaban llevar su carrera a algún sitio en una organización así de desmesurada eran astutos, un poco arrogantes, y pasaban por lo menos un tercio del tiempo que trabajaban planeando su siguiente movimiento en el tablero del ajedrez profesional.

Béatrice no era buena para el ajedrez. Con frecuencia era franca y le costaba trabajo dejar pasar las provocaciones de Michael; a la hora del almuerzo, en lugar de sentarse en un lugar estratégico en el comedor para establecer contacto con sus colegas, prefería darle la vuelta a la manzana sola. Era su manera de escapar. Aprovechaba el tiempo para relajarse.

Con Cecil las cosas eran distintas, nunca tenía que fingir cuando estaba con él. Además, estaba convencida de que reconoció su potencial desde el principio, su capacidad de pensar de forma estratégica en las audiencias y los mensajes del banco, su mentalidad proactiva y atención a los detalles. El año anterior, en las reuniones anuales en El Cairo, ¿acaso no le mencionó que apreciaba su comunicación e interacción con los reporteros internacionales porque habían dado como resultado excelentes coberturas de prensa para el banco? ¿No le mencionó también lo ansioso que estaba de que formara parte de su equipo como asesora de comunicaciones? Su plan era ponerla a cargo de la cada vez más considerable presencia del presidente en los medios, y que se enfocara en particular en Europa, donde todavía tenía una excelente relación con los periodistas.

Béatrice admiraba a Cecil. Era experimentado e ingenioso, usaba el cambio de liderazgo para maniobrar e impulsar su propia carrera hacia la cima, y ahora estaba a cargo de la oficina presidencial. Un jugador de ajedrez *par excellence*. Además, quería que *ella* trabajara para él. Harían un equipo formidable, estaba segura de ello.

Bostezó y retorció un mechón de cabello entre sus dedos, luego continuó editando la traducción al francés del comunicado de prensa para Haití que acababa de llegar. No era posible que un hablante nativo hubiera preparado el documento. A medida que fue realizando las numerosas correcciones, se sintió cada vez más irritada. Si Fabrice Perie de la agencia noticiosa *Agence France Presse* leyera esto, tendría todo el derecho de quejarse con Michael. "Usted no tiene ningún respeto por la lengua francesa", solía gruñir cada vez que recibía material de prensa traducido de manera descuidada. ¡Y pensar que tuvieron que pagar más para un trabajo de tan poca calidad!

Confía en mí. Las palabras de Cecil volvieron a brindarle alivio. Llevaba muchos meses esperando la oportunidad de trabajar con él, pero, mientras tanto, se aseguraba de que no la olvidara. Algunas veces le escribía un correo electrónico breve y otras le llamaba por teléfono. Cada vez que se encontraban en el vestíbulo lo elogiaba diciéndole lo fluida que se había vuelto la comunicación con la oficina del presidente desde que él la dirigía.

—Y me urge tenerte en mi equipo —le respondía él para devolver el cumplido en aquel tono casual y amigable que lo hacía tan agradable—. Las cosas se mueven lento, pero avanzan. Solo ten paciencia —decía.

Béatrice conocía muy bien el sistema. Los anuncios de empleos, las contrataciones, las reformas internas, la aprobación de proyectos. Quince mil empleados. La enorme rueda de la burocracia se movía con lentitud, pero Cecil era distinto a los otros. Era un hombre sofisticado, casi astuto y, al mismo tiempo, continuaba siendo franco y honesto.

Volvió a leer el texto por última vez. Había corregido los errores gramaticales más obvios y el título ya no sonaba a *franglés*. No le quedaba tiempo para nada más. La oficina central de prensa podría publicar el documento de forma oficial para los periodistas de todo el mundo. **Educación gratuita para treinta mil estudiantes más**, decía el encabezado. **Proyecto de 100 millones de dólares del Banco Mundial mejora el sistema educativo público en Haití,** decía abajo. En la opinión de Béatrice, decir "treinta mil" exigía un redondeo, especulación general y muy buenas intenciones, pero Michael y Alexander insistieron en que esa fuera la cifra de alumnos que apareciera en el encabezado. Dio clic a "Enviar", y listo.

Un poco más tranquila, se reclinó en su silla, relajó los hombros y soñó despierta con su nuevo empleo: un nuevo inicio, coincidencia en los propósitos y la libertad de la esclavitud que representaba Michael.

* * *

La puerta se abrió y Béatrice giró en su silla. Verônica se asomó.

—¿Estás durmiendo o qué haces? Tengo al *Post* en la línea, ¿puedo pasarte la llamada?

Béatrice no había oído sonar el teléfono.

—Por supuesto —dijo. Verônica desapareció detrás de la puerta.

Estiró los brazos y miró el reloj. ¿Por qué la gente del *Washington Post* siempre era tan rápida para hacer comentarios? Acababa de enviar el comunicado apenas hace un instante.

Entonces pensó en Joaquín y su diminuta oficina en el *Post* repleta de papeles pendientes y libros, en la que prácticamente había vivido los últimos veinte años. Ahí lo conoció, hace poco más de un año, cuando la invitaron a una entrevista con Michael y dos directores. Hablarían del futuro de la asistencia para el desarrollo, y ella pasó días redactando una serie de preguntas y respuestas con el fin de preparar a los directores para todos los trucos y trampas periodísticos que podrían presentarles.

La puerta de la oficina de Joaquín estaba entreabierta, Michael fue el primero en entrar, empujando su voluminoso cuerpo a través de la puerta. Joaquín se quedó en medio. Vestía jeans deslavados y tenía remangada la camisa azul marino. No era mucho más alto que Béatrice. Alrededor de los ojos le brillaban varias arrugas causadas por la risa, y su grueso cabello despeinado necesitaba un corte con urgencia. Ella supuso que tendría unos cincuenta años, pero después, cuando se enteró de que ya se acercaba a los sesenta, se quedó boquiabierta. En ese entonces, ella iba a cumplir cuarenta y dos, y la diferencia de edades la asustaba: dieciocho años era demasiado. Los pliegues sueltos en la piel de su cuello y las arrugas de la risa ahora le causaban ternura, pero ¿cómo se sentiría al respecto en algunos años más?

Los orígenes de Joaquín eran humildes, igual que los de ella. Sus padres habían huido de México a Estados Unidos cuando él era niño, sin documentos y sin un centavo. Apenas podían leer o escribir, y nunca aprendieron a hablar bien inglés. Su madre limpió casas durante varios años, mientras su padre abastecía anaqueles en un supermercado por las noches. A Joaquín lo criaron como estadounidense, y él así se consideraba. Le gustaba usar shorts y zapatos deportivos, y su español tenía un fuerte acento estadounidense. Sin embargo, estaba orgulloso de sus raíces mexicanas y del hecho de ser el primero de su familia en ir a la universidad. Nunca olvidó los sacrificios que hicieron sus padres para pagar su educación.

En una mano tenía una taza de la que colgaba el cordel de una bolsa de té y en la otra tenía una tetera.

—¿Té? ¿Alguien? —les preguntó a los visitantes a forma de saludo, y luego dejó la tetera sobre el escritorio.

Durante la entrevista, apenas le prestó atención a Michael. Su vivaz y amigable mirada iba de ida y vuelta entre los directores, y con bastante frecuencia se posaba en Béatrice. La observaba, la investigaba. Y cuando le sonreía, las arrugas alrededor de sus ojos se estiraban a lo largo de sus mejillas como plumaje de pavorreal.

Era como si todas las preguntas de la entrevista ocultaran un doble significado que solo ella entendía.

"¿Creen que Estados Unidos influye demasiado en los procesos de toma de decisiones del Banco Mundial?" en realidad significaba "Quiero conocerte". "¿Los países industrializados recientemente seguirán recibiendo préstamos del Banco Mundial en el futuro?" quería decir "¿Cuándo podemos volver a vernos?".

Béatrice le había devuelto la sonrisa con discreción, luego evadió su mirada y se concentró en los dos directores mientras agitaban los brazos y hablaban de los beneficios de las transferencias monetarias condicionadas, pero algunos minutos después, cuando se atrevió a voltear de nuevo en dirección a Joaquín, él la buscó de inmediato con la mirada.

La llamó esa misma noche, y aunque ella no sintió mariposas revoloteando en el estómago cuando le pidió que saliera con él, admitía que era un hombre inteligente y bien educado. Además, sus ojos transmitían una calidez casi paterna que la hacía sentirse en casa por primera vez.

* * *

Respondió el teléfono en cuanto repiqueteó por primera vez.

—Béatrice Duvier al habla.

—Soy Daniel Lustiger —respondió una voz profunda—. Tengo algunas preguntas respecto al comunicado de Haití —la voz era tan grave que el auricular vibró en la mano de Béatrice—. Dígame, esta cuestión respecto a los treinta mil estudiantes, ¿cómo calcularon la cifra?

Béatrice sacó una pluma. La cabeza le palpitaba con fuerza. La noche anterior no comprendió por completo las sinuosas explicaciones que Alexander le dio. Era tarde y la conexión telefónica les dio problemas. Las palabras de Michael le llegaron de golpe: *Nunca des una respuesta apresurada. Primero haz tu investigación y luego devuelve la llamada.*

Pero entonces recordó uno de los comentarios de Alexander y lo repitió: "La información viene de nuestra oficina en Puerto Príncipe, en colaboración con el Ministerio de Educación".

—Excelente —murmuró Lustiger—. ¿Y alguien verificó esta información? Béatrice respondió de manera afirmativa sin pensarlo demasiado y se preguntó adónde querría llegar el reportero. Hurgó en su bolso en busca de un paquete de aspirinas que debía estar ahí, en algún lugar. Lo metió apenas unas horas antes, cuando salió de su departamento.

Mientras tanto, Daniel Lustiger hablaba con su voz profunda sobre el artículo en que estaba trabajando y decía algo sobre la responsabilidad y la rendición de cuentas.

Béatrice tocó con las puntas de los dedos los puntiagudos dientes de su peine. ¿Dónde estaban las malditas aspirinas?

Lustiger, pensó mientras se masajeaba las sienes. *Lustiger.* El nombre le sonaba familiar. ¿No era aquel columnista al que sus colegas del departamento de prensa le temían e incluso odiaban? ¿El que siempre mostraba una imagen negativa del banco para convencer a sus lectores de que la asistencia internacional para el desarrollo era una manera de desperdiciar el dinero de los contribuyentes?

Sí, ahora recordaba con claridad. Unos seis meses antes escribió un artículo deleznable en el que afirmaba que el banco apoyaba a gobiernos corruptos. Provocó una crisis importante en el equipo de dirección. Lustiger no era como otros reporteros honestos y trabajadores del *Washington Post* que Béatrice conocía. Era un manipulador, un asesino a sueldo.

De pronto se activó una alarma en su interior: este hombre podría tergiversar sus palabras y usarlas en su contra. Esa llamada era una amenaza para su carrera, incluso podría darle fin. Todo por lo que se había esforzado tanto podría esfumarse en un instante, así de sencillo. La alarma sonó aún más fuerte en su cabeza. Era momento de dar fin a la conversación, llamar a Alexander y aclarar los hechos.

Pero no hizo nada de eso porque un peculiar aletargamiento se apoderó de ella y se quedó en blanco. El pánico la ahogó. ¿Qué le estaba sucediendo? Nunca había sentido algo igual. En lugar de defender al banco, algo para lo que estaba capacitada a la perfección, solo se quedó sentada, clavada en aquella silla, sujetando con fuerza el auricular. Su mente era un vacío.

Cada latido de su corazón lanzaba un martilleo que se sumaba a la resaca en su cabeza. Su mirada perdida vagó hasta fijarse en sus huesudas rodillas y sobre la derecha vio que sus medias de seda se habían corrido un poco. *Espero que aguanten un poco más*, fue lo único que pudo pensar.

Lustiger se aclaró la garganta y el teléfono crujió con fuerza. Después de eso, atacó de frente.

—Bien, pues nosotros tenemos otras cifras provenientes de una ONG. Estas muestran que el Banco Mundial incluyó en sus cálculos a niños que no han puesto un pie en un salón de clases en años.

Estas palabras hicieron que Béatrice sintiera un agudo dolor en el vientre, como si la acuchillaran.

—Significa que la cifra real debe ser *mucho menor* a treinta mil —dijo e hizo una pausa breve, pero luego repitió—: *Muuucho menor.*

Béatrice tamborileó en el escritorio y miró el comunicado de prensa, lo tenía enfrente, recién impreso. *Treinta mil niños,* decía en letras grandes, pero en ningún lugar aparecía alguna indicación sobre la manera en que Michael y Alexander calcularon la cifra.

—Ahora bien, lo que le estoy preguntando es —continuó Lustiger con aire triunfante—: ¿cómo pudo suceder esto? Estamos hablando de millones de dólares y estadísticas que, a todas luces, fueron falsificadas.

—Confiamos en la información de nuestros economistas, no en cualquier ONG —contestó sin pensar. No era una respuesta perfecta, pero tampoco incorrecta, pensó Béatrice durante el breve silencio después de que habló.

—Ajá —murmuró el reportero. Ella pegó más el auricular a su oreja y escuchó los dedos de Lustiger golpeando el teclado. Sentía que la cabeza le iba a estallar. El ruido de las teclas reverberaba en sus oídos como cientos de martillitos que le golpeaban la cabeza, pero, de pronto, la neblina se disipó. Se dio cuenta de que el reportero estaba mecanografiando muchas más palabras de las que ella pronunciaba, y la noticia de último momento que estuviera inventando, fuera cual fuera, podría provocar un desastre: para el banco y *para ella.*

Se irguió en la silla.

—Debería hablar con el director de nuestra oficina en Haití —le sugirió a Lustiger—. Voy a programar la llamada de inmediato.

—No, no, con su declaración me basta —aseguró—, es justo lo que necesitaba —dijo, y luego le preguntó cómo se escribía su apellido y de dónde era su acento. Ella deletreó y Lustiger escribió—. Gracias —masculló antes de colgar.

Más tarde, Béatrice pensó de nuevo en la funesta conversación, pero lo único que recordaba era la manera en que el auricular vibró por la grave frecuencia de la voz de Lustiger y el tortuoso palpitar en su cabeza.

6

JUDITH
PARÍS, OCTUBRE DE 1940

El otoño fue breve pero intenso, el sol brilló e hizo resplandecer el follaje. El aire cálido y vivaz contrastó con la pesadumbre en nuestros corazones porque, si bien todos los días sentíamos que el control de los alemanes sobre nuestra hermosa ciudad se extendía como una plaga, nadie podía negar la grandeza del otoño.

Miércoles por la tarde. El corazón me palpita con fuerza, tomé la nota en papel color azul claro que se encontraba frente a mí, en el fichero, y la desdoblé. *"La ausencia, para quien ama, ¿no es acaso la más certera, la más eficaz, la más vivaz y la más fiel de las presencias?", escribió Proust. Te extrañé ayer, Judith.*

Leí la nota una y otra vez. *Te extrañé ayer, Judith.* Mi pecho se tensó mientras analizaba la cita de Proust. *Para quien ama...* Cada palabra resonaba en mi ser como las réplicas de un terremoto. ¿Cómo podían las palabras escritas por un desconocido tener un impacto tan fuerte en mí? ¿Y cómo llegó ahí la nota para empezar?

Miré alrededor, pero, una vez más, no vi a nadie mirándome de forma sospechosa ni alejándose con rapidez de los ficheros. Debe de haber estado ahí ayer, esperando para verme, pero yo no vine porque tuve que tomarme la tarde para ir con mi madre a la policía. Tenía mucho miedo de registrarse. Los *gendarmes* uniformados y con el ceño fruncido siempre la atemorizaban. Sin embargo, no fue tan malo como habíamos imaginado, solo tuvimos que dar nuestro nombre y dirección. El policía también nos pidió el nombre de mis abuelos, pero no sé por qué. Luego selló nuestras identificaciones con la palabra *judíos* en letras gruesas y rojas, y nos permitieron irnos.

Camino a casa, el estado de ánimo de mi madre alternó entre maldiciones, sollozos y risas. Me preocupaba.

—Solo es un sello —insistí para tratar de reconfortarla—. Además, somos judías *francesas* y ciudadanas de *Francia*.

Aunque mi herencia no me avergonzaba, sino todo lo contrario porque estaba orgullosa de ser judía, comprendía por qué mamá se sentía desesperada respecto a la ocupación y la propaganda contra nuestra raza. El miedo permanecía en mi interior y me hacía sentir un hueco en el estómago, pero me esforcé por ignorarlo.

Empujé el cajón del fichero con fuerza y desapareció en su compartimento haciendo un fuerte ruido que me sobresaltó. Miré alrededor esperando ver miradas enojadas, pero nadie pareció prestar atención.

Monsieur Hubert ondeó la mano para indicarme que me acercara, y yo me dirigí a su escritorio de inmediato.

—*Mademoiselle* Levy no puede venir hoy —dijo—. Creo que tiene una cita parecida a la que usted tuvo ayer.

Asentí, comprendía bien.

—¿Podría por favor ayudarnos a distribuir los libros? —me preguntó con una sonrisa.

—Por supuesto —contesté.

Di vuelta para recoger un primer altero. Del libro que estaba hasta arriba saqué el trozo de papel que mostraba quién lo había solicitado y a qué asiento de la sala de lectura debía yo llevarlo. Atravesé el lugar con rapidez a lo largo de la penúltima fila de mesas y le entregué el volumen a una estudiante con lentes de montura gruesa de carey. Me lo arrebató de las manos como si se estuviera muriendo de sed y el libro fuera un vaso de agua, lo abrió y se sumergió de inmediato en la lectura.

Revisé la tarjeta del siguiente libro y busqué el escritorio correspondiente. Trabajé así por una buena media hora, hasta que estuve a punto de llegar al escritorio de un estudiante alto y delgado a quien reconocía porque cojeaba. Unos días antes lo vi moverse con dificultad hasta el catálogo de índices, arrastrando con pesadez una pierna detrás de la otra. Poco antes de llegar al catálogo, me pareció que estuvo a punto de caerse, pero extendió los brazos y recobró el equilibrio. Tan alto y, al mismo tiempo, tan indefenso. Sentí lástima por él y me pregunté cómo se habría lastimado.

Caminé hasta su escritorio y coloqué frente a él el libro que había solicitado: *El código napoleónico*. Era muy probable que estudiara derecho. Ahora, al verlo de cerca por primera vez, noté la calidez en sus ojos color almendra, su cabello grueso y sus largas manos. Debía de tener apenas unos cuantos años más que yo. Con aquel saco oscuro de lana que seguramente fue confeccionado a la medida, se veía casi demasiado distinguido para ser estudiante.

Luego mi mirada se posó en sus notas y mi corazón se sacudió. Papel color azul claro. El escritorio estaba tapizado con él. Trozos de cielo por todas partes y una caligrafía discreta en tinta negra. Me quedé paralizada.

Él reaccionó de inmediato a mi cambio de postura, se inclinó al frente y susurró.

—¿Podemos salir un momento para hablar?

—Estoy trabajando —respondí con brusquedad.

Él sonrió, arrancó una hoja de papel azul claro de su cuaderno y garabateó algo en ella. Luego la presionó en mi mano y envolvió mis dedos con los suyos por un instante. Su piel se sentía tibia y seca.

Retiré la mano de inmediato y continué caminando. No fue sino hasta que pasaron quince minutos que me atreví a leer la nota. Me oculté entre dos anaqueles del otro lado de la sala, donde él no pudiera verme. *Seis en punto. Café de la Joie. Rue des Carmes.* El mismo papel grueso, la misma caligrafía. Era él.

La rue des Carmes estaba cerca, justo atrás del Collège de France. De inmediato empecé a dudar. ¿Qué caso tendría ir? No tenía tiempo ni, mucho menos, ganas de sentarme en un café con un desconocido. Cuando terminara mi turno tenía que formarme para comprar pan con mi cupón, cuidar de mi madre y prepararme para mi clase magistral. Solo de pensar en todo eso me sentí abrumada y mis hombros empezaron a tensarse. Hice una pelota con la nota, la tiré en un cesto de basura y traté de concentrarme en el altero de libros que tenía que devolver a los anaqueles.

* * *

A las seis en punto salí de la biblioteca y me dirigí a casa por la rue des Écoles, pero en lugar de girar a la izquierda, hacia el Sena, di vuelta a la derecha y entré a la rue des Carmes como impulsada por una fuerza secreta. Por alguna razón, no pude resistir la magia que emanaba de esas notas azules; encendían en mí una emoción que nunca había sentido. ¿Por qué no arriesgarme un poco y vivir algo más que la búsqueda de la ración diaria de pan rancio? Mi corazón anhelaba una aventura, pero mi mente, siempre tímida, me alejó de la idea. Aminoré la marcha. En ese momento, un poco más al fondo de la estrecha calle, vi su alta figura envuelta en el saco azul. Estaba sentado afuera, en una de las mesas redondas, mirándome. Frente a él había una botella de vino enfriándose en una hielera de metal y dos copas a los lados. ¡Una botella entera!

Era demasiado tarde para dar marcha atrás. Me observó cruzar la calle. Mis pestañas empezaron a revolotear, bajé la mirada con timidez y me enfoqué en el suelo mientras caminaba hacia él. Llegué y, justo cuando estaba a punto de sentarme, se puso de pie, tomó mi mano y se inclinó hacia el frente para saludarme con un beso en la mejilla que yo eludí. Solo tartamudeé, dije *"Bonjour"*, y me senté temblando. Sentía el corazón en la garganta.

—Me llamo Christian —dijo mientras sacaba la botella de vino de la hielera—. Gracias por venir —agregó y me sirvió vino en una copa sonriendo.

Asentí con discreción, no estaba segura de cómo responder. ¿Tal vez "De nada" o "Con gusto"? Todo sonaba demasiado extraño y fuera de lugar. Sacó un paquete de Gauloises del bolsillo de sus pantalones y me ofreció uno. Sentir la acritud del humo en mis pulmones me habría reconfortado, pero fui demasiado tímida y decliné.

Él encendió su cigarro y cruzó las piernas.

—Le debo una disculpa, Judith —dijo. Inhaló y exhaló el humo casi de inmediato—. Si la incomodé, lo lamento.

—No, está bien —murmuré, aplanando mi falda hacia abajo.

—Me... me gustaría explicarle... —dijo. Era obvio que no era el tipo de individuo que perdía el tiempo en conversaciones mundanas. No hizo las preguntas usuales como dónde vivía o qué estudiaba. Aunque, quizás ya sabía todo eso. Después de todo, sabía mi nombre.

Con mano ligeramente temblorosa, acercó el Gauloise a su boca y volvió a fumar. El autor de aquellas notas tan elocuentes y provocativas, con tantos adjetivos osados, ¿sería tan nervioso e inseguro como yo? Ver el tremor en sus dedos me dio ternura, me hizo intuir que era accesible. Era obvio que, debajo de aquel elegante saco hecho a la medida, latía un corazón igual de tímido que el mío. Era distinto a todos los estudiantes que había conocido en La Sorbonne.

Mi agitación disminuyó y pude sosegarme, por fin me atreví a mirarlo bien. Vestía como un híbrido entre joven intelectual e hijo de familia acomodada. Cabello rubio oscuro y raya al lado. Sobre su ojo derecho caían algunos mechones largos. Los peinó hacia atrás con la mano y fijó en mí su mirada penetrante. Permanecimos sentados mirándonos un largo rato. Yo recorrí su frente y el largo de sus pestañas, no entendía bien qué me estaba sucediendo, pero sabía que algo poderoso se había encendido entre nosotros. No solo mi mente: todo mi cuerpo flotaba. La presencia de Christian me arrastraba, su mirada y la ondulante brisa que se deslizaba por la calle me elevaban sobre la mesa.

Bajó la vista y señaló su pierna derecha.

—Polio —dijo—. Tenía cinco años cuando me enfermé. Desde entonces he cojeado con esta pierna —apagó el cigarro presionando con fuerza en el cenicero—. La única alegría que me ha traído es que no me convocaron. Habría sido un pésimo soldado.

—Lo lamento —dije.

—La enfermedad me cambió —continuó. Deslizó la copa de vino sobre la mesa, empujándola con el dedo índice—, me convirtió en un forastero —agregó antes de levantar la copa y beber un sorbo—. Nunca pude hacer lo que los otros chicos: jugar futbol, participar en peleas callejeras, trepar árboles —dijo, mirando pensativo a la distancia.

"Todo lo que importaba sucedía en mi mente y en los libros que leía. Los niños de mi grupo solo me visitaban porque sus madres los obligaban, así que pasaba la mayor parte del tiempo sentado solo en casa, en nuestra gran biblioteca. Era el único lugar donde nadie podía burlarse de mí —dijo y volvió a despejar su frente de los rizos—. En las bibliotecas me siento seguro. Ahí no importa cuán rápido corras ni qué tan lejos puedas arrojar un balón. Vengo casi todos los días a la gran sala de lectura y devoro todo lo que cae en mis manos. Stendhal, Balzac, Zola... —dijo, mirándome con una sonrisa. En sus mejillas se formaron unos pequeños hoyuelos—. Y Proust, por supuesto.

Sonreí por primera vez desde que me senté.

—Luego, un día, apareció usted, Judith —su semblante se tornó serio de nuevo—. De inmediato sentí que algo nos vinculaba. Que a usted, como a mí, también la habitaba cierta melancolía.

Sus palabras me sacudieron, me azoraron. ¿Cómo pudo leer con tanta claridad el dolor de mi juventud en mi expresión? Sentí la cabeza caliente y una presión detrás de los ojos. Solo atiné a beber rápido otro sorbo de vino.

—Dado que no puedo impresionarla con un físico atlético, tenía que intentarlo con mis palabras, y Proust me pareció digno mensajero de lo que quería transmitirle.

—Es... es una nota hermosa —susurré mordiendo mi labio inferior—. ¿Por qué Proust?

Me miró con atención.

—Porque es perturbador. Porque cautiva. Porque es el mejor. Nadie puede describir la profundidad de la emoción humana como él.

Negué titubeando un poco.

—Mmm... creo que prefiero a Balzac —dije por fin—. Sus aventuras e intrigas son muy elocuentes y vigorosas —dije rápido, pero en voz baja. Me daba gusto no tener que hablar de mí.

Christian asintió.

—Cierto, pero si alguien como yo no puede caminar de manera adecuada y de niño ha debido pasar semanas y semanas atrapado entre las mismas cuatro paredes, ve la vida de una manera muy distinta —musitó mientras colocaba el codo sobre la mesa y apoyaba la cabeza en su mano—. Mi vida siempre fue lenta y sosegada, eso me volvió sensible a los detalles que otras personas no suelen notar. Quizá por eso aprecio tanto las descripciones de Proust.

—¿Cómo supo mi nombre? —pregunté, incapaz de contener mi curiosidad un minuto más. Él rio.

—A *Monsieur* Hubert le encanta conversar, y usted le simpatiza.

Nos quedamos en silencio un rato y, mientras tanto, escuché los sonidos de la ciudad. Algunos pajarillos, un carro a lo lejos. Las calles se habían quedado casi inmóviles y vacías desde que izaron la esvástica por encima de la bandera francesa.

—¿Iría al teatro conmigo, Judith? —me preguntó de repente.

—¿Al teatro? —repetí, anonadada por su petición. Llevaba semanas ocupando cada minuto de mi cotidianeidad con mi trabajo en la biblioteca, la larga fila para comprar víveres, la recolección de cupones y mis estudios. Y ahora, de pronto estaba ahí, en medio del París ocupado, sentada frente a una botella de vino y considerando una invitación al teatro.

—No es tan absurdo como suena —dijo riendo, como si me hubiera leído el pensamiento—. La temporada teatral abrió como cada año. Mis padres tienen abonos, pero con frecuencia no pueden asistir. ¿Qué tal el próximo martes? Creo que Michel Francini va a presentarse en el Théâtre de l'Étoile.

—Pero... —dije, incapaz de continuar.

Christian colocó su mano en mi hombro en un gesto reconfortante.

—Deberíamos disfrutar de la vida mientras podamos.

Ahora sonaba precoz y yo no pude hacer nada más que poner los ojos en blanco.

—Sí, los alemanes avanzan —continuó sin que nada pudiera detenerlo—, y ahora están bombardeando Londres. Pero en el teatro solo forman parte de la audiencia como todos los demás asistentes —explicó. Luego se inclinó sobre su mochila y sacó un diario—. Mire, aquí está la edición de hoy de *Le Figaro*. ¿Qué dice en la primera página? "Las mujeres francesas del mañana no tendrán que prescindir de la elegancia. Usarán seda artificial". *Voilà*, la vida continúa —dijo, guiñando complacido.

Precoz pero encantador.

Se escuchó el repicar de una campana de iglesia cerca de ahí. ¿Ya eran las siete? Mamá se preocuparía. El hechizo se rompió y tuve que pararme como resorte de mi asiento.

—Debo irme, mi madre me espera.

—Nos vemos el martes, Judith. A las ocho en punto en el teatro.

7

BÉATRICE
WASHINGTON, D.C., 2006

Una ligera brisa flotó hacia Béatrice cuando salió a la calle y respiró el aire fresco. El dolor de cabeza había pasado por fin, también el cansancio; qué bueno que encontró las aspirinas. El cielo estaba despejado y repleto de tonalidades de anaranjados oscuros y azul. Los helicópteros se cernieron sobre la Casa Blanca antes de aterrizar con gran estrépito. Michael iba camino a una entrevista de televisión y Béatrice aprovechó la oportunidad para salir de la oficina un poco más temprano que de costumbre y encontrarse con Lena en Sunset Aid.

Sacó la tarjeta de presentación que introdujo la mujer en el bolsillo de su saco y miró la dirección. La oficina estaba en Q Street. Quedaba cerca de ahí, justo detrás de Dupont Circle. Mientras caminaba por 19th Street y cruzaba K y L, volvió a pensar en su encuentro del día anterior en Murrow Park. *Necesitamos más voluntarios con urgencia*, le había dicho.

En lugar de solo hacer otro cheque, Béatrice pensó que podría involucrarse de forma directa con esta noble causa y servir a gente que necesitaba cuidado y afecto. ¿No era lo mismo que ella deseaba?

Sin embargo, cuando se acercó a Dupont Circle las dudas la asaltaron y la hicieron aminorar la marcha. ¿En verdad tendría la fuerza física y emocional necesaria para ayudar a otros después de trabajar todo el día en la oficina? ¿Podría escucharlos quejarse de sus dolencias? ¿Absorber su miseria?

Su voz interior le habló más alto. Los susurros de su infancia resurgieron. Escuchó la tensa voz de su madre, cansada de tanto trabajar, y sintió que el corazón se le encogía. Sí, esta era su oportunidad de ofrecer consuelo a gente que lo necesitaba, tenía que intentarlo. Ella era buena en relaciones públicas en su empleo, ¿y acaso esta no era una forma más de comprometerse y llegar a otros? ¿Visitar a ancianos solitarios y hacer una modesta pero significativa diferencia en sus vidas con su presencia? En definitiva, era una mejor manera de usar su tiempo que quedándose sola en casa, sentada y esperando a que Joaquín la llamara.

Además, había tomado una decisión. Sintiéndose motivada de nuevo, cruzó Dupont Circle, pasó por la librería Kramer, donde le agradaba pasearse en busca de guías turísticas, y dio vuelta en la Q Street.

* * *

La oficina de Lena estaba en un edificio de dos pisos pintado de rosa. Arriba de la puerta había un letrero que decía *Sunset Aid* con letras gruesas y un medio círculo negro con tres rayos verticales que, al parecer, trataba de representar el sol. En una de las paredes había un anuncio pegado con tachuelas: *Se solicitan voluntarios*.

Béatrice subió los pocos escalones que llevaban a la entrada y tocó el timbre.

—Está abierto —dijo una voz femenina ronca desde el interior. Béatrice la reconoció de inmediato, era Lena.

Hasta ese momento notó que la puerta estaba entreabierta, así que la empujó y entró a la caótica oficina. Casi no había muebles y olía a cloro y café rancio. El escritorio estaba lleno de ficheros, rollos de papel higiénico y expedientes abiertos, y, junto a él, había un viejo sofá de cuero falso con el relleno amarillo saliéndose de los asientos.

Lena estaba parada al centro con una pluma en la mano y un rotafolio al frente en el que había escritos varios nombres. La rodeaban botellas de agua, cajas de alimentos enlatados y sacos con ropa. Ella vestía los mismos pantalones deportivos color azul que el día anterior, y una camiseta oscura. Su sudadera anaranjada colgaba de una silla giratoria. El tatuaje de tulipán resaltó debajo de su oreja.

—Qué gusto que haya podido venir —le dijo a Béatrice mientras tomaba un fichero del escritorio y se lo ponía en las manos—. Mire, puede empezar de inmediato, elija.

Béatrice miró el fichero asombrada y después volteó a ver a Lena de nuevo.

—Pensé que primero hablaríamos de... —empezó a decir mirando todas las cosas que había en la oficina—. Es decir, tal vez tenga tiempo algunas tardes del mes y...

—Excelente decisión —la interrumpió Lena con una sonrisa de oreja a oreja, pero de inmediato se volvió a poner seria—. Me temo que tendremos que hablar en otra ocasión, ahora necesito que revisemos nuestro horario —dijo, señalando el rotafolio—: Dos de nuestros voluntarios acaban de reportarse enfermos. Esto es un desastre.

Lena tomó el fichero que le había dado, sacó una tarjeta y se la puso enfrente.

—Señora Jacobina Grunberg. ¿Qué le parece empezar con ella? En verdad necesita una comida caliente esta noche.

—¿Quiere decir ahora mismo? —preguntó Béatrice mirando su reloj con inquietud—. Pero... —no quería visitar a nadie sin haberse preparado. No, señor.

Pero Lena no aceptaría un "no".

—Ay, vamos, no está lejos de aquí, y yo no puedo hacerlo sola.

Antes de que a Béatrice se le ocurriera una excusa plausible de por qué no podía empezar de inmediato, Lena ya le estaba explicando cuál era la ruta más rápida para llegar al departamento de Jacobina Grunberg.

—Grunberg es una anciana canadiense, de Quebec, me parece. Pero nació en Rumania —dijo mientras sacaba algunas latas de una de las cajas y las envolvía en papel—. Es soltera y no tiene hijos ni ningún otro familiar que la cuide. Se mantiene gracias a la seguridad social y a las cosas que le llevamos. Es una situación muy triste, pobre mujer.

Lena añadió a las latas un paquete de crema de avena y le entregó la bolsa a Béatrice. Luego la miró de arriba abajo.

—Mmm, no creo que deba presentarse con su traje de diseñador —dijo. Entonces tomó la sudadera con el logotipo de Sunset Aid que colgaba de la silla y se la lanzó a Béatrice—. Mejor póngase eso y deje su saco aquí, podrá recogerlo mañana.

* * *

Veinte minutos después, Béatrice se encontraba frente al deteriorado edificio en la esquina de 15th y U Street con una sudadera que le quedaba muy grande. Apenas diez años antes, la zona de U Street solía ser un refugio para los distribuidores de droga, pero luego se empezó a construir una gran cantidad de edificios residenciales y abrieron una estación de metro. Poco a poco, la zona evolucionó hasta convertirse en un animado barrio multicultural con interesantes tiendas de artículos de segunda mano y restaurantes étnicos en los que a Béatrice y Joaquín les agradaba comer de vez en cuando.

Frente a la entrada del gris edificio de concreto donde vivía Jacobina Grunberg había una pila de volantes de publicidad. El sonido de niños gritando salió por una ventana abierta. Un hombre afroestadounidense en shorts y zapatos deportivos estaba fumando un cigarrillo junto a una pared medio derrumbada. Su cabeza se balanceaba al ritmo de la música que escuchaba a través de sus enormes audífonos. Junto a los botones de los timbres no había nombres, solo números. Béatrice presionó el del departamento 1350 B y esperó. Unos segundos después, cuando escuchó un zumbido, se inclinó hacia el portón para empujarlo y entró al edificio. El vestíbulo apestaba a agua estancada y comida frita. En el suelo había botellas de vidrio rotas, colillas de cigarro y trozos del yeso que se estaba cayendo de las paredes. Parecía que el proceso de gentrificación en el barrio se había negado a entrar a este edificio. Béatrice agitó la mano frente a su cara tratando de disipar la peste. ¿Por qué Lena la habría enviado directo a la peor ubicación posible? Quería salir de ahí, pero siguió avanzando y, renuente, entró al elevador. Se sentía comprometida, y aunque estaba fuera de su zona de confort, también deseaba cumplir esta misión. Sin excusas.

Al llegar arriba tocó en la puerta de la señora Grunberg. Del otro lado se escuchó una voz ronca y profunda.

—¿Quién es?

—Sunset Aid —contestó Béatrice. Casi sintió las palabras como chiclosos en la boca. Entonces notó una pequeña placa metálica horizontal del lado derecho del marco de la puerta. Tenía grabados símbolos en hebreo y la habían clavado un poco chueca.

La puerta se abrió. Al principio solo un poco, y después por completo. Béatrice se sorprendió al ver a la diminuta dama con ojos oscuros como botones. Su cabello gris estaba sucio y despeinado. Jacobina Grunberg temblaba un poco y se recargaba en un bastón. Con un gesto le indicó a su visitante que la siguiera.

—Llegó apenas a tiempo —murmuró mientras entraba de nuevo a su sala arrastrando los pies—. Me preocupé, pensé que no vendría.

Vestía una andrajosa bata de baño de tela de toalla, y debajo de esta se alcanzaba a ver un pantalón azul de pijama con motivos florales. En los pies solo llevaba unas calcetas de tenis.

Béatrice entró al oscuro departamento siguiendo a la anciana, entrecerró los ojos para ver mejor, pero nada más discernió contornos borrosos. Las persianas estaban cerradas y los huecos a los lados solo dejaban pasar algunas franjas estrechas de luz diurna. La televisión en modo silencioso proyectaba sombras parpadeantes en la pared, un radiador en algún lugar producía un fuerte ruido metálico y al departamento lo inundaba un acre olor a aromatizante ambiental.

—Hola, señora Grunberg, ¿dónde está el interruptor? —preguntó Béatrice descolgándose el bolso del hombro.

—No quiero nada de luz —gruñó la anciana antes de sentarse en el sofá con un quejido.

En cuanto los ojos de Béatrice se ajustaron a la semioscuridad, siguió con la vista a la mujer y se sentó junto a ella. Su cuerpo sintió el abrazo de la vieja tapicería y sus palmas se encontraron con la esponjosa tela de poliéster. Miró alrededor, la sala era pequeña y no estaba muy limpia. Frente al sofá había una mesa redonda de vidrio cubierta con figuritas y adornos diversos. En el suelo había periódicos arrugados y una cobija, flanqueados por un desvencijado sillón plegable de madera. En los muros desnudos solo había una trama dispareja de clavos: los marcos con las fotografías que debían colgar de ellos yacían olvidados en un altero en el suelo.

—Le traje sopa de tomate —dijo Béatrice, haciendo un esfuerzo por sonar animada.

—Sopa —vociferó la señora Grunberg riéndose—, pura bazofia geriátrica. ¿Acaso no tengo dientes o qué?

—Es lo que me pidieron que le trajera —contestó Béatrice tratando de conservar la calma.

—Maldita sopa enlatada —se quejó la mujer y dejó caer su bastón al suelo—. Necesito comida de verdad.

Béatrice había imaginado que su participación en Sunset Aid implicaría agradables conversaciones con ancianos de Washington, ¡no esto! ¿En qué se había metido?

La señora Grunberg tosió.

—No soporto más esa sopa ni la crema de avena —dijo en tono áspero.

—Entonces ordene algo a un restaurante —sugirió Béatrice—. Comida china. Tailandesa. Una hamburguesa con papas fritas. Lo que se le antoje —dijo. De pronto sintió la imperiosa necesidad de abrir una ventana.

—Servicio a domicilio. ¡Ja! Usted no lleva mucho tiempo trabajando para Sunset, ¿cierto? —replicó la anciana mientras deslizaba su mano por los rizos—. Si pudiera pagar algo así, ¡no les rogaría a ustedes de ninguna manera! —dijo, respirando con dificultad e inclinándose al frente para recoger su bastón—. Antes… todo era distinto.

Béatrice se arrepintió de inmediato de haber hecho un comentario tan desconsiderado y se quedó callada. ¿Qué podría hacer para calmar a aquella pobre anciana?

¡Lucio! Todos adoraban su comida. Sacó el teléfono celular del pantalón y marcó. Mientras esperaba el tono volteó a ver a la mujer.

—¿Le gusta la comida italiana? —preguntó—. Yo invito.

Jacobina Grunberg no respondió, pero en el parpadeante resplandor del televisor, Béatrice vio una sonrisa fugaz en su rostro.

—*Ciao*, Lucio, me gustaría hacer un pedido —dijo Béatrice con dulzura en cuanto escuchó el conocido *buona sera*.

Ordenó sus platillos predilectos: bruschetta de tomate, *pappardelle* con hongos y crema, *penne* con la famosa salsa de pesto de Lucio y un tiramisú doble. Todo sonaba muy apetecible. Recordó la profunda sensación de bienestar cada vez que comía la pasta de Lucio después de un día difícil en la oficina, ¡incluso estando en casa! Le pareció que la señora Grunberg también necesitaba eso porque ¿quién no? Confiando en la magia y la acogedora cualidad del espagueti, decidió quedarse y acompañarla a cenar, y pensó que, si le pedía a Lucio que además enviara una botella de vino, tal vez incluso lograría alegrar a aquella dama gruñona.

—Tardarán un poco en hacer la entrega —dijo Béatrice cuando terminó la llamada—. Voy a abrir las persianas, este lugar de verdad necesita airearse.

Se levantó y fue hacia una de las pequeñas ventanas.

—¡No toque nada, por favor! Me gusta tal como está.

Béatrice se detuvo indecisa y volvió a sentarse. Tendría que ser más sutil.

—Cuénteme sobre usted —dijo, tratando de animarla—. ¿Cuánto tiempo lleva viviendo aquí en D.C.?

La señora Grunberg se quedó mirando la pantalla del televisor en silencio.

—Demasiado tiempo —murmuró—. Todas mis amigas se han ido. Ya no jugamos bridge por las tardes, tampoco conversamos en la cafetería. Soy la única que queda.

Su soledad quedó impregnada en el aire con la misma densidad que el aromatizante. Tal vez Béatrice era la primera persona con la que hablaba ese día, y solo pensar en eso la hizo estremecerse.

—¿Adónde se fueron sus amigas? —preguntó y vio a Jacobina Grunberg suspirar.

—Dos de ellas son mayores que yo y se mudaron a hogares para ancianos en otros estados. Yo no podría vivir ahí, no hay privacidad y la comida es una porquería. Nathalie, la tercera, tuvo más suerte. Se fue a vivir con su hija y sus nietos.

—¿Usted no tiene familia? —quiso saber Béatrice. Se acomodó en el sofá y pensó que Lena había sido muy sabia al insistir en que se encargara de la señora Grunberg de inmediato. En verdad necesitaba compañía.

—Mis amigas eran mi familia —murmuró la anciana sin desviar la mirada del televisor. En la pantalla, una patinadora de patinaje artístico con un traje de lentejuelas rosas giraba sobre el hielo.

Béatrice decidió cambiar de tema, tal vez eso le ayudaría a la anciana a olvidar la melancolía.

—Yo nací en Francia —dijo—. En París.

La señora Grunberg estiró el cuello hacia el frente y se quedó mirando a Béatrice con los ojos bien abiertos.

—¿París? —resopló.

Béatrice asintió, sorprendida por la intensidad de su reacción.

—Sí, mi madre vive allá. No me resulta fácil sentirme como en casa aquí en Estados Unidos —continuó Béatrice. La señora Grunberg se reclinó en el sofá en silencio. Las manos le temblaban.

—¿Se encuentra bien? —le preguntó, preocupada.

—Mi padre —susurró la anciana—. Mi padre... —repitió, pero su voz se fue perdiendo. Béatrice no quiso insistir, no se sentía cómoda.

Permanecieron sentadas una junto a la otra en silencio, escuchando el traqueteo del radiador y mirando el patinaje sobre hielo. Después de un rato, la respiración de la señora Grunberg se normalizó. Se había quedado dormida.

* * *

El timbre sonó y Béatrice se apresuró a abrir. Habló rápido con el repartidor y tomó el vino y todas las bolsas de plástico.

De pronto, al departamento lo inundó el tentador aroma de la cocina de Lucio. Cuando Béatrice volvió a la sala vio a Jacobina bostezando y tallándose los ojos. El timbre debió de haberla despertado.

—¿De dónde puedo tomar unos platos? —le preguntó mientras abría las bolsas y colocaba las cajas blancas tibias de distintos tamaños sobre la mesa de vidrio.

—Allá —murmuró la señora Grunberg, señalando con la cabeza un rincón de la cocineta. Luego estiró las piernas y se quedó mirando las cajas con el entrecejo fruncido.

La cocineta estaba junto a la estrecha puerta del baño. En el fregadero había tazas de café y platos sucios. Era evidente que la estufa eléctrica llevaba algún tiempo sin que nadie la limpiara. Junto había un pequeño refrigerador seseante, adornado con restos de calcomanías que habían sido arrancadas.

Béatrice se acercó al fregadero y empezó a lavar los platos.

Jacobina Grunberg masticó el primer bocado y cerró los ojos extasiada.

—Ay, por Dios, sabe muy bien —exclamó sonrojándose. Poco después, ya era otra persona. Los profundos surcos de su frente se suavizaron y sus pequeños ojos como botones centellearon de felicidad. El brazo derecho ya no le temblaba.

Béatrice bebió un sorbo de vino en una taza de café con brillantes lunares color azul y vio a la señora Grunberg llenar su plato de pasta. La anciana devoró la cena con desesperación, no parecía estar acostumbrada a tal abundancia.

—Por cierto, me llamo Jacobina —dijo entre dos bocados.

Béatrice sonrió. La actitud de la anciana cambió en cuanto comió bien. Haber mitigado el sufrimiento cotidiano de aquella mujer, aunque fuera por un rato, le imbuyó una alegría que no había sentido en muchos años.

—Y yo me llamo Béatrice.

—Lamento el caos en el departamento. La semana pasada me resbalé y me caí en el baño —explicó Jacobina—. Desde entonces la espalda me duele como el demonio y no me puedo mover mucho. Ni siquiera me puedo lavar el cabello sin que me duela.

—Cuánto lo siento —dijo Béatrice. Ya estaba pensando en cuándo podría regresar para ayudarle con algunos quehaceres.

Jacobina bebió media copa de vino para pasar los últimos bocados de tiramisú, dio un suspiro dichoso y se reclinó hundiéndose en los almohadones del sofá.

—Béatrice, el cielo debe de haberte enviado —dijo, chasqueando la boca con alegría—. Los otros voluntarios que envía Sunset solo suelen venir, botar una bolsa con latas y largarse —dijo, pasándose por la boca una de las servilletas grises de papel del restaurante de Lucio—. Nadie tiene tiempo. A nadie le interesa.

La anciana miró las cajitas vacías sobre la mesa de cristal y preguntó como implorando:

—Volverás pronto, ¿cierto, Béatrice?

* * *

—¿No podríamos comer comida *de verdad*? —preguntó la alta y desgarbada chica al ver con asco la ensalada de tomates, los vegetales asados y el arroz integral en el plato que Béatrice acababa de colocar en la mesa frente a ella.

Laura arqueó las delgadas cejas depiladas, se pasó la mano por el largo y suave cabello antes de quitárselo de la cara y miró a la cocina en busca de alguna alternativa.

Viernes por la noche. En lugar de beber un coctel en un bar en el centro de D.C., como solían hacerlo cuando su relación comenzó, Béatrice estaba cocinando la cena en la anticuada cocina de Joaquín. Extrañaba sus aventuras nocturnas de los viernes, la ligereza del éxtasis que los invadía cuando dejaban a un lado sus obligaciones y responsabilidades, aunque fuera solo por un par de horas.

Pero, al mismo tiempo, disfrutaba de esta sensación familiar porque era algo que nunca había tenido. Le agradaban los momentos en que los tres se reunían alrededor de una cena recién preparada y aromática, y ella le preguntaba a Laura cómo le había ido en la semana en la escuela y escuchaba sus anécdotas. En algún momento, incluso sintió que estaba desarrollando un vínculo con la adolescente. Aquellos primeros días juntos fueron tiempos más felices, con más agradables sensaciones familiares que discordancias.

Béatrice se secó las manos en el delantal. El antojo de Laura de "comida de verdad" la hizo pensar en Jacobina Grunberg, quien había pronunciado las mismas palabras con una intensidad similar apenas unos días antes. Sonrió al recordar a su nueva conocida. Percibía un vínculo peculiar con la anciana, aunque no podía explicárselo.

—¿Y qué consideras "comida de verdad", Laura? —le preguntó a la chica, a pesar de que conocía la respuesta.

—Pues, pizza, por ejemplo —contestó, como lo esperaba—. O una hamburguesa. Solo algo normal —dijo antes de sacar los pies de las sandalias, levantar las piernas, apoyarlas en una silla de la cocina y observar el esmalte negro con que estaban pintadas las uñas de sus pies.

Béatrice estuvo a punto de responder con un comentario igual de ingenioso, pero se contuvo. Deseaba salvar el vínculo que alguna vez tuvo con Laura, antes de que la pubertad llegara y transformara a aquella linda pequeña en una adolescente típica. O, al menos, intentaría preservar el recuerdo de su relación. De pronto se preguntó si *ella* habría sido así alguna vez, pero no, nunca se pudo dar ese lujo.

Abrió el compartimento del congelador y miró los paquetes apilados de comidas preparadas. Ese día ya había sido demasiado estresante: montones de fechas límite de entrega y prolongadas reuniones sin necesidad. Como siempre, Joaquín la había recogido tarde de la oficina y pasó todo el trayecto hablando por teléfono con su equipo editorial. Avanzaron por los embotellamientos diurnos a paso de tortuga. Por K Street, sobre el Potomac y luego, tras un trayecto a vuelta de rueda que pareció eterno, recorrieron la gran avenida George Washington Memorial Parkway hasta llegar a su destino final: la modesta casa de la esquina en McLean, Virginia.

¿Por qué diablos se había ofrecido a cocinar la cena? Era obvio que Laura necesitaba comer algo hecho en casa por lo menos una vez a la semana, y Joaquín era pésimo cocinero. A ella no le molestaba cocinar, quería facilitarle las cosas un poco a su novio, pero debió saber lo que pasaría: Laura nunca aprobaría su menú para la cena, lo cual la frustraba y entristecía.

De una pila de cajas de comida congelada, sacó un paquete al azar y ondeó el recipiente rectangular de aluminio. Macarrones con salsa boloñesa.

—¿Qué tal esto?

Los labios de Laura se ondularon hasta transformarse en una sonrisa.

—¡Genial!

De algún lugar cercano salió el maullido de un gato. Era el más reciente en la serie de molestos tonos de llamada del celular de Laura. Se enderezó y sacó el teléfono del bolsillo de sus pantalones. Cada vez que se movía, los incontables brazaletes alrededor de su muñeca chocaban entre sí. Se metió de lleno en una conversación por mensajes de texto. Lo más probable era que fuera Sarah, su mejor amiga. A lo largo del fin de semana se enviaban mensajes sin parar. El tono de llamada cambiaba con la misma frecuencia que el color de su esmalte para las uñas y podía ir del sonido de cualquier animal al sonido de una puerta siendo azotada, pasando por las primeras notas de alguna canción de moda.

Béatrice metió con prisa los macarrones al microondas, cerró la puerta y se sentó a la mesa. Esto podría ser su "día a día", pensó mientras escuchaba el zumbido del horno. A menudo, Joaquín decía que con frecuencia él también soñaba despertar junto a ella entre semana. A veces, por las noches, cuando Béatrice estaba sentada sola en su departamento en Georgetown y lo único que oía era el sonido amortiguado de los pasos de los vecinos del piso de arriba, jugueteaba con la idea de intentarlo. Al menos, en el contexto de un ensayo formal porque no podría renunciar a su independencia con tanta facilidad. Pero luego, una tarde en McLean bastaba para hacer surgir la irremediable duda: ¿podría hacer esto todos los días y todas las noches?

Sacó del horno de microondas el recipiente de pasta caliente, le quitó la tapa y lo colocó frente a Laura.

Joaquín entró a la cocina, lo seguía muy de cerca y apoyándose en sus patitas regordetas Rudi, su fox terrier.

—Hola, guapas. ¿Se están divirtiendo? —preguntó muy animado.

Rudi se metió debajo de la mesa y husmeó el piso.

Con un gesto ostentoso, Joaquín puso sobre la mesa una botella de vino y besó a Béatrice en la frente.

—¿Qué hay de cenar? —preguntó, pero contestarle sería innecesario, porque ya inspeccionaba con alegría los cuencos—. ¡Mmm! —murmuró contento.

Laura no le prestó atención a su padre, ni siquiera levantó la vista. Solo continuó escribiendo animada en el teclado de su teléfono y en ocasiones se llevó a la boca otro bocado de los macarrones instantáneos. Por un instante lo único que se escuchó fue el tintineo de sus brazaletes y los lengüetazos que Rudi le daba a algo que había encontrado en el suelo.

A Joaquín no pareció molestarle que su buen humor no animara ni a Béatrice ni a Laura. Tomó con la mano unos tomates de la ensaladera antes de descorchar la botella y servir dos copas. Llenó una hasta el tope y la deslizó hasta Béatrice. En la otra solo sirvió un poco y lo bebió enseguida.

—Béa —murmuró acariciando su cabello. Béatrice ya sabía lo que estaba a punto de decir—: Me temo que debo trabajar un rato más, pero en dos horas ya debería de haber acabado. Ustedes pásenla bien, ¿de acuerdo?

Le dio otro beso y salió de la cocina con Rudi trotando y resollando detrás de él.

Béatrice se quedó sentada inmóvil en la mesa y escuchó los pasos de Joaquín sobre la chirriante madera de las escaleras. En cuanto cerró la puerta de su estudio, Laura soltó la cuchara, se fue a la sala sin decir una palabra y encendió el televisor.

Ella se quedó contemplando la comida casi sin tocar. Miró alrededor, vio las cacerolas sucias en el fregadero y sus ojos se llenaron de lágrimas. ¿Por qué se había esforzado tanto?

Tal vez era el estrés que se había acumulado las últimas semanas en el trabajo o el monumental cambio en su relación con Joaquín. O quizá la degradación de su relación con Laura. O todo se juntó y le cayó como una avalancha en uno de esos momentos de soledad en una cocina sucia. Fuera lo que fuera, la atravesó. Embargada por el repentino estallido de emoción, se levantó de un saltó y subió corriendo por las escaleras.

Cuando Rudi la escuchó subir empezó a ladrar a todo volumen. Ella abrió la puerta de golpe, había reprimido su frustración y su desencanto durante días, pero ya no podía ocultarlos más.

—¿Para qué diablos estoy aquí? —preguntó gritando a todo pulmón en cuanto entró a la habitación—. Ni siquiera te das tiempo para cenar conmigo, y yo... —dijo, apoyando las manos en su cintura con aire desafiante—, tan idiota como siempre, ¡me esforcé y cociné algo especial!

Joaquín levantó la vista de la computadora portátil y suspiró. Parecía distraído.

Rudi se acurrucó entre sus pies. Ya no ladraba, solo resolló un poco, como si tratara de disculparse por el grosero comportamiento de su amo.

—Estoy harta, Joaquín —exclamó Béatrice, sentía la cabeza caliente—. Me tratas como la persona del aseo.

Joaquín se quitó los lentes para leer y se pasó los dedos por las cejas.

—Cariño, lo lamento. Tienes toda la razón, he sido muy insensible —dijo, levantándose y abrazándola. Béatrice se tensó—. Cálmate, nena. En verdad lo lamento. No tienes idea de todo lo que está sucediendo en mi oficina estos días —continuó él—. Esto me está matando.

Béatrice quería decir que estaba cansada de todo aquello, de las interminables exigencias de su trabajo en el periódico, de la actitud de Laura y de los largos fines de semana en su casa en los suburbios. Solo quería llamar un taxi e irse. Pero entonces recordó el crudo silencio que la esperaba en casa. La fría alcoba, el refrigerador vacío. Pensó en todos los fines de semana que había pasado en el sillón leyendo novelas francesas acompañada de una soledad asfixiante. Aunque la situación no era la ideal, con Joaquín y Laura al menos tenía algo parecido a una familia. Cerró los ojos y respiró hondo.

Joaquín la abrazó con fuerza y acarició su espalda. Su cuerpo exudaba una agradable calidez y el sutil aroma de la loción para después de afeitar que ella le había regalado el año pasado en Navidad. Cómo extrañaba estar cerca de él. No quería estar sola ahora. Él hacía su máximo esfuerzo. Tal vez debería ser más comprensiva y mostrar empatía. Lo abrazó vacilante.

Se quedaron ahí, abrazándose en silencio. Joaquín le pasó la mano por el cabello para reconfortarla.

—Mañana haremos algo divertido juntos. ¿Te parece? —susurró—. Solo tú y yo.

Ella se separó con brusquedad de él.

—¿Tú y yo? —repitió. Su colera se reavivó al escuchar esas palabras—. Qué gracioso. Siempre surge algo más importante.

Joaquín acarició su rostro y la besó.

—Vamos a cambiar eso, te lo prometo —dijo mirándola directo a los ojos—. Te extraño y quiero pasar más tiempo contigo, pero mi día a día es brutal. Detesto que no me deje mucho tiempo para ti —explicó. Volvió a besarla, dio la vuelta, abrió el cajón de su escritorio y sacó una pequeña caja—. Toma, planeaba dártelo después, pero creo que debería hacerlo ahora.

Béatrice deshizo el moño y abrió la caja. Sobre un pequeño cojín de terciopelo había una cadena de plata con un pendiente en forma de lágrima.

—¿Recuerdas? Lo vimos hace algunas semanas en un aparador de Connecticut Avenue —dijo Joaquín mientras sacaba la cadena de la caja para colocarla alrededor del cuello de Béatrice—. Te encantó —le dijo con esperanza.

Aunque a Béatrice le conmovió ver que, evidentemente, *sí* pensaba en ella después de todo, le parecía difícil sentir un deleite auténtico por el regalo. Sin embargo, no quiso arruinar aquel romántico momento ni el intento de Joaquín para compensarla por su comportamiento. Sobre todo, no quería que dejara de abrazarla, así que se tragó su desilusión y sonrió.

—Bajemos y bebamos un poco de vino —sugirió Joaquín.

Ella asintió.

Él la tomó de la mano y la condujo hacia las escaleras.

* * *

Cuando Béatrice despertó a la mañana siguiente, el otro lado de la cama estaba vacío. Se apoyó adormilada sobre el codo y se quitó el cabello del rostro. La cálida luz matinal entró por las cortinas entreabiertas. Miró el reloj que colgaba sobre la puerta, el reloj de la carátula anticuada y el implacable tictac que a veces la despertaba en la noche. Apenas pasaban de las siete.

La pijama de Joaquín estaba hecha bola en el sillón blanco junto a la cama. A un lado estaba el altero de libros que planeaba leer en las siguientes semanas. *The World is Flat* de Friedman, el nuevo libro de Rory Stewart sobre Afganistán y *The White Man's Burden* de William Easterly, que Joaquín le había comprado porque era sobre ayuda para el desarrollo.

Todos los viernes había nuevos libros en el sillón, en el vestidor y, a veces, incluso en el baño. Béatrice no tenía idea cómo Joaquín tenía tiempo para devorar aquellos montículos de literatura, en especial porque para ella no parecía tener ni unos minutos libres.

—Leo mientras tú duermes —le dijo él riéndose, tiempo atrás.

En su primera cita, Joaquín le preguntó qué tipo de libros le gustaba leer.

—Mucha ficción y, sobre todo, en francés —contestó ella.

—¡Ah! —asintió él, sin prestar mucha atención.

Béatrice se había dado cuenta de que no le interesaba la literatura francesa contemporánea.

Después de un rato de silencio, le preguntó qué estaba leyendo *él* en ese momento.

—La fascinante biografía que escribió Ron Chernow de Alexander Hamilton, el primer secretario del Tesoro de Estados Unidos —explicó él, bastante animado.

Después de responder la pregunta de Béatrice, Joaquín se entregó a un monólogo que duró varios minutos y, desde entonces, empezó a comprarle libros de no ficción que él consideraba "obligatorios". Parecía una costumbre pretenciosa, pero ella sabía que, en el fondo, sus intenciones eran buenas. Aunque nunca tendría el conocimiento sobre política que poseía Joaquín, y aunque a veces, durante sus conversaciones, percibía sus carencias personales, lo admiraba por su curiosidad periodística y su deseo de aprender. En todo caso, la inspiraba a leer más.

Béatrice bostezó y percibió el sutil aroma del café. Miró alrededor y vio una gran taza de café en la mesa de noche redonda. A un lado había un sobre abierto con una nota garabateada en la parte de atrás.

Mi amor, tuve que salir corriendo al trabajo. Una pequeña emergencia. En verdad lo lamento. Te veo más tarde. Te amo, J.

Béatrice respiró hondo, tomó la taza, bebió un sorbo de café y puso mala cara. El café estaba casi frío, debía de llevar un buen rato ahí. Dejó la taza en la mesa, se estiró para tomar el libro de Easterly y lo hojeó de mal humor. Lo volvió a lanzar al sillón, se hundió en la almohada y pensó en qué hacer con el día que, según Joaquín, sería solo para ellos dos.

Desde el piso de abajo se oyó un breve ladrido. Béatrice escuchó a Laura subir pisando con fuerza las escaleras y regañando a Rudi. Algunos segundos después, la adolescente abrió la puerta sin tocar. Rudi entró a la habitación con la lengua colgándole y saltó varias veces para tratar de subir a la cama.

—¿Me podrías llevar a casa de Sarah? —preguntó la chica sin dejar de ver por un instante a Rudi, quien no dejaba de insistir a pesar de que sus patas eran demasiado cortas para el salto que necesitaba dar. Laura vestía shorts y una blusa veraniega, y se había maquillado los ojos con sombra color azul. En la mano llevaba una enorme jarra de plástico llena hasta el borde de un líquido rosado y cubos de hielo. Se sentó en la cama, tomó a Rudi del collar y lo alejó del borde de la cama, pero él gimió y empezó a saltar otra vez sin descanso.

—¿No deberías hacer la tarea primero? —preguntó Béatrice. No le agradaba desempeñar el papel de madrastra, en especial cuando Joaquín no estaba y ella tenía que hacerse cargo del aprendizaje de la adolescente.

No era frecuente, pero cuando sucedía, le costaba trabajo no sonar ni demasiado estricta, ni demasiado relajada.

—La hice hace años —contestó Laura, bebiendo por el popote—. Entonces, ¿me vas a llevar o no?

—Apenas son las siete y cuarto —contestó Béatrice después de echarle otro vistazo al reloj—. Es demasiado temprano para visitar gente.

—¿Sí? ¿Quién dice?

—Digo yo —respondió Béatrice, en un tono un poco más firme e intenso de lo que esperaba. Se levantó y se puso la bata de Joaquín sobre los hombros desnudos.

—Papi dice que no hay problema —contestó Laura con aire altanero.

—Bueno, pues yo pienso que es demasiado temprano.

—Vamos —insistió la chica poniendo los ojos en blanco—. Sarah es mi mejor amiga, puedo llegar a su casa a cualquier hora.

Ni siquiera podía levantarse en paz. Pero cuando lo pensó un poco más, llegó a la conclusión de que sería mucho mejor sacar a Laura de la casa que seguir soportando sus desplantes de adolescente más de lo necesario. Además, ¡cómo saber cuántas horas la dejaría Joaquín esperando ahí! Una "pequeña emergencia" en su oficina podría tomar medio día.

—De acuerdo —dijo—, te llevaré.

Y así, antes de que dieran las siete y media, sin bañarse ni haber desayunado, Béatrice se encontró conduciendo el otro automóvil de Joaquín por el desolado pueblo de McLean para llevar a la triunfante Laura a casa de su amiga.

* * *

El hombre con los audífonos estaba sentado junto a la pared, igual que tres días antes. Esta vez tenía una lata de cerveza en la mano y, al ver a Béatrice, emitió un fuerte silbido. Ella lo ignoró.

No esperaba visitar a Jacobina tan pronto, pero el recuerdo de la anciana preguntando suplicante si volvería pronto la había conmovido. Vio una desesperanza tan genuina en sus ojos y escuchó tanta ilusión en su voz que no pudo olvidarla.

Después de dejar a Laura, no regresó a la casa vacía de Joaquín, fue directo a Washington, a U Street. Pasó a comprar algunos víveres en el camino: café, pastelillos, esponjas para lavar y un líquido para fregar platos.

—¿Quién es? —dijo la voz en el intercomunicador.

—Soy Béatrice.

—¿*Tú*?

La francesa escuchó el zumbido del intercomunicador y abrió el portón. Unos minutos después, frente al departamento de la anciana, tocó de nuevo. Jacobina abrió la puerta solo un poco como la vez anterior y, al verla, la abrió por completo. Era más bajita de lo que Béatrice recordaba, y se veía fatigada. Tenía ojeras y los rizos le colgaban sobre los hombros. No llevaba pantuflas, pero vestía la misma pijama con motivos florales de la última vez.

—Buenos días —dijo Béatrice.

—Buenos días —murmuró Jacobina, visiblemente sorprendida.

—¿La desperté?

—No... —dijo Jacobina, haciendo un gesto con la mano para indicarle a Béatrice que entrara, antes de enjugarse los ojos con la manga—. Rara vez duermo.

—Traje el desayuno —dijo Béatrice, ondeando una de las bolsas. En cuanto entró al oscuro departamento percibió el penetrante olor del aromatizante—. Ese hombre que siempre está en la entrada, ¿vive en el edificio? —preguntó tras cerrar la puerta.

—¿Cuál hombre? —preguntó la anciana dirigiéndose hacia el sofá, y al llegar se dejó caer resollando.

—El tipo de los audífonos —dijo Béatrice, al quitarse el saco. No había perchero, así que lo dejó sobre el sillón.

—No tengo idea —murmuró Jacobina. Tomó un pañuelo y lo estrujó hasta formar una pelota—. Hay muchos tipos allá afuera.

Béatrice encendió la luz. Jacobina entrecerró los ojos, pero no protestó.

—Dígame, ¿qué significan los símbolos hebreos en su puerta?

—Es una mezuzá —explicó, desarrugando el pañuelo y volviéndolo a hacer bolita—. Una tradición judía. Se supone que protege mi hogar —dijo en voz baja—: Le pertenecía a mi padre.

Béatrice fue a la cocineta y empezó a lavar los platos.

—¿De dónde viene su familia?

La anciana no respondió.

Sobre el alféizar había una pequeña cafetera con el interior cubierto de sarro. Béatrice la tomó y la llenó de agua.

—¿Café?

—Qué encantadora idea —dijo Jacobina asintiendo—. ¿Por qué viniste tan temprano? ¿No tienes nada mejor que hacer el fin de semana? —continuó sin dejar de observar cada uno de los movimientos de Béatrice.

—No había planeado visitarla, pero mi novio tuvo que salir temprano esta mañana y pensé que podría pasar a ver cómo se encontraba —dijo Béatrice antes de sacar los productos de limpieza de las bolsas y empezar a tallar el fregadero y la estufa—. Siempre está muy ocupado —continuó, mientras raspaba la delgada capa de comida quemada.

—Lo aprecio mucho. La espalda me duele mucho, casi no puedo agacharme —dijo Jacobina, jugueteando con uno de los botones de la blusa de su pijama.

Béatrice la miró.

—Tal vez debería llevarla al hospital, a urgencias. ¿No?

—¡Nah! —dijo Jacobina, haciendo un ademán—. Es demasiada molestia. Ya pasará.

Béatrice preparó un poco de café, le dio una taza a Jacobina y colocó sobre la mesa un plato con pastelillos frescos. Luego se sentó al otro lado del sofá. La anciana tomó enseguida un bollo danés.

—Dime, Béatrice, ¿por qué te intereso?

—Me gustaría ayudarla.

—Eso es lo que dicen todos al principio —dijo Jacobina tensando los labios—. Vienen una o dos veces, pero luego me convierto en una carga.

—Yo haré un esfuerzo —dijo Béatrice en tono alegre. No quería hacer una promesa que no podría cumplir, pero tampoco quería desilusionar a la anciana—. Permítame empezar limpiando un poco más.

Sin esperar su reacción, Béatrice levantó los periódicos y la cobija que estaban en el suelo. Sacudió el televisor, abrió las persianas y limpió el delgado piso de linóleo a lo largo de la cocineta. Cuando abrió la puerta de la pequeña alacena empotrada en la pared para guardar los trapos de cocina que acababa de comprar, un paquete de volantes y cartas sin abrir cayeron al suelo.

—Aquí hay un montón de cartas cerradas —dijo Béatrice—. ¿No quiere abrirlas?

—Dejé de leer mi correspondencia hace mucho tiempo —contestó Jacobina gruñendo—. Solo son facturas que no puedo pagar.

—Pero podría haber un documento importante en alguna —insistió Béatrice. Levantó el fajo del suelo. Vio varios sobres de AT&T que, en efecto, parecían facturas, y algunos recordatorios para que Jacobina pagara. Levantó uno—. Creo que debería saldar por lo menos este porque, de otra manera, le cortarán el servicio.

Jacobina hizo un ademán con la mano.

—Descuida, lo cortaron hace varias semanas. Pero no hay problema, no lo necesito.

—¿Y qué hará si tiene una emergencia?

Jacobina se encogió de hombros.

—Si de verdad es urgente, iré a la tienda de comestibles de la esquina. Ahí tienen un teléfono que puedo usar.

Pobre mujer, pensó Béatrice mientras tiraba la publicidad en el cesto de la basura. Acomodó las otras cartas en un fajo pulcro y las volvió a meter a la alacena. Las facturas de AT&T las guardó en su bolso, las pagaría esa noche. Jacobina necesitaba el servicio telefónico activado.

En el baño descubrió una vieja lavadora con un tambor que se cargaba por arriba, de aquellas que agitaban la ropa en agua tibia con un mezclador eléctrico. Giró las perillas y el tambor empezó a girar, temblar y emitir un ruido sordo.

Jacobina siguió sorbiendo su café mientras veía a Béatrice limpiar el departamento con un trapo.

—Nací en Rumania —dijo de repente—. Todavía no caminaba del todo cuando deportaron a Lica, mi padre, porque era judío —explicó, y tomó otro bollo danés—. Pero era un hombre valiente. Escapó del campo de concentración... y luego huimos a Montreal.

Béatrice estaba limpiando el alféizar con un trapo, pero al escuchar el principio de la historia, se detuvo y volteó.

—Si vivió en Quebec de niña, entonces habla francés, ¿no? ¿Prefiere que hablemos en francés?

Jacobina negó con la cabeza.

—No lo he hablado desde que dejé Canadá y me mudé a Nueva York, y eso fue hace casi medio siglo —dijo, frotando entre sí sus inflamados pies.

Béatrice dejó el trapo a un lado, se sentó junto a Jacobina y la miró con atención.

—¿Qué hizo en Nueva York? —le daba gusto que la anciana hubiera empezado a hablar de su vida. Parecía disfrutar su compañía.

—Primero realicé varios trabajos de turnos, era mesera y cosas por el estilo. Luego estuve como empleada temporal en distintas oficinas hasta que conseguí un contrato como secretaria en un bufete de abogados.

—¿Le gustaba ese empleo?

—¡Me encantaba! No me pagaban mucho, pero como no contaba con ningún título ni diploma, no tenía opción. Mi padre dejó de apoyarme económicamente, casi se volvió loco cuando dejé de estudiar y me fui a vivir a la Gran Manzana. Estudiar no era lo mío —dijo, riendo con voz ronca.

—¿Y por qué se mudó a Washington?

—Un afiliado del bufete para el que trabajaba necesitaba un asistente con experiencia, así que solicité el puesto. Después de todos esos años, me dio gusto dejar Nueva York. El ruido, el tráfico. Además, todo era muy caro —dijo, y dio otro sorbo a su café—. Aquí también tuve buenos años. Conocí a un maravilloso grupo de mujeres y nos hicimos amigas íntimas. Samantha, Daisy y mi querida Nathalie, por supuesto.

Eran como mis hermanas. Hacíamos todo juntas: íbamos a fiestas, restaurantes, conciertos... Nos apoyábamos cuando una se enfermaba o tenía problemas en su matrimonio o relación. Chicas extraordinarias —dijo, y luego entristeció—. Pero todas se han ido.

—Lo lamento —dijo Béatrice.

La lavadora se sacudía y hacía un ruido metálico que se escuchaba hasta la sala. A Béatrice le dio miedo que terminara saliéndose por la puerta, pero a Jacobina no parecía molestarle el escándalo.

—Perder a Nathalie fue lo más duro —recordó la anciana, sacudiéndose algunas migajas del pantalón de la pijama—. Fue cuando me di cuenta de que me había quedado sola por completo.

—¿Y nunca se casó? —preguntó Béatrice.

—Claro que sí —respondió Jacobina sonriendo—, pero mi matrimonio solo duró un año. No te puedo decir lo feliz que me sentí al recuperar mi nombre de soltera. Siempre me agradó mi independencia, pero ahora... me está sofocando.

—Vendré a verla con más frecuencia —dijo Béatrice, acariciando con suavidad el brazo de Jacobina.

Después de eso se quedaron sentadas en silencio varios minutos hasta que Jacobina levantó la cabeza y miró alrededor.

—Vaya, qué limpio está todo ahora.

* * *

—Qué hermosa te ves —dijo Joaquín, respirando cerca de la oreja de Béatrice cuando regresó a casa por la tarde.

Estaba parada frente al espejo, delineando el contorno de sus labios.

Joaquín la tomó de la cintura desde atrás, sonrió al ver su reflejo.

—¿Me permites besar esos seductores labios? —preguntó en tono de broma. La hizo girar y presionó sus labios contra el oscuro carmesí de los de Béatrice.

Ella se liberó y le colocó la tapa al delineador labial.

—Ahora no. Tenemos que irnos.

—Pero estoy sufriendo de abstinencia amorosa aguda —susurró Joaquín, volviendo a jalarla hacia él. La abrazó con más firmeza que antes.

—Bueno, no es culpa mía —dijo Béatrice sin mostrar emoción. Volvió a mirar al espejo para revisar su maquillaje por última vez—. Te fuiste todo el día.

—Fue contra mi voluntad —refunfuñó Joaquín, jugando con un mechón del cabello de Béatrice—. Pensé en ti todo el tiempo. ¿Pasaste un día agradable con Laura?

—Me pidió que la llevara a casa de Sarah. Luego fui a visitar a alguien que conozco —contestó. En cuanto tuvieran un momento de tranquilidad juntos, le contaría sobre Jacobina.

Él miró el lápiz labial al borde del lavabo.

—Dior, por supuesto —dijo sonriendo, en un tono ligeramente sarcástico—. Solo lo mejor.

—Déjame disfrutar mis cosas.

—¿No crees que los de CVS son igual de buenos? —dijo Joaquín—. Además, solo cuestan diez dolaritos.

Béatrice dejó caer el lápiz labial en su bolso con un suspiro. Ese exagerado comentario le recordó a su madre. La trataba de la misma manera cuando era niña. No le agradaba recordar su frugal y restringida infancia. *No podemos darnos el lujo de comprar eso*, le decía constantemente su madre. Todavía escuchaba como un eco la frase que causó un fuerte impacto en su vida. Tanto, que se juró a sí misma que no volvería a sufrir por dinero. Y lo logró, era independiente y no tenía por qué privarse de nada. Podía gastar cincuenta dólares en un lápiz labial y, además, lo hacía con el deleite de una niña insolente porque ahora *sí podía darse el lujo*.

—¿Están listos? —gritó Laura con impaciencia desde la planta baja—. Ya empezó la fiesta de Sarah.

Apenas pasaban de las siete, pero la adolescente llevaba más de media hora presionando para que salieran y la llevaran por fin a la fiesta de cumpleaños por la que Joaquín pospuso la escapada de fin de semana que había planeado con Béatrice con tanta anticipación.

Laura se había puesto un entalladísimo vestido, y a sus ojos los rodeaban gruesas líneas de delineador negro. Béatrice supuso que Joaquín no permitiría por ninguna razón que su hija saliera de casa así, pero cuando por fin llegó de la oficina, poco antes de las seis, solo le preguntó a Laura: "¿Vestido nuevo, cariño?" y, al parecer, su excesivo maquillaje no le causó ninguna inquietud.

—Me urge dejarla en la fiesta y tenerte por fin solo para mí —le susurró a Béatrice cuando la besó en la mejilla. Luego volteó y gritó hacia la puerta abierta del baño—: ¡Ya vamos!

* * *

Al pequeño jardín del frente lo rodeaba una verja. El sendero conducía a los visitantes por entre rosales y bojes comunes podados en forma esférica hasta una veranda decorada con un sinfín de guirnaldas luminosas.

—Ya pasó Navidad —murmuró Béatrice.

—Shhh —siseó Laura, reprendiéndola con la mirada.

En cuanto se acercaron a la entrada escucharon a un perro ladrar desde adentro. La señora Parker, mamá de Sarah, abrió la puerta antes de que Laura tocara el timbre siquiera. Desde el interior se escuchaban carcajadas y el rítmico martilleo de un bajo.

—¡Laura! —gritó la mujer con una gran sonrisa al tiempo que abrazaba a la chica con una calidez que parecía genuina—. Qué bueno verte. Los demás están en el sótano.

Béatrice miró asombrada a Laura. Por lo general, no dejaba que nadie se le acercara, pero, ahora, le devolvía el gesto a la mamá de Sarah. Esta chica era un libro cerrado. Notar lo poco que la conocía, en comparación con la señora Parker, la hizo sentir inferior.

En cuanto Laura entró a la casa y desapareció, la señora Parker volteó hacia Joaquín y lo miró con la misma calidez que le había mostrado a su hija.

—Hola, Joaquín, ha pasado mucho tiempo —exclamó. Sus ojos azules resplandecieron cuando lo saludó con un beso en la mejilla.

Béatrice se quedó parada, mirando con envidia los tonificados y musculosos brazos de la mujer. Tendría unos treinta y tantos, máximo, y se movía con la autoridad de una instructora de *fitness* frente a la cámara.

—No asististe a la última reunión de padres. ¿Qué has hecho últimamente? —le preguntó la señora Parker a Joaquín y luego le dijo rápido "¡Qué tal!" a Béatrice y continuó parloteando y exhibiendo sus brazos con amplios y variados gestos.

Joaquín respondió con paciencia sus insistentes preguntas mientras Béatrice miraba las coloridas macetas junto a la puerta del frente. En algún momento, él se hizo a un lado y las presentó formalmente.

—¡Ah! Tu novia… Yo soy Anne —le dijo la señora Parker a Béatrice sonriendo solo instantes antes de voltear de nuevo hacia Joaquín y continuar hablando con él—. Ahora que estás aquí, estoy segura de que tendrás tiempo para beber una copa de vino, ¿cierto?

Béatrice estaba a punto de negar con la cabeza y explicar que tenían una mesa reservada en un restaurante y que no podían quedarse porque ya iban retrasados, pero Joaquín habló antes de que ella pudiera reaccionar.

—¡No podríamos negarnos de ninguna manera!

Anne sonrió de oreja a oreja y Béatrice le dio un ligero codazo a Joaquín.

—Solo cinco minutos —susurró él, guiñando.

Entraron a la casa. El mobiliario era anticuado, no coincidía con la primera impresión que Anne le causó a Béatrice. Cortinas de encaje, alfombras gruesas y sillones voluminosos adornados con almohadones con estampado floral. Patos de cerámica y figuras talladas en madera sobre mesitas a los lados.

—¿Qué piensas de la nueva maestra de matemáticas, Joaquín? —preguntó Anne mientras servía vino en tres copas—. A mí me parece que es muy estricta —añadió.

Béatrice había dejado de escuchar. En cuanto tuvo la copa en la mano caminó por la sala, perdida en sus pensamientos, examinando las numerosas fotografías que colgaban de las paredes en marcos ornamentales. Anne con Sarah en la playa, Anne con Sarah en el jardín, Sarah practicando algún deporte, Anne con un hombre, ¿sería su esposo? El vino sabía a jugo de cereza con alcohol, pero Béatrice tenía buenos modales, así que se forzó a beberlo.

Tras breves lapsos, la gutural risa de Anne la obligaba a volver a la realidad. La fuerte música proveniente del sótano hacía vibrar el piso. De la cocina salían voces, los pasos hacían eco en las escaleras, alguien azotó una puerta.

Cinco minutos se convirtieron en veinticinco. La naturaleza amable y cálida que le hizo envidiar a Anne al principio ahora le parecía fingida y excesiva.

De vez en cuando trataba de hacer contacto visual con Joaquín para recordarle que necesitaban irse, pero era en vano. Estaba inmerso en la conversación, continuaba sentado junto a Anne en el sillón y ni siquiera se negó o protestó cuando volvió a llenar su copa de vino.

—Joaquín —interrumpió Béatrice cuando ya no pudo contenerse más. El tono chillón que escuchó en su voz la sorprendió incluso a ella. Anne se quedó a media frase y miró a Béatrice sorprendida, como si hubiera olvidado por completo que había alguien más en la sala—. Debemos irnos, es tarde.

—¿Ya tienen que irse? —gorjeó Anne—. Esperaba que te quedaras… es decir, que se quedaran ambos a… a cenar.

Béatrice miró a su novio como implorando. Esta vez él entendió, así que se paró renuente, le dijo a Anne que lamentaba no poder quedarse, le agradeció el vino y se disculpó por irse tan pronto. Después de una ampulosa despedida en la que Joaquín tuvo que prometerle a Anne que pronto se pondrían al día y se reunirían para cenar, por fin pudieron salir de la casa y subir al automóvil.

—¡Por Dios, qué mujer tan pesada! —gruñó Béatrice en cuanto cerró la puerta.

—¿Estás celosa o algo así? —preguntó Joaquín con aire engreído, era obvio que la posibilidad lo halagaba.

—¿Yo? En absoluto —contestó Béatrice antes de lograr que el cinturón de seguridad hiciera clic—. Esa mujer me ignoró y tú también, ¿cómo es posible?

—Ay, no te tomes estas conversaciones superficiales tan a pecho. Es la mamá de la mejor amiga de mi hija. Laura siempre está en su casa y cena con ellos con mucha frecuencia. No puedo ser grosero ni abrupto con ella —explicó mientras encendía el motor.

—Claro —masculló Béatrice antes de lanzar su bolso al asiento de atrás—. Siempre tienes una explicación para todo. Yo quería pasar tiempo contigo este fin de semana, pero ahora ni siquiera sé para qué me tomé la molestia de venir.

La decepción que había logrado reprimir todo el día hervía en su interior, y ahora había algo más. Joaquín lo percibió de inmediato. Sí, se sentía celosa de aquella joven mujer de brazos tonificados. Y, en especial, le daba envidia lo que la vinculaba a Joaquín: ambos eran padres y formaban parte de un mundo al que ella no tenía acceso. Un mundo de boletas escolares, adolescentes quisquillosas para comer, campamentos deportivos, responsabilidades y cuidados. En cuanto los padres entablaban conversaciones, siempre tenían mucho de qué hablar, y eso la hacía sentirse marginada. Odiaba la lástima con que la miraban cuando le preguntaban si tenía niños y contestaba que no. ¿Quienes no tenían hijos valían menos por alguna razón? No era que no hubiera querido tenerlos, era solo que ni el momento ni el hombre adecuado llegaron jamás.

—Solo vamos a cenar tranquilos, ¿de acuerdo? —dijo Joaquín, acariciando su pierna.

Béatrice le empujó la mano.

—¿Eso es todo lo que tienes que decir?

Béatrice sabía que, si lo escuchaba decir una sola frase conciliatoria más, estallaría.

Sin embargo, lo que Joaquín dijo a continuación distaba mucho de ser conciliatorio.

—Si te interesaras un poquito más en nuestra situación económica actual, sabrías que estamos a punto de entrar a una recesión. Por eso tuve que ir hoy a la oficina, para reescribir todo mi artículo y hablar con Ben Bernanke sobre el aumento en las tasas de interés.

Béatrice recordó las palabras de Monique, su amiga de la universidad, y de algunas otras personas que conocía en París y con las que aún seguía en contacto: "Lo que amas de este hombre es exactamente lo mismo que odias de él". En aquel tiempo se rio, pero ahora entendía lo que Monique había querido decir. Se sintió avergonzada, solo pudo sumirse más en el asiento y mirar por la ventana.

Joaquín se quedó en silencio también. Manejó por las calles oscuras y, algunos minutos después, llegaron al pequeño restaurante tex-mex con el parpadeante letrero luminoso que decía *Abierto*. Era el lugar al que acostumbraban ir cuando no querían comer en casa. A Béatrice no le encantaban las tortillas con frijoles refritos, pero Joaquín creía que la gente debía comer para alimentarse, no para exhibirse. Y, en todo caso, uno podía exhibirse sin problema en un restaurante económico también.

Se sentaron en una de las pequeñas mesas junto al bar sin hablarse. Béatrice estaba a punto de tomar el menú y elegir un coctel fuerte cuando Joaquín la tomó de la mano. Se veía cansado y viejo.

—Sé que las cosas no marchan bien entre nosotros en este momento —empezó a decir—, y que es mi culpa sobre todo…

Un mesero se acercó y colocó en la mesa dos vasos con agua helada y una canasta de totopos.

Joaquín soltó a Béatrice y metió la mano en la canasta.

—… pero, la cuestión es que tengo un empleo que nunca me permitirá salir a las seis de la tarde y, además, tengo una hija que me necesita —continuó.

Béatrice se sonrojó. De repente, su exabrupto y las acusaciones le parecieron infantiles. Bebió un poco de agua. Sabía a cloro y estaba tan fría que le provocó dolor de cabeza.

—Lo lamento —dijo en voz baja.

—Está bien —contestó Joaquín. También bebió agua y, por fin, volvió a sonreír—. Ya lo solucionaremos.

8

JUDITH

—¡No tengo nada que ponerme! ¡Nada! —grité en la puerta de mi habitación con la esperanza de que mi madre notara mi mal humor. Luego me volví a acostar en la cama. No recordaba la última vez que había ido al teatro. En los años recientes, rara vez nos sobraba un franco para las cosas bonitas como ir a exposiciones, conciertos o al teatro. Me volví a sentar y miré las andrajosas prendas que colgaban en mi armario. Faldas demasiado largas o amplias, y con parches; blusas anticuadas que alguna vez le pertenecieron a mi madre; zapatos con tacones desgastados casi hasta la suela. Christian, enfundado en su elegante saco, se sentiría avergonzado de que lo vieran a mi lado. Tenía diecinueve años y no poseía una sola prenda hermosa. Me sentí tan impotente que me cubrí el rostro con las manos y empecé a sollozar.

Entonces mi madre me abrazó.

—Vamos, mi dulce corderito, no puedes permitir que unas prendas viejas te desanimen.

El aire se me atoraba en la garganta, pero dejé de llorar. No me había hablado de esa manera en una eternidad. Estaba sorprendida, bajé las manos y la miré a través de mis lágrimas. En sus labios danzaba una sonrisa sutil, entonces vi algo colgando de su muñeca. Estiró el brazo y reconocí su estilizado vestido negro corto. En algún tiempo la había visto usarlo con frecuencia, pero desde que sus trenzas cayeron al suelo, se mantuvo colgado en su armario sin que nadie lo tocara.

—Tu padre me lo dio hace mucho tiempo. Creo que debería de quedarte.

La besé en la mejilla, bajé de un salto de la cama, me puse el vestido y corrí hasta el espejo grande en el corredor. Me quedaba un poco flojo a la altura de la cadera, pero fuera de eso, era perfecto. Envolví a mi madre en un abrazo gozoso y le susurré un "gracias" al oído. La verdad era que, más que por un vestido que tal vez ella no volvería a usar, le agradecía que por fin hubiera vuelto a mostrar interés en mi vida y a expresar un poco de la ternura maternal que yo tanto extrañaba y anhelaba. La amada madre que perdí años atrás había vuelto, aunque fuera solo unos instantes. Pero, claro que no le dije nada de eso, solo le conté sobre Christian, el hombre que me había invitado a ir al teatro esa noche.

—¡Oh, no! ¡Un *goy*! —dijo con un suspiro y mirando al fondo de mis ojos. En su frente se dibujaron líneas de preocupación—. No vuelvas a verlo, a los alemanes no les agradará esta relación.

—Pero, mamá —insistí—. Solo vamos al teatro.

Ella negó con la cabeza, no lo aprobaba.

—Te lo estoy advirtiendo, es una mala idea. En circunstancias normales, me habría alegrado por ti, pero ya no vivimos así. Son tiempos peligrosos, uno nunca sabe quién colabora con los *Boches*. Las cosas podrían empeorar para nosotras, te lo advierto.

La comprendía. De hecho, yo también estaba preocupada; sin embargo, el vínculo que sentí con Christian fue fuerte desde el principio, vehemente. Era una buena persona, lo presentía. Además, mi deseo de conocerlo mejor era más grande que mis temores.

—Prométeme que tendrás cuidado, Judith —dijo mi madre, presintiendo que no podría impedirme volver a verlo.

—Lo prometo —le aseguré de inmediato.

* * *

Alto y con esos hombros angulosos, Christian sobresalía entre la multitud que no dejaba de parlotear. Llevaba una gabardina larga que lo hacía lucir muy sofisticado, el cuello de la
camisa blanca bien abotonado y una corbata ajustada.

En cuanto me vio, su rostro se iluminó. Caminó cojeando
hasta donde yo estaba.

—Te ves hermosa —me dijo al inclinarse para saludarme
con un beso en la mejilla. Esta vez le devolví el saludo tocando por un instante su piel recién afeitada y con fresco aroma a
colonia.

El teatro estaba lleno. Cuando nos recibió el acomodador,
nos dijo que habían vendido todos los boletos. Después de
los tensos meses del verano, parecía que los parisinos habían
retomado el control de su vida.

Al entrar al auditorio, Christian me condujo hasta nuestros asientos. Eran los mejores del teatro.

—Mis padres tienen reservado este palco toda la temporada —me explicó mientras se sentaba en el sillón tapizado—,
pero sus incontables compromisos sociales rara vez les permiten venir.

No pude contener más mi curiosidad.

—¿A qué se dedican tus padres? —pregunté. Me senté con
prisa y apreté bien las rodillas.

—Mi padre dirige un gran banco privado. Por las noches,
mi madre lo acompaña y van de una fiesta de coctel a otra.
Mientras ella se pone al día sobre los rumores parisinos con
las otras esposas, mi padre bebe coñac, fuma puro y hace negocios

—explicó Christian negando con la cabeza y sonriendo de una manera que casi me hizo desmayar—: Ese tipo de vida no es para mí.

Él se movía en un universo que yo solo conocía por los libros, un universo a galaxias de distancia del mío. Y, sin embargo, el destino nos unió. Observé su rostro amable y me di cuenta de lo mucho que disfrutaba su compañía. Con él, la vida era una alegría, me hacía sentir feliz y gozosa. No se parecía en nada a los estudiantes varones que conocí en La Sorbonne antes de la guerra, cuando todavía había jóvenes por ahí y no todos se habían enlistado.

La discapacidad de Christian no me molestaba en absoluto. Cuando solo lo conocía de vista y estábamos en la biblioteca, sentía pena por él. Sus mensajes anónimos me desconcertaron al principio, pero ahora que conocía su historia estaba muy impresionada.

Continuamos mirándonos. Entonces recordé la advertencia de mi madre y el corazón se me encogió: *Son tiempos peligrosos*. Miré en otra dirección. ¿Cómo reaccionaría Christian si le dijera que era judía? Que la policía estampó un sello en el documento de identificación de mi madre y el mío, que nos señalaron entre los otros ciudadanos franceses. Tal vez no querría volver a verme. Me estremecí, pero sabía que tendría que decírselo pronto. Lo mejor era ser clara desde el principio porque no quería causarle... causarnos, ningún problema. Tenía que ser prudente como le prometí a mamá.

Por las puertas del teatro seguía entrando gente que empujaba piernas, pies y bolsos para llegar a sus asientos. Algunas filas atrás de nosotros se sentó un grupo de alemanes uniformados. Venían acompañados de varias mujeres y conversaban a todo volumen. Estar sentados tan cerca de ellos me puso nerviosa, deseé poder esconderme en un rincón, pero entonces se apagaron las luces y Michel Francini salió al escenario. Traté de olvidar a los alemanes. El comediante describió con humor agudo la vida cotidiana del París ocupado. El público se carcajeó con ganas. ¿Los alemanes sentados detrás de nosotros comprenderían que se estaban burlando de ellos?

* * *

Después del espectáculo, Christian sugirió que fuéramos a cenar algo. Yo titubeé y miré mi reloj. Claro, quería cenar con él, tal vez eso me daría la oportunidad de revelarle mi origen; sin embargo, ya era tarde y el metro no pasaba con tanta frecuencia por las noches. Además, muchas de las estaciones estaban cerradas.

—Por favor, Judith. Al menos un aperitivo —dijo, y como si hubiera leído mi mente, añadió—: Estarás de vuelta antes del toque de queda, mi chofer te llevará a tu casa.

Antes de que pudiera continuar negándome, por la esquina llegó una limusina negra que se detuvo frente a nosotros. El conductor bajó de un salto, hizo una ligera caravana y nos abrió la puerta trasera. Me quedé mirando atónita, asombrada por el deslumbrante vehículo negro. Christian me indicó con un gesto que subiera, y yo, ignorando mi inquietud, cedí.

—Este es el nuevo Traction Avant de Citroën —me explicó sin darle mucha importancia al asunto, mientras subía arrastrando su pierna y se sentaba junto a mí—. A mi padre le obsesionan los automóviles. La mayoría de los franceses tuvieron que llevar sus vehículos al hipódromo de Vincennes y entregarlos a las autoridades alemanas, pero mi padre logró, de alguna manera, conservar el Citroën y el Delage.

Asentí embebida. En las revistas de mujeres que se exhibían en el quiosco de periódicos a veces había fotografías de actores famosos y, detrás de ellos, se alcanzaban a ver automóviles como estos. Mis padres nunca tuvieron uno de ningún tipo, así que, al verme en un Citroën, acaricié extasiada los asientos tapizados en cuero negro mientras lo escuchaba atravesar la ciudad rugiendo.

Chez Jérôme, el *bistrot* al que fuimos, estaba iluminado tenuemente. Frente a la puerta encontramos la típica pizarra negra con el austero menú del día: sopa de nabo, ensalada de col y lentejas gratinadas. Afuera había algunas mesas a pesar de que ya hacía demasiado frío para comer en el exterior. Christian me abrió la puerta y, cuando entramos, se acercó a recibirnos un hombre de edad madura con un largo delantal blanco. Parecía ser el jefe de meseros.

—*Bonsoir, Monsieur* Christian! ¡Qué gusto verlo! Tengo una mesa maravillosa para usted, nadie lo molestará ahí —dijo, estrechando la mano de Christian. Después de saludarme a mí también, nos condujo por el pequeño y animado restaurante hasta que llegamos a un salón aparte—. ¿Cómo se encuentra su padre? —preguntó mientras tomaba las servilletas de tela de los platos. Las extendió con un ágil movimiento de la muñeca y nos las entregó—. Tenemos un fabuloso Montrachet de 1930 que le recomiendo ampliamente —continuó, sin esperar a que Christian contestara. Luego le hizo un guiño de complicidad y preguntó—: ¿Qué menú gusta que le traiga?

—El negro, por supuesto —respondió Christian, entregándole en la mano con discreción, y un guiño también, un billete doblado de quinientos francos. Agradeciendo con vehemencia, el jefe de meseros deslizó ágilmente el billete en el bolsillo de su chaleco y fue por los alimentos.

—¿*El negro*? —pregunté, con las cejas arqueadas—. ¿Se trata de algo especial?

Christian acercó la mano a su boca para evitar que vieran lo que diría y se inclinó sobre la mesa.

—Es el menú preparado con artículos que solo están disponibles en el mercado negro —susurró—. Muchos restaurantes ahora tienen dos menús: uno bueno y otro de lástima. Dicho de otra forma, uno caro, el negro, y uno económico, el rojo.

Extendí la servilleta sobre mi regazo y la alisé.

—No tenía idea —dije, pero me arrepentí de inmediato. Qué ingenua y provinciana debo haberle sonado a este joven de clase alta.

—¿A quién le importan todas las nuevas leyes y regulaciones de los alemanes? —dijo Christian riéndose y dejando caer un paquete de Gauloises en la mesa—. Quiero que nos deleitemos con los mejores alimentos que ofrece nuestro país. Cueste lo que cueste.

Extendí mi mano hacia los cigarros, pero Christian me ganó y sostuvo el paquete en un gesto galante para que yo tomara uno.

El mesero regresó apresurado a nuestra mesa sosteniendo en una mano una charola de plata con dos copas de champagne y, con la otra, una carpeta de cuero negro.

—Con saludos respetuosos de nuestro *sommelier*. Por cuenta de la casa, por supuesto —dijo, y colocó las copas frente a nosotros. Luego sacó dos menús de la carpeta de cuero negro. A medida que leí los platillos que se ofrecían, mis ojos se fueron abriendo cada vez más.

A Christian parecía deleitarle mi expresión de asombro.

—Bien, ¿de qué tenemos ganas esta noche? ¿Paleta de res con zanahorias en salsa reducida de vino tinto o pechuga de gallina de Guinea en cama de colmenillas?

La boca se me hizo agua y mi estómago gruñó con fuerza. Ni siquiera antes de la guerra tuve un menú como aquel entre las manos. Jamás.

—Y para el postre, deberíamos probar las *crêpes* con manzanas horneadas y helado de chocolate casero —sugirió Christian mientras encendía un cigarro.

Cuando bajé el menú, me sentía mareada.

—Me gustaría comer todo —dije con voz ronca.

Christian asintió.

—¡Bien! Estamos de acuerdo —dijo. Luego levantó su copa con aire festivo—. ¿Qué tal un brindis por nosotros? ¿Por conocernos más? —exclamó, extendiendo el brazo hacia mí y mirándome a los ojos.

Choqué mi copa con la suya, pero me sentí como una traidora. Tenía que decirle quién era y la verdad respecto al origen de mi familia.

—Soy judía —dije de golpe y sin pensar. No sentía vergüenza de admitirlo. Al contrario, estaba orgullosa de mis raíces, pero mis palabras sonaron a confesión. Las manos me temblaban cuando calé con intensidad mi cigarro en espera de su reacción.

Me miró y sonrió de una manera esplendorosa.

—Respeto y admiro mucho a tu pueblo, en especial por todo lo que ha amenazado su supervivencia a lo largo de la historia.

Al escucharlo me sentí desbordante de felicidad. Qué maravilla haber encontrado a alguien que me hacía sentir aún más orgullosa de ser judía. A mamá le daría gusto enterarse de esto.

—¿Y qué me dices de tus padres? ¿Piensan igual que tú? ¿Te permitirían verme si supieran que profeso la religión judía? —pregunté. La sonrisa desapareció de su rostro.

—No nos preocupemos por mis padres ahora —dijo, evadiendo mi pregunta—. Difícilmente se interesan en mí o en lo que hago.

Yo esperaba un contundente "por supuesto que me permitirán verte", no esto. ¿Por qué serían tan indiferentes?, me pregunté, pero luego pensé en mi madre y en que ella rara vez me preguntaba sobre mi vida. Tampoco se interesaba en mí, ni siquiera cuando no estaba deprimida. Comprender de repente que Christian y yo compartíamos el mismo dolor, que a ambos nos ignoraban nuestros padres, me hizo sentirme aún más cercana a él.

El mesero volvió y colocó en el centro de la mesa una gran charola de mariscos frescos, desbordante de ostras, langostinos y mejillones.

—Hablemos de *tus* padres. ¿Qué te dirían? —dijo Christian, devolviéndome la pregunta—. ¿Aceptarían que salieras con alguien que no es judío?

Asentí sin dudar.

—Mi padre nos abandonó hace mucho tiempo y perdí el contacto con él. Y mi madre no observa mucho la religión. Va a la sinagoga para las fiestas importantes y celebra nuestras tradiciones judías, pero, fuera de eso, es de mente bastante abierta como yo —expliqué.

Su mirada recobró la calidez. Extendió la mano sobre la mesa y estrechó la mía.

—Me da mucho gusto que me hayas dicho todo esto.

Al mirar las singulares exquisiteces que tenía frente a mí, volví a pensar en mi madre. Mientras yo cenaba como reina, ella estaba sola en casa, comiendo la poca sopa de papas que aún quedaba de lo que cociné el día anterior.

—Desde que empezó la ocupación, la mayoría de la gente ha tenido muy poco que comer, no todos pueden pagar lo que se comercia en el mercado negro —dije. No pude evitarlo.

—Lo sé, Judith —contestó Christian—, y es algo que me rompe el corazón. Mis padres no lo saben, y sospecho que tampoco les importaría si se enteraran. Yo he saqueado nuestra alacena cada vez que puedo y he hecho llegar alimentos a familias pobres con niños pequeños.

Por todo lo que me había dicho, me parecía que sus padres no eran gente amable ni generosa; solo imaginarlo me hizo fruncir el entrecejo. Lo único que les importaba era ellos mismos. ¿Qué pensarían o dirían *de mí* si llegaran a conocerme algún día? De pronto volví a sentirme incómoda y fuera de lugar en aquel elegante *bistro* al que Christian solía ir con ellos.

Él notó mi expresión y me tomó de la mano.

—Deja de preocuparte, Judith. Solo disfrutemos lo que tenemos esta noche. Quién sabe cuánto tiempo más podremos salirnos con la nuestra.

Asentí y me relajé. Christian tenía razón. Además, era muy pronto para pensar en conocer a sus padres.

Lo vi levantar con habilidad una ostra de la charola, ponerle jugo de limón y sorberla de un solo golpe. Miró hacia la puerta, llamó al mesero y este apareció de inmediato.

—Hervé, ¿podría traernos la botella del Montrachet 1930 que nos ofreció?

—Por supuesto, *Monsieur.*

—Ahora come, Judith —dijo Christian con un gesto invitante. Sonrió con aire travieso—. Si no nos comemos estas ostras, los gordos alemanes las engullirán todas. ¿Acaso te gustaría que eso sucediera?

* * *

Cada vez que tomaba entre mis manos un ejemplar de *A la sombra de las muchachas en flor* el corazón se me aceleraba. Lo hojeaba en medio de una especie de ensoñación e imaginaba que una pequeña nota doblada salía volando. No porque esperara recibir una, sino porque me encantaba el recuerdo de las misteriosas misivas que condujeron a nuestro primer encuentro. Desde que cenamos juntos, Christian no me había vuelto a escribir, pero a cambio empecé a recibir algo muchísimo más valioso: su atención absoluta.

Nos encontrábamos casi todos los días en los pequeños cafés de la Place de la Sorbonne, entre clases o antes de que comenzara mi turno en la biblioteca. En cuanto me despertaba por las mañanas empezaba a anhelar que llegara el mediodía para poder salir y dirigirme al lugar donde habíamos acordado vernos. Él siempre llegaba mucho antes que yo, lo notaba por la cantidad de colillas en el cenicero y por cuán arrugado se veía el periódico sobre su regazo. En cuanto lo veía, mis palabras y emociones estallaban. Me sentaba, dejaba caer mi bolso al suelo y le contaba todo lo que me pasaba por la cabeza, todo lo que había vivido desde la última vez que nos vimos.

También hablábamos de la situación política y de la ansiedad que nos provocaba, pero siempre asegurándonos de que no nos escuchara nadie sentado cerca. En pocos días, Christian se convirtió en la única persona en la que confiaba.

Cuando estábamos juntos y bebíamos varias tazas de café de achicoria, no me daban tanto miedo los ocupantes uniformados y mis preocupaciones cotidianas se esfumaban. Con Christian a mi lado me sentía segura y feliz. Ya había olvidado esa sensación.

Podíamos hablar durante horas y reír de las cosas más triviales, debatir sobre literatura y otros temas importantes, o solo permanecer sentados juntos y leer en silencio. Cuando él hablaba, lo hacía con confianza y propiciaba una sensación de intimidad que nunca nadie me había transmitido, pero también era un escucha atento y me demostraba que yo era la persona más importante del mundo para él.

Además, ¡era muy considerado! Un día me quejé del graso-so sabor del sustituto de café o *ersatz*, y, al día siguiente, miró alrededor para asegurarse de que nadie lo viera y me dio medio kilo de café de verdad. ¡Medio kilo! En casa, mi madre y yo abríamos la bolsa una y otra vez solo para inhalar y deleitarnos con el delicioso aroma. No podíamos dejar de hacerlo.

A pesar de todo, la riqueza de sus padres no era lo que volvía a Christian tan atractivo ante mis ojos, al contrario. Siempre que me traía regalos, que ordenaba vino costoso en los restaurantes o que su chofer me llevaba a casa en el Traction Avant negro y me abría la puerta como si fuera una diva, yo me sentía muy incómoda. No, no era su riqueza. Había algo más que me hacía anhelar estar a su lado: la irresistible mezcla de hartazgo y curiosidad, de intelectualidad y empatía, de audacia y miedo. El fulgurante y osado universo de ideas y pensamientos con que Christian soñaba y leía la vida me fascinaba. Me parecía que su imperfección y su soledad hacían de él un hombre completo, y lo único que yo deseaba era formar parte de ese universo.

* * *

—Cuando acabe la guerra y termine mis estudios, quiero irme de París y hacer algo distinto —dijo un día mientras mezclaba la sacarina que acababa de poner en la taza. Estábamos sentados en un café—, como criar caballos, hacer vino y escribir libros, por ejemplo.

Me fue imposible no reír.

—¿Tú? ¿El futuro abogado y heredero de una fortuna impresionante? ¿No se supone que deberías seguir los pasos de tu padre?

Christian negó ferozmente con la cabeza y me miró indignado.

—Los pasos que menos quiero seguir en este mundo son los de mi egoísta y codicioso padre —dijo.

Arrepentida de mis palabras, lo miré con aire serio. Su padre era un hombre egocéntrico e indiferente, pero era obvio que entre ellos había otros problemas además de eso.

—Judith, tú... ¿irías conmigo? Es decir, ¿dejarías París conmigo? —me preguntó sin mirarme a los ojos y jugueteando con los objetos en la mesa hasta que chocó con una cucharita y esta cayó al suelo y repiqueteó.

Contesté sin pensarlo siquiera.

—Iría contigo a cualquier lugar.

En cuanto me di cuenta de lo que acababa de decir, sentí un agudo dolor en el pecho. ¡Qué confesión! Y tan pronto. Me sentí tan avergonzada que bajé la mirada de inmediato.

Christian estrechó mi mano, se inclinó al frente y me besó con dulzura. Fue un beso fugaz, vertiginoso. Como la brisa acariciando al amargón, sin fuerza para esparcir las semillas, pero un beso al fin y al cabo. Un momento mágico que cambió todo entre nosotros. ¡Cómo había anhelado que sucediera! Y, al mismo tiempo, cuánto lo había temido.

Pensé en nuestro primer encuentro, en el tremor de su mano. Ambos lo anticipamos desde el principio, este sentimiento abrumador que florecía entre nosotros. ¿Algún día lo llamaríamos amor?

Christian separó sus labios de los míos con delicadeza.

—Mi clase empezará dentro de poco —dijo, moviéndose con torpeza, como sacudido aún por lo que acababa de suceder. Guardó los libros y sus cigarros en la mochila y se puso de pie—. ¿Te veré mañana?

Asentí y lo vi cojear hacia la puerta. Se despidió de mí ondeando la mano y salió a la calle.

* * *

¡Por fin! Seis de la tarde. Mi turno en la biblioteca llegaba a su fin y podría irme a casa. Llevaba toda la tarde pensando en Christian, en su pregunta, sobre si iría con él. Él y yo. ¿Ya éramos una pareja? Un hormigueo me recorrió la espalda.

Una densa capa de neblina envolvía al boulevard Saint-Michel. Ahora oscurecía más temprano y, como a la ciudad la afectaba de forma crónica la escasez de energía eléctrica, nuestras elegantes avenidas y calzadas tenían una iluminación muy pobre en la noche. Las lámparas en los postes brillaban a los lados de las calles como siniestros gigantes. Solo algunos automóviles atravesaban la ciudad a esa hora y, de acuerdo con las nuevas regulaciones, llevaban los faros del frente cubiertos con tela color azul oscuro. Yo tenía que caminar lento y con cuidado para no chocar por accidente con algo o estrellarme contra un muro que sobresalía. Algunas noches antes, la oscuridad fue tanta que incluso me perdí.

Encendí mi pequeña linterna y seguí su tenue rayo de luz mientras caminaba por la rue Saint-Jacques. ¿Qué le había sucedido a nuestro magnífico París? La *Ville Lumière*, nuestra Ciudad de la Luz y de la pasión estaba hundida en las tinieblas y el silencio, como una viuda en duelo.

De pronto la linterna parpadeó unos instantes y se apagó por completo. Me detuve y maldije. No tenía más pilas porque, en aquellos oscuros días de otoño, todos los parisinos dependían de sus linternas y solo era posible comprar pilas en el mercado negro.

Metí la linterna en mi bolso, me lo eché al hombro y estiré los brazos. Empecé a caminar así, dando traspiés por las calles. Cuando algunos peatones pasaban junto a mí, el brillo de sus linternas me ayudaba a orientarme. Me pregunté qué estaría haciendo Christian en ese momento y recordé el instante en que sus labios tocaron los míos.

Tiempo después llegué a nuestro edificio. Entré al vestíbulo y luego al pequeño patio, y saludé a Jeanne, nuestra conserje. Estaba afuera de su vivienda con una canasta llena de gatitos a sus pies.

—Mira a estas pobres criaturas —dijo con voz cansada, agachándose para levantar la canasta—. Las acabo de encontrar en la calle. Desde que empezaron a racionar los alimentos, la gente abandona a sus animales por todos lados. Es una desgracia —se lamentó, acercándose a mí con la canasta—. Toma uno, por favor.

Me miró implorando y me sentí acorralada. Di un paso atrás y negué con la cabeza.

—Lo lamento, Jeanne, pero… no puedo.

—Por favor —susurró, acercándose aún más—. No sé qué hacer con ellos, no tengo el corazón para tirarlos de nuevo a la calle.

Los gatitos me miraron con atención, como si supieran que su destino pendía de un hilo.

—De acuerdo —dije. Los enormes y brillantes ojitos me hicieron ceder—. Me llevaré el blanco. Creo que es hembra.

—Dios te bendiga —murmuró Jeanne. Tomó a la gatita blanca del pellejo del cuello y la puso entre mis brazos.

Asentí y ella subió hacia el cuarto piso por la oscura escalera.

Cuando encendí el interruptor de nuestro departamento, vi el bolso de mi madre tirado en el corredor. ¡Volvió a llegar a casa antes que yo! Como imaginé que se habría ido a descansar, abrí la puerta de su habitación con la gatita aún entre mis brazos. Y ahí estaba. Vi su delgada silueta bajo la tenue luz del corredor.

Se sentó asustada.

—¿Dónde has estado? —gritó y estalló en llanto.

—¿Qué sucede? —pregunté en voz baja y me senté a su lado. La gatita se liberó de mi abrazo, caminó hasta las piernas de mi madre y empezó a ronronear.

Mamá gritó.

—¿Qué es eso?

—No temas, mamá, es solo una gatita. Jeanne me pidió que…
Mi madre empujó a la criatura.

—¿Recogiste a un animal callejero a pesar de que ni siquiera tenemos con qué alimentarnos nosotras? —dijo, sin permitirme terminar la frase. Habló con frialdad, pero intuí el pánico que se ocultaba en su tono.

—Lo siento —dije y levanté a la gatita—, pero ¿no te parece adorable?

—No tenemos espacio para animales —gritó mi madre, enjugándose el rostro con la manga—. Ni siquiera hay espacio para nosotras aquí. Ya no. Se acabó.

—¿A qué te refieres? Una cosita así de pequeña no come gran cosa —argumenté. Y al ver que la gatita se encogía de miedo, le acaricié el cuello.

Mamá cerró las manos en puño y golpeó su almohada.

—Me despidieron de la escuela —dijo llorando.

—¿Te despidieron? —repetí. ¿De qué estaba hablando? Cuando no estaba deprimida era, sin duda, la mejor maestra que habían tenido en la escuela.

Giró y se hundió más en la cama, sollozó sin parar sobre su almohada. Yo dejé a la gatita en el suelo y acaricié el brazo de mi mamá.

—Tal vez fue un error, mamá —dije, tratando de consolarla—. La semana próxima todo volverá a la normalidad.

Cuando por fin dejó de llorar, le di mi pañuelo. Ella se sonó la nariz varias veces y se reincorporó.

—No. Hay una nueva ley —me explicó con la voz quebrada y arrugando el pañuelo—: los judíos ya no tenemos permitido trabajar en el sector público. Tampoco podemos dar clases.

De repente me sentí débil.

—¿Cómo? ¿Por qué? ¿Qué hicimos? —pregunté, tratando de estabilizar mi respiración—. ¿Esto significa que ya no podré trabajar en la biblioteca ni estudiar?

Mamá se encogió de hombros.

—Ya te avisarán. Como a mí, que no estaba preparada en absoluto —dijo, pasándose los dedos entre el cabello y sorbiendo—. Esta mañana cuando llegué a clases, el director fue al salón y me sacó enfrente de todos los niños. Me dijo que me respetaba y apreciaba mi labor, pero que, como director de una escuela pública, tenía que obedecer la ley. Que lo sentía mucho y todo lo demás —explicó. Luego se cubrió el rostro con las manos y empezó a llorar otra vez—. ¿De qué se supone que viviremos ahora?

—No te preocupes, mamá —dije, tratando de sonar tranquila y confiada a pesar de que el miedo me había provocado dolor de estómago—. Yo todavía recibo mi sueldo, es un poco, al menos. Y tú encontrarás otro empleo muy pronto. No tiene que ser forzosamente como maestra.

Mamá dejó de llorar un instante y me miró furiosa.

—Si crees que voy a trabajar como asistente en una cocina o a fregar pisos, te equivocas —dijo, antes de empujar la cobija y pararse de la cama de un salto—. Perdí mi empleo, no mi dignidad.

Mamá salió de la habitación hecha un torbellino y azotó la puerta. Yo me quedé sentada unos minutos y luego saqué a la gatita de debajo de la cama, donde se había escondido. La abracé y seguí a mi madre. Cuando llegué a la cocina, la vi parada junto al fregadero dándome la espalda y enjuagando un plato. Prendí el radio. Tino Rossi cantaba su melancólica "J'attendrai". "Esperaré tu regreso noche y día". ¿Qué estaríamos esperando *nosotras*?, me pregunté. ¿Y qué nos esperaba?

—¿Por qué no le preguntamos a *Madame* Morin si puedes ayudarla en su tienda de pieles? —sugerí—. Es decir… solo hasta que encuentres un empleo que te agrade.

—Todavía tenemos algunos ahorros en el banco —respondió mamá con firmeza y sin hacer ningún comentario sobre mi sugerencia—. Si acaso, suficientes para seis meses —agregó. Sus brazos empezaron a sacudirse de nuevo—. Pero, y luego, ¿qué? —preguntó sollozando y volviéndose a cubrir el rostro con las manos—. Créeme, esto es solo el principio. Nos odian.

Miré su pálido y delgado cuello, y me sentí impotente. *Nos odian*, dijo. Decidí no responder porque cualquier cosa que dijera solo la agitaría más. La idea de que a partir de ahora mamá pasaría todo el día en nuestro departamento me deprimía e inquietaba. Pensé en lo que podría hacerse, en que podría lastimarse a sí misma. Pensé en la posibilidad de perderla por alguna razón, pero no, no quería siquiera imaginarlo.

Me pareció que debía pedirle que hiciera mandados todas las mañanas para asegurarme de que respirara aire fresco. Mañana, camino a La Sorbonne, pasaría a ver a *Madame* Morin y le preguntaría si tendría algo de trabajo para mamá en su taller de costura. Ya arreglaríamos esta situación. Teníamos que hacerlo.

9

BÉATRICE
WASHINGTON, D.C., 2006

A menudo, Béatrice no sabía qué esperaba con más entusiasmo, si salir del banco los viernes por la tarde y dejar atrás su estresante vida de oficina y a su pedante jefe, o llegar a la oficina el lunes por la mañana y cambiar sus insatisfactorios fines de semana como novia de medio tiempo en McLean por su empleo en el ámbito del desarrollo internacional.

Hoy, sin duda, la segunda opción. A las ocho y media de la mañana, cuando deslizó su tarjeta de identificación sobre la reducida superficie de vidrio en el vestíbulo del Banco Mundial y vio la luz verde parpadear y al guardia de seguridad saludarla con un gesto amigable, se sintió liberada. Liberada de tener que compartir las responsabilidades y preocupaciones de Joaquín; liberada de la claustrofobia que le provocaba su casa en los suburbios con todos esos libros "obligatorios" por todos lados; y liberada del diminuto pero complicado mundo adolescente de Laura.

Béatrice entró con entusiasmo al elevador, saludó a algunos colegas con una sonrisa y conversaron sobre el fin de semana. Al llegar al octavo piso se dirigió a su oficina. Justo cuando estaba a punto de abrir la puerta, vio a Verônica y su exuberante cabellera acercarse presurosa desde el otro extremo del corredor. Béatrice le sonrió como para darle ánimo: todavía no daban las nueve de la mañana y era obvio que Michael ya la tenía corriendo por todos lados.

Sin embargo, Verônica no le devolvió la sonrisa, solo se detuvo y le indicó que se acercara. En cuanto Béatrice estuvo a su lado, la brasileña la hizo entrar a una oficina vacía y cerró la puerta.

—Tienes que ver al jefe de inmediato —dijo—. Está furioso, algo debe de haber pasado. Hoy llegó muy temprano y, desde entonces, no ha dejado de preguntar si ya llegaste.

El terror hizo que a Béatrice le revoloteara el estómago, era el inicio de uno de sus irracionales ataques de pánico.

—¿Mencionó de qué se trataba? —dijo en un susurro.

—No, no tengo idea. Solo quería advertirte —contestó Verônica en voz baja. Entonces abrió la puerta, asomó la cabeza y miró en ambas direcciones—. Está en su oficina —murmuró antes de salir.

Béatrice se pasó la mano por el cabello presa del nerviosismo; se desabotonó el abrigo y se dirigió a la oficina de Michael. Después de tocar con vacilación, abrió la puerta y entró. Michael giró de golpe en su silla y la miró de arriba abajo.

—¿Ya leíste el periódico? —le preguntó con desprecio.

—Todavía no —contestó ella sujetando su bolso con fuerza. Sabía que su confesión desencadenaría una tormenta. Entonces vio el *Washington Post* extendido sobre el escritorio de su jefe. Daniel Lustiger. Lo recordaba. De pronto se sintió acalorada y en su mente se reprodujeron la profunda y vibrante voz del periodista y el sonido de su teclado.

—Si pudiera, te despediría en este preciso instante —dijo Michael, empujando el periódico sobre el escritorio—, pero, en esta burocracia, incluso eso me tomaría una eternidad.

—¿*Despedirme*? —Béatrice palideció. El terror le recorrió las venas. Levantó el periódico y se hundió en la silla frente al escritorio. Ahí estaba, el enorme y amenazante encabezado: **"El Banco Mundial falsifica cifras y derrocha millones de dólares"**. Tragó con dificultad y continuó leyendo.

"Proyecto en Haití, un ejemplo primordial de burocracia y de un mal manejo". El artículo ocupaba toda la página. Al centro había una fotografía grande de niños negros con uniformes escolares. *¡Toda la página!* La adrenalina le recorrió el cuerpo y el cabello se le erizó.

Michael se estiró sobre el escritorio y le arrancó el periódico de las manos. Luego se puso de pie, caminó hacia ella, extendió el periódico y leyó con voz firme y a todo volumen: "Béatrice Duvier, vocera del Banco Mundial, no pudo indicar la manera en que se calculó la cantidad de alumnos que actualmente estudian en Haití con el apoyo de la institución. Este torpe manejo por parte del departamento de prensa es solo un ejemplo de la pésima gestión de la institución de desarrollo con sede en Washington". Dejó de leer y la miró.

Béatrice se quedó sentada, en shock, sintiendo que el miedo la asfixiaba.

—Esto es un escándalo, Béatrice. ¡Un verdadero escándalo! —gritó Michael antes de continuar leyendo—. "El Proyecto para el Desarrollo Global, PDG, una ONG con sede en Londres, tuvo acceso a documentos internos y confidenciales del Banco Mundial —leyó Michael resoplando— que muestran que la cifra real de estudiantes haitianos es mucho más baja de lo que esperaba el banco. De acuerdo con PDG, las cifras fueron infladas en complicidad con el ministro de la Educación de Haití para no poner en peligro la aprobación de más créditos ni la reputación del banco". ¡Maldita sea!

Béatrice seguía paralizada, se quedó mirando el redondo vientre de Michael, el cual sobresalía tanto que parecía que la botonadura de la camisa blanca estaba a punto de estallar. Michael sacó un pañuelo y se enjugó el sudor de la frente.

—¿Tienes idea del desastre en que nos has metido? —preguntó gritando.

—¿*Yo*? Yo no tengo nada que ver con PDG.

—Entonces, ¿de dónde más sacaron la información sobre los documentos? Es decir, tú estabas enterada.

Béatrice negó vigorosamente con la cabeza.

—No, ¡para nada!

—¿Y por qué no me dijiste que Daniel Lustiger había llamado? —preguntó Michael aclarándose la garganta y tragando con dificultad—. Lo conozco bien, yo habría podido evitar toda esta mierda —vociferó, dejándose caer en su silla. Tenía el rostro encendido—. Mira lo que escribió: "Torpe manejo por parte del departamento de prensa". ¡Qué mierda! —dijo, y golpeó sobre el escritorio—. ¿Un periodista te aborda en un mal momento y no me dices nada? Ahora yo voy a tener que enfrentar este desastre.

—Michael, no me "abordó en un mal momento" —respondió Béatrice con voz temblorosa. Estaba muy asustada, solo trataba con desesperación de recordar los detalles de su conversación con Lustiger—. Lo único que hice fue explicarle lo que él *ya sabía*.

—Pudiste evitar que saliera este artículo —respondió Michael de forma brusca—. El próximo mes se realizará una conferencia para donadores aquí mismo, vamos a discutir más sobre el tema de la ayuda financiera para Haití. Ministros de doce países europeos ya confirmaron su asistencia, pero, después de este artículo, será una catástrofe.

—También le ofrecí a Lustiger entrevistarse con Alexander —explicó Béatrice—, pero él se negó.

—Por supuesto que se negó —bramó Michael—. Lo que quería era que una idiota como tú le diera justamente la cita que necesitaba para su artículo de mierda, y en lugar de encender tu cerebro, hablar conmigo primero y devolverle la llamada, solo lanzaste aceite al fuego —dijo, poniéndose la mano sobre la frente—. ¡Cómo puede alguien ser tan estúpido! ¡Tan poco profesional!

Béatrice se enderezó y miró a su jefe.

—Yo no dije eso, él tergiversó mis palabras.

—¿Ah, sí? —Béatrice escuchó con toda claridad el cinismo en su voz—. Entonces, voy a dar por hecho que puedes probarlo. Estoy seguro de que grabaste la conversación como lo discutimos.

Michael les había dado grabadoras a los integrantes del equipo de prensa y les dijo que registraran sus conversaciones con los periodistas de los medios más importantes porque, gracias a esta práctica, ya habían podido corregir citas incorrectas y aclarar malentendidos.

Béatrice bajó la mirada.

—No, no la grabé, todo sucedió muy rápido.

Su jefe hizo una mueca que dejó entrever sus dientes amarillentos.

—Volviste a fallar por completo, Béatrice Duvier. Una vez más. En esta ocasión, sin embargo, pusiste a todo el equipo en una situación muy delicada. Y ni hablar de la imagen del banco en este momento —dijo Michael tamborileando con la pluma un ritmo en estacato sobre el escritorio—. En veinte minutos tengo una reunión de emergencia con el vicepresidente y los gerentes *senior*. En esta ocasión, sufrirás severas consecuencias.

—Michael —empezó a decir—, *tú* fuiste el que quiso incluir la cifra en el artículo. Yo te dije que...

No le permitió terminar.

—¿Discúlpame? ¿Entonces ahora es *mi* culpa? Si me hubieras dicho, aunque solo fuera una vez que había dudas respecto a la cifra, la habríamos cambiado, pero yo confié en ti —siseó.

—*Te lo dije* —dijo ella—. En el comunicado original ni siquiera incluí la cifra, pero a ti no te agradó esa versión.

Michael hizo un gesto despectivo con la mano.

—Lo único que importa en este momento es lo que está escrito aquí en blanco y negro. Y esto ¡es tu culpa! Ahora desaparece de mi vista, antes de que me enoje de verdad.

Béatrice se quedó callada un instante. Luego tomó su bolso y salió de la oficina. Se dirigió con prisa a la suya y se sentó al escritorio, le temblaba todo el cuerpo. ¿Cómo sucedió todo esto? ¿Cuál era el objetivo de esa ONG? ¿Quién les transmitió los documentos internos del banco? ¿Habrían falsificado las cifras? ¿Y qué sucedería con ella ahora? Era responsable por completo del "Torpe manejo por parte del departamento de prensa". La idea de que todos los gerentes *senior* del banco estuvieran leyendo en ese instante su nombre en el *Washington Post* la hizo sonrojarse. Cuando comprendió lo que todo aquello podría implicar, un oscuro e incierto temor se apoderó de ella.

Levantó el auricular del teléfono y marcó el número de Joaquín.

—¿Sí? —respondió él cortante.

—¿Por qué no me dijiste nada respecto al artículo de Lustiger? —le preguntó sin saludarlo.

—¿El artículo de quién?

—Este espantoso artículo… tergiversaron mis palabras. Las cifras falsificadas —estaba tan desesperada y molesta, que apenas podía articular las frases.

—¿De qué estás hablando?

—Lo sabes bien.

—Empieza por el principio, cariño. ¿Qué sucedió?

¿En verdad Joaquín no tenía idea? ¿Acaso el equipo editorial no discutió el artículo de Lustiger en su reunión previa a la publicación?

Béatrice le contó todo con prisa. Él la interrumpió varias veces: cuando hablaba demasiado rápido y no alcanzaba a comprender el contexto.

—Yo soy el editor de finanzas. Cada departamento organiza su propia reunión editorial, así que no tengo idea de lo que escribió Lustiger.

—¿Qué debería hacer ahora? —dijo Béatrice llorando.

—Tranquila, no permitas que nadie vea que esto te molesta —le aconsejó. Era obvio que estaba tratando de mantenerse positivo—. Toma un poco de aire fresco y bebe un café. En algunos días, todo esto habrá pasado. Sabes bien que nada resulta tan malo como uno teme. Cariño, debo dejarte, tengo que entrar a una reunión. Si quieres, podemos hablar con calma en la noche, ¿te parece?

Joaquín nunca tenía tiempo para ella. Todo lo demás siempre era más importante. Béatrice dejó caer con fuerza el auricular. Estaba muy molesta, pero se abotonó enseguida el saco, que no había tenido ni tiempo de quitarse, tomó su bolso e hizo justo lo que Joaquín le recomendó.

* * *

Compró un café en el Starbucks de 18th Street, se sentó junto a la ventana y pensó en la manera de salvarse de la incómoda situación a la que Daniel Lustiger la había catapultado. Algo era obvio: Michael nunca la perdonaría y, a partir de ese momento, aprovecharía cualquier oportunidad para recordarle el incidente.

Pensó que, quizás, Joaquín tenía razón. Lo único que podía hacer en ese momento era esperar y desear que todo quedara en el olvido pronto. Tal vez, dentro de poco, un nuevo artículo criticaría el trabajo del banco en Sudán, Sudáfrica o Perú, y nadie volvería a mencionar a Haití. La prensa funcionaba así: las noticias de ayer eran las noticias de ayer. Además, dentro de poco Cecil anunciaría su ascenso y Michael por fin quedaría en el pasado.

Cuando volvió al banco, encontró una nota en un post-it pegado a la puerta de su oficina. *El jefe quiere verte. V.* Lo despegó y lo guardó sin cuidado en su bolso.

Entró a la oficina, lanzó su saco y su bolso a una silla. Estaba a punto de salir a ver Michael cuando repiqueteó el teléfono. Miró la pantalla, no podía no responder la llamada: era su madre desde París. Sonaba exhausta; desde que se retiró, cinco años atrás, tenía poco contacto con sus amigos y conocidos, y pasaba la mayor parte del tiempo sola en su departamento de una sola habitación en la rue Dareau. Béatrice le enviaba dinero cada mes para que viviera un poco más cómoda, porque su pensión apenas alcanzaba para pagar la renta.

Le contó que se había caído en la escalera y que se cortó la rodilla; sentía mucho dolor al caminar y solo podía ir hasta las tiendas de comestibles del edificio de junto.

Béatrice estaba abrumada. Se sentía culpable de vivir tan lejos, de no ver a su madre con frecuencia y, ahora que estaba herida, de no poder ayudarla. Trató de calmarla y prometió marcarle con más frecuencia.

—¿Quieres que le llame a tu médico? Puedo tomarme algunos días libres e ir a verte.

—No te preocupes, *ma chérie*, todo va a estar bien —respondió su madre. Por su voz, supo que se estaba esforzando por sonar alegre—. Tienes un empleo muy importante que implica una gran responsabilidad. Yo solo te quito el tiempo.

Béatrice pasó saliva. Anhelaba sincerarse con su madre y contarle lo que le estaba sucediendo en ese momento, pero no podía. Solo la preocuparía. Además, sabía que le empezaría a hacer una serie de sugerencias imprácticas.

—Estoy muy orgullosa de ti —dijo la señora con entusiasmo antes de despedirse—: ¡de la mujer en que te has convertido!

¡Si supiera! En cuanto colgó el teléfono, fue a ver a su jefe con la cabeza agachada.

—¡Ya era hora! —vociferó Michael cuando la vio entrar. Estaba sentado frente a la computadora con los lentes por debajo del puente de la nariz. Su saco colgaba de una silla—. Hablé con el equipo de gerentes *senior* —dijo, cruzado de brazos.

Ella se quedó parada esperando.

—Los teléfonos no dejan de sonar. Ya recibimos ciento cincuenta solicitudes de entrevistas para hablar sobre el artículo de Lustiger. En unas horas, la oficina del presidente hará una declaración y adoptará una postura en el asunto —dijo. Las notificaciones de correos electrónicos nuevos no dejaban de sonar en la computadora—. Es una pesadilla —agregó, rechinando los dientes con el ceño fruncido.

Béatrice permaneció en silencio. Estaba frente al escritorio, tenía los brazos a los costados y no se atrevía a moverse.

Ping, se escuchó otra notificación.

—El vicepresidente va a lanzar una investigación para averiguar quién pasó la información —continuó Michael, rascándose la oreja—. Tomará algunos meses. Mientras tanto, no volverás a responder llamadas de periodistas. Ricardo se hará cargo de tu labor de prensa. Yo te asignaré otras tareas. Necesitamos organizar el archivo, y hay reportes y listas de prensa que deben actualizarse.

Béatrice respiraba con dificultad. ¿El malnacido quería enviarla a limpiar el archivo?

—No puedes estar hablando en serio.

Michael se frotó la barbilla.

—Claro que sí. Al menos, ahí no podrás provocar ningún daño importante. Obviamente, tus viajes a Haití y República Dominicana serán cancelados. Patricia asistirá a las conferencias en tu lugar.

—Pero... —¡no podía solo apartarla de esa manera!

Se escuchó otra notificación en la computadora.

—No hay *peros*. Verônica te explicará lo que debes hacer —vociferó Michael. Su expresión se endureció aún más—. Y respecto al comentario sobre el "Torpe manejo por parte del departamento de prensa", te aseguro que sufrirás las consecuencias, *Mademoiselle*.

El teléfono sonó y Michael le indicó a Béatrice que saliera de su oficina con un rudo gesto.

* * *

Verônica abrió la puerta y encendió el interruptor. Una tenue luz en el techo parpadeó y reveló una fría sala ubicada a un lado de los elevadores. A través de los delgados muros, Béatrice podía escuchar el sonido de gente con prisa, y el constante abrir y cerrar de puertas. Miró alrededor. Las paredes tenían grietas, la alfombra estaba desgastada. Alguien había empujado una vieja fotocopiadora hasta el centro del lugar. A un lado había un antiguo monitor de rayos catódicos. Sobre los estantes, que se extendían a lo largo de dos extensos muros y hasta el techo, había alteros de carpetas y libros con cubiertas empolvadas, tubos de cartón, estuches vacíos de CD y videocasetes. El archivo parecía archivo mucho menos de lo que Murray Park parecía parque.

Béatrice suspiró.

—¿Y qué se supone que debo hacer en este basurero?

Verônica se acercó a uno de los anaqueles y señaló una hilera de carpetas.

—Aquí están las listas de los asistentes a las conferencias de desarrollo más recientes. Tienes que sacarlas todas y hacer respaldos electrónicos.

—¿Qué? —dijo Béatrice poniendo los ojos en blanco.

—Y el material en las otras carpetas tiene que ser revisado y arreglado en orden cronológico —dijo Verônica. Luego arqueó una ceja y miró alrededor—. Y ya que estás en esto, también podrías limpiar a fondo. Se ve bastante sucio aquí —agregó, entregándole la llave—. El lugar es todo tuyo. Estoy segura de que revisar todos estos papeles te tomará semanas.

Béatrice gruñó. La idea de tener que pasar semanas en aquel lugar la avergonzaba muchísimo. Se sentía furiosa e indignada. ¡Ella no había hecho nada malo! Solo incluyó en un comunicado una cita que no era la ideal. Un error de esa naturaleza podría cometerlo incluso el más avezado de los jefes de prensa. No había manera de justificar que Michael tratara de hacerlo parecer una crisis internacional y la encerrara en aquel sótano.

Verônica le dio una palmada amistosa en el hombro.

—Alégrate —dijo sonriendo—. Te traeré café de vez en cuando.

Cuando la asistente salió, Béatrice cerró la puerta y se sentó en la silla junto al viejo monitor de rayos catódicos. No podía permitir que aquello la desanimara. Tenía que hablar con Cecil lo antes posible y averiguar cuánto le tomaría al comité de selección anunciar su decisión. Sacó la BlackBerry de su bolso y marcó su número.

—Oficina de Cecil Hansen —anunció una voz femenina entrecortada.

Béatrice no habló de inmediato, había marcado el número directo y, por lo general, contestaba él mismo o la llamada pasaba al buzón de voz.

—Habla Béatrice Duvier, me gustaría hablar con Cecil, por favor.

—El señor Hanson está de viaje en una misión —contestó la mujer.

—Ah… comprendo. ¿Cuándo volverá?

—En una semana, pero para entonces, la conferencia de donadores para Haití habrá empezado y el señor Hanson no estará casi en la oficina —explicó.

Béatrice se estremeció al escuchar la palabra *Haití*. Tenía que hablar pronto con Cecil y explicarle lo que había detrás del horrendo artículo de Lustiger. Le agradeció a la asistente y se despidió. Luego sacó una de las viejas carpetas de una de las repisas y la abrió.

* * *

—¡Qué sorpresa! —exclamó Jacobina cuando abrió la puerta. Vestía un traje deportivo negro de tela brillante. Tenía el cierre hasta el cuello y sujetaba su bastón con la mano derecha—. No esperaba que vinieras hoy.

—Solo quería saludarla —respondió Béatrice sonriendo al entrar. A pesar de la bienvenida, de inmediato notó que algo no andaba bien. La expresión facial de Jacobina no era la de costumbre. Tenía los ojos inflamados y las mejillas enrojecidas—. ¿Todo está bien? —le preguntó inquieta.

Jacobina se dejó caer en el sofá y tiró el bastón al suelo.

—Nada está bien —contestó, frotándose el vientre con la mano y mostrando una expresión de dolor.

Béatrice se arrodilló a su lado.

—Ay, ¡por Dios! ¿Qué sucedió?

La anciana frunció los labios y se quedó mirando los dedos de sus pies.

—Acabo de enterarme de que tengo cáncer —dijo.

Como siempre que escuchaba malas noticias, Béatrice se quedó callada sin saber cómo reaccionar. Acarició la mano que tenía Jacobina apoyada en el sofá. Su piel se sentía rugosa y agrietada.

—Llevo meses sintiendo dolores en el vientre y en la parte baja de la espalda —dijo sin emoción—. Al principio pensé que era la artritis, luego sospeché que tenía una infección en la vejiga o algo así, pero la semana pasada fui al médico y hoy me dio el diagnóstico —dijo tosiendo. Sonó como un ladrido—. Es cáncer de ovario: órganos inútiles, no me sirvieron para nada. Nunca. Y ahora me van a llevar a la tumba.

Béatrice se enderezó y se sentó tan cerca de la anciana que sus piernas se tocaron.

—Un momento, Jacobina, explíqueme todo desde el principio. ¿Qué opciones de tratamiento le dio su médico? ¿Le van a aplicar quimioterapia?

—No tengo idea —respondió, jalando un hilo suelto que colgaba de la manga de su chaqueta deportiva—. Primero me tienen que hacer algunos exámenes y luego me van a operar.

Los ojos se le vidriaron y tuvo que parpadear rápido varias veces. Se cubrió el rostro con las manos y sollozó intensamente.

Béatrice colocó su brazo sobre los hombros de Jacobina y la estrechó.

—Todo va a estar bien —dijo en voz baja, aunque sabía que una frase vacía como esa no la sosegaría—. La medicina moderna ha logrado vencer al cáncer en muchas ocasiones.

Jacobina no respondió, pero Béatrice sintió sus hombros estremecerse.

—Nos voy a preparar una taza de té —dijo, y se dirigió a la cocineta para poner agua a hervir.

Unos minutos después, Jacobina se enderezó y enjugó sus lágrimas.

—¿Ibas camino al teatro o algo así? ¿Por qué estás tan arreglada y bonita? —preguntó, sorbiendo todavía.

Béatrice le entregó una taza con té de manzanilla y alisó apenada su vestido blanco y negro.

—Oh... No, vine directo de la oficina —dijo y bebió un sorbo de té—. Me... ¿cómo explicarlo? Me suspendieron de mis labores de costumbre y me desterraron a los archivos —dijo. Para distraer a Jacobina, le contó sobre el artículo y la tragedia que provocó—. Pero, bueno, dejemos de hablar de malas noticias —exclamó—. Sobreviviremos a esto de una forma u otra.

Jacobina la había escuchado con atención sin dejar de mirar el suelo, pero, de repente, levantó la vista y la miró a los ojos.

—Tengo que decirte algo más —susurró vacilando—. Es algo que me inquieta mucho más que el cáncer —dijo en tono solemne, y terminó de arrancar el hilo de su manga—. Hace muchos años le hice una promesa a mi padre en su lecho de muerte... —se mordió el labio y permaneció en silencio un rato—. Pero no la cumplí.

Volvió a callar. Cuando Béatrice notó el gran esfuerzo que hacía para hablar, le tocó el brazo en un gesto de solidaridad.

—Al principio no quise hacer lo que me pidió porque durante mucho tiempo no tuvimos una buena relación —continuó—. Y después, a pesar de que mi resentimiento menguó y comprendí su dolor, seguí posponiendo el encargo. Siempre pensé que tendría mucho tiempo para hacerlo —dijo antes de estirarse para tomar la taza y dar algunos sorbos—. Hasta esta mañana que descubrí que no es así. Se me acabó el tiempo.

Béatrice abrió la boca, iba a decir algo para reconfortarla. Que no debería dar por sentado que sucedería lo peor, que tenían que esperar y ver qué pasaba, que estaba segura de que le quedaban muchos años de vida. Pero Jacobina levantó la mano como guardia de crucero con el letrero de ALTO.

—No digas nada, Béatrice. No sabemos lo que sucederá, ya casi cumplo setenta años y estoy lista para partir. ¿Qué caso tiene continuar en este basurero diez o quince años más e irla pasando a duras penas con lo que me dé la caridad? Eso no es vida —dijo. Su rostro se ensombreció—. Pero tengo que cumplir mi promesa, pase lo que pase.

Béatrice nunca había escuchado a la anciana con tanta insistencia.

—Me he sentido culpable durante años. Noche y día. Me persigue el recuerdo de mi padre, viejo y enfermo, y de lo que me pidió. Es como una maldición —dijo Jacobina con los ojos cerrados, como si tratara de evocar la imagen de su padre—. Fue en 1982. En Montreal. En ese tiempo debo de haber tenido más o menos la edad que tú tienes ahora. O tal vez era un poco mayor.

—¿Qué le prometió, Jacobina? —preguntó Béatrice.

Jacobina abrió poco a poco los ojos.

—Quería que buscara a Judith, mi media hermana. Vivía con su madre en París. Debido a la confusión durante la guerra, perdió contacto con ella —dijo, y pasó saliva con dificultad—. Nunca volvieron a verse —agregó. Extendió sus dedos y contempló sus uñas quebradizas—. Yo no conocía a Judith, ni siquiera sabía que existía. Mi padre me contó sobre ella justo antes de morir —explicó, reacomodándose en el sofá. Entonces tomó a Béatrice de la mano y la miró a los ojos—. Cuando me dijiste que eras de París, ¡me pareció que era una señal! Que Dios te había enviado. Dios o quienquiera que guíe nuestro destino. Fue muy perturbador —dijo, tosiendo seco—. ¿Crees que podrías ayudarme a encontrar a Judith? No puedo hacerlo sola.

—¿Yo? —preguntó Béatrice anonadada—. ¿Cómo?

Jacobina se encogió de hombros.

—Tenemos que empezar por algún lugar. En internet hay mucha información, pero yo no conozco muy bien las tecnologías modernas. Ni siquiera tengo computadora.

Béatrice se emocionó. No tenía idea de por dónde empezar a buscar, pero el desafío le resultaba inspirador. Era algo que Jacobina necesitaba mucho más que un departamento limpio o ropa de cama fresca. Si la ayudaba a encontrar a su media hermana, podría también ayudarla a sanar su herida emocional y darle la tranquilidad que no había tenido desde que hizo aquella promesa, veinte años atrás.

—De acuerdo. La próxima vez traeré mi computadora portátil y empezaremos a trabajar de inmediato —dijo—. ¿Qué le parece?

Jacobina sonrió.

—Muchas gracias, Béatrice —dijo, mirando hacia la ventana—. ¿Sabes? Fallé varias veces en la vida. Abandoné mis estudios. No ahorré dinero ni me forjé una carrera importante. Esta promesa, sin embargo, debo cumplirla.

* * *

Después de tres días en el archivo, Béatrice comprendió el alcance del desastre con el que tendría que lidiar. Podría tomarle meses volver a poner ese lugar en orden; claro, si es que alguna vez estuvo bien organizado para empezar.

No obstante, trató de llevar a cabo las tareas de la manera más eficiente posible y solo se permitió echarle un vistazo a su computadora portátil cada quince minutos para mantenerse informada de los sucesos en el departamento de comunicación. Notó que le llegaban menos correos que de costumbre. ¿Sería una semana tranquila o Michael habría borrado su nombre de las listas de distribución? Entonces se dio cuenta de que tampoco la estaban invitando a las reuniones del equipo ni a las discusiones sobre el estatus de los reportes. Y cuando se encontraba a sus colegas en el corredor, nadie se detenía a conversar con ella como antes, solo pasaban a un lado y la saludaban rápido.

Poco después, comprendió. Fue una epifanía simple y perturbadora: Michael la estaba haciendo a un lado, marginándola. La desterró a aquel archivo empolvado para mantenerla fuera del camino. Darse cuenta la desalentó y la hizo sentirse humillada.

Lo que más le preocupaba, sin embargo, era que Cecil no le hubiera devuelto la llamada. Tampoco le había respondido ningún correo electrónico de los que le envió para solicitarle que tuvieran una entrevista breve. Tal vez estaba viajando en algún país en el que su BlackBerry no operaba. En Mongolia, por ejemplo. O en Rusia o Ghana. No. Qué tontería, tal vez solo estaba muy ocupado.

Caminó de ida y vuelta a lo largo del archivo, era una sala grande y bastante fresca. Se sentía inquieta y agitada, solo atinaba a tomar folletos y libros de los anaqueles y a ponerlos en algún otro sitio. Volvió a llamar a la asistente de Cecil, pero esta no quiso darle más detalles. Le dijo que él se pondría en contacto con ella cuando regresara, y añadió, en un tono que buscaba hacerla sentir ligeramente culpable, que ya le había explicado todo eso en su llamada anterior.

Pasar el día entero en el archivo, sin reuniones ni fechas de entrega, la fatigaba y asfixiaba. El tiempo tardaba mucho en correr; sin embargo, sabía que sentirse frustrada no le ayudaría, y se lo empezó a repetir en todo momento hasta que... lo creyó.

Para distraerse, decidió comenzar a buscar a la misteriosa media hermana de Jacobina.

—¡Estoy muy orgullosa de ti, señorita banquera mundial! —le dijo Lena cuando le contó que se haría cargo de Jacobina de forma regular—. Sabía que era excelente idea añadirte a nuestro equipo, que serías una integrante excepcional —añadió, y le devolvió su saco.

Jacobina no exigía mucho. Un poco de atención, algunas galletas y otro par de ojos para buscar a Judith, su media hermana, porque sabía que sola no podría. A Béatrice le alegraba saber que ayudar a aquella solitaria anciana estaba en sus manos. Era un sentimiento incluso un poco más fuerte que la frustración de estar confinada al archivo.

Abrió la computadora portátil y trató de recordar lo que Jacobina le había contado sobre Judith en su última visita. No tenía mucha información. Judith nació en París, en 1921 o 1922. Sus padres se divorciaron cuando tenía once años... o quizás doce o trece, Jacobina no estaba segura. Lica Grunberg regresó a Rumania, su tierra natal, y Judith se quedó en París con su madre: Claire Goldemberg. El primer año, Lica la visitó, después de eso se escribieron hasta que las cartas empezaron a ser más breves y, en algún momento, dejaron de llegar. Luego dio comienzo la guerra y, con ella, el brutal genocidio de seis millones de judíos perpetrado por los nazis.

¿Judith habría sobrevivido al Holocausto? De ser así, ¿seguiría viva? En ese caso, tendría más de ochenta años. ¿Y dónde podría estar? ¿Todavía en Francia? Béatrice escribió "Judith Goldemberg" en el campo del buscador. Encontró a una trabajadora de un laboratorio químico en Tel Aviv; una boutique en Nueva York y un horticulturista llamado Justin Goldemberg en Fort Worth, Texas. Luego trató con "Judith Grunberg", pero ese nombre no parecía existir. Al menos, no en internet. Había una Judith Greenberg y una Judy Grunberg. Luego encontró a una "Doctora Judith Grünberg", quien había escrito una historia de los hallazgos arqueológicos del Paleolítico inferior.

Abrió *Les Pages blanches*: versión francesa del directorio telefónico. Tampoco encontró a ninguna Judith, solo a una Maryse Goldenberg. Pero eso no significaba gran cosa, tal vez solo que el número de Judith no era público.

Cerró su computadora portátil, sabía que así no lograría nada. Entonces recordó el Museo del Holocausto en Washington.

No solo era un museo conmemorativo donde se documentaba de una forma muy emotiva el exterminio bajo el régimen nazi, también albergaba una extensa base de datos con los nombres de los judíos que fueron deportados a campos de concentración. Para llegar solo era necesario hacer una corta caminata desde su oficina.

Miró el reloj, eran las dos y cuarto. Todavía no se había tomado el descanso para comer y, además, nadie notaría su ausencia. Mañana compensaría las horas que hoy pasaría fuera.

10

JUDITH
PARÍS, NOVIEMBRE DE 1940

Los reconocía de inmediato. Aunque no estuvieran uniformados. Sus zancadas eran más largas que las nuestras, sus hombros más amplios. Transpiraban la confianza de la victoria. Marchaban con sus robustas piernas por las calles, con la *Deutsche Wegleiter für Paris* en la mano: una guía de la ciudad en alemán. A veces hojeaban los libros en los puestos de los *bouquinistes* del muelle del Louvre, sacaban fotografías del Sena y compraban tarjetas postales como si fueran turistas normales. Trataban de hablar en francés, pero solo se escuchaban palabras estridentes y guturales. Sí, los alemanes habían conquistado nuestra ciudad y todo el país. Viajaban en los vagones de primera clase del metro y bebían champagne en los mejores restaurantes, pero París jamás les pertenecería, jamás serían gente local. De eso estaba segura.

Cada vez que un soldado alemán se acercaba a mí, le dejaba claro con mi expresión corporal que no era bienvenido. Si me saludaban o sonreían, yo nunca respondía, los ignoraba, miraba de frente o cruzaba la calle en ese instante. Algunos días antes, uno me ofreció su asiento en el autobús. "*Mademoise-lle*", me dijo en tono amigable poniéndose de pie. Giré un poco y fingí que no lo había visto.

Al pasar a su lado en la calle, uno se daba cuenta de que no eran ni insistentes ni dictatoriales, como temí en un principio. Al contrario, eran reservados y, casi podría uno decir, amables. Sin embargo, por más que se esforzaban en conquistar no solo la arquitectura, sino también el alma de esta ciudad, no lo lograban.

Algunas semanas antes llegó la primera helada del año: el otoño daba paso al amargo invierno. Había muy poco carbón disponible, así que teníamos que ser frugales. Solo calentábamos la cocina una vez al día. Manteníamos la puerta bien cerrada y, en cuanto oscurecía, colgábamos una cobija en la ventana. Ahora era obligatorio hacerlo debido a la posibilidad de que hubiera ataques aéreos, pero también servía para evitar que escapara el calor.

Cuando estaba en casa, a menudo usaba mi grueso abrigo gris de lana, el de los botones blancos que mamá me regaló cuando cumplí dieciséis años. A veces, incluso dormía con él. Se sentía áspero alrededor del cuello y me daba comezón, pero, al menos, me mantenía a una buena temperatura.

Por las noches, mamá y yo poníamos botellas de aluminio con agua caliente en nuestras camas con la esperanza de quedarnos dormidas antes de que se enfriaran. La gatita que me dio Jeanne dormía conmigo. Casi no teníamos con qué alimentarla, a veces solo podía darle un poco de polenta y no le gustaba mucho. Se ganó mi corazón muy pronto, e incluso mamá se veía contenta de tener compañía durante el día. La llamamos Lily.

Por las noches, cuando sentía su cuerpecito peludo respirando a mi lado sin hacer ruido, ya no sentía miedo. Lily me ayudó a pensar que, algún día, todo volvería a estar bien.

* * *

Esta mañana desperté más temprano de lo habitual y pasé la mano sobre la cobija: se sentía tiesa y fría. Y cada vez que exhalaba, veía delgadas volutas de aliento elevarse en el aire.

Me costó mucho trabajo levantarme. Mamá seguía dormida y el departamento estaba en silencio. Me tallé los ojos un poco para despertar bien, me ajusté el abrigo de lana alrededor de la cadera y caminé sin hacer ruido hasta la cocina para encender la estufa y poner agua a hervir.

Nuestras provisiones de carbón casi se habían terminado, y a pesar de que teníamos un cupón para la ración del mes, no estábamos seguras de que lo volvieran a suministrar. Me froté los brazos de arriba abajo con las manos, pero no dejaba de temblar. ¡Cuánto odiaba ese penetrante frío! De hecho, había entrado en mi vida de una manera muy silenciosa y profunda. Por la noche, me robaba el sueño, y, en el día, la cordura. Era peor que el hambre porque el hambre podía apaciguarla con cigarros y café de achicoria. Además, siempre encontrábamos algo que comer, incluso si estaba rancio: pan, papas o nabos. Contra el frío, en cambio, no podíamos hacer nada. Me daba más miedo que los alemanes.

Quité la cobija de la ventana de la cocina y miré con detenimiento los cristales blancos de hielo sobre el vidrio, la escarcha había tejido una trama surrealista, un panorama onírico. La tetera empezó a zumbar y mi energía volvió poco a poco. Encendí el radio. Sintonicé Radio-París, que se había convertido en el medio de propaganda de los invasores alemanes. El despreocupado Maurice Chevalier canturreaba una canción trivial sobre el chupón de un bebé.

* * *

Después de mi clase fui al sexto distrito. Christian y yo habíamos quedado de reunirnos en el Café de Flore. En La Sorbonne la calefacción era deficiente, y los cafés ahora eran los únicos lugares donde, además de poder conversar sin ser interrumpidos, podíamos leer y trabajar sin congelarnos.

Mientras caminaba a lo largo del boulevard Saint-Germain, vi que le habían dado un nuevo uso al Belle Époque, ahora era un restaurante para oficiales alemanes. Estaba adornado con grandes banderas rojas con la esvástica, y se veía un letrero que decía: *Estrictamente prohibida la entrada a civiles.* Pasé rápido y sin detenerme.

Cuando entré al Café de Flore, Christian ya estaba ahí como siempre. Me senté a su lado en la mesa y vi la cafetera y su taza medio llena. En el cenicero había tres colillas, lo que significaba que llevaba esperándome por lo menos una hora. Me sonrió de oreja a oreja y de inmediato olvidé el frío y que no había comido nada. Me tomó la mano helada, la estrechó y no me soltó. Nos miramos. Sí, lo seguiría a cualquier lugar.

—Vayamos a ver una película —sugirió, y yo desperté de mi ensoñación.

Una película, ¡qué idea tan tierna! Desde que le dije a Christian que mamá había perdido su empleo, que estábamos sobreviviendo con sus ahorros y mi exiguo sueldo, él había tratado de ayudarnos con gestos considerados. Me traía pan, chocolate y velas envueltos en grueso papel periódico, o guardaba algunos paquetes de lentejas y medio kilo de mantequilla verdadera en una bufanda de lana que metía a escondidas en mi bolso. Quiso darnos más cosas cuando salía con su chofer y daba sus paseos semanales para entregar víveres a las familias necesitadas, pero cuando le conté a mamá sobre su oferta, ella se negó muy orgullosa.

—No necesitamos donaciones, ya nos las arreglaremos.

Y ahora, me sorprendía con una ida al cine. No había visto una película en meses.

—Ayer empezaron a exhibir *Monsieur Hector*, la nueva película de Fernandel —me explicó Christian—. Es una especie de comedia sobre una confusión de identidades.

—¿En dónde la exhiben? —pregunté antes de acabarme la media taza de café que él no había bebido—. ¿En el Grand Rex?

—No —respondió dejando algunas monedas sobre la mesa—. El Rex es ahora un cine militar para la Wehrmacht, solo exhiben dramas alemanes. Iremos al Panthéon, comienza en diez minutos. ¡Vamos!

Salimos del Flore y, en cuanto estuvimos fuera, sobre el bulevar, el Traction Avant negro apareció deslizándose con elegancia.

—¡Es increíble! —dije sin pensar—. Siempre sabe cuándo lo necesitas.

—Es el resultado de años de entrenamiento —dijo Christian riendo con sutileza y saludando a su chofer, quien ya había salido de un salto y mantenía la puerta abierta para que abordáramos el vehículo.

* * *

El cine estaba repleto, pero casi no había calefacción. Me asombró ver la cantidad de parisinos que, era claro, necesitaban huir de la monotonía de una tarde común de miércoles e imbuirse durante ochenta minutos en el mundo del comediante Fernandel.

Nos sentamos en dos asientos adyacentes sin quitarnos los abrigos. Sexta fila a la izquierda. Unos minutos después se oscureció el auditorio. Primero pasaron las novedades sobre la guerra. El mariscal Pétain apareció en la pantalla dando un implacable discurso a los franceses.

Una persona que llegó tarde se sentó justo frente a mí.

—Ya no puedo ver nada —susurré y estiré el cuello de un lado a otro.

Christian se inclinó y me rodeó con su brazo.

—Te aseguro que no te has perdido de nada hasta ahora —dijo, tocando mi cuello. Cuando sentí sus dedos sobre mi piel, me estremecí. Mi corazón saltó y la boca se me secó. Me besó en la mejilla y luego giró con suavidad mi cabeza hacia la suya y rozó mis labios con los suyos.

—"A todos aquellos que esperan que se restaure el verdadero espíritu de Francia les digo, sobre todo, que la situación está en nuestras manos..." —dijo el mariscal desde la pantalla.

—Te amo, Judith —susurró Christian.

Sus palabras me traspasaron como una dulce flecha. Quería llorar y sonreír al mismo tiempo. Entonces me besó. Sus labios se sintieron suaves, exquisitos. Fue algo tan desconocido y, al mismo tiempo, tan familiar. Tuve miedo de moverme de la manera equivocada, de destruir ese momento de dicha. Me quedé paralizada bajo el hechizo de sus labios, como si me hubiera convertido en piedra.

—Te amo, ángel mío —repitió—. Y siempre te amaré.

—"Mantengan su fe en la Francia eterna —gritó Pétain. Toda la gente en la sala empezó a vitorear histéricamente, algunos entonaron: *Maréchal, nous voilà!*, el himno extraoficial de la Francia no ocupada.

—Yo también te amo —musité en la oscuridad. Solo así tuve el valor necesario para abrir mis labios y corresponder al beso de Christian. Su boca sabía a café y tabaco, pero, para mí, sabía sobre todo a amor y anhelo. Una felicidad que no había sentido nunca recorrió mi cuerpo. Aquel beso era mucho más que la aventura erótica de una estudiante de literatura de diecinueve años. En un lugar donde antes solo había un muro, ese beso abría una puerta secreta a una vida nueva. Y, mientras en la pantalla que se cernía sobre nosotros Fernandel, con su cara de caballo y acompañado de una cancioncilla fea, le hablaba con dulzura a la camarera de un lujoso hotel,

Christian y yo sucumbíamos a nuestros sentimientos y explorábamos aquel nuevo territorio ardiente de nuestro amor: un lugar del que yo no deseaba partir jamás.

Mamá tiró de la cobija que colgábamos en la cocina todas las noches, con la que cubríamos hasta la grieta más delgada en la esquina inferior derecha, y con una expresión festiva caminó hasta el gabinete. Sacó nuestro radio de bulbos color cobre y lo colocó sobre la mesa. Yo estaba parada junto al fregadero lavando los trastes.

—¿Ya es hora? —pregunté, tomando uno de los trapos.

El radio emitió un sonoro silbido y un zumbido. Mamá asintió mientras giraba poco a poco la gran perilla plateada y se concentraba en encontrar la estación. De repente, la estática desapareció y reconocí los sonidos del tambor. Tres cortos y uno largo. Tres cortos, uno largo. Luego oí la fresca voz de Jean Oberlé, el presentador de Radio Londres.

—"Esto es Londres —dijo—: franceses hablando a franceses".

Mamá me indicó con un gesto que me acercara y me sentara a su lado, entonces bajó el volumen, tanto que no pude escuchar la voz de Oberlé hasta que no pegué la oreja derecha a la bocina.

—"Primero, algunos mensajes personales. El corcel azul avanza en el horizonte. Repito: el corcel azul avanza en el horizonte".

No entendí el significado de los mensajes personales, pero cuando terminaron escuchamos sobre la exitosa contraofensiva

de los británicos contra los italianos en Egipto y nos enteramos de que el ataque aéreo británico sobre Berlín había cau-
sado daños que ascendían a un millón y medio de marcos
imperiales. Oberlé cantaba con dulzura la melodía de la antigua canción revolucionaria mexicana "La Cucaracha", pero
con una letra distinta: "Radio-París miente, Radio-París
miente...", cuando, de repente, escuchamos que alguien tocaba
nuestra puerta.

Mamá se asustó y me miró presa del pánico.

—¿Quién podrá ser tan tarde? —pregunté, el miedo me
carcomía por dentro.

—Radio-París es alema... —continuó cantando Oberlé.

Poniendo el dedo índice sobre sus labios, mamá me indicó
que me mantuviera en silencio, mientras apagaba el radio con
la otra mano. Volvieron a tocar. Permanecimos sentadas en la
mesa sin movernos. Una serie de pensamientos embrollados
pasaron por mi cabeza. ¿Las lúgubres premoniciones de
mamá se habrían vuelto realidad? ¿Estaría la policía del otro
lado de nuestra puerta?

—Judith —se escuchó una voz afuera, en el rellano de la
escalera—. ¡Judith, soy yo! ¡Abre por favor!

Una cálida ola de alivio me recorrió. *¿Él? ¿Aquí?*

—¡Christian! —le susurré a mi madre antes de levantarme de un salto de la silla e ir a la puerta, pero entonces me detuve en seco. No estaba preparada. Él nunca había venido a
nuestra casa, y el día anterior no dijo nada respecto a visitarme.
Me pasé los dedos por el cabello hecha un manojo de nervios.
¿Qué pensaría cuando viera nuestro pequeño departamento
y el modesto mobiliario? Lancé un vistazo a la cocina y miré
sobre la vieja estufa de gas que mamá le había comprado a un
comerciante de chatarra y sobre el frío y oxidado horno de hierro. Bajo la luz lechosa de la lámpara del techo, todo se veía
mucho más aterrador que de día.

—¿Qué querrá? Es muy tarde —dijo mi madre—. Si Lemercier se llega a enterar, mañana todo el edificio estará al tanto de que te visitan varones por la noche.

Monsieur Lemercier era un viejo viudo con mechones de cabello e incisivos tan separados que uno podría insertar cigarros por los huecos. Vivía en nuestro piso y le encantaba meter las narices en los asuntos de otros.

—No tengo idea —susurré, antes de dar la vuelta y decir en voz baja pero firme—: Ya voy.

Desabotoné el abrigo gris de lana y me lo quité. No podía permitir que Christian me viera con ese trapo viejo encima. A pesar de que el suéter que llevaba abajo también era de lana gruesa, empecé a temblar de inmediato.

Me dirigí a la puerta y la abrí. Ahí estaba Christian, envuelto en su caliente abrigo de invierno, sonriéndome. El rostro se me iluminó y deseé poder lanzarme a sus brazos, pero me contuve.

—¿Qué haces aquí? —pregunté entre susurros y mirando por el rabillo del ojo la puerta de *Monsieur* Lemercier. Todo se veía tranquilo. Di un paso atrás y le indiqué con un gesto a Christian que entrara rápido.

—Primero, ayúdame a meter las cosas —dijo.

Entonces noté los numerosos paquetes a sus pies. Me incliné a toda velocidad y empecé a jalarlos y a meterlos al departamento. Luego tomé la mano enguantada de Christian y lo jalé para que entrara. Cuando la puerta se cerró, exhalé aliviada.

—¿Qué hay en todos estos paquetes? —pregunté antes de siquiera saludarlo como era debido.

Él caminó hasta mí en silencio y me abrazó de la cintura.

—Hola, ángel mío —dijo, y luego me besó con dulzura en la boca.

Saber que mamá nos veía desde la cocina me incomodó, así que me alejé de él en ese instante.

—Es la víspera de Navidad —dijo Christian antes de besarme en la cabeza y quitarse los guantes—. Llevo todo el día en las calles repartiendo regalos a las familias que cuido, pero quería traerte *a ti* algunas sorpresas.

—¿Navidad? —repetí asombrada y con la mirada fija en su rostro—. Lo había olvidado por completo.

El frío, el hambre, la guerra. Además de los ricos, ¿quién tenía energía para pensar en las fiestas en tiempos como aquellos? Pero no dije nada, el mero hecho de que él estuviera ahí era maravilloso.

—Imaginé que lo habrías olvidado —dijo sonriendo. Luego cojeó hacia la cocina. Entonces vi que traía cargando en la espalda una abultada mochila de tela cruda. Levanté dos paquetes del suelo y lo seguí. Mamá estaba parada detrás de su silla con aire rígido y solemne, y sujetaba con fuerza el respaldo. Estaba pálida y el cabello mal cortado hacía que sus pómulos resaltaran aún más.

—Buenas noches, *Madame* Goldemberg, es un honor conocerla al fin —dijo Christian en voz baja y extendiendo la mano.

—En esta casa no celebramos Navidad —dijo mi madre en tono seco y señalando la menorá sobre la mesa de la cocina. Luego estrechó la mano de Christian titubeando—. No tiene idea de cuánto nos ha asustado su visita no anunciada.

—Lo lamento, *Madame* —respondió Christian mientras ponía sus guantes sobre la mesa. Luego dejó en el suelo la mochila que traía colgada en el hombro—, pero la idea de venir a visitarlas se me ocurrió apenas esta mañana y no tenía manera de llamar por teléfono a Judith para anunciarme.

—Bueno, no todos pueden darse el lujo de tener un teléfono privado —señaló mamá con cierta malicia.

Christian jaló las correas de cuero, las pasó por las hebillas y abrió la mochila. Estaba llena de trozos de brillante carbón.

—Calentemos este lugar como es debido, ¿le parece?

El susto hizo a mamá cubrirse la boca con la mano y dar un paso atrás.

—No los robó, ¿verdad? —preguntó nerviosa.

—Descuide —dijo Christian sin exaltarse—. Jean-Michel, mi chofer, lo tomó del sótano de mis padres. También me ayudó a traerlo hasta acá. Nadie en casa notará la falta de unos cuantos trozos de carbón —dijo, riendo para sí mismo—. Además, Jean-Michel sabe guardar secretos.

—A esto le llamas... ¿unos cuantos trozos? —pregunté tartamudeando y pasando las puntas de los dedos sobre la mochila—. Esto nos durará por lo menos un mes —dije mirando a mi madre con incertidumbre.

Ella ya había recobrado la compostura y estaba sentándose de nuevo.

—No podemos aceptar este carbón —dijo con la mirada fija en la mesa—. Por favor, vuelva a guardarlo.

—De ninguna manera —contestó Christian. Era obvio que nadie podría disuadirlo.

Entonces puso manos a la obra. Arrancó algunas hojas de periódico que traía y las colocó sobre la estufa con un tronco. Luego sacó una caja de fósforos del bolsillo de sus pantalones y encendió el papel. Una resplandeciente llama se encendió de inmediato y la madera empezó a chisporrotear. Unos instantes después, un penetrante humo se extendió desde la cocina.

Mamá permaneció sentada a la mesa, inmóvil.

—Judith, abre los paquetes —me indicó Christian. Había empezado a toser, pero continuaba moviendo el atizador en el interior de la estufa.

El humo hizo que me ardieran los ojos, pero no presté atención. Levanté uno de los paquetes, lo puse sobre la mesa y deshice el moño. En cuanto levanté un poco la tapa de la caja, un denso aroma a rosas se elevó a mi encuentro. Sobre una cama de papel de seda, vi un deslumbrante y alargado rollo de pastel cubierto de crema de turrón oscuro.

—¡Un tronco de Navidad! —grité encantada— ¡Un verdadero *bûche de Noël*!

—Es de la pastelería Angélina, en la rue de Rivoli. Son los mejores —explicó Christian, orgulloso.

Me incliné hacia atrás, saqué un cuchillo del cajón detrás de mí y corté el húmedo y esponjoso pastel. La crema de turrón se me quedó embarrada en los dedos, pero de inmediato la chupé con avidez. La sensación de la sedosa masa azucarada en mi lengua desencadenó un sentimiento indescriptible, parecía felicidad. A pesar de la mirada de desaprobación de mi madre, me lancé sobre el tronco como un lobo sobre la presa recién atrapada. Me llené la boca con ambas manos, mastiqué y tragué al mismo tiempo, y luego me chupé los dedos sin reservas. La pegajosa sensación en mi boca le envió un solo mensaje a mi cerebro: ¡quiero más de este pastel! ¡Más, más, más! Olvidé todo lo que había a mi alrededor: la sombría expresión de mamá, la acritud del humo del carbón. Por un momento, incluso olvidé que Christian estaba sentado en un banco frente a nuestra estufa tratando con desesperación de encender el fuego.

Después de un rato recobré la compostura, corté otra rebanada de pastel y se la ofrecí a mi madre.

—No, gracias —dijo en un tono gélido.

Yo puse los ojos en blanco y suspiré. Mamá y sus principios inquebrantables. ¿Por qué no podía nunca aceptar un regalo? ¿Qué pensaría Christian de ella? En vez de tratar de responder mis preguntas, solo me metí la rebanada de pastel a la boca y traté de olvidar el asunto.

Mamá volteó a ver a Christian con las cejas arqueadas.

—Vaya, jovencito, no parece usted tener mucha experiencia encendiendo fuego.

Christian respiró hondo y metió otra hoja de periódico a la estufa.

—En efecto.

Mamá se puso de pie.

—Muy bien, déjemelo a mí. Como lo está haciendo usted, nunca encenderá, y sería una lástima desperdiciar esta valiosa madera —dijo mamá.

Entonces le quitó el atizador de la mano, se asomó por la puertita de la estufa y murmuró algo entre dientes. Paró el leño y, unos minutos después, colocó un poco del carbón fresco entre las brasas.

Yo escuché el ruido de mi estómago satisfecha y sentí el azúcar en mi sangre calentar todo mi cuerpo. Me recliné y coloqué las manos sobre mi vientre, estaba a punto de cerrar los ojos cuando escuché a Christian.

—Judith, ahí hay algunos paquetes más.

Regresé al pasillo, llevé los regalos a la cocina y comencé a abrirlos. De pronto aparecieron varios artículos: pescado ahumado, queso, café, mantequilla, champagne, trufas y una botella de vino. Las lágrimas empezaron a rodar por mis mejillas.

—Gracias, gracias —musité una y otra vez—. Gracias —fueron las únicas palabras que pude articular.

Ya no me preocupaba de dónde habían salido todos esos víveres ni me interesaba enterarme de cómo los habían conseguido sus padres para empezar. Solo quería comer lo más posible, hasta reventar. Miré a mamá de reojo. Esperaba que no se le ocurriera pedirle a Christian que volviera a empacar todo y se lo llevara. Antes de que dijera cualquier cosa, corté el queso con prisa y entonces la vi tomar tres copas de la alacena y entregarle el descorchador a Christian.

Lily corría de ida y vuelta debajo de la mesa con la colita erizada y maullando con fuerza. También tenía hambre, así que coloqué sin demora en el suelo unos trozos de queso sobre los que se abalanzó.

Escuché un sonoro *pop*. Christian había descorchado la botella y ya estaba llenando las copas.

—Felices y benditas fiestas —dijo levantando su copa con un gesto festivo.

Parecía que había logrado romper el hielo con mi madre. Ella encendió el *shamash*, la vela central de la menorá que era un poco más alta que las otras. La tomó y la usó para encender la vela del extremo derecho.

—*Baruch atah Adonai Eloheinu Melech ha-olam...* —la escuché cantar en voz muy baja: "Bendecido eres, oh, Señor, nuestro Dios...".

Christian escuchó con respeto.

—Por coincidencia, hoy también es la primera noche de Janucá —nos explicó mamá con una sonrisa sutil al chocar su copa con las nuestras—. Aunque rara vez empieza tan tarde.

Mamá bebió algunos sorbos, vació su copa y la volvió a llenar. Me dio gusto que, a pesar de lo incierto de la situación, no hubiera olvidado la hermosa tradición del Festival de la Luz.

—Christian, ¿usted lee *Le Petit Parisien*? —preguntó unos instantes después.

Christian negó con la cabeza.

—Solía leerlo, pero ya no. El tono cambió desde que lo empezaron a publicar otra vez en París.

A mamá se le iluminó la mirada.

—Estoy de acuerdo. Los Dupuy deberían sentirse avergonzados, han convertido ese periódico en un motor de propaganda nazi —dijo, bebiendo un gran sorbo de vino—. Pero el hecho de que Colette esté escribiendo para *Le Parisien*, ¡eso sí es una bajeza!

Christian asintió y encendió un cigarro.

—¿Se refiere a su columna semanal?

—¡Sí! —exclamó mamá con las mejillas sonrojadas por el vino—. Y lo hace a pesar de estar casada con un judío.

Christian se encogió de hombros.

—La gente se las arregla como puede.

—¡Pero las cosas que escribe! —dijo mamá indignada. Hacía mucho tiempo que no la veía tan parlanchina—. De medias y sombreros, y hasta da recetas de pasteles. También escribe sobre el maldito invierno, como si no tuviéramos suficiente con vivirlo día a día... es terrible. Qué vulgar y populachera se ha vuelto —dijo, negando con la cabeza. Luego levantó un trozo de queso y me lanzó una mirada conspirativa. Entonces supe que Christian le agradaba.

Mientras un calor acogedor se fue desplegando en la cocina, mamá y Christian debatieron sobre la crítica de André Gide al comunismo y analizaron *La náusea*, la primera novela de Jean-Paul Sartre.

Yo ni siquiera los escuchaba con atención, solo estaba feliz porque mi noche era perfecta. El carbón resplandecía en la estufa y de la mesa desbordaban exquisiteces. Christian estaba conmigo y mamá volvió a asemejarse a la vivaz Claire Goldemberg de quien se enamoró mi padre. La sorpresa de Janucá de 1940 fue la mayor celebración de mi vida.

11

BÉATRICE
WASHINGTON, D.C., 2006

Frente al mostrador de revisión de seguridad en el Museo del Holocausto había una fila de gente. Béatrice se formó junto a parlanchines niños en edad escolar, turistas con cámaras colgadas al cuello e investigadores del Holocausto con estuches de computadoras portátiles. Después de pasar por el detector de metales y de que uno de los guardias de seguridad revisara su bolso, atravesó el amplio vestíbulo con techo de vidrio para ir al elevador. En el segundo piso se encontraba el Registro del Holocausto: la oficina que administraba los nombres y la información biográfica de los supervivientes.

Dos años antes, poco después de haberse mudado a Washington, Béatrice visitó el museo como turista y, de hecho, aún conservaba el cuadernillo que le entregó uno de los empleados al entrar. En él leyó, mientras caminaba por las salas de exhibición, la historia de una de las víctimas de la era nazi. Aquella primera visita la había conmovido tanto, que durante varios días no pudo sacarse de la cabeza los inquietantes artefactos e imágenes. Sin embargo, no fue sino hasta esta segunda visita, en la que esperaba encontrar alguna pista sobre Judith Goldemberg, que empezó a captar el significado histórico y la trágica enormidad del archivo.

En el rincón de una de las salas había dos empleados sentados frente a escritorios estrechos. El hombre estaba inclinado sobre un archivo y hablaba por teléfono en voz baja, así que Béatrice decidió dirigirse a la dama. Era una anciana de frágil apariencia con el cabello blanquísimo recogido en un pequeño chongo.

—Disculpe...

La mujer levantó la vista y le sonrió. Tenía ojos afables de un azul verdoso profundo, como dos aguamarinas. Su blusa blanca parecía recién almidonada, y en los lóbulos de sus orejas brillaban unos diamantes diminutos. Su perfume era sutil y llevaba en las manos una manicura perfecta.

—¿Le puedo ayudar en algo? —preguntó.

—Sí, busco a alguien. Una mujer, pero solo tengo su nombre... —explicó Béatrice en voz baja.

—Claro que podemos ayudarle —la interrumpió la mujer—, pero será mejor que hable con mi colega, estará con usted en un momento si desea esperarlo —le explicó a Béatrice con una cálida sonrisa. Se levantó y tomó el suéter de lana que colgaba del respaldo de la silla—. Mi turno llegó a su fin —dijo, acercándose al hombre. Caminó con pasos muy cortitos, temblando un poco, y se despidió de él.

El hombre terminó su conversación telefónica y se inclinó un poco al frente mientras la anciana ya se dirigía al elevador.

—Adiós, Julia, nos vemos mañana —dijo, y volteó a ver a Béatrice. Tenía ojos verdes brillantes, labios un poco arqueados y rasgos faciales clásicos.

Béatrice sintió que el suelo se movía bajo sus pies.

—Es la señora Julia —explicó el hombre con un marcado acento francés—, viene algunas tardes a la semana para ayudarnos. Es una dama extraordinaria, superviviente de Auschwitz. Pero, ahora dígame, ¿qué puedo hacer por usted?

—Me gustaría ayudarle a una amiga, quiere encontrar a su media hermana —respondió Béatrice hablando en francés, en cuanto recobró la compostura.

—¡Ah, *une française*! —dijo el hombre sonriendo de oreja a oreja. Se veía encantado de hablar su lengua materna—. Por favor, tome asiento. Soy Grégoire Bernard, pero llámeme Grégoire.

—Béatrice Duvier —respondió ella, maldiciendo por dentro y sintiendo cómo se sonrojaba con rapidez. Se sentó en un banco, se deslizó hasta el borde y colocó el bolso sobre sus rodillas ejerciendo presión—. No sabemos si sobrevivió.

—¿Cómo se llama la hermana de su amiga? —preguntó Grégoire mirando a Béatrice con tanta intensidad, que ella solo atinó a presionar más el bolso.

—Pues, creo que se llamaba Judith Goldemberg, si acaso lleva el mismo apellido que su madre —dijo Béatrice, y continuó dándole los pocos detalles que tenía de Judith.

—Echemos un vistazo a los libros de referencia —sugirió él, acomodándose el cabello detrás de las orejas: casi le llegaba a los hombros—, y veamos si logramos ubicarla. Debería contactar al ITS, es el Servicio Internacional de Búsqueda, están en Bad Arolsen y coordinan la búsqueda de sobrevivientes del Holocausto.

—¿Bad Arolsen? —dijo Béatrice, nunca había escuchado hablar de ese lugar.

—Sí, es un pueblo en Alemania. En 1946, cuando fundaron el ITS, lo eligieron como base porque estaba justo en el centro de las cuatro zonas ocupadas y porque la guerra casi no lo había afectado. Actualmente están en proceso de digitalizar toda la información, pero el próximo año van a hacer públicos los documentos y nosotros recibiremos los datos de todos los archivos. Entonces será mucho más sencillo realizar búsquedas —le explicó con una sonrisa—. Pero, claro, imagino que no desea esperar tanto tiempo.

El empleado se puso de pie y sacó un grueso y desgastado volumen de un estante.

Entonces Béatrice notó cuán alto y fornido era. Tenía más o menos la misma edad que ella y parecía mantenerse en buena condición física.

—Sugiero que empecemos con esto —dijo al volverse a sentar. Abrió el libro sobre la mesa y lo deslizó hacia ella.

Serge Klarsfeld, *Le Mémorial de la déportation des Juifs de France*, leyó Béatrice: *En memoria de los judíos deportados de Francia.*

Grégoire se inclinó hacia el frente y cruzó las piernas.

—Klarsfeld estuvo a punto de ser víctima también de las redadas nazis. Él y su familia se escondieron detrás de un armario y evitaron ser descubiertos, pero la Gestapo atrapó a su padre. Lo arrestaron, deportaron y asesinaron en Auschwitz —dijo Grégoire, metiendo la mano en sus pantalones para sacar un paquete de goma de mascar—. Klarsfeld y su esposa se dedicaron el resto de su vida a rastrear a criminales nazis y a sus colaboradores. Gracias a ellos muchos fueron llevados a juicio —agregó. Se metió un cuadrito de goma de mascar a la boca y sonrió—. Estoy tratando de dejar de fumar porque está prohibido en el edificio. Uno se siente un criminal solo por traer cigarros en el bolsillo.

Béatrice rio con sutileza.

—Supongo que no lleva mucho tiempo aquí.

—Casi seis meses —contestó él—. Parece mucho tiempo, pero todavía no me acostumbro a la fuerte discriminación hacia los fumadores. Por eso decidí dejar el cigarro por completo —dijo al levantar el libro. Lo hojeó, leyó algo, frunció un poco el entrecejo y murmuró un número.

Béatrice se le quedó mirando embebida.

Él siguió algunos renglones con el dedo índice, pasó la página y volvió a colocar el dedo en el papel. Hizo lo mismo varias veces.

—¡Aquí! —gritó.

Béatrice dio un salto.

—Judith Goldemberg —Grégoire le mostró la página con cientos de nombres. En medio, donde había dejado la punta de su dedo, entre Jacques Goldbaum e Yvonne Goldenberg, se encontraba el nombre que buscaban—: Estuvo en el convoy sesenta y tres, salió de París el diecisiete de diciembre de 1943. Destino final, Auschwitz.

—¿Entonces falleció en el campo de concentración? —preguntó Béatrice con el pulso acelerado.

—No necesariamente, pero averiguar qué le sucedió después será más difícil.

Béatrice estaba aturdida. Conmovida. Feliz. No sabía si se debía al increíble descubrimiento que acababan de hacer o a los ojos de Grégoire.

—Esto es lo que sabemos hasta ahora —dijo, jalando el libro hacia él para leer en voz alta—: "El once de diciembre, *SS-Obersturmführer* Heinz Röthke envió un telegrama a Berlín informando a Adolf Eichmann que el diecisiete de diciembre estaría listo para partir un convoy que transportaría a entre ochocientos y mil judíos. El quince de diciembre, Röthke recibiría la respuesta de Berlín autorizando la deportación de mil. El diecisiete de diciembre, Alois Brunner, líder de la unidad de comando especial de la Gestapo en el campo de internamiento y tránsito de Drancy, envió otro telegrama a la capital para confirmar la salida de París-Bobigny del convoy sesenta y tres a las 12:10 de la tarde. En él viajarían ochocientos cincuenta judíos.

Grégoire miró los estantes.

—Tenemos otras fuentes que podemos consultar para obtener más información sobre el convoy, pero, por desgracia, tengo que ocuparme de algunos otros asuntos primero —dijo, volviéndose a pasar la mano por el cabello—. Por favor, deje su número telefónico y la llamaré en cuanto sepa más. O solo venga mañana, creo que para entonces habré averiguado algo.

* * *

Su mirada. Sus manos. Sus labios. Béatrice estaba sentada mordiendo un lápiz en el archivo, junto a la vieja pantalla de computadora. No entendía por qué no podía sacarse a Grégoire de la cabeza ni por qué no sentía deseos de llamarle a Joaquín, a pesar de que le había dejado un mensaje de voz y dos de texto. Lo único de lo que estaba segura era de que seguiría su plan de volver a escabullirse de la oficina a las dos de la tarde ese día para ir al Museo del Holocausto.

—Si sigues así, no terminarás ni siquiera en Navidad —escuchó a alguien ladrar detrás de ella.

Giró muerta del susto: Michael estaba parado en la puerta. Lo vio entrar y mirarla con desaprobación. Luego percibió el acre olor de humo frío de cigarro.

—¿Qué sucede? —preguntó como si nada.

—Hablé con Alexander —dijo Michael.

—Me da gusto —contestó ella reclinándose en su silla. Por fin se había arreglado el malentendido. Alexander había aprobado el comunicado de prensa con la cifra en el encabezado.

—Me dijo que te dejó claro en numerosas ocasiones que la cantidad de estudiantes no debía aparecer en el comunicado por ninguna razón porque había diferencias de opinión entre los expertos.

—¿Qué? —dijo Béatrice dando un salto. Sintió que la garganta se le cerraba. ¡Michael era un cerdo mentiroso! Alexander le dijo justo lo contrario, ella recordaba sus palabras con mucha claridad.

—Eso no es verdad —le dijo mirándolo colérica—. Me dijo que hiciera lo que tú habías sugerido, y *tú* sugeriste usar la cifra de treinta mil.

Michael la miró con desdén.

—Estás confundiendo la verdad con la realidad —aseveró en voz baja, como si le estuviera hablando a una niña—. Lo único que yo sugerí, y que es lo que *siempre* sugiero, fue que tuvieras cuidado y revisaras dos veces. No, no Béa, no culpes ahora a otros colegas por tu irresponsable comportamiento —dijo entrecerrando los ojos—. Dañaste la reputación del banco *de forma deliberada*.

—No es verdad —dijo Béatrice gritando—, Llamemos a Alexander para aclarar esto.

—Todavía no termino —dijo Michael. Sacó su encendedor del bolsillo del pantalón y se puso a jugar con él—. Alexander también me preguntó si habrías podido ser *tú* quien le dio los documentos internos a Lustiger —guardó el encendedor y la miró—. Le dije que no estaba en posición de descartar esa posibilidad hasta que no se demostrara lo contrario.

Béatrice estaba que bufaba de ira. Las manos se le adormecieron. ¡Cómo se atrevía a decirle algo así! Malnacido. Era un insoportable y vengativo hijo de mala madre.

—No tengo nada que ver con los documentos —gritó—. Ni con el PDG.

Michael se mantuvo inmutable.

—Debiste explicarme con claridad por qué estas cifras no podían publicarse —dijo—. Béatrice, si no puedes lidiar con la presión de las fechas límite entonces estás en el lugar equivocado.

Se quedó callada. Solo hizo lo que ellos le habían pedido que hiciera, y en varias ocasiones hizo patente su inquietud. ¿Y qué tal si *Alexander* le había mentido a Michael? ¿Alexander? No, no era posible, él siempre le dio la impresión de ser un líder amable y carismático. Todos en el banco sabían que era uno de los candidatos preferidos para reemplazar al actual vicepresidente, quien estaba a punto de retirarse. ¿Qué era lo que no alcanzaba a ver en esta situación?

Michael gruñó con aire sarcástico y se cruzó de brazos.

—Por cierto, me contactó Cecil. ¿Solicitaste un empleo en su equipo? —preguntó, y Béatrice se sonrojó—. Porque me pidió una referencia.

Ella contuvo la respiración.

—Como podrás imaginar, no tengo nada positivo que decir sobre ti en este momento —dijo, caminando hacia la puerta—. Estaré esperando un reporte detallado de tu conversación con Daniel Lustiger. El vicepresidente lo necesita para la investigación. Mientras tanto, continuarás aquí en el archivo. Ya haremos una reevaluación en unos meses —dijo antes de salir y dejar atrás su pestilente olor a cigarro.

* * *

—Te tengo buenas noticias —dijo Grégoire ondeando la mano para saludarla en cuanto la vio en la entrada… y tuteándola.

El tuteo le pareció natural y agradable a Béatrice. Sintió que se le quedó mirando un poco más de lo necesario, tal vez era lógico: se había esforzado más que de costumbre con su maquillaje, y su rubia, suave y nutrida cabellera caía como cascada sobre sus hombros. Llevaba un traje negro entallado que enfatizaba su delgada cintura y ocultaba su poco prominente vientre.

—¿Qué descubriste? —preguntó ella, tuteándolo de vuelta y olvidando por un instante la visita de Michael al archivo y todas las terribles cosas que le dijo.

—Vayamos al café del museo, ahí te contaré todo —sugirió Grégoire, al tiempo que tomaba su saco—. Necesito un expreso con urgencia.

Caminó a su lado dando largos pasos y la guio por unas escaleras. Llegaron a la salida y cruzaron la pequeña plaza que daba al café.

—Y ¿qué te trajo a D.C.? —le preguntó Grégoire cuando le abrió la puerta.

—Trabajo para el Banco Mundial —dijo. Estuvo a punto de explicarle lo que hacía la organización porque la mayoría de la gente nunca había escuchado hablar de ella o pensaba que era un banco común de inversión, pero Grégoire asintió. Era obvio que sabía de qué se trataba.

—¡Qué emocionante! —dijo, muy impresionado—. ¿Y puedes salir de la oficina a cualquier hora del día así nada más?

Béatrice respiró hondo. En su mente vio el desagradable rostro de Michael.

—En realidad no, pero es una larga historia.

—Bien, entonces bebamos algo primero. Siéntate por favor.

El lugar se encontraba vacío excepto por dos mujeres que estaban en el mostrador comiendo sándwiches.

Béatrice ocupó una de las pequeñas mesas cuadradas cerca de la ventana y se frotó las manos.

Unos minutos más tarde volvió Grégoire con dos vasos de papel y se sentó frente a ella. Retiró la tapa de plástico de su café y le puso un sobre de azúcar.

—Dime, ¿qué averiguaste sobre Judith Goldemberg? —insistió Béatrice. Metió la cucharita de plástico entre la espuma de la leche y agitó el café en el fondo. Sintió como si conociera a Grégoire de toda la vida.

Él se reclinó y se retiró el largo cabello de la cara. Luego metió la mano a su bolsillo y sacó un manojo de papeles doblados.

—Toma, te hice copias de las páginas más relevantes del libro de Klarsfeld —dijo, entregándole dos hojas—. También revisé el texto de Danuta Czech. Ella trabajó en el Museo de Auschwitz en la década de los cincuenta y escribió una detallada crónica sobre el campo, de unas mil páginas. Se llama *La crónica de Auschwitz*. Continuó trabajando ahí incluso después de su retiro.

Béatrice lo escuchó como hechizada.

—¿Recuerdas lo que encontramos en el libro de Klarsfeld?

Ella asintió con entusiasmo y Grégoire desdobló otra hoja de papel.

—"El convoy sesenta y tres salió de la estación de trenes en París el diecisiete de diciembre". Czech escribió que llegó a Auschwitz tres días después —dijo alisando el papel y continuó leyendo—. "Veinte de diciembre. Ochocientos cincuenta hombres, mujeres y niños llegaron de Drancy en el transporte sesenta y tres de Francia. Doscientos treinta hombres y ciento quince mujeres fueron aceptados en el campo y recibieron los números que les asignaron. Los quinientos cinco restantes fueron llevados a las cámaras de gas".

Grégoire leía comentarios como estos todos los días, pero Béatrice no estaba acostumbrada. Resolló y vio que había subrayado varias secciones. Él colocó el dedo sobre las copias del libro de Klarsfeld y dio varios golpecitos.

—Aquí dice que, de las trescientas cuarenta y cinco personas, sobrevivieron treinta y una. Seis de ellas eran mujeres —dijo, dando un sorbo a su café y mirando con intensidad a Béatrice.

Ella, incapaz de sostener su mirada de rayos x, se concentró en las fotocopias.

—Pero aún hay más: a finales de los ochenta, un hombre llamado George Dreyfus hizo una lista similar —continuó Grégoire—. Debo admitir que esta lista es más detallada. Contiene los nombres de casi siete mil judíos que fueron deportados entre 1942 y 1944.

—¿De dónde sacó los nombres?

—Suponemos que vio las listas originales de deportación que ahora están en el Memorial de la Shoah, en el Museo del Holocausto en París —dijo, sacudiendo otro sobre de azúcar en su café—. El Memorial, por cierto, es otro buen lugar para buscar. Deberías contactarlos.

Ella asintió de nuevo. Buscar a Judith requeriría más esfuerzo del que supuso en un principio. Se preguntó si tendría el tiempo y la energía necesarios, pero entonces recordó la desesperación de Jacobina cuando le contó sobre la promesa que le había hecho a su padre. *Es como una maldición*, la escuchó en su mente. Estaba dispuesta a ayudarla sin importar cuánto esfuerzo implicara.

—Oh, pero todavía no te he dado las buenas noticias —dijo Grégoire, tocando brevemente sus manos. Fue un gesto fugaz, solo para enfatizar sus palabras—. En la lista de Dreyfus aparece Judith Goldemberg como sobreviviente. Mira, velo tú misma —exclamó y sacó la fotocopia.

Y ahí estaba: *"Rescapée"*. Sobreviviente.

El rostro de Béatrice se iluminó. ¡Se preguntó qué diría Jacobina cuando se enterara de las fantásticas noticias! Quizá las cosas serían mucho más sencillas de lo que imaginó hace un instante. El Museo del Holocausto ya había ayudado a muchas familias.

Grégoire volvió a doblar los papeles.

—Ese fue el primer paso, pero las cosas se complican. ¿Dónde buscamos ahora? No sabemos si volvió a París después de la guerra.

—¿Por qué no habría de hacerlo? Era francesa.

Grégoire negó con la cabeza.

—Tal vez emigró a Estados Unidos o a Israel. Quizá se casó y cambió de nombre. A veces los rastros desaparecen en la nada.

Béatrice no había considerado la posibilidad de que Judith tuviera un apellido distinto ahora. Sus esperanzas volvieron a desmoronarse como un terrón bajo el sol. Bufó y exhaló con fuerza.

—No te rindas tan pronto —dijo Grégoire, volviendo a tocar rápido su mano para animarla—. Ya se nos ocurrirá algo. En cualquier caso, deberías escribir al Memorial de la Shoah y, por supuesto, al ITS. También sería bueno ponerte en contacto con la oficina del registro civil en París: podrías encontrar un certificado de matrimonio —dijo, arrugando el vaso de papel vacío—. Ahora, cuéntame esa larga historia. ¿Te gustaría hablar al respecto?

* * *

A las cinco en punto, Béatrice salió del Banco Mundial y tomó un taxi para ir a U Street. Al departamento de Jacobina.

Frente a la entrada del edificio jugaban dos niños con una lata abollada. La pateaban de ida y vuelta, vitoreando cada vez que chocaba con el portón. Béatrice pasó apresurada a su lado, tratando de evitar que la golpeara la lata. Tocó el timbre y, unos instantes después, zumbó el portón. Esta vez, Jacobina no preguntó temerosa "¿Quién es?" como de costumbre. En cuanto el portón se cerró detrás de Béatrice, la lata golpeó y los niños gritaron emocionados.

Cuando Jacobina abrió la puerta de su departamento, una sonrisa apareció en su rostro. A Béatrice le pareció que se veía distinta, mejor quizá. Era su cabello. Se lo había lavado. Sus rizos negros ya no colgaban, ahora enmarcaban su cara con sutiles ondas.

—Se ve muy bien hoy —dijo Béatrice.

—Gracias. Es porque mi espalda va mejorando —respondió Jacobina, indicándole que entrara—. He podido volver a moverme poco a poco.

Béatrice sacó un pequeño pastel de chocolate que había comprado en Poupon, en Georgetown. Era una pastelería francesa a la que siempre iba cuando quería comprarse un postre exclusivo.

—¿Qué dijo el médico hoy? —le preguntó a la anciana.

Jacobina miró el pastel con antojo.

—Van a operarme, y después tendré que someterme a sesiones de quimioterapia durante cinco meses.

—Oh, vaya —dijo Béatrice suspirando y mirando con empatía a su amiga—. ¿Sabe cuándo se realizará la cirugía?

—No, no me lo dirán sino hasta la semana próxima. Pero el médico dice que tengo buenas oportunidades —explicó. Se veía tranquila y entera. La desesperación de unos días antes había desaparecido. Era probable que lo que le había dicho el médico le hubiera imbuido confianza.

—Estaré con usted todo el tiempo —la tranquilizó Béatrice con una sonrisa—. Pero ahora, es urgente que le cuente lo que averigüé sobre Judith.

Mientras cortaba el pastel en seis rebanadas, Béatrice le contó lo sucedido durante su búsqueda en el Museo del Holocausto, incluyendo su encuentro con Grégoire. Colocó dos rebanadas en un plato y se lo dio a Jacobina.

—Este hombre, Grégoire, te agrada, ¿no es cierto? —señaló la anciana sonriendo con malicia.

—Por supuesto, es agradable —contestó Béatrice, tratando de sonar casual.

—No, no puedes engañarme —dijo Jacobina riendo entre dientes—. Veo en tus ojos un brillo misterioso, cada vez te conozco mejor —agregó. Luego comió un poco de pastel y puso los ojos en blanco de gusto—. Por cierto, creo que podemos tutearnos, ¿no crees? Yo ya lo hago desde hace mucho.

—Claro, Jacobina. ¿Tiene… es decir, tienes alguna pertenencia de Judith que pudiera ayudarnos en la búsqueda? ¿Quizás una fotografía? ¿Un certificado de nacimiento?

Jacobina negó con la cabeza.

—Para cuando mi padre me contó sobre ella, él ya estaba muy débil, murió esa misma noche. Pero eso ya te lo había dicho, ¿no? —dijo. Béatrice asintió y fue a la cocineta para poner a hervir agua para el té—. Lo único que me dejó fue el mezuzá que está afuera, junto a la puerta, y una cajita llena de basura. Ni siquiera la he revisado —explicó al tiempo que devoraba las migajas que quedaban en su plato. Luego se inclinó sobre el pastel y se sirvió una tercera rebanada.

—¿Qué hay en ella? —preguntó Béatrice cuando volvió y se sentó en el sofá con dos tazas humeantes de té.

—Cartas viejas de mi madre, fotografías y ese tipo de cosas. Nada emocionante.

—¿Dónde está esa caja? ¿Podría verla?

—No tengo idea —respondió Jacobina sin dejar de masticar—. ¿Por qué te interesa tanto?

—Porque creo que podríamos encontrar una pista de Judith —explicó Béatrice.

—No lo creo, yo habría notado algo, pero, si quieres, echa un vistazo debajo de mi cama. Ahí encontrarás un montón de cosas que desterré de mi vida.

Béatrice entró a la diminuta habitación, se arrodilló, se asomó debajo de la cama y sacó una serie de objetos que encontró amontonados: una escoba inservible, cortinas de cuadritos, un abrigo con cuello de piel falsa y una pesada caja con la tapa rota. El polvo que se levantó cuando movió las cosas llegó a su rostro, entró directo por sus fosas nasales y cosquilleó en sus pulmones. Empezó a toser, abrió la caja y echó un vistazo. Documentos, videocasetes, libros, un espejo roto. Cuando hizo a un lado los papeles, sus dedos chocaron con un objeto duro. Hurgó un poco más hasta que pudo sacar un contenedor de estaño del tamaño de una caja de zapatos. Volvió a la sala con aire triunfante.

—¿Es esta la caja?

Jacobina se pasó la mano por la boca para retirar las migajas y asintió.

—Sí: te presento las obras completas de Papa Lica.

Béatrice se sentó y trató de abrir la caja. La tapa estaba atorada, así que pasó un rato tratando de hacerla ceder hasta que logró levantarla y se desbordó una oleada de tarjetas postales, cartas y fotografías en blanco y negro con los bordes dentados que se desparramaron sobre el sofá e incluso salpicaron hasta el suelo.

—Espero que te diviertas arreglando este desastre —gruñó Jacobina, quien se dirigía cojeando al baño—, pero no encontrarás nada de Judith ahí.

Béatrice se quitó los zapatos, jaló un almohadón, lo acomodó detrás de su cabeza y empezó a leer.

La caligrafía era casi ilegible y buena parte de lo escrito estaba en rumano. En una de las fotografías se veía a un hombre alto de cabello oscuro. Estaba de pie con un escobillón en la mano y una expresión solemne en el rostro. El ala del rígido sombrero que llevaba casi le cubría los ojos. Del bolsillo de su chaleco sobresalía la cadena de un reloj. Junto a él había una chica con aire serio y un vestido blanco de encaje con una muñeca a la que le hacía falta una pierna.

Cuando volvió Jacobina del baño, Béatrice le mostró la fotografía.

—¿Eres tú?

—Sí —dijo Jacobina con un gesto socarrón y encendió el televisor.

Béatrice analizó los vestigios de aquella vida pasada que se desplegaban frente a ella. Jacobina tenía razón, ahí no había nada de Judith, su historia se desarrolló mucho después. Empezó a acomodar todo de nuevo en fajos para regresarlo a la caja. Cuando se inclinó a recoger los papeles que habían caído al suelo, dos palabras en francés captaron su atención: *Mon amour*.

Se detuvo y sacó un delgado trozo de papel de entre dos tarjetas postales. La escritura era elaborada y en muchas zonas había casi desaparecido o estaba manchada. La leyó.

París, 8 de diciembre de 1943

Amor mío,

Hemos estado sentados en el sótano desde muy temprano por la mañana esperando que algo suceda. Afuera, en la ciudad, las sirenas ululan sin cesar, pero aún no ha caído ninguna bomba.

Desapareciste hace tres días y, contigo, la luz de mi vida se desvaneció. Mi corazón sufre una agonía silenciosa. No puedo perdonarme. Si, tras nuestro escape, no te hubiera dejado sola tan pronto... Significas todo para mí. ¡Todo!

Mi desesperación es tanta que estoy escribiendo a la dirección de tu padre, la encontré en tu diario. Rezo por ti, amor mío, y por un mundo nuevo en el que haya lugar para nuestro amor.

Con todo mi cariño,

C.

Béatrice leyó la carta una vez más y luego bajó la hoja de papel y se quedó mirando a la distancia. Tenía las manos frías y sudorosas.

—Jacobina —susurró—, creo que encontré algo.

La anciana tenía la mirada fija en la pantalla del televisor.

—¿Qué dijiste, querida?

Béatrice se puso de pie y le entregó la hoja de papel a Jacobina.

—¿Alguna vez leíste esta carta? Creo que está dirigida a Judith.

Jacobina la miró y se encogió de hombros.

—No tengo idea de quién la escribió. Nunca la había visto. ¿No hay un sobre con el remitente?

Béatrice volvió a buscar entre todos los documentos. Miró de cerca un sobre, pero la caligrafía no era la misma, no era tan peculiar.

—Esta misiva solo pudo haber sido escrita para Judith —dijo Béatrice, caminando de un lado a otro frente a Jacobina—. Todo coincide. París. La fecha. Además, *C*, la persona que escribe, menciona que envió la carta a la dirección del padre de Judith. Creo que tu padre la recibió y por eso está en esta caja.

Jacobina inclinó un poco la cabeza hacia el hombro.

—Pero, Judith nunca fue a nuestra casa en Rumania. ¡Habría sido imposible! Estábamos en medio de la guerra y era judía. Además, huimos a Canadá a principios de 1944.

—Tenemos que ponernos en contacto con el Memorial de la Shoah y otras organizaciones de las que me habló Grégoire —dijo Béatrice mientras doblaba la carta con cuidado—. Encontraremos a Judith. Lo presiento.

* * *

Laura dejó su celular a un lado y se estiró en el sofá. Era casi mediodía, pero todavía tenía puesta la pijama rosa con estampado de unicornios: no solo la hacía lucir como la sofisticada adolescente que deseaba ser, sino también como la niñita que a veces seguía siendo. Frente a ella había un bol con hojuelas de maíz.

Béatrice estaba sentada a sus pies. Levantó la vista del libro y miró rápido al jardín a través de las puertas de la terraza. Como llovió toda la noche, en el césped se habían formado grandes charcos. En la pajarera que colgaba de cabeza en una rama dos gorriones reñían por unos cuantos granos.

La mañana había pasado con calma. Después de que ella y Joaquín despertaron, sus cuerpos permanecieron aletargados entre las sábanas tibias hasta que hicieron el amor. No con pasión, porque su vida sexual nunca había sido así, sino de una forma dulce e íntima, como dos personas que conocían a fondo las preferencias y reacciones del otro. Todas las caricias, todos los movimientos eran rutinarios. Tras los desacuerdos de las últimas semanas, aquella intimidad redescubierta le venía bien a Béatrice.

—Hoy vamos a ir a ver *Underworld Evolution*, ¿cierto? —preguntó Laura bostezando.

Joaquín dejó el periódico que estaba leyendo y se quitó los lentes.

—Por supuesto, cariño, te prometimos que iríamos. ¿A qué hora empieza la película?

—En una hora, en Tysons Corner —dijo Laura antes de cubrir sus hojuelas de maíz con una gruesa capa de azúcar.

Rudi salió trotando de la cocina, lamió algunas migajas que había en el suelo y se echó debajo de la mesa.

Béatrice no había olvidado los planes para ir al cine, pero tenía flojera. El sofá era demasiado acogedor y, además, estaba leyendo la novela *Suite francesa* de Irène Némirovsky: un recuento que tiene lugar en Francia, en 1940, cuando el país cayó en manos de los nazis. Un libro fascinante, imposible de dejar a un lado. Némirovsky murió dos años después en Auschwitz y la novela no fue publicada sino hasta 2004.

Después de sus visitas al Museo del Holocausto y de haber encontrado aquella misteriosa carta en el departamento de Jacobina, Béatrice empezó a sumergirse en esta novela que Monique le había recomendado con tanto entusiasmo la última vez que hablaron. Era una lectura inteligente y apasionante, y la acercaba emocionalmente a Judith Goldemberg y a las espantosas cosas que ella y millones de judíos más tuvieron que soportar en ese tiempo.

—¿Les importaría si me quedo en casa a leer? —les preguntó a Laura y Joaquín.

—Aguafiestas —gritó Laura, mirando a su padre con ojos abiertísimos y suplicantes.

—Ay, Béa, ven con nosotros por favor —imploró Joaquín con dulzura—. Te prometo que hoy en la noche vamos a cenar tú y yo a D.C. Solos, ¿te parece?

Béatrice volteó a verlo.

—Lo siento, es que de verdad no tengo ganas de ver una película hoy. Este libro me tiene cautivada, y en la tarde quiero visitar a una amiga, una señora mayor a la que le ayudo de vez en cuando.

Béatrice llevaba algún tiempo queriendo contarle a Joaquín sobre Jacobina, pero no se había presentado la oportunidad.

Joaquín arqueó las cejas sorprendido.

—¿Ayudándole? ¿Tú? ¿Desde cuándo?

—Desde hace unas semanas —contestó ella—. Empecé a colaborar con una organización de caridad.

—¿Una organización de caridad? ¿Por qué?

—Porque me da algo que en mi trabajo no obtengo —contestó mirando al jardín. La pajarera estaba vacía—. En el banco tratamos de mejorar sistemas, pero ni siquiera entramos en contacto con la gente a la que queremos ayudar.

—Mejorar sistemas —repitió Joaquín con una risa burlona—. Pensé que tu banco se enfocaba en erradicar la pobreza —agregó, pero luego volvió a hablar en tono muy serio—. A la señora la puedes ir a ver mañana.

Para ese momento, Béatrice ya se había arrepentido de siquiera haber mencionado a Jacobina. Se levantó y se paró junto a la ventana.

—Hablo en serio, no tengo ganas de ir hoy al cine —insistió, cruzando los brazos—. Trata de entender, por favor.

—No seas tan necia, cariño —dijo Joaquín. Ya no sonaba ni dulce ni amable—. Solo será por un par de horas.

En cuanto escuchó la palabra *necia*, algo se desató en Béatrice. Se paró en seco y lo miró.

—¿Necia yo? Si yo soy la que suele ceder sin importar con cuánta frecuencia cambies o canceles nuestros planes.

Joaquín arrojó el periódico a la mesa.

—Béatrice, estás exagerando. No sé por qué siempre que mi trabajo se interpone en nuestros planes para divertirnos tengo que justificarme. Y cada vez que Laura sugiere que hagamos algo, tengo que discutir contigo. Estoy harto.

Béatrice empezó a temblar, no esperaba una reacción tan fuerte, Joaquín rara vez perdía los estribos.

—Tú eres quien exagera —dijo entre sollozos—, todo esto solo porque no quiero ir a ver una película.

—Pero no se trata de la maldita película, Béatrice —replicó él—. Se trata de que hagamos algo juntos, con mi hija —agregó. Un par de venas entrelazadas color azul oscuro se asomaron en su rostro, como si una telaraña le atravesara la frente.

Mientras tanto, Laura ya había remojado sus hojuelas azucaradas y se las llevaba a la boca en cucharadas llenas. Masticaba y tragaba sin inmutarse, como si la discusión de los adultos no le interesara en absoluto, pero Béatrice sabía que estaba escuchando con atención.

—Ya no quiero discutir sobre esto —dijo mientras tomaba su libro y su bolso para salir al corredor.

—¡Espera! —dijo Joaquín, corriendo detrás de ella.

Béatrice descolgó su abrigo del gancho.

—Si te vas ahora, no te molestes en volver —dijo Joaquín, con una especie de ira controlada.

Lo definitivo de sus palabras la dejó anonadada. Por un instante, se sintió insegura, pero luego abrió la puerta con un gesto decisivo.

—No planeaba hacerlo: de todas formas, a ti no te interesa nuestra relación.

Solo escuchó los agitados ladridos de Rudi detrás de la puerta que acababa de cerrar de golpe.

12

JUDITH

El chofer de Christian me entregó el vestido con la discreta sonrisa de un empleado.

—*Voilà, Mademoiselle...* espero que tenga un día agradable.

Su voz tranquila y estable no delataba que acababa de subir cuatro pisos corriendo. Insinuó una reverencia y bajó por las escaleras.

—Muchas gracias —masullé en medio del corredor, sintiéndome abrumada mientras inspeccionaba la bolsa negra para ropa que ocultaba el vestido y que, en garigoleadas letras doradas, decía *Atelier Jacques Fath*. ¡Mi vestido! ¡Mi primer vestido formal de noche! Al fin estaba listo.

Los recuerdos de aquella mañana fría de enero volvieron a mi mente, cuando Christian me jaló y, sin prestarles la menor atención, nos hizo pasar por entre un grupo de soldados alemanes que flanqueaban la rue François Premier.

—Iremos a que te confeccionen un vestido —dijo, mirándome con una ternura tan grande que sentí el cuerpo entero vibrar. Llevaba varios días sin hablar de otra cosa, se le había metido en la cabeza la idea de que quería sacarme a pasear con la vestimenta adecuada—. Jacques Fath es el mejor —exclamó con una sonrisa radiante—. En un instante, sabrá qué te irá bien y te transformará en una princesa, ángel mío.

Sabía que no podía decir nada que lo disuadiera, pero ya me temía la reacción de mamá el día que me viera con el vestido.

¿Me dejaría usar un atuendo exuberante confeccionado a la medida? ¿Aceptaría el hecho de que la cantidad que Christian estaba dispuesto a pagar por él podría alimentarnos por varios meses? Lo único en que mamá pensaba en aquella lúgubre época era en nuestra supervivencia y, aunque yo comprendía y compartía sus preocupaciones, también quería algo más que solo sobrevivir: quería escapar de nuestra espantosa realidad durante algunas horas y vivir ese espléndido sueño con Christian, mi hermoso amor, la alegría de mi vida. Mi futuro.

Todos los atuendos en el reino de Jacques Fath eran suntuosos. En la puerta había una inmensa aldaba de bronce pulido con la cabeza de un lobo grabada. Las sillas eran altas y estaban tapizadas con piel de leopardo. El joven asistente con cara de ardilla se apresuró a recibirnos en cuanto entramos al taller. Los dulces de menta que había en grandes boles de plata por todos lados eran del color de la nieve.

—Por desgracia, la seda no nos está llegando en este momento —dijo la ardilla cuando Christian pidió que el vestido fuera confeccionado con esta tela. Al ver las comisuras de sus labios curvearse, agregó—: Se trata de una prohibición importante, usted comprenderá.

El asistente tosió varias veces cubriéndose la boca con la mano mientras caminaba de ida y vuelta frente a un gabinete con grandes rollos de tela acomodados por colores. Por fin tomó uno de color azul oscuro y lo desplegó sobre la mesa de corte frente a nosotros.

—Pero ¿qué le parece este? —preguntó mirando a Christian. Pasó la mano sobre la tela y luego se jaló la corbata—. Es el rayón más fino que tenemos.

* * *

Emocionada como una niña en su primer día de escuela, llevé el vestido a mi habitación con los brazos extendidos. A cada paso que daba, el material crujía en el interior de la funda. La dejé sobre la cama y empecé a desabotonarla con cuidado para ver mi regalo confeccionado a la medida. De pronto apareció la sedosa y resplandeciente tela: *El rayón más fino*, escuché en mi mente a la ardilla. Con gran emoción saqué el vestido por completo, me deshice de la funda y extendí la prenda. ¡Asombroso! No tenía mangas, era elegante y austero. La larga y amplia falda se ajustaba en la cintura y la acentuaba con un cinturón de cuero con hebilla de plata, y el escote tenía un ribete de encaje. Al ver el vestido sobre mi edredón a cuadros, zurcido y manchado con motitas de café por todas las veces que lo salpiqué mientras leía con descuido, me dio la impresión de que era un objeto venido de otro mundo, de uno espléndido. De un mundo en el que las mujeres habitaban departamentos enormes del decimosexto distrito y tenían collares de perlas y el cabello bien peinado; donde organizaban recepciones para sus esposos y sus socios de negocios. Pero ¿y yo?, ¿podría usar una prenda así? Presa del sobrecogimiento, pasé los dedos por las olas que formaban los pliegues de la falda y me sentí una versión moderna de la *Cenicienta* de Charles Perrault.

Volví a recordar aquel día en el taller de Fath. Los diestros dedos de la ardilla, la manera en que rodeó mi cadera, brazos y cuello con la cinta métrica, la economía de sus movimientos, los números musitados entre sus labios, su manera de soltar la cinta para anotar en la libreta. En esa boutique, a la que solo tenía acceso la gente de los círculos más encumbrados de París, yo no era más que un objeto andrajoso con las manos heladas. Lívida como del color del gis y profundamente avergonzada, permanecí de pie frente a los inclementes espejos de piso a techo que había en el *atelier* de aquel dios de la moda en ascenso y traté de ignorar la expresión de complicidad del asistente cada vez que veía mis viejas mallas de lana.

A Jacques Fath solo lo vimos en una ocasión, cuando fui a la segunda prueba. Entró al *atelier* vistiendo un traje inmaculado y sonriendo con confianza. Sin presentarse, besó mi mano con un gesto galante y saludó a Christian como si fueran amigos de años. Parecía un individuo simpático, tenía dientes grandes, una frente amplia y arqueada, y mirada amigable.

—Christian, ¡qué gusto! ¿Cómo se encuentra tu hermosa madre? —dijo.

Solo en ese momento pensé que la madre de Christian debía de visitar la boutique varias veces al mes, e imaginarla ahí me incomodó aún más. Me pregunté qué diría si *Monsieur* Fath le contara que su hijo había estado en su taller acompañado de una joven pálida con mallas de lana. ¡De una joven *judía*!

Pero luego recordé cómo Christian se resistía a sus padres y la reserva que sentía respecto a ellos, y me tranquilicé. Lo más probable era que le hubiera pedido al diseñador que confeccionara mi vestido con la mayor discreción posible.

Jacques Fath habló un poco respecto a su nueva boutique y explicó por qué esa ubicación era mucho mejor que la de su antiguo estudio en la rue la Boétie. Luego se concentró en mi vestido con la atención de un arqueólogo que acaba de descubrir un papiro egipcio en la grieta de una roca. Juntó un poco de tela en la cintura; reprendió a la ardilla porque, aunque a mí me parecía que se veían perfectos, según él los botones de atrás estaban demasiado separados; y revisó la longitud de las costuras. De pronto hizo una pausa, frunció el entrecejo y se quedó mirando el cinturón: estaba tan ajustado que yo apenas lograba respirar.

—*Pardon, Mademoiselle* —murmuró antes de sacar el cinturón de los aros con un gesto ágil y deliberado, y sostenerlo colgando frente al rostro del asistente.

—¿Qué tan grueso es este cinturón, Édouard? —preguntó con actitud amenazante, como si ya supiera la respuesta.

Édouard hizo una mueca y colocó la cinta métrica contra el accesorio.

—Cinco centímetros, *Monsieur* —respondió y tosió avergonzado.

—¿Y qué tan grueso debe ser? —preguntó *Monsieur* Fath con el entrecejo fruncido.

Édouard guardó la cinta métrica en el bolsillo de su pantalón y se encogió de hombros.

Monsieur Fath dio un puñetazo en la mesa y la bombonera de plata saltó hacia un lado con un repiqueteo.

—¿Acaso no discutimos sobre su longitud hace algunas semanas? —gritó, arrojando el cinturón al suelo—. Cuatro centímetros, Édouard. ¡Cuatro! —vociferó mientras se pasaba los dedos entre el cabello. Luego recobró la compostura y le sonrió a Christian como disculpándose—. Lo lamento, pero son las nuevas reglas de Vichy —explicó, y me indicó con un gesto que podía cambiarme—. El cuero es un insumo muy escaso porque todo se va a Alemania, no podemos hacer cinturones de más de cuatro centímetros, y si no obedezco las órdenes, ¡cerrarán mi taller! —dijo. En su rostro vi una preocupación genuina.

Édouard se disculpó de manera profusa y, unos momentos después, Jacques Fath caminó hacia la salida.

—El vestido estará listo en dos semanas, Christian. Y, como te lo prometí, tu madre no se enterará de nada —dijo con un guiño. Luego se dirigió a mí—. *Mademoiselle*, ha sido un placer.

Y entonces, ondeando con elegancia la mano, Jacques Fath abandonó el salón probador.

* * *

Ahora, este magnífico ejemplo de *haute couture* de la ocupación, con todo y un cinturón de cuatro centímetros de ancho, ni más ni menos, se encontraba frente a mí. Después de admirarlo en todo su esplendor y de pasar los dedos sobre la tela, ya no pude contenerme. Con los dientes tiritándome de frío, me desvestí y me puse el vestido. Me quedaba como si me lo hubieran vertido encima. El material presionó con suavidad contra cada línea de mi esbelta figura, y el cinturón me dio forma y una sensación de firmeza.

Ese mismo día, poco después de la seis, me encontraba al lado de Christian: congelándome de frío, pero con la apariencia de una opulenta estrella de cine. Mientras bebíamos champagne, un busto de Napoleón III se cernía sobre nosotros y nos observaba desde lo alto de un pilar de mármol blanco. Debajo del traje de noche de Fath, llevaba mis gruesas y rasposas mallas de lana sin las que no habría sobrevivido la caminata del automóvil hasta la plaza y luego por las escaleras que ascendían al Palacio Garnier.

—Te ves deslumbrante, ángel mío —susurró Christian con una amorosa mirada y tocando mi brazo con sutileza—. Tus ojos son como dos aguamarinas. Tu piel resplandece como porcelana.

Le sonreí. Mientras admirábamos el decorado con reminiscencias de la *Belle Époque* de la magnífica Rotonda del Glaciar, en el primer piso del recinto operístico, me sentí como Michèle Morgan, la actriz francesa a la que acababan de ofrecerle un contrato para filmar en Hollywood. Un pesado candelabro de techo con elaborados acentos en oro iluminaba el lugar y, un poco más arriba, libertinas bacantes descansando sobre nubes esponjosas estiraban sus cuerpos hacia un cielo crepuscular. A nuestro alrededor, pequeños grupos de damas y caballeros vestidos con gran elegancia se saludaban con besos insinceros en la mejilla, levantaban sus copas de champagne para brindar o examinaban el programa. Para complementar sus vestidos de noche, las mujeres lucían exuberantes diademas y guantes bordados que les llegaban a los codos. Los hombres llevaban corbata blanca.

Aunque me pareció un panorama fascinante, la decadencia que se desplegaba frente a mí me provocó un sentimiento de repulsión. Mientras gente como mamá y yo apenas sobrevivíamos y vivíamos con el temor constante de la creciente intimidación del régimen nazi y su inclemente discriminación hacia los judíos y otras minorías, la alta sociedad francesa recibía a los ocupantes alemanes con aire indiferente.

No hablaban del almirante Darlan, nuestro nuevo jefe de Estado desde apenas unos días antes, ni de la película antisemítica alemana *Jud Süss*, que se había empezado a exhibir en los cines de París. No, aquella noche, la política no existía. La gente debatía con entusiasmo respecto a si la bailarina Suzanne Lorcia era perfecta para el papel de Swanilda porque, ¿quién más tendría el nivel necesario para presentarse al lado del genial Serge Lifar?

Un hombre alto con cabello oscuro y un bigote angular se separó de un grupo de oficiales de la Wehrmacht y caminó hacia nosotros. Su saco militar estaba repleto de insignias, cruces y charreteras: indicadores de un alto rango militar y servicio distinguido. Su impecable postura, la botonadura de oro y las estrechas y altas botas de charol lo hacían lucir como un inflexible hombre de buena cuna.

Sentí que el estómago se me retorcía, nunca había hablado con un alemán. ¿Qué querría de nosotros?

—*Heil Hitler* —dijo el uniformado estrechando la mano de Christian. Nos habló con tono imponente y yo de inmediato noté en su dedo el resplandeciente, grueso y dorado anillo que también servía como sello y exhibía el grabado de un escudo de armas.

Christian asintió y, aunque no correspondió al saludo alemán, saludó al uniformado enseguida con aire sorprendido.

—¡Ah! Buenas noches, *Monsieur Militärbefehlshaber*.

Lo miré. La facilidad con que pronunció en alemán el largo título del oficial me estremeció. Era obvio que lo conocía de antes, ¿por qué nunca lo mencionó?, ¿estaría ocultando algo? De pronto empecé a imaginar cosas terribles: Christian, cortejando a una chica judía por las tardes y a los nazis por la noche. Christian, ¿colaborador? Dejé mi copa de champagne en una mesa y enterré las uñas en el suave cuero del pequeño bolso de mano que *Monsieur* Fath me dio como obsequio para usarlo con mi vestido.

El oficial fijó en mí sus ojos color gris neblina y sentí como si una helada ráfaga del ártico se hubiera colado al salón.

—Permítanme presentarlos —dijo Christian con una sonrisa seca y colocando su mano sobre mi brazo—: Mi prometida, *Mademoiselle* Marie Lavigne.

Sentí escalofríos, un torbellino de emociones me invadió. ¿Por qué habría dado un nombre falso? ¿Qué pasaría si el alemán quisiera revisar mis documentos? Mi pánico, no obstante, se conjugó con una oleada de felicidad: Christian me presentó como su prometida. Era oficial, éramos el uno para el otro. Por desgracia, no pude gozar de ese momento ni pensar con claridad porque el oficial no me despegaba la vista. Empecé a sentir los hombros tensos por la ansiedad que me provocaba la vehemencia de su mirada.

—Es un honor, *Mademoiselle* —dijo después de un instante, con un inexpresivo acento alemán y extendiéndome la mano.

La estreché vacilante y sentí el frío del metal del anillo. Él se presentó como Otto von Stülpnagel.

El nombre me sonaba conocido.

—El espectáculo de esta noche promete ser espléndido —dijo Christian agitando el programa. Era evidente que trataba de aligerar la atmósfera.

Von Stülpnagel se pasó la mano por las prominentes entradas y asintió.

—Estoy de acuerdo. El *Coppélia* es impresionante. Elegante, delicado: igual que las damas que han asistido esta noche.

Un mesero se acercó al alemán y le ofreció una charola con una copa de efervescente champagne. Von Stülpnagel la tomó, derramó un poco sobre su mano por accidente y luego bebió todo el contenido de un solo trago.

—Seguro están al tanto de que Delibes basó este ballet en una novela corta alemana —dijo mirando a Christian con aire inquisitivo. No parecía tener ningún interés en incluirme en la conversación y, a mí, eso me venía bien. De todas formas, con un ocupante como este enfrente, con todas esas medallas e insignias, no habría podido articular una sola palabra.

Von Stülpnagel sacó un pañuelo blanco del bolsillo de su pantalón y se limpió la mano con él.

—Se llama *Der Sandmann* y fue escrita por E. T. A. Hoffmann, un escritor alemán extraordinario —dijo y asintió, como para dejar claro que estaba de acuerdo consigo mismo. Luego le indicó al mesero con un gesto que le trajera otra copa.

Fruncí el ceño, no sabía hacia dónde se dirigía la conversación. Miré a Christian desconcertada, pero él solo le prestaba atención al oficial.

—Bien, como decía —continuó Stülpnagel, disfrutando mucho de *su* propia plática—, lo que muy poca gente sabe es que, en 1870, cuando se estrenó *Coppélia* aquí, en la Ópera de París, el programa fue doble y también interpretaron *El cazador furtivo*, una ópera del compositor alemán Carl Maria von Weber —dijo.

El oficial terminó de beber la segunda copa con unos cuantos tragos y me miró con aire severo. ¿Habría notado mi incomodidad? Volteó a ver a Christian.

—Dígame, ¿puede ver el extremo al que la cultura alemana ha influido en la francesa? —dijo, sonriendo complacido.

—Sin duda, *Monsieur* —aseguró Christian enseguida, sin sacar las manos de los bolsillos.

Von Stülpnagel miró alrededor sin fijarse en algo en particular, pero me pareció que le interesaban más las mujeres parisinas que los tapices.

—Cada vez que vengo aquí, es como si viera el lugar por primera vez —dijo mientras jalaba con suavidad su bigote en forma de manubrios—. Es mágico. Como nuestro líder afirmó de manera muy pertinente: "Un teatro de ópera es el punto de referencia para calificar a una civilización". De hecho, el *Führer* ha pasado más tiempo en el Palacio Garnier que en cualquier otro lugar en París —dijo con rostro melancólico y un profundo suspiro, mirando más allá de nosotros.

En ese momento empezó a repiquetear con fuerza una campana y un murmullo recorrió la sala. Se escuchó el movimiento de las sillas rayando el suelo y de los pasos sobre la madera de la platea.

—El espectáculo está a punto de comenzar —dijo Christian, tomándome de la mano.

Von Stülpnagel despertó de su ensoñación, estiró la espalda y se despidió con un firme apretón de manos.

—Por favor, haga llegar mis saludos a su estimado padre —le dijo a Christian cuando ya se había alejado algunos pasos de nosotros y buscaba a sus compañeros oficiales—. Y dígale que hizo un excelente trabajo —agregó antes de desaparecer.

—¿Quién diablos era ese hombre? —siseé en cuanto vi perderse su cabello negro entre la multitud.

Con un gesto Christian me indicó que no hablara.

—Ahora no —susurró.

Después de estar un buen rato sentados en el palco de sus padres escuchando el ritmo de semicorcheas en cascada, y mientras Serge Lifar hacía girar en el aire como una blanca pluma a la cautivadora Suzanne Lorcia, Christian me murmuró algo al oído.

—El MBF es el líder del ejército alemán en Francia. Tiene una cuenta en el banco de mi padre.

Bajé el programa y lo miré. Mis dudas habían sido infundadas y tontas, ¿cómo me atreví a pensar mal de él por un instante siquiera?

Se inclinó hacia mí.

—Algo más: es mejor que nadie sepa que eres judía —murmuró—, debemos ser cuidadosos en extremo.

Volví a fijar mi atención en el escenario y pensé en lo que acababa de decirme. Claro, había escuchado los rumores y mamá lo mencionaba de manera constante. Se decía que los invasores alemanes estaban enviando refugiados judíos de Ucrania, Polonia y Rusia a campos de trabajo. Por suerte, solo se llevaban a los hombres. Yo era mujer y, además, tenía pasaporte francés.

Deslicé mi mano debajo de la de Christian y, al sentir su piel, noté que siempre estaba tibia a pesar del frío. Entonces volví a sentirme segura.

13

BÉATRICE
WASHINGTON, D.C., 2006

En cuanto Béatrice abordó el taxi, decidió que no visitaría a Jacobina ese domingo después de todo, porque estaba demasiado molesta y decepcionada. No podría escucharla con atención ni pensar con claridad respecto a Judith.

Se quedó mirando por la ventana, hundida en sus pensamientos. Los cerezos salpicados de flores blancas pasaron con rapidez a su lado. El taxi recorrió Key Bridge y dio vuelta a la derecha para dirigirse a Georgetown. La desestabilidad, ese ir y venir con Joaquín, había comenzado un año antes. Era una especie de acto circense, una caminata en la cuerda floja: necesidades y confesiones; viajes entre Washington y McLean; momentos en que sí y momentos en que no, tal vez después. Un paso hacia delante y dos hacia atrás. Una mañana juntos y cinco sola. Siempre estaba estresada. Y desde la altura sentía que abajo no había red de protección, solo contemplaba el vacío como una oscura grieta gigantesca. Tenía que mantener el equilibrio, aferrarse a la garrocha, olvidarse de ella, entenderlo *a él* y seguir mirando al frente.

¿Cuánto tiempo más podría soportar esa situación? ¿Algún día superarían la amargura que ahora se interponía entre ellos? Ella anhelaba volver al principio de su relación. A los meses previos al importante ascenso de Joaquín, cuando tenía más tiempo para Laura y para ella, cuando era sencillo superar las diferencias y todavía le emocionaba saber que iría a McLean porque pasaría un fin de semana dichoso en familia.

Ahora, la atmósfera siempre era tensa, incluso los menores detalles hacían erupción y devenían en conflicto. Necesitaban aprender a comunicarse mejor, necesitaban reavivar su romance porque, de lo contrario, la relación llegaría a su fin.

El conductor del taxi habló por celular sin parar, pero ella no reconoció el idioma. Parecía enfrascado en un acalorado debate, maldecía a todo pulmón y negaba violentamente con la cabeza. Béatrice se sintió aliviada cuando por fin la dejó afuera de su edificio.

Entró al departamento y fue directo al teléfono. Las lucecitas de la base parpadeaban en intervalos breves y regulares. Sin quitarse el abrigo, se sentó y escuchó los mensajes nuevos. El primero era de su madre, se encontraba mejor. Todavía no podía caminar sin el bastón, pero el dolor había disminuido. Béatrice respiró hondo, se sintió aliviada. Decidió que la llamaría de inmediato, pero entonces comenzó el siguiente mensaje. Una voz profunda y melodiosa hablando en francés. Le tomó un instante reconocerla: Grégoire. Esa mañana había ido al mercado semanal en Dupont Circle, lo narraba con ese mismo tono relajado y conversacional que la embelesó desde que lo escuchó en el museo. No había podido resistirse al ver todas aquellas verduras a la venta, compró demasiado. ¿Le gustaría ir a cenar a su casa esa tarde?

Béatrice escuchó el mensaje por segunda ocasión. Y luego lo escuchó por tercera vez. La última vez que un hombre se había ofrecido a cocinar para ella fue mucho tiempo atrás. Joaquín era demasiado intelectual para pelar zanahorias sin cortarse el dedo y estaba demasiado ocupado para ir al mercado los domingos. Dependía de ella y de los pasillos de los congeladores en el supermercado.

Una cena con Grégoire, preparada por él, qué idea tan encantadora. Podrían hablar en detalle sobre cuál sería el siguiente paso en la búsqueda de Judith. Sin embargo, Béatrice también quería saber más de él y del trabajo que realizaba en el Museo del Holocausto.

No obstante, antes de devolverle la llamada para confirmar, tenía que hablar con Joaquín y aclarar las cosas, aligerar la situación. La riña del mediodía le pesaba demasiado, no podría olvidarla en un instante y luego disfrutar de una cena con otro hombre. *¡Otro hombre!* No, no, tal vez no debería aceptar la invitación de Grégoire. Aunque complicada, su relación con Joaquín era formal. No era el tipo de persona que buscaría a otra pareja antes de romper con la que estaba porque no sería justo para nadie. Fue lo que su padre hizo con su madre antes de abandonarlas por completo, y eso le provocaba una enorme ansiedad. Nunca lo perdonaría.

Marcó el número de Joaquín cuando todavía estaba pensando en qué decir.

—Soy yo —dijo tras escuchar el tono para grabar mensajes—. Necesitamos hablar —agregó. ¿Cómo articularlo? ¿Cómo expresar sus expectativas y la desilusión en unas cuantas oraciones? ¿Y cómo lograr que no sonara a acusación? Respiró hondo—. Creo que ha llegado el momento de reevaluar nuestra relación, Joaquín. Necesitamos pensar en lo que ambos necesitamos y queremos de ella. Reunámonos lo más pronto posible. Solo tú y yo, ¿de acuerdo? —dudó, no sabía cómo terminar el mensaje. ¿Con un breve "Te amo"? No, no era lo que sentía. Ya no—. Disfruta la película —dijo antes de colgar.

Poco después le llamó a Grégoire y se puso de acuerdo con él para verse esa tarde.

* * *

Grégoire llenó a la mitad la copa en forma de pera y la agitó un poco de un lado a otro. Luego colocó su nariz sobre ella, cerró los ojos e inhaló el aroma.

—Grosella negra... ciruela... madera de cedro... y un toque de chocolate semidulce —murmuró, aprobó con la cabeza y bebió el primer sorbo.

Béatrice lo observó hechizada realizar esta ceremonia. Por fuera se veía tranquila y guardaba la compostura, pero por dentro, su cuerpo palpitaba y se estremecía. La presencia de Grégoire la había sumergido en un estado de euforia.

La forma en que colocó su labio superior al borde de la copa y permitió que el vino fluyera hacia su boca mientras movía la lengua hacia atrás y hacia delante antes de beber era un espectáculo muy sensual.

Grégoire volvió a colocar la copa en la encimera de la cocina y sirvió un poco de vino para Béatrice.

—Es demasiado temprano para esta botella —dijo—, pero tenía curiosidad. Un amigo mío produjo este vino. Es un 2002, un viejo promedio, aunque el final del verano fue espléndido.

Béatrice tenía conocimientos muy diversos: literatura francesa, asuntos internacionales, ayuda al desarrollo... pero no sabía nada sobre vino. El que solía beber era tinto y rara vez costaba más de quince dólares.

—Sabes bastante de enología, ¿no es cierto? —le dijo a Grégoire, mientras bebía un sorbo de la copa. Su lengua percibió la sedosidad y exquisitez del vino.

—Es por mi trabajo. Tenemos un viñedo cerca de Burdeos, en Pomerol, para ser precisos. Château Bouclier. Mi padre lo compró poco después de la guerra.

—¿Eres viticultor? —preguntó Béatrice con los ojos abiertísimos.

—No de manera directa. Tenemos un enólogo que se hace cargo de la producción, pero a lo largo de los años he aprendido mucho de él.

Béatrice frunció el entrecejo.

—Entonces, ¿qué haces en el Museo del Holocausto?

Grégoire tomó un manojo de espinacas que acababa de lavar y había dejado en un colador, lo lanzó a una sartén y le roció un poco de aceite de oliva.

—Me tomé un año sabático para terminar por fin mi tesis. El museo me dio una beca de investigación —dijo mientras distribuía las espinacas en la sartén con una cuchara de madera—. Estaba a medio doctorado cuando mi padre sufrió un accidente cardiovascular y tuve que ocupar su lugar enseguida. Ya sabes, nuestro negocio es pequeño y familiar, así que él no quería que un desconocido tomara las riendas, por eso me hice cargo —las espinacas crepitaron con fuerza en el aceite caliente y, en unos segundos, se encogieron y formaron un montículo. Grégoire continuó—: Pero después de eso él ya no quiso volver a trabajar y yo me convertí en empresario de la noche a la mañana.

Béatrice escuchaba y observaba. Vio a Grégoire realizar varias tareas simultáneas: escurrir el arroz, sacar del horno una gran pieza de aromático pescado blanco y agitar la salsa de limón y mantequilla. Se movía con destreza y agilidad, como si no estuviera haciendo ningún esfuerzo.

El mundo estaba lleno de maravillas, pensó mientras dejaba que el delicioso vino se disolviera en su lengua. Aquí estaba ahora, una húmeda y fresca tarde de marzo, bebiendo el mejor vino de su vida y deleitándose mientras un hombre fascinante cocinaba para ella.

Dejó que su vista se extraviara unos instantes en la cocina y notó en la encimera un sobre dirigido a Grégoire Pavie-Rausan, pero, por lo que recordaba, ese no era el apellido con que él se presentó en el museo. ¿Por qué usaría otro?

—Lamento ser entrometida —dijo señalando el sobre—, pero ¿no me dijiste que te apellidabas Bernard?

—Así es —dijo Grégoire asintiendo—, cuando mis padres se divorciaron, mi madre retomó su apellido de soltera, Bernard, y obtuvo mi custodia legal. Por los trámites y la escuela, nos resultaba más ventajoso que yo llevara su apellido también, pero como me mudé de vuelta a Château Bouclier y ahora dirijo el negocio del vino, la mayoría de la gente utiliza el apellido de mi padre para dirigirse a mí. Soy su hijo y su nombre representa a nuestra marca, por eso les parece lógico. De hecho, he estado pensando en volver a cambiarlo, al menos para mi pasaporte, así me evitaría problemas.

—Sí, deberías hacerlo, en especial si el apellido aparece en tus botellas —le dijo Béatrice—. Pavie-Rausan es un apellido inusual, la gente lo recordará con facilidad —agregó y tomó su copa.

Se sentó a la mesa de la cocina y apreció lo bien presentada que estaba: candeleros de plata con velas encendidas y amplias servilletas de tela sobre los platos.

—¿Y tu madre? ¿Dónde se encuentra ahora?

—Vive en París. Está felizmente vuelta a casar con un individuo muy agradable —contestó Grégoire y volvió a servir vino en la copa de Béatrice a pesar de que continuaba medio llena—. ¿Sabes? Cocinar me relaja, pero todo este asunto de las conversiones de grados Fahrenheit y Celsius me confunde. Ayer terminé quemando todo.

Béatrice rio de buena gana.

—Llevo dos años en Estados Unidos y tampoco puedo dejar de pensar en grados Celsius o en kilogramos.

La BlackBerry zumbó, la sacó de su bolso y vio un mensaje de texto de Joaquín.

Gracias por tu correo de voz, en verdad lo aprecio. Sí, tenemos que hablar, estoy seguro de que podemos solucionar esto. Te llamo después. Con cariño, J.

Béatrice suspiró y pensó de nuevo en la pelea que habían tenido al mediodía. No sería una conversación agradable, pero no podían continuar evitándola.

—¿Algún problema? —preguntó Grégoire.

Ella negó ondeando la mano.

—No, un asunto de la oficina. Mis colegas trabajan todo el día —explicó antes de apagar la BlackBerry y volver a meterla en su bolso. Al menos por ese día, no quería seguir pensando en Joaquín y en las dificultades de su relación, solo deseaba disfrutar de esa noche especial.

—¿Cuál es el tema de tu tesis? —le preguntó a Grégoire mientras él cortaba a toda velocidad y finamente un manojo de hierbas frescas.

—Estoy escribiendo sobre la colaboración francesa con los nazis —contestó. Limpió el cuchillo y lo secó en su delantal— y la manera en que los franceses la procesaron después. Todavía hay mucho por hacer en este sentido.

—¿A qué te refieres? —Béatrice no recordaba sino vagamente sus clases de historia: sus años en la escuela habían quedado muy lejos.

—Bien, pues hemos evitado el tema durante mucho tiempo. Chirac es el primer presidente que ofrece disculpas de manera oficial al pueblo judío por la colaboración nazi. Fue justo *él* quien inauguró el Memorial de la Shoah en París el año pasado.

—Tienes razón —dijo Béatrice, sin dejar de seguir con la mirada sus ágiles movimientos—. ¿Y por qué te interesa tanto este tema?

—Por mi familia. Mi padre con frecuencia me contaba sobre la guerra y cómo se vivió la situación durante la ocupación nazi. Según él, su padre, o sea, mi abuelo, destruyó a su familia en aquel tiempo. Algo terrible debe de haber sucedido —explicó mientras exprimía y sacudía un limón sobre la ensalada.

—¿Y qué opinaba tu abuelo? —preguntó Béatrice con mucha curiosidad mientras lo miraba vaciar el arroz en un cuenco.

—No tengo idea, no conocí a mis abuelos. Justo después de la guerra, mi padre rompió todo contacto con su familia y se fue de París. Al principio consiguió un empleo en Burdeos, pero luego compró nuestro viñedo cerca de Libourne. Hasta la fecha no he podido averiguar qué sucedió porque él nunca ha querido hablar de ello.

—¿Por qué no? —Béatrice sintió sus mejillas sonrojarse y que el vino se le empezaba a subir a la cabeza. ¿O sería Grégoire quien la tendría embrujada con sus musculosos brazos, su voz, su sonrisa…?

—No lo sé —contestó—. Es decir, supongo que a nadie le agrada hablar de cosas que le resultan demasiado sensibles o cercanas al corazón —dijo en tono reflexivo. La vehemencia de su mirada atravesó a Béatrice como un relámpago—. Tu amiga, Jacobina, por ejemplo, se enteró muy tarde sobre la existencia de Judith, ¿cierto? En todo caso, los recuerdos de mi padre y sus desavenencias con la familia me inspiraron a estudiar la Segunda Guerra Mundial —explicó y luego sirvió el humeante pescado en una charola oval que colocó entre los candeleros sobre la mesa—. *Voilà*. Espero que te agrade.

Béatrice se sintió como una reina. Grégoire no dejaba de servir nuevos tipos de vino y, en cada ocasión, colocaba sobre la mesa copas recién pulidas. Ella vio pasar los blancos y tintos de Borgoña, y leyó cada etiqueta con asombro: Meursault, Domaine des Comtes Lafon. Haut Bailly, Pessac-Léognan, Faiveley, Chambertin Clos de Bèze. Los apelativos empezaron a girar frente a ella. No le importaba de dónde venían los vinos ni con qué variedad de uva estaban fabricados, lo único que deseaba era que Grégoire no dejara de hablarle y de llenar su copa.

—Por supuesto, estas son solo muestras de degustación —dijo, haciendo énfasis con una encantadora risa que reveló su blanca y fuerte dentadura—. La regla más importante entre nosotros, los profesionales del vino, es no vaciar nunca la copa. Por eso solo bebemos algunos sorbos.

—¿Y dejan el resto? ¡Qué desperdicio! —dijo Béatrice, indignada.

—Lo sé, es cierto. Pero se requiere disciplina —explicó. Sus ojos verdes centellearon, el placer era evidente—. Casi siempre lo escupimos de vuelta porque no podemos embriagarnos todo el tiempo.

La conversación era relajada y familiar, hablaron de sus experiencias como europeos en Estados Unidos y se contaron historias de su vida.

—Claro, Washington es un lugar emocionante. La Casa Blanca, el Pentágono, la CIA y todo lo demás. Sin embargo, creo que no podría vivir aquí de manera permanente —afirmó Grégoire cuando llegaron al momento de los quesos, en que le presentó a Béatrice unas delgadísimas virutas de Ossau-Iraty con gotas de miel.

—Me gustaría volver a casa para el verano a más tardar —confesó Grégoire, mientras tomaba un trozo de baguette de la canasta de pan y lo mordía—. Para ese momento, el tiempo de la cosecha estará cerca y yo deberé estar presente sin excusa ni pretexto.

Béatrice recobró la sobriedad de golpe.

—Eso es… vaya, es… pronto —masculló y bajó la vista para que él no notara su desilusión. De pronto, el queso en su plato le pareció seco e insípido.

Grégoire se reclinó.

—Sí, gracias a Dios. Espero haber terminado mi investigación para entonces. La escritura la continuaré en casa. ¿Quieres un postre? —preguntó retirando las migajas de la mesa.

Béatrice miró el reloj, era poco después de medianoche.

—Gracias, pero se hace tarde. Debo irme. Mañana es lunes —argumentó. Esperaba que Grégoire protestara y, al menos, tratara de convencerla de quedarse para beber un expreso. Pero solo asintió y, cuando ella se ofreció a ayudarle a limpiar la cocina, le dijo que no se preocupara, sonriendo para suavizar sus palabras. Ella, sintiéndose decepcionada hasta cierto punto, se puso de pie y tomó su bolso.

Grégoire dobló su servilleta y también se levantó.

—Te enviaré un correo electrónico con una lista de organizaciones que puedes contactar para averiguar más sobre Judith —le dijo mientras le ayudaba a ponerse el saco y la acompañaba a la puerta del frente—. Ah, y, por supuesto, puedes visitarme en el museo cuando gustes.

Cuando salió, volteó a mirarlo en espera de algo, de una palabra que le impidiera irse, de un brazo extendido pidiéndole regresar.

Sin embargo, él solo levantó la mano y la ondeó para despedirse.

—Maneja con cuidado —dijo Grégoire cubriendo un bostezo—. Para mí también es hora de ir a dormir —agregó antes de cerrar la puerta.

* * *

Béatrice se sentó en la pequeña mesa al centro del archivo y trabajó sin energía. Registró las direcciones, ordenó carpetas que muy probablemente nadie volvería a tocar y recopiló información que a nadie le interesaba. A través de las paredes escuchó los elevadores subir y bajar con rapidez en sus cubos. Otro mes en ese lugar y tendría que ver a un terapeuta para tratarse la claustrofobia y la depresión laboral.

Volvió a pensar en su cena con Grégoire. Qué noche tan maravillosa, todo era muy sencillo con él, todo era encantador y familiar. Lo imaginó frente a ella, abriendo sin esfuerzo botellas raras de vino, llevando una copa a sus labios y moviéndose con agilidad mientras cocinaba. Y pensar que, dentro de poco, volvería a Francia y desaparecería de su vida.

Su BlackBerry sonó. Miró la pantalla, era Cecil. Sintió el pánico acumularse en su garganta, no pudo contestar sino hasta después del cuarto repiqueteo.

—Hola, Cecil —dijo, tratando de sonar casual—. ¿Cómo estuvo tu viaje?

—Excelente, gracias. ¿Me llamaste? —dijo. Sonaba ocupado y distraído. En el fondo, Béatrice escuchó la voz de una mujer, tal vez era su asistente.

—Sí —contestó con el pulso acelerado y sintiendo la lengua pesada como plomo. Llevaba esperando semanas esta llamada e incluso había memorizado lo que diría hasta el último detalle, pero, ahora que llegaba el momento, se quedó en blanco, como una pizarra antes de empezar la clase—. Quería... quería explicar lo que en realidad sucedió durante la entrevista del *Washington Post* —dijo e hizo una pausa.

—¡Ah! Qué embrollo con todo eso —comentó Cecil—, pero descuida, ya están haciendo una investigación. Créeme, voy a averiguar cuál fue el error en la oficina de Haití.

Béatrice respiró aliviada y su pulso se desaceleró. Genial. Entonces Cecil no permitió que Michael lo confundiera, estaba al tanto de que no fue ella quien hizo llegar los correos internos a PDG, sino alguien en Haití.

—No sabía qué hacer al respecto —señaló Béatrice.

—Te creo, pero que te hayan citado en el artículo, Béatrice... —continuó Cecil con un silbido—, eso no debió suceder. Hace que nuestro departamento de prensa se vea muy mal.

Las palabras de Cecil desgarraron a Béatrice como una navaja.

—¡Te aseguro que tergiversó mis palabras, Cecil! Lustiger siempre escribe artículos muy negativos sobre el banco.

—Sí, es un manipulador, detesto tratar con él. Pero esa es la razón por la que tenemos a gente preparada como tú para que maneje a la prensa. Para que estas cosas *no sucedan*.

A Béatrice se le cerró la garganta.

—Cecil, ¿esta situación cambiará el plan de que me una a tu departamento? —le preguntó con voz tímida, a pesar de que sabía muy bien lo que estaba a punto de decir. Lo sospechaba desde tiempo atrás. De otra manera, la habría llamado de inmediato como acostumbraba.

—Pues, hice todo lo que pude —dijo, hablando lento, como si quisiera retrasar un poco más las noticias—, pero el comité de selección adoptó una postura muy severa en tu contra desde que se publicó el artículo. La gente como Lustiger nos llama todo el tiempo, y en la oficina del presidente la atmósfera es muy volátil. Uno siempre tiene que dar el ciento cincuenta por ciento. Todos los días. A cada minuto.

Béatrice asintió en silencio.

—Le ofrecimos el empleo a Ricardo, tu colega. Él también lo había solicitado. Es un individuo impresionante y Michael lo recomendó mucho.

El guapo Ricardo con su cabello negro engominado. Siempre bien vestido y listo para todo. Béatrice sintió náuseas. Los estantes del archivo comenzaron a nublarse, a mezclarse y desmoronarse. Era como si, desde una gran distancia, escuchara a Cecil decirle lo mucho que lamentaba todo aquello y que le deseaba lo mejor.

—Lo comprendo, Cecil —fue lo único que atinó a decir con voz entrecortada—. Gracias por llamar —agregó, antes de dar fin a la llamada.

Se quedó desplomada en la silla durante un largo rato. Mirando a la nada y escuchando el zumbido de los elevadores y los pasos de sus colegas al pasar. Trató en vano de comprender las consecuencias de la llamada que acababa de recibir.

Pasarían uno o dos años antes de que volvieran a anunciar un empleo para el que estuviera calificada y que le permitiera continuar subiendo en el escalafón profesional.

A los economistas les iba mejor. Siempre los solicitaban, tanto en Washington como en las oficinas regionales. Para los empleados del departamento de prensa las cosas eran distintas. Solo había algunos puestos y, de esos, muy pocos quedaban vacantes. Además, se suponía que se reducirían aún más en los próximos años. Lo peor era que el fiasco de Lustiger la había estigmatizado de forma indefinida. Michael no dejaría pasar la oportunidad de registrar el incidente en su archivo personal.

Se mordió el dedo hasta que lo hizo sangrar, pero no sintió dolor. Sus peores temores se habían vuelto realidad: perdió el apoyo de Cecil, su único aliado, y ahora su destino quedaba en manos de Michael por completo. En el mejor de los escenarios, la liberaría en algún momento del archivo y le permitiría volver a su antiguo empleo. En el peor, se desharía de ella. Aunque no sucedía con mucha frecuencia en el banco, todavía había algunas maneras convenientes de hacer desaparecer a los empleados. Cuando llegara un recorte drástico de presupuesto, Michael podría, por ejemplo, decir que su puesto se había vuelto "obsoleto". O también podría negarse a renovar su contrato a fin de año. La idea de ya no poder apoyar a su madre y de tener que buscar en París un nuevo empleo que, sin duda, no sería tan bien pagado, le provocó escalofríos.

Succionó la sangre de su dedo y envolvió la herida con un pañuelo. No podía arriesgarse: tenía que congraciarse con Michael, apaciguarlo. Ganarse de nuevo su confianza. Él era y seguiría siendo su jefe, y la única que podía sacarle provecho a esta situación era ella misma.

Miró alrededor desesperada. Transformaría ese lúgubre lugar en un archivo de primera clase. Asumiría la tarea que él le había asignado y la realizaría de tal manera que no podría no sentirse satisfecho, sin importar cuánto la frustrara la labor. En ese momento, era la única oportunidad que tenía. Respiró hondo y volvió al trabajo.

* * *

Hacia las seis de la tarde, Béatrice empacó su computadora portátil, salió de la oficina y se dirigió a casa de Jacobina. Bajó del taxi una cuadra antes para pasar a comprar algo para la cena. La anciana le había pedido comida india.

El portón del edificio estaba abierto y una joven limpiaba las escaleras. Béatrice pasó rápido junto a ella. Al llegar al departamento de Jacobina trató de tocar el timbre, pero antes de que pudiera hacerlo, su amiga abrió la puerta.

—Te escuché. Pasa —dijo la anciana, moviéndose a trompicones con su bastón—. Mmm, huele delicioso.

—Es arroz biryani —dijo Béatrice mientras sacaba las cajas de la bolsa.

—Qué maravilla. No he comido nada en forma hoy —dijo Jacobina mirándola servir el arroz en dos platos—. Por cierto, ¿tú pagaste mi factura telefónica por casualidad? La línea está funcionando de nuevo, hoy recibí una llamada de ventas. Cuando empezó a repiquetear el teléfono me asusté muchísimo. ¡No lo había escuchado en meses! —dijo entre risas.

—Sí, yo la pagué, Jacobina, necesitas un teléfono, en especial ahora.

—Eres un encanto, Béatrice. ¡Muchas gracias!

En cuanto Jacobina satisfizo su apetito, se reclinó en el sofá y miró a su amiga con curiosidad.

—¿Qué sucede? Casi no has tocado tu comida.

Béatrice empujó el tenedor alrededor del arroz con aire melancólico y le contó a Jacobina lo que estaba sucediendo en el banco.

—Espera, hay un dicho muy tonto pero útil para estas situaciones —dijo Jacobina hundiendo un trozo de *naan* en la salsa verde de mango—: "Si algo no te gusta, cámbialo. Y si no puedes cambiarlo, entonces cambia tu forma de abordarlo" —se metió el bocado a la boca y agregó—: Mi madre solía decir eso todo el tiempo —masculló sin dejar de masticar.

—¿Quieres decir que debería convencerme de que mi espantoso jefe no es tan mala persona después de todo? —dijo Béatrice y puso el tenedor sobre la mesa—. ¡Pero si odio a ese malnacido!

—No, lo que quiero decir es que no debes darte por vencida. Tu vida no depende de este hombre ni del banco, hay un sinfín de oportunidades en otros lugares.

—No, no las hay, Jacobina —exclamó Béatrice—. No tienes idea de la batalla que tuve que librar para conseguir este empleo.

—Claro, comprendo, pero de todas formas no te hace feliz.

Béatrice suspiró.

—Tienes razón.

Sus palabras la reconfortaron. Ahora se daba cuenta de que visitarla siempre parecía hacerle bien. También le agradaba ayudarle, pero había más: Jacobina se había convertido en alguien en quien podía confiar. En una verdadera amiga.

La anciana le dio unas palmadas en el brazo con su huesuda mano y sonrió.

—Escucha, estoy segura de que algo surgirá pronto. Solo mantente atenta —dijo. Y de pronto se puso seria—. Me operarán pasado mañana.

Béatrice se cubrió de golpe la boca con la mano, estaba conmocionada.

—¡Por Dios! Y yo aquí quejándome de mi tonto empleo. ¿En qué hospital, Jacobina?

—George Washington.

—No queda lejos de mi oficina, podré ir a verte todos los días.

Jacobina asintió y se le quedó mirando en silencio.

—Traje mi computadora portátil —dijo Béatrice para tratar de distraerla, y luego sacó el aparato de su bolso—. Me gustaría escribir algunos correos electrónicos antes de volver a casa. Grégoire hizo un montón de búsquedas preliminares y me envió las direcciones.

Jacobina se pasó la servilleta por la boca y se enderezó.

—Hagámoslo. ¿Por dónde empezamos?

Béatrice abrió su cuenta de correo y revisó rápido el mensaje que Grégoire le había enviado esa mañana.

—Dice que primero debemos llenar el formato de solicitud para el Servicio Internacional de Búsqueda en Alemania, el ITS —explicó—. Luego deberemos escribir al Ministerio de Defensa y los Antiguos Combatientes en París y al Memorial de la Shoah. También está en París y tiene un archivo inmenso.

Al final del correo electrónico, Grégoire había escrito que *le encantaría* volver a verla pronto. Solo eso. La brevedad de la despedida la decepcionó al principio porque solo parecía una formalidad, pero después de leer el mensaje varias veces, empezó a preguntarse si no sería algo más. ¿Sería que Grégoire quería decir justo lo que escribió? ¿Que su intención era genuina? Porque, de lo contrario, habría podido solo firmar y despedirse sin decir nada. Béatrice se quedó mirando la pantalla y, una vez más, su mente empezó a analizar la última frase, a tratar de interpretarla.

—Oye, mañana tengo que levantarme temprano —dijo Jacobina, jalando a Béatrice de la manga—. Hagamos esto sin miramientos.

* * *

El martes por la mañana, justo cuando acababa de despertarse, la llamó Joaquín.

—¿Béatrice, puedes venir esta tarde a McLean y pasar la noche aquí? Me gustaría que habláramos sobre lo que sucedió el domingo —dijo. Ella escuchó que estaba vertiendo té—. Puedo terminar de trabajar un poco más temprano esta noche y pasar por ti.

En general, Béatrice solo pasaba la noche en casa de Joaquín los fines de semana, por lo que se sintió gratamente sorprendida cuando supo que quería tomarse tiempo para ella entre semana.

—¿Y qué hay de Laura? —le preguntó—. ¿Estará ahí?

—Laura puede entretenerse haciendo algo más. Puede leer o ver una película.

—Claro, suena bien. Bajaré a la calle a las seis para esperarte —dijo.

Se dio una larga ducha, después se vistió y empacó un camisón para la noche y una blusa limpia para el día siguiente. También se puso el collar con el pendiente en forma de lágrima que Joaquín le había regalado. Imaginó que le alegraría verla portándolo.

A pesar de la emoción de la mañana, todo el día le inquietó que Joaquín le llamara en algún momento para decirle que había surgido algo importante en la oficina, y que tendría que cancelar sus planes para esa noche. Pero, contrario a lo que esperaba, a las seis en punto lo vio estacionarse frente a la entrada del banco.

—Lamento lo del domingo —dijo Béatrice en cuanto entró al automóvil y se sentó.

—Yo también lo siento —murmuró él, mientras manejaba entre los otros autos—. No debí reaccionar de esa manera —dijo. Ambos se quedaron callados un rato. Solo se escuchaban las noticias en el radio, pero entonces Joaquín lo apagó—. En el futuro, por favor, tratemos de no discutir frente a Laura. Quiero que tenga un hogar tranquilo.

Béatrice se mordió la uña.

—Bueno, pero entonces, ¿por qué hiciste tanta alharaca solo porque no quise ir al cine? Si no te hubieras puesto así, las cosas no habrían estallado de esa manera.

—Lo único que quería era que hiciéramos algo juntos los tres —gruñó y encendió los limpiaparabrisas cuando vio que empezaba a caer una lluvia ligera—. ¿Acaso cuesta tanto trabajo entenderlo?

El estómago le dolió a Béatrice.

—Extraño la manera en que nos tratábamos cuando acabábamos de conocernos —dijo, tratando de encontrar su mano para estrecharla.

Pero antes de poder tocarlo, sonó el celular y, en unos cuantos segundos, ya estaba enfrascado en una conversación sobre el aumento en el costo de la energía y el incremento que se esperaba en las tasas de interés. Una llamada del equipo editorial, supuso Béatrice y respiró hondo. Joaquín no terminó la llamada sino hasta que había estacionado el automóvil frente a la casa.

—¿Quieres que cocine algo? —preguntó Béatrice como para reconciliarse mientras Joaquín abría la puerta del frente.

Rudi salió corriendo a recibirlos agitando la cola, ladrando gozoso y saltando al ver a su amo.

—Solo si no te molesta —dijo Joaquín mientras le frotaba la pancita a Rudi.

Sonaba cansado. Como de costumbre, la rutina diaria, con todas sus fechas límite y responsabilidades, lo habían fatigado. ¿Tendría suficiente energía para ponerse a discutir en ese momento los problemas de su relación? Béatrice lo dudaba.

—Hola, qué tal —dijo Laura desde la mesa de la cocina.

Estaba tarareando en voz baja y traía puestos unos audífonos desde los que fluía música pop a todo volumen. Sus pies desnudos golpeaban el suelo siguiendo el ritmo.

Joaquín le quitó con dulzura los audífonos de la cabeza y le dio un beso.

—Hola, cariño. ¿Qué tal la escuela hoy?

—Horrible —murmuró Laura hundiendo las manos en los bolsillos de su sudadera—. Reprobé el examen de matemáticas —anunció sin mirar a su padre—. La señora Hoffman quiere hablar contigo.

Joaquín negó con la cabeza, dio un suspiro, tomó una silla y se sentó a su lado.

—Pero ¿cómo pudo suceder eso? —preguntó exasperado—. Estudiamos juntos todo.

Laura se encogió de hombros.

—Supongo que no bastó con eso.

Mientras tanto, Béatrice sacó una caja de espagueti de la alacena y puso agua a hervir.

Joaquín procedió a sermonear a Laura respecto a las virtudes de la ambición y el trabajo arduo, y le habló sobre su importancia para quienes desean triunfar en la vida.

Béatrice cocinó en silencio. Sabía que no era culpa de Joaquín, pero le costaba trabajo ocultar su decepción. Se suponía que esa sería *su* noche. Una oportunidad que esperaban desde hace tiempo para dar voz a sus sentimientos y frustraciones, y para hablar de lo que ambos podrían hacer para cambiar y mejorar las cosas. Y, sin embargo, como en muchas otras ocasiones en los meses recientes, las prioridades de él la obligaban a hacerse a un lado.

Veinte minutos después, ya estaban sentados los tres a la mesa. Joaquín se sirvió una generosa porción de espagueti y continuó con su monólogo sobre todo lo que se necesitaba para alcanzar el éxito. Luego impuso sesiones de regularización y le prohibió a Laura ver la televisión por las tardes. Ella permanecía encorvada y en silencio a su lado, tenía la cabeza apoyada en el brazo y llenaba la cuchara de salsa de tomate.

—Joaquín, ¿no te parece que es suficiente? —intervino Béatrice, sintiendo pena por la chica—. Deja que Laura coma tranquila. Mañana será otro día.

Laura le lanzó una mirada de agradecimiento y un guiño. Y ahí estaba de nuevo: un fugaz recuerdo de la complicidad que alguna vez tuvieron. Béatrice sonrió.

—No comprendes —insistió Joaquín—. Si empieza a rezagarse ahora, nunca podrá ponerse al día.

—No seas tan negativo —replicó Béatrice—. Un castigo demasiado severo solo empeorará la situación.

—Bueno ¿y *tú* qué sabes respecto a la educación? —murmuró Joaquín, mientras giraba el tenedor en los fideos.

¿Cómo se atrevía a decir algo así? ¿Solo porque no tenía hijos no podía tener una opinión? Sintió que el coraje empezaba a acumularse en su interior. Aquí estaban de nuevo, discutiendo, a solo veinte minutos de haber llegado. Miró a Laura y recobró la compostura. Joaquín acababa de pedirle que no volvieran a discutir frente a su hija y ella quería respetar su deseo.

—Alguna vez también fui niña —dijo de forma abrupta y decidió dejar hasta ahí las cosas.

Más tarde, cuando Laura ya se había ido a dormir, Joaquín retomó el tema.

—Es mi culpa —dijo—. Debería ayudarla más. Solo espero que no repruebe.

Béatrice estaba metiendo los platos al lavavajillas, pero se detuvo al escucharlo.

—Eso no sucederá solo por *un* mal resultado.

Joaquín respiró hondo.

—Sucede más pronto de lo que imaginas. Su escuela es superestricta.

Béatrice vertió líquido en el lavavajillas y lo encendió. La máquina empezó enseguida a vibrar y a borbotear con suavidad.

—Yo también tengo malas noticias —dijo—. No obtuve el empleo.

—¿Cuál empleo? —preguntó Joaquín, mientras se ponía los lentes y levantaba su teléfono celular.

—¿Cómo que cuál empleo? ¿Cómo pudiste olvidarlo? —preguntó Béatrice furiosa. Arrojó el trapo mojado a la encimera y se le quedó mirando—. ¡Mi empleo soñado! Llevo semanas hablando de él.

—Lo siento. Pues supongo que tendrás que solicitar otro —respondió sin prestar mucha atención y leyendo sus mensajes.

Béatrice quiso responder con rapidez, pero al ver que, de todas maneras, ni siquiera la estaba escuchando, decidió no decir nada.

—¿Podemos hablar de nosotros ahora? —preguntó después de un rato.

Joaquín la miró perplejo.

—¿Qué no hablamos de eso en el auto? Ya es muy tarde y todavía tengo trabajo pendiente —exclamó. Luego se dirigió a la encimera y revisó la correspondencia que aún no había abierto—. Por cierto, el sábado tengo que volar a Nueva York para asistir a un simposio de políticas económicas —anunció, mientras abría un sobre grande con el pulgar—. Todavía no sé cuánto durará. Laura se quedará en casa de Sarah —extendió la hoja que sacó del sobre y la leyó—. Un recordatorio de pago —vociferó—. ¡Pero si ya pagué esta estupidez la semana pasada!

Béatrice colgó el trapo para que se secara y vio a Joaquín subir por las escaleras maldiciendo.

No quedaba duda. Todo había terminado.

* * *

Béatrice había dejado su nombre y su número en el hospital George Washington como contacto de Jacobina en caso de emergencia y les pidió a las enfermeras que le llamaran para mantenerla al tanto sobre la cirugía.

Recibió la llamada a la mañana siguiente, poco después de haber llegado al archivo. La histerectomía radical salió bien, le informó la enfermera. Los cirujanos lograron remover el carcinoma ovárico. Jacobina todavía estaba un poco débil, pero podría recibir visitas en los próximos días y, tal vez, la darían de alta el fin de semana.

Histerectomía radical, repitió Béatrice en su mente cuando colgó el teléfono. El cirujano había encontrado un tumor del tamaño de un limón y, en el proceso, sacó los dos ovarios y el útero. Además, a Jacobina le esperaba una prolongada quimioterapia en cuanto recobrara la fuerza suficiente. Tal vez se le caería el cabello, sentiría náuseas y todo le sabría a metal. Béatrice se estremeció al pensar en lo que tendría que enfrentar su amiga.

Le llamó a Lena, le comunicó el resultado de la operación y le aseguró que cuidaría muy bien a Jacobina. Lena le dijo que estaba muy agradecida.

Luego volvió a concentrarse en el trabajo. Era la semana de la conferencia de donadores para Haití. Los ministros de Finanzas y Desarrollo de todo el mundo se habían reunido en las oficinas centrales del banco en D.C. para decidir acerca de los fondos adicionales que se otorgarían al Estado isleño del Caribe. Por lo general, Béatrice estaría trabajando como abeja bajo las órdenes de Michael, afinando los últimos detalles de los discursos, tratando de obtener una declaración del ministro de Finanzas de Haití y organizando la conferencia de prensa. Habría recibido a la delegación del gobierno de Puerto Príncipe, corregido las traducciones finales al francés y, quizás, incluso habría recibido una invitación para asistir a la recepción en la embajada. Todo habría salido de acuerdo con los planes. Hasta el último detalle. Y un grueso archivo con todas las instrucciones para el desarrollo del evento, las preguntas, respuestas y demás información pertinente habría sido enviado a la oficina del presidente.

Pero nada era como solía ser. Béatrice ya no estaba participando en el drama de la ayuda para el desarrollo internacional, la habían desterrado a una sala mohosa repleta de carpetas viejas. Ahora su misión consistía en mostrar una actitud positiva. No podía solo fingir interés en su nueva tarea cada vez que estuviera con Michael: debía desarrollar una atención genuina y asegurarse de avanzar rápido. Los descansos para almorzar habían quedado en el pasado, también las llegadas tarde por la mañana y las escapadas un poco antes de la hora de la salida colectiva. Había escrito varias recomendaciones para reorganizar el archivo. Como a Michael le encantaban ese tipo de iniciativas, registró de forma meticulosa todo lo que hizo durante el día.

Y, por otro lado, estaba el caos en su corazón. Todos los sentimientos que era capaz de experimentar estaban desparramados y entreverados como un colorido montículo de palillos chinos. A veces, los ojos verdes de Grégoire aparecían en su recuerdo y le hacían evocar la felicidad y el anhelo a la vez: dos sentimientos que no había tenido en mucho tiempo.

Y luego, esos sentimientos se disolvían y transformaban en dolor cuando pensaba en Joaquín, en sus discusiones y disputas, y en sus interminables obligaciones laborales. Tenía que dar fin a la relación. En cuanto volviera del simposio en Nueva York, reuniría el valor suficiente y lo confrontaría.

¿Y Grégoire? ¿Debería llamarle? ¿Sentía algo por ella? Su raciocinio respondía con un "No" contundente, pero su corazón contraatacaba con un matizado "Quizás".

La cuestión era que, en lo referente al corazón, la lógica siempre llevaba la ventaja. Todavía *tenía* una relación con Joaquín. Qué inapropiado e incluso tonto considerar involucrarse con alguien más. Necesitaba más tiempo. Para conocer mejor a Grégoire. Tiempo para recuperarse de todo el sufrimiento con Joaquín. Solo que, si algo *no tenía* era tiempo porque Grégoire se mudaría a Francia en unos meses.

Además, no podía descartar la posibilidad de que hubiera una novia esperándolo allá. De que a ella solo la hubiera invitado a cenar por cortesía, como amigo. Pero claro, tampoco le gustaría abordar el tema en la conversación porque, entonces, ella tendría que contarle sobre Joaquín.

Lo mejor sería no llamarle. De todas formas, se iría pronto.

* * *

El domingo, *él* le llamó a ella. Esta vez reconoció su voz de inmediato. En cuanto empezó a hablar, sintió las endorfinas viajar de su vientre a la punta de los dedos de sus pies. Dijo que solo llamaba para ver cómo estaba. Sonaba prometedor, pensó, sonaba interesado. Pero entonces, de inmediato intervino el lado izquierdo de su cerebro y la convenció de que había esperado demasiado para llamarla y, por lo tanto, no podía estar interesado de verdad. Trató de hacer a un lado sus inoportunos pensamientos y le contó sobre las montañas de trabajo que la esperaban la siguiente semana.

—Béatrice, ¿te gustaría ir conmigo al Festival de los Cerezos en Flor? —le preguntó—. Se supone que este fin de semana los cerezos estarán en su apogeo.

Espontaneidad, entusiasmo y disponibilidad, qué agradable mezcla. Béatrice aceptó enseguida.

Media hora después, se encontraba paseando dichosa entre un mar de delicadas flores de cerezo… al lado de Grégoire.

El Festival de los Cerezos en Flor de Washington, D.C. existía desde 1912, fecha en que Tokio le obsequió tres mil plantas de semillero a la capital estadounidense. Cada año, hacia finales de marzo o principios de abril, los árboles alrededor de la cuenca Tidal, en el Parque West Potomac, alcanzaban el clímax de su florecimiento y le otorgaban a la ciudad un aire romántico y primaveral que contrastaba sobremanera con el contundente ejercicio político que se llevaba a cabo ahí todos los días.

—Las flores de cerezo, símbolo de belleza y transitoriedad —dijo Grégoire suspirando con aire teatral antes de meterse un trozo de goma de mascar a la boca—. Esta ciudad casi podría empezar a gustarme.

—Entonces tendrás que apresurarte porque este espectáculo solo dura una semana —dijo Béatrice en tono seco.

—A eso me refiero. Transitoriedad —explicó. Arrancó algunas flores de un árbol y las depositó con dulzura en su mano—: disfrutemos de la belleza de este momento —los ojos de Grégoire brillaron juguetones, y ambos rieron—. Pero no pienso rentar un bote de pedales —agregó, mirando todos los botecitos esparcidos en la cuenca Tidal—. Sería de muy mal gusto.

A Béatrice le entristeció un poco su decisión, pero no dijo nada. La calidez del sol, el alto y guapo hombre a su lado, y el blanco y rosado esplendor floral que la rodeaba eran como un sueño. Lo único que Grégoire tendría que hacer en ese momento era tomar su mano y sujetarla con fuerza.

Pero no lo hizo.

14

JUDITH
PARÍS, FEBRERO DE 1941

Durante la noche, la nieve que continuó cayendo se acumuló, formó amenazantes montículos sobre los alféizares y presionó contra los paneles como un intruso. Yo solía amar la nieve porque me parecía que desaceleraba el denso ajetreo urbano y le infundía a París un resplandor mágico, pero en el invierno de 1941, en pleno tiempo de guerra, solo podía verla como una amenaza aturdidora. Mientras permanecíamos formados por horas, se metía en nuestros zapatos desgastados y transformaba nuestros pies en bloques de hielo. Obstruía las calles e impedía que los alimentos y suministros se distribuyeran bien y llegaran a las tiendas a tiempo. Para escapar de ella, la gente se hacinaba en los túneles del metro y ocasionaba que el sistema de transporte se paralizara.

Caminé por el corredor hacia la cocina. Cuando pasé por el espejo en la pared, alcancé a ver la palidez de mi rostro y me sorprendí: mis labios estaban azules por el frío y mis bucles color castaño habían perdido su volumen. Mi cuerpo se veía tieso y jorobado, como el de una mujer mayor. ¿Qué me había hecho ese endiablado invierno?

El único pensamiento reconfortante en esa gélida mañana era que, gracias a Christian, teníamos suficiente carbón para sobrevivir al inclemente frío algunas semanas más. Lily caminó en círculos alrededor de mis piernas, la levanté y le rasqué un poco el cuello. Luego encendí el fuego en la estufa y preparé un poco de café.

Alrededor de las siete, mamá salió con nuestros cupones. Se veía débil. Su estado mental comenzó a declinar con rapidez desde que inició el año. Casi no se comunicaba y se veía aletargada, todavía le costaba trabajo lidiar con la idea de que ya no podría trabajar en la escuela. Durante algunas semanas le ayudó a *Madame* Morin en el taller de atrás de su tienda. Iba por las noches entre semana, y el sábado y el domingo. Sin embargo, de la noche a la mañana vendieron el negocio. *Madame* Morin no quiso hablar del asunto. La última vez que la vi, dijo algo respecto a una venta forzada y se soltó a llorar de repente. No entendí lo que había sucedido, pero en la vitrina de la tienda que perteneció a su familia por generaciones, el letrero amarillo que decía *Negocio judío* fue reemplazado por uno rojo y, poco después, no hubo letrero.

Miré por la ventana y vi a mamá avanzando con dificultad entre la nieve con sus delgadas botas para irse a formar a la panadería de la rue Rambuteau y tratar de conseguir un cuarto de kilo de pan, y luego, a la tienda de comestibles en la rue des Archives para que le dieran unas cuantas papas y un puñado de lentejas. Cada vez recibíamos menos a cambio de nuestros cupones. Algunos valerosos estudiantes habían empezado a falsificarlos y venderlos en los baños de La Sorbonne, pero yo no me atrevía a usarlos porque los controles policiales se realizaban en cualquier instante y lugar. Para ese momento ya escaseaba todo. No teníamos lana para zurcir las medias, cuero para reparar los zapatos, ni baterías para las linternas de bolsillo. Lo único que nos quedaba en abundancia era hambre, miedo y la vaga esperanza de que, en algún momento, llegaría la primavera.

—Entonces, ¿cuándo me vas a presentar con tus padres? —pregunté, tratando de sonar tan casual y natural como me fue posible, pero, en realidad, estaba muy tensa. Después de preguntar, permanecí sentada en el borde de la silla negra de ratán de un café de la Place Saint-Sulpice, jugando con el popote que sobresalía de mi vaso de limonada. La pregunta llevaba algún tiempo quemándome la lengua, pero hoy por fin reuní valor y enfrenté a Christian.

Desde que nos conocimos, sus padres habían sido un tema que él evitaba a toda costa por razones que yo aún no comprendía. Fuera de los comentarios negativos que hacía sobre su padre, nunca hablaba de ellos. Cuando llegaba a hacer alguna referencia por descuido, de inmediato se mostraba desdeñoso y continuaba hablando rápido y con aire casual, como si se arrepintiera de haberlos mencionado. Con el paso del tiempo, gracias a lo poco que me contaba fui captando algunos detalles sobre la riqueza y los múltiples compromisos sociales de sus padres. Los fragmentos de información se plasmaron en mi recuerdo como piezas de un rompecabezas. Que sus padres estaban en una recepción en Neuilly, que hace poco apostaron cincuenta mil francos en las carreras de caballos, o que tuvieron un desacuerdo en el desayuno respecto a qué entradas ofrecerles a los invitados para la cena de esa noche. Sin embargo, las piezas del rompecabezas no coincidían con la imagen total. En cuanto empezaba a hacer preguntas, él cambiaba el tema y yo me quedaba sintiéndome culpable e incómoda.

Plegó el periódico sobre su regazo y lo aplanó. Algunas páginas rebeldes cayeron al suelo.

—Es decir... —continué, mientras sacaba el popote del vaso y lo rodaba entre mis dedos—. Tú conoces a mamá desde hace casi seis meses y me presentaste como tu prometida con aquel oficial nazi superimportante... Por eso pensé que... —dije, mirándolo con aire inquisitivo, pero él eludió mi mirada y se inclinó de manera exagerada para recoger las páginas del periódico—. Tal vez podríamos...

—No puedo —me interrumpió. Enrolló el periódico y lo arrojó a la mesa. Le puso una cucharada de azúcar a su café y lo agitó con tanto vigor que lo hizo saltar y desparramarse por los bordes de la taza.

—¿Por qué no? ¿Es porque no soy lo suficientemente sofisticada para ellos? —como no respondió, continué presionando—: ¿Creen que pasas el tiempo con las hijas de sus amigos millonarios en lugar de con una estudiante pobre que vive en un departamento feo con su madre desempleada?

—¡Deja de decir esas cosas ahora mismo! —dijo, frunciendo los labios.

—Solo si me explicas cuál es el problema —repliqué.

Christian continuó evadiendo mi mirada. Se pasó la mano por la frente para acomodarse el cabello, suspiró con fuerza y miró hacia la plaza. Los párpados le temblaban.

—No quiero hablar de eso —murmuró.

Encendí un cigarro, era el cuarto desde que llegamos al café y nos sentamos. Me recliné.

—¿Tal vez *yo* debería decirte cuál es el verdadero problema? Es porque soy judía —dije de golpe, como un disparo. Estaba enojada. Fumé de manera profunda y soplé el humo hacia él. Quería provocarlo para que me dijera la verdad de una vez por todas.

Nuestras miradas se encontraron por una fracción de segundo. Sus ojos se veían oscuros y tristes. Una paloma entró volando por la ventana. Aleteó con furia alrededor de nuestra mesa, tratando de levantar algunas migajas. El mesero se apresuró a espantarla con el menú hasta que la hizo salir del lugar.

Christian respiró hondo y esperó hasta que el mesero desapareció.

—Me temo que tienes razón —contestó al fin, mirando alrededor con cautela. Luego acercó su silla a la mía, tanto que nuestras piernas se tocaron—. Presentarte a mi padre sería una insensatez mayúscula. Además, podría ponerte en peligro —dijo.

Me le quedé mirando atónita y sentí las manos temblar.

—¿Qué quieres decir? —le pregunté, sintiendo que el terror se apoderaba de mí.

Volvió a mirar alrededor para asegurarse de que no hubiera nadie cerca.

—Mi padre está de acuerdo con lo que está sucediendo en el Reich alemán —explicó—. Además, apoya al almirante Darlan, quien colabora aún más de cerca con los alemanes que su predecesor.

¡El padre de Christian era antisemita! ¡Era un *collabo*! De pronto escuché el sonido de mi propia sangre corriendo en mi cabeza.

—Con frecuencia nos visitan políticos y oficiales de alto nivel, y muchos alemanes entre ellos —agregó.

Sentí que me ponía lívida, quise pedirle que callara, pero tenía la lengua adormecida.

—No sé bien de qué hablan —continuó y cruzó su pierna débil sobre la sana. Era algo que hacía siempre que le empezaba a doler—. Solo que, hace poco... la puerta de su oficina estaba entreabierta. Yo estaba sentado en la sala y escuché por casualidad fragmentos de una conversación. Era sobre la oficina del comisionado que están instalando. Decían algo sobre un Departamento para Asuntos Judíos o algo así, pero entonces alguien cerró la puerta y no pude escuchar más.

Sentí como si hubiera comprado una bolsa de dulces y, al abrirla, en lugar de encontrar lo que tanto anhelaba, hubieran salido arañas peludas. Bebí con dificultad el resto de la limonada y coloqué el vaso vacío sobre la mesa con mano temblorosa.

—Sospecho que mi padre les está haciendo llegar información confidencial —me explicó Christian sin detenerse. Después de haber evitado decirme la verdad durante tanto tiempo, ahora parecía que le resultaba imposible detenerse—. Tal vez lo están presionando, no lo sé. De cualquier manera, como director de uno de los bancos privados más importantes de Francia, se encuentra en una posición clave.

La garganta empezó a arderme. Hasta ese momento todo había sido perfecto. Increíblemente maravilloso y sencillo, como en un cuento de hadas. ¿Y ahora?

Me rodeó los hombros con su brazo, y, en cuanto sentí su cuerpo, lo empujé.

No me lo mostró, pero percibí su confusión.

—Mientras él no sepa quién eres, nada malo te pasará —dijo, después de hacer una pausa.

—Von Stülpnagel nos vio juntos —argumenté—. Podría contarle.

Christian minimizó el suceso sacudiendo la mano.

—No lo creo. Un general de esa envergadura tiene otros problemas, responsabilidades enormes. Estoy seguro de que hace mucho olvidó que nos encontró en la ópera hace meses —bebió su café con sorbos breves y rápidos—. Recuerda, ángel mío, en cuanto todo esto acabe, nosotros... —extendió su mano para tocar la mía, y esta vez no lo rechacé—. Entonces nos iremos al sur. Tú y yo.

No dudé ni por un segundo que sus sentimientos por mí fueran genuinos, pero desde ese día, cada vez que pensaba en su padre, el estómago se me hacía nudo.

PARÍS, MAYO DE 1941

Christian y yo cruzamos el Pont Neuf presurosos y chorreando de sudor. El sol brillaba tanto que tuve que bajar la vista y cubrirme los ojos para poder ver. Del otro lado divisé el muelle del Louvre que, bajo el resplandor de la luz, se había difuminado hasta transformarse en una sola línea dorada de casas. A nuestro lado pasaron pesados camiones militares. Jalé a Christian para tratar de hacerlo avanzar más rápido, pero no podía. Tenía los labios tensos e iba arrastrando su pierna detrás como un bastón imposible de controlar.

Entonces desperté. Por un instante no supe dónde me encontraba. Abrí los ojos, estiré los dedos y, en la oscuridad, palpé y reconocí el contorno de mi áspera almohada y de la cobija. El ruido de los motores de las furgonetas, sin embargo, continuaba. Lo escuché aumentar de volumen, acercarse cada vez más, hasta que todo el cuarto zumbaba y vibraba, y el alféizar de la ventana empezó a tintinear. El ruido venía de afuera, de cuatro pisos abajo. Puertas azotándose. Pasos. Voces masculinas. Aún aturdida por el sueño, me senté y miré por la ventana. Una delgada línea rosada de luz atravesaba la oscuridad del cielo. La primera señal del sol levantándose. Con la sospecha de que serían alrededor de las cuatro y media o, quizás, un poco más temprano, salí de la cama y sentí las piernas y los brazos rígidos.

Caminé a tropezones hasta la ventana y vi la silueta de las casas del otro lado de la calle. El rugido de los motores continuó subiendo hasta llegar a mí. Presioné la cara contra la ventana y miré abajo, pero no alcancé a ver nada.

Después de un rato abrí la ventana y me asomé en la oscuridad, me recibió el aire frío de la mañana. Crucé los brazos temblando de frío y me froté los hombros. El zumbido palpitó en mis oídos. Escuché a varios hombres gritando órdenes con desprecio. Estiré la cabeza un poco más y vi unas tenues esferas de luz. ¿Eran los focos delanteros cubiertos de furgonetas estacionadas? ¿Qué hacían ahí a esa hora de la madrugada? Del otro lado de la calle vi encendidas las luces de varios pisos de un edificio. Las sombras pasaban fugazmente por las ventanas. Me quedé contemplando las figuras mudas.

Debajo de mí, se abrió una ventana de golpe.

—¡Por aquí! —gritó un hombre.

Metí la cabeza tan rápido como pude. ¡La policía! ¡Venían por nosotras! No me atreví a cerrar la ventana porque me dio miedo que rechinara. Me atravesó un relámpago de pánico. ¿Qué debería hacer? ¿Despertar a mi madre? ¿Empacar? ¿Vestirme? ¿Esconderme en el armario?

Escuché el ruido de abajo. Estrépito. Algunos gritos. Luego todo se quedó en silencio. Pasaron algunos minutos, pero sentí que fueron horas. Abajo, en la calle, se escuchó el crujir de los ociosos motores de las furgonetas.

Tenía que despertar a mi madre. Para no arriesgarme, escuché un poco más, pero ya no se oían ruidos en el departamento de abajo. De todas formas, no me atreví a caminar y correr el riesgo de que el viejo suelo de parqué chirriara, así que decidí dejarla dormir.

En cuanto la línea de luz se convirtió en una banda más amplia, ya no pude esperar más. Volví con precaución a la ventana y miré abajo. Entre la plomiza luz matinal vi a oficiales franceses guiando a un grupo de hombres hacia dos largas furgonetas. Muchos todavía llevaban la pijama, otros se habían puesto con premura algo más encima. Varios iban descalzos. Reconocí a algunos porque los había visto en la tienda o en la calle.

Los policías caminaban con prisa e iban empujando con cachiporras a los hombres para forzarlos a subir a las furgonetas. Hasta mi ventana subieron las breves órdenes: "Alto", "Avanza", "Rápido". Dos gendarmes supervisaban la operación blandiendo sus armas.

Me quedé ahí observando con la boca abierta, emitiendo un alarido silencioso.

Alcancé a ver que algunas cortinas se movían en los departamentos del otro lado de la calle. Las mujeres tenían las ventanas abiertas y miraban en silencio mientras los policías obligaban a sus vecinos a abordar las furgonetas.

Se escuchó un silbato. Los policías subieron a los vehículos, cerraron las puertas e hicieron sonar un estridente claxon. Luego las dos furgonetas avanzaron con dificultad por la calle y desaparecieron al internarse entre los edificios que formaban un cañón urbano. El estrépito disminuyó y todo volvió a quedarse en silencio absoluto, como sucede después de una tempestad. Las mujeres de los departamentos de enfrente aún miraban hacia abajo. Una por una se alejaron de las ventanas y corrieron las cortinas.

Y un nuevo día comenzó.

15

BÉATRICE
WASHINGTON, D.C., 2006

La primera respuesta de París llegó más pronto de lo espera-do. La computadora emitió un zumbido cuando Béatrice se estaba poniendo la chaqueta para salir del banco y visitar a Jacobina, quien ya había sido dada de alta y estaba de vuelta en casa: ese sonido anunciaba la llegada de un nuevo mensaje de correo electrónico. Re: Judith Goldemberg.

Con el corazón palpitándole fuerte, se hundió de nuevo en la silla y abrió el mensaje. Era de Marie-Louis Diatta de los Archivos Nacionales.

Madame Duvier,

El Ministerio de Defensa y los Antiguos Combatientes recibió su solicitud de información y la hizo llegar a los Archivos Nacionales. Le informo que, desde el 2 de junio de 1992, la mayoría de los archivos que se pudieron recu-perar de la Asamblea y el campo de internamiento de Drancy fueron reubicados en las instalaciones de los Archivos Nacionales.

Es un placer informarle que en nuestros registros encon-tramos dos documentos relacionados con *Mademoiselle* Goldemberg, la media hermana de la señora Jacobina Grun-berg. Adjunto encontrará una copia de una fotografía de

Judith Goldemberg, así como el formulario de su registro en el campo de Drancy. Espero que esto le resulte útil para su búsqueda.

Por favor, no dude en contactarme si requiere más información.

Cordialmente,

M. L. Diatta

Lo primero que hizo Béatrice fue abrir el archivo con la fotografía. Era en blanco y negro. Una joven con mejillas lozanas la miró desde la pantalla. Tenía un rostro hermoso, su expresión parecía ignorar el terrible viaje al abismo que estaba por emprender. Su mirada no era ni banal ni infantil, reflejaba una nostalgia profunda, también orgullo. La delicada redondez de sus mejillas mitigaba la seriedad de sus ojos. A su rostro lo enmarcaba una ondulada cabellera negra que se extendía hasta los hombros. Boca pequeña, labios sensuales en forma de corazón. Y la insinuación de una sonrisa que la hacían lucir impenetrable y melancólica.

Béatrice escudriñó la imagen y trató de leer la mirada de Judith. ¿Cuándo y dónde le habrían tomado esa fotografía? ¿En el campo de internamiento de Drancy? ¿Poco después de que la deportaran a Auschwitz? ¿Y quién la tomó?

Abrió el segundo documento adjunto del mensaje. Era la copia de un formulario llenado a mano. En la parte superior había un número de registro: *9613 B*. Debajo estaban los datos de nacimiento.

Apellido: Goldemberg
Nombre: Judith
Fecha de nacimiento: 19 de octubre de 1921

Lugar de nacimiento: París
Ocupación: estudiante
Dirección: 24 rue du Temple, París

Béatrice se moría de ganas de sorprender a Jacobina con esa información. Ahora tenían una fotografía, una fecha de nacimiento y una dirección que seguro las guiaría a nuevas pistas. Imprimió las dos páginas y salió para ir a ver a su amiga.

* * *

Jacobina se veía pálida y agotada. Llevaba puesto un camisón azul y mallas negras. La piel le colgaba de los delgados brazos como si no fuera suya. De su muñeca derecha pendía una curación sucia con un broche suelto. Al ver a Béatrice, su boca se retorció y formó una sonrisa de dolor. Béatrice la siguió a la sala. Apoyándose en su bastón, la anciana caminó con dificultad hasta el sillón y se dejó caer en él quejándose ruidosamente y sujetándose el vientre como mujer embarazada.

—¿Cómo te sientes, Jacobina? —le preguntó Béatrice mientras desempacaba los víveres que le había traído: fruta, una botella de jugo y algo de pan.

—Más o menos —murmuró la anciana acariciándose el vientre—. En unos días debo ir al hospital para una revisión y luego comienza la quimioterapia.

No tenía apetito, pero Béatrice insistió hasta que probó las cerezas.

—Te traje algo más —dijo al colocar en el regazo de su amiga la impresión de la fotografía—. Acabo de recibir esto de los Archivos Nacionales en París. Es una fotografía de Judith.

Jacobina se sobresaltó, abrió los ojos, se llevó las manos a las mejillas y se quedó mirando boquiabierta.

—Ay, ¡por Dios! —gritó—. ¡Dios mío! —siguió contemplando la imagen conmocionada hasta que una de sus lágrimas cayó sobre el papel. Entonces se cubrió el rostro con las manos y empezó a llorar discretamente.

Béatrice le acarició el brazo con dulzura.

—Tu media hermana fue una mujer muy hermosa —le dijo.

Jacobina sacó un pañuelo de un hueco del sillón y enjugó sus lágrimas.

—No tienes idea de cuánto se parece a mi padre... Es idéntica —murmuró—. Es... es... —su voz se quebró, suprimió un gemido—. Es abrumador.

—Mira, también me enviaron esto de los archivos —dijo Béatrice, y sacó la copia del formulario—. Incluso trae la última dirección que tuvo en París: rue du Temple.

Jacobina leyó con detenimiento la información y luego tomó la mano de su amiga y la estrechó.

—Gracias, Béatrice —dijo—. Muchas gracias. Este es un gran día para mí —agregó, sin poder contener las lágrimas que empezaron a brotar de nuevo.

—Ahora podemos iniciar una investigación con la oficina de registro del tercer distrito de París, para ver si existe un certificado de matrimonio —explicó la francesa—. Tenemos una fecha de nacimiento y una dirección. Grégoire piensa que también podríamos escribirle al rabino que se hace cargo de la comunidad judía en el barrio del Marais —dijo y se programó mentalmente para ponerse en contacto por correo electrónico con la oficina de registros y la comunidad judía esa misma noche.

Jacobina asintió.

—¿Y qué hay de la oficina de registro de los residentes?

—En Francia no tenemos eso —le explicó Béatrice, mientras servía dos vasos de jugo de naranja—. Nuestras identificaciones incluyen la dirección, pero no estamos obligados a notificar los cambios cuando nos mudamos, lo que significa que podría haber varias personas con el mismo domicilio.

Permanecieron sentadas en silencio. Jacobina seguía absorta en la fotografía.

—Qué lástima que mi padre nunca la haya visto así —dijo poco después—: tan adulta y bonita. Cuando él se separó de su madre, Judith todavía era una niña pequeña. Y luego… —hizo una pausa y respiró hondo—, luego perdió el contacto con ella.

—Sí, algunos padres son buenos para eso —dijo Béatrice en tono de broma, riendo con un dejo de amargura.

Jacobina frunció el entrecejo.

—Lica no las dejó nada más así —replicó un poco indignada—. Sentía nostalgia por su hogar, por Rumania, pero la madre de Judith no quería vivir ahí. Se divorciaron y él se fue solo. Luego conoció a mi madre. Antes de morir me dijo que le escribía a Judith con regularidad, pero tiempo después lo arrestaron y lo internaron en un campo de trabajos forzados porque era judío.

—Lo lamento, Jacobina, no quise expresarlo de esa forma —dijo Béatrice—. Es solo que pensé en mi padre: nos dejó cuando yo era muy pequeña. Le escribí durante años, pero nunca respondió.

—Tal vez no recibió tus cartas. ¿Sería posible?

Béatrice se encogió de hombros.

—Yo creo que sí las recibió —dijo con el rostro ensombrecido—. Mi mamá incluso tuvo que demandarlo para que le diera la pensión correspondiente. Seguramente le molestó que yo continuara estudiando porque eso lo obligaba a pagar durante más tiempo.

Jacobina miró a su amiga con dulzura.

—A ambas las abandonaron, a ti y a Judith —dijo susurrando—. De distintas maneras. Sus padres renunciaron a ustedes muchísimo antes de que estuvieran preparadas para comprenderlo. Sé que nunca dejará de dolerte. Ambas cargarán con el peso de una aflicción no resuelta. Por siempre —agregó. Respiró hondo y exhaló con lentitud—. Pero ¿sabes qué? Eso también te fortalece porque nada en la vida volverá a dolerte tanto.

Béatrice tragó saliva con dificultad. La sala se nubló entre las lágrimas que trató de enjugar enseguida porque la hacían sentirse avergonzada.

—Qué maravillosa persona eres, Béatrice. Has hecho muchísimo por mí —continuó Jacobina con la voz quebrada—. Sin ti, todavía sería esa solitaria anciana que sentía pena por sí misma. No habría tenido el valor de buscar a Judith y tampoco habría sobrevivido a la cirugía. Es más, quizá ni siquiera habría dejado que me operaran —su mirada irradiaba una calidez y una alegría inusitadas. Béatrice no la había visto así antes—. Ahora tengo esperanza de nuevo, creo que mi vida no terminará tan mal como imaginaba —dijo la anciana sonriendo—. Me has devuelto la humanidad y la ilusión, y quiero agradecerte por ello.

Béatrice bajó la mirada, la gratitud de Jacobina la cohibió.

—Vamos, comamos más cerezas —dijo la anciana—. Me está empezando a dar hambre.

* * *

A la mañana siguiente, cuando Béatrice estaba frente las puertas de los elevadores del banco esperando a que se abrieran, de pronto sintió una pesada mano en el hombro. Sobresaltada, volteó de inmediato y vio a Michael con el blanco de los ojos inyectado de sangre y una expresión que lo hacía lucir más inaccesible que de costumbre.

—Y, dime, ¿cómo va todo en el archivo? —preguntó su jefe, y ella percibió de golpe el acre olor del tabaco.

Dio un paso hacia atrás. La campana del elevador sonó y la gente empezó a salir y a pasar junto a ellos.

—Todo bien —contestó, forzándose a medio sonreír—. Estoy avanzando sin problemas —añadió con prisa.

—Eso espero —dijo Michael resollando.

Entraron al elevador. Las puertas se cerraron y a Béatrice la envolvió una nube de humo. Presionó el botón del octavo piso.

—Por cierto, la conferencia en Haití fue un desastre —dijo Michael. Metió las manos en los bolsillos de su abrigo y se escucharon tintinear algunas monedas.

Béatrice fijó la vista en los números iluminados que indicaban los pisos. No quería escuchar lo que iba a decirle.

—Contábamos con que nos dieran por lo menos un millón de dólares de ayuda adicional, pero después de tu sobresaliente fiasco con el *Washington Post*, apenas logramos reunir doscientos mil. ¡Una miseria! —dijo. Luego se aclaró la garganta con un fuerte gruñido y continuó haciendo tintinear las monedas en sus bolsillos.

—Las prioridades de los países donadores no cambian de un día a otro solo por un artículo en el periódico —objetó Béatrice.

—Está usted subestimando muchísimo el poder de los medios de comunicación, *Mademoiselle* —dijo Michael en tono sarcástico.

Béatrice vio iluminarse el número siete en el elevador. La tortura estaba a punto de terminar, en un momento sería libre. Trató de respirar con regularidad. El elevador se detuvo de nuevo. Octavo piso.

—Incluso si te niegas a reconocerlo —dijo Michael, mirándola con una intención extraña—, la mitad del programa de Haití quedará en tu conciencia.

Las puertas del elevador se abrieron. Él salió con prisa y, sin decir nada más, caminó por el corredor.

Béatrice se le quedó mirando hasta que lo vio entrar a su oficina y desaparecer. Entonces se apresuró a ir al archivo, azotó la puerta y se dejó caer en la silla. Ya no soportaba su hostilidad, era inaceptable. Pero ¿qué opción tenía?

Una vez más, repasó cada etapa del espantoso escenario que le esperaba si renunciaba o, aún peor, si no extendían su contrato. Para empezar, perdería su visa diplomática, lo que significaba que en unas cuantas semanas tendría que salir de Estados Unidos y volver a Francia. Lo más probable era que tuviera que vivir con su madre, al menos, los primeros meses; y buscar un nuevo empleo y vivir de sus ahorros. Todo lo que creía haber logrado, quedaría destruido.

La mitad del programa de Haití quedará en tu conciencia, la voz de Michael resonó en su cabeza. De pronto comprendió que, en realidad, lo que lograra en el archivo no importaría porque el asunto del *Washington Post* jamás quedaría en el pasado. Dio un gran suspiro y escuchó el ruido de los elevadores. Después de un rato, se forzó a reaccionar y encendió su computadora portátil.

* * *

Esa tarde, temprano, llegó el segundo mensaje de correo electrónico de París. El remitente era un tal *Monsieur* Kahn, empleado del Memorial de la Shoah. De acuerdo con lo que decía el correo, alguien le había hecho llegar el mensaje de Béatrice. En cuanto lo recibió empezó a buscar a Judith en los archivos históricos y encontró su nombre en el libro de Serge Klarsfeld. El correo tenía un documento adjunto, era la copia de la página del libro. Por desgracia, en el archivo no había más información sobre Judith.

Como Grégoire ya le había hecho llegar las páginas del libro de Klarsfeld, Béatrice se decepcionó al ver que la información enviada por *Monsieur* Kahn no era nueva, pero continuó leyendo:

> También incluí una copia del mensaje telegráfico original en el que SS–Obersturmführer Heinz Röthke le anuncia a Adolf Eichmann la partida del convoy sesenta y tres a Auschwitz. Klarsfeld cita este mensaje en la página 484 de su libro.

Béatrice le dio clic al documento adjunto y cuando apareció en la pantalla el telegrama escrito en alemán, firmado y con fecha de 1943, se estremeció. El documento incluía una traducción en francés.

> Del comandante en jefe de la Policía Secreta y del Servicio de Seguridad, a la atención del comandante militar en Francia. Comunicado. A 17 de diciembre de 1943.

Telegrama:

> Para el *Reichssicherheitshauptamt*, a la atención de *Obersturmbannführer* Eichmann.
> Para el jefe o el personal del Campo de concentración Oranienburg.
> Para el campo de concentración de Auschwitz, a la atención de *Obersturmbannführer* Hess.
>
> Asunto: transporte de judíos de la estación de Bobigny, cerca de París, a Auschwitz/OS, el 17.12.1943.
>
> El 17.12.1943, a las 12 h, salida del transporte en tren DA 901/54 de la estación de Bobigny con dirección a Auschwitz con 850 judíos a bordo.

Los judíos deportados corresponden a los lineamientos de evacuación remitidos. El transporte será acompañado de París a Auschwitz por un cuerpo de comando de seguridad de 1:20.

Todos los indicios y referencias a Judith terminaban en Auschwitz. Pero, entonces, ¿por qué aparecía en la lista de George Dreyfus como superviviente? ¿Como *rescapée*? ¿Habría algún error? O, quizá, ¿se pasó por alto alguna fuente de información importante?

Tenía que hablar con Grégoire al respecto. La había invitado a visitarlo en el Museo del Holocausto cuando quisiera, ¿no? Y ahora, además, tenía una razón de peso para reencontrarse con el apuesto viticultor de los cautivadores ojos verdes.

* * *

Al día siguiente, Béatrice fue al museo a la hora del almuerzo. Entró con deslumbrantes labios Dior, bolso de diseñador y un peinado impecable. Solo que... Grégoire no estaba.

Debí llamar antes, tal vez se tomó el día, pensó desilusionada, pero entonces vio la gabardina beige colgada en el perchero junto a la puerta y se sintió aliviada. Atravesó la sala mirando alrededor, pero no lo vio por ningún lado. Decidió esperar un rato, quizá solo había ido por un café.

A unos pasos de ella se encontraba la elegante dama de cabello blanco con quien habló en su primera visita, le estaba mostrando un archivo a un joven con lentes de montura gruesa de carey. Hoy vestía un saco negro de lana del que sobresalía el blanco y rígido cuello blanco de su blusa, y llevaba el cabello en un chongo. Si mal no recordaba, se llamaba Julia. Era una mujer con experiencia de primera mano en los horrores del Holocausto, una superviviente. Cuando vio a

Béatrice, le murmuró algo al joven que estaba atendiendo y caminó hacia ella.

—Hola, ¿busca algo en especial? —le preguntó con voz amigable. Olía a lavanda. Béatrice volvió a notar sus ojos color azul claro.

—De hecho, estoy esperando a Grégoire —contestó, mirando alrededor para apoyar su afirmación.

—Oh, Grégoire lleva un rato abajo, en el archivo, pero seguro estará de vuelta en cualquier momento —explicó Julia—. ¿Le puedo ayudar mientras tanto?

¿Por qué no?, pensó Béatrice, y empezó a desabotonarse el saco. Tal vez a esta dama se le ocurriría algo en lo que Grégoire no había pensado.

—Sí, gracias, busco a una mujer que fue deportada en 1943 —dijo—. Hace unos días recibí una fotografía de ella, pero no estoy segura de dónde debería buscar más información.

En cuanto Julia escuchó el año, se retrajo un poco.

Béatrice hurgó en su bolso. Buscaba la fotografía de Judith.

En ese momento, la anciana tocó a Béatrice en el hombro y asintió mirando a la puerta.

—Grégoire ha vuelto. Estoy segura de que él podrá ayudarla más rápido que yo porque ya conoce su caso —dijo Julia sonriendo. Con un gesto le indicó al viticultor que se acercara y volvió a donde estaba el visitante de lentes.

Béatrice sacó la mano de su bolso, volteó a la puerta y lo vio acercándose a ella con paso ligero. El corazón le palpitó con fuerza, se sonrojó y, de pronto, su mente era de nuevo un caos. El torbellino de deseo, felicidad y tormentosa represión era casi insoportable. Cuando estuvo frente a ella, Grégoire se inclinó y la besó *à la française*: con un beso en cada mejilla. En cuanto Béatrice percibió la barba de algunos días posándose sobre su piel, se sintió un poco mareada, pero el roce fue fugaz y de inmediato quedó en el pasado.

—Hola, ¿qué te trae de vuelta? —preguntó con aire profesional. Entonces se dio la vuelta y se dirigió a su escritorio.

No sonaba muy entusiasmado. ¿Habría llegado en un momento inconveniente? Levantó la barbilla y lo siguió.

—Me enviaron una fotografía de Judith, viene de los Archivos Nacionales en París.

Grégoire volteó a verla de inmediato.

—¡Genial! ¿La tienes?

Béatrice colocó la fotografía y el formulario de registro de Drancy sobre el escritorio. Grégoire revisó ambos documentos con detenimiento.

—¿Qué debería hacer ahora? —preguntó Béatrice—. Envié correos electrónicos al rabino y a la oficina de registro en París, pero no he tenido respuesta. ¿Crees que debería llamarlos?

Grégoire sonrió y le devolvió las copias.

—Paciencia, paciencia. Una búsqueda de este tipo podría tomar meses, incluso años —explicó. De pronto sonó igual que antes: cálido, atento, sincero. Sus ojos verdes brillaban como el agua de un lago en la montaña. Béatrice se sintió reconfortada.

—¿Años? —repitió mientras enredaba un mechón de cabello en su dedo—. No sé si Jacobina tenga tanto tiempo —dijo y miró hacia las repisas junto a las que Julia estaba parada hablando ahora con otra señora mayor.

Grégoire sacó una silla, le indicó que tomara asiento y volvió a sentarse en su silla giratoria.

—Estoy seguro de que la gente de la oficina de registros te contactará pronto, pero como no sabemos si Judith volvió a Francia después de la guerra, tal vez no sería mala idea llamar también a la Cruz Roja Internacional. Ellos tienen un servicio de búsqueda que se encarga de investigaciones sobre prisioneros de guerra y prisioneros civiles de la Segunda Guerra

Mundial. Tienen muy buenos contactos y, por supuesto, también trabajan con la Cruz Roja francesa y el Servicio Internacional de Búsqueda en Bad Arolsen.

—Bien, haré eso —dijo Béatrice con un suspiro.

—Toma, esta es la información de contacto. La oficina está en Baltimore —dijo Grégoire mientras revisaba un archivo. Luego garabateó un nombre y una dirección de correo en una libreta, arrancó la hoja y se la entregó—. Escucha, no te desanimes, vas por buen camino —agregó, acomodándose el cabello detrás de las orejas—. ¿Quieres ir por un café?

Béatrice asintió con gusto.

* * *

Al principio, el hecho de que su periodo no hubiera llegado no le preocupó en absoluto. Nunca había sido muy regular. A veces llegaba antes de lo esperado, pero lo más común era que se demorara. Por lo general, anunciaba su llegada con pronunciados cambios de ánimo e intensos cólicos que iban y venían con la velocidad de una tormenta de verano. En esta ocasión, sin embargo, no hubo nada de eso, por lo que, para cuando notó que llevaba una semana de retraso, empezó a preocuparse, así que pasó a la farmacia por una prueba de embarazo camino a la oficina.

Media hora después, ya estaba de pie frente al lavabo de los baños del octavo piso del banco, mirando el tubo de plástico que tenía en la mano. Al principio, la pequeña ventana permaneció en blanco, pero, poco a poco, fueron apareciendo dos franjas de color rosa pálido. ¡Dos! ¡Positivo! No, no, no. No era posible. ¡De ninguna manera! La boca se le secó y en las sienes sintió su pulso acelerarse.

De pronto se abrió la puerta del baño y entraron dos mujeres platicando a todo volumen sobre las ventajas y desventajas de los sistemas de pensiones financiados en Latinoamérica. Béatrice lanzó el tubo de la prueba a su bolso, se lavó las manos y salió del baño sin secarlas.

Una vez afuera, de pronto se sintió mareada. Vio estrellas, todo le daba vueltas. Respiró con dificultad y fue apoyándose en el muro para no caer. Caminó a tropezones de vuelta al archivo, se sentó y cerró los ojos. La terrible sensación comenzó a menguar y su respiración recobró su ritmo normal. Abrió los ojos y sacó la prueba de embarazo de su bolso con la esperanza de que lo que había visto en el baño no fuera el resultado final, sino una coloración química incompleta. No obstante, las dos líneas seguían viéndose con claridad a través de la diminuta ventana. De hecho, para ese momento eran más pronunciadas y el color rosa se había intensificado.

¡Un bebé! Iba a tener un bebé de Joaquín, un hombre con el que no podría volver a ser feliz jamás. El hombre con el que estaba a punto de romper.

Aunque era de la opinión de que toda mujer tenía derecho de elegir, sabía, sin lugar a dudas, que ella no sería capaz de abortar. Tenía amigas que se habían practicado abortos y no se arrepentían en absoluto, pero, al mismo tiempo, no podía olvidar las conversaciones que tuvo con Monique, quien decidió dar fin a su embarazo muchos años atrás y jamás se repuso. El verano pasado, cuando trató de embarazarse, descubrió que ya no podía concebir y, desde entonces, sufría de insomnio y de un sentimiento de vacuidad que no podía aliviar con ningún tipo de terapia. Béatrice tenía miedo de que, si ella se sometía a algo así, se enfrentaría a una crisis de conciencia similar. Su madre también había influido en su manera de pensar. "Dios mío, estoy tan contenta de haber decidido tenerte —le decía con frecuencia—: eres lo que más amo en el mundo".

Sin embargo, Béatrice ya no tenía treinta y tantos. Un embarazo a los cuarenta y tres era considerado de "alto riesgo" y podría implicar todo tipo de complicaciones y problemas de salud, tanto para ella como para el bebé.

Pero ¿y qué tal si esta era su *última* oportunidad de tener un hijo? La idea de acercarse al final de sus años reproductivos la hizo estremecerse. ¡Qué ultimátum tan brutal!

Sin despegar la vista de las dos líneas rosadas, pensó en los distintos escenarios posibles de la maternidad. Se vio en McLean, estancada con un bebé en los brazos, calentando macarrones con queso para Laura y peleando con Joaquín por problemas económicos. La alternativa de ser madre soltera no era más alentadora. Dejar a su bebé todas las mañanas en una *crèche*. Tratar de sobrevivir durante el día a un empleo estresante con el que ahora difícilmente podía lidiar y, por las noches, alimentando al bebé y calmando su llanto. Sabía que en el banco había algunas madres solteras. Nunca tenían tiempo para nada y siempre se veían nerviosas. Estaba segura de que la presión era insoportable.

Luego se imaginó empujando una carriola por París. La idea de volver a Francia con un bebé hacía que el estómago se le hiciera nudos. Para poder sostener al bebé, a su madre y a ella misma, se vería forzada a aceptar el primer empleo que encontrara, justo lo que su madre tuvo que hacer por ella cuando su padre las abandonó. El ciclo se repetiría.

Trató de reprimir las náuseas que se apoderaron de ella, pero fue en vano. Corrió al baño lo más rápido que pudo y vomitó.

* * *

Tomó la rebanada de limón que estaba insertada en el borde del vaso y exprimió algunas gotas en el agua. Llevaba días sin poder comer ni un bocado sin vomitarlo enseguida. No sabía si eran las primeras señales de su embarazo o el malestar general que le provocaba ver en lo que se había convertido su vida.

—Tu vino tinto viene en camino, *bella* Béatrice —gritó Lucio desde el mostrador con su ensayadísimo acento italiano.

—No, gracias, Lucio; hoy solo beberé agua —dijo ella con una sonrisa fatigada.

Lucio la miró con una expresión juguetona de sorpresa.

—¿Agua? ¿Estás embarazada o algo así? —preguntó riendo. Béatrice no dijo nada—. No te molestes, estoy bromeando, *signorina* —dijo Lucio de buen humor, antes de salir de detrás del mostrador y acercarse para llenar su vaso de agua.

Joaquín llegaría en algunos instantes. Lo llamó temprano esa mañana, antes de la hora del desayuno, le pidió que se reuniera con ella en el restaurante de Lucio después del trabajo. Él había regresado de Nueva York dos días antes y accedió sin pensarlo siquiera. Sería como lo había imaginado, solo que, en lugar de decirle que quería dar por terminada la relación, le anunciaría que estaba embarazada.

¿Debería decírselo en cuanto se sentara? ¿O esperar a que llegara el postre? ¿Cómo reaccionaría? Hasta ese momento, solo habían hablado de la hija *de él*, nunca habían considerado la posibilidad de tener un hijo juntos.

—Todo está bien, Béa, tranquila —dijo Jacobina, tratando de apaciguarla en cuanto apareció en un estado de agitación total en su puerta esa noche.

A Béatrice le pareció natural contarle a Jacobina todo lo que se revolvía en su corazón, pero su amiga aún no le decía lo que tanto deseaba escuchar: que sería capaz de lidiar con el hecho de ser madre soltera. En lugar de eso, le dio una especie de sermón.

—Béatrice, ¡vas a tener un bebé! Es una responsabilidad enorme y, mírate: no dejas de hablar *de ti* y de lo que *tú* quieres —le dijo Jacobina en un tono autoritario que no coincidía en absoluto con la frágil apariencia de su cuerpo. Béatrice estaba tirada en el sofá, avergonzadísima—. Piensa en tu propia infancia —continuó reprendiéndola la anciana mientras ella lloraba—. ¿Quieres que tu bebé crezca sin un padre? ¿Igual que tú? ¿Que pase toda su vida sufriendo por su ausencia? Tienes que encontrar una solución *con* Joaquín.

Béatrice pasó la noche entera pensando en las palabras de Jacobina y, más tarde, marcó el número.

Joaquín llegó quince minutos tarde y no venía solo. Cuando entró por la puerta, lo seguía una figura no muy alta cubierta con una sudadera con capucha. Béatrice solo alcanzaba a ver las caídas comisuras de sus labios. Puso los ojos en blanco y suspiró. Con Laura ahí, no podría decirle nada a Joaquín. ¡Pero *tenía* que hacerlo! Esto no podía esperar un día más, ya le había costado demasiado trabajo callarlo hasta ahora.

Joaquín caminó a la mesa, se inclinó y le dio un beso breve en la boca.

—Lo siento, cariño —dijo, recuperando el aliento—. Se suponía que Laura pasaría la noche en casa de Sarah, pero algo se presentó y Anne canceló de último minuto —explicó con una sonrisa—. Qué agradable vernos hoy y, sobre todo, de una manera tan espontánea.

Laura masculló un gutural "Hola" y se sentó en la silla junto a su padre. Sacó el teléfono celular de su bolsillo y empezó a escribir en él.

Joaquín miró el menú que Lucio dejó en la mesa antes de que llegaran.

—¿Tienes ganas de comer pasta, cariño?

Béatrice estaba a punto de asentir, pero entonces se dio cuenta de que Joaquín se dirigía a Laura.

—Suena bien —dijo la adolescente sin levantar la vista.

—Esta tarde trabajé desde casa y le ayudé a Laura con su tarea —explicó Joaquín mientras desdoblaba la servilleta y la colocaba sobre su regazo—. Tuvimos algunas discusiones, pero creo que fue un buen comienzo —agregó. Metió la mano por debajo de la capucha de Laura y la despeinó con un gesto cariñoso antes de voltear a ver a Béatrice—. Ordenemos, me muero de hambre.

Joaquín estiró el cuello en busca del mesero y Béatrice se quedó mirando el salero de vidrio en forma de huevo de gallina. Tenía las manos cerradas en puño, ocultas debajo de la mesa. ¿Cuánto más tendría que esperar para decirle? ¿Otra semana hasta que volviera a tener un poco de tiempo para verla de nuevo?

Laura dejó caer su celular en la mesa.

—Tengo que ir al baño —dijo—. No tardo.

En cuanto perdió a la chica de vista, Béatrice se inclinó sobre la mesa.

—Me urge hablar contigo en privado —le dijo a Joaquín.

—¿Qué sucede?

No era el momento adecuado, pero tenía que usar los pocos minutos que tendría a solas con él. Ya no podía seguir guardándose la noticia.

—Estoy embarazada —dijo sin pensarlo más.

—¿Embarazada? —repitió Joaquín en voz alta con las pupilas encogidas como puntas de alfileres. Se quedó inmóvil, mirándola boquiabierto.

—¡Baja la voz! —siseó ella, arrepintiéndose de haberlo confesado de esa manera. *Debió* esperar.

—¿Estás segura? —dijo Joaquín.

Qué pregunta tan estúpida, pensó, pero no pudo decir nada porque, en ese momento, vio a Laura parada frente a ellos con la cara pálida como si hubiera visto un fantasma. ¿Acababa de regresar del baño? ¿O nunca fue? No tenía idea, pero algo era obvio: había escuchado todo.

—¡No quiero ni hermanos ni hermanas! —gritó, al mismo tiempo que se quitaba dramáticamente la capucha de la sudadera. Los comensales de las mesas de alrededor se quedaron mirándolos en silencio.

—¡Tranquila, cariño! —dijo Joaquín en voz baja. Estiró la mano hacia Laura, pero ella lo rechazó.

—De ninguna manera —aulló la adolescente y salió del restaurante hecha una furia.

—Qué increíble imprudencia de tu parte —le gritó Joaquín a Béatrice, antes de arrojar la servilleta al plato y ponerse de pie—. ¿No pudiste esperar hasta que estuviéramos solos? —vociferó al tomar el teléfono de Laura—. Voy a buscarla y a llevarla a casa. Es una noticia abrumadora... y no solo para ella —dijo. Tomó su chamarra del respaldo de la silla y se la puso bajo el brazo—. Hablamos después.

Y se fue.

La gente detrás de Béatrice murmuraba. Se escucharon copas tintinear, unos cubiertos cayeron al suelo. Alguien rio en voz baja. Poco después, continuó el ruido de costumbre y ella se quedó mirando la servilleta arrugada de Joaquín. Tenía razón. No pudo escoger un peor momento para darle la noticia. Pobre niña. ¿Algún día podría reparar el daño?

Lucio se acercó de prisa y colocó en la mesa un plato ovalado de pasta en salsa de mejillones.

—*Prego, signorina. Pasta alle vongole.* Ayuda a aliviar todo —dijo, enjugándose el sudor de la frente con la mano y mirándola en espera de su reacción.

En cuanto Béatrice percibió el aroma del vino blanco y el ajo, se le revolvió el estómago. Sintió una erupción de ácido gástrico subir por su esófago. Se presionó los labios con la mano, empujó al sorprendido Lucio y salió disparada al baño.

16

JUDITH
PARÍS, MAYO DE 1941

Dejé mi bolsa y entré a la cocina. Olía bien, a jabón y ropa limpia. Mamá estaba junto a la ventana dándome la espalda. Estaba planchando, algo que no había hecho en mucho tiempo. Me dio gusto verla ocupada. Cuando me oyó entrar, volteó rápido y me miró con ojos cansados. Humedeció el trapo, lo extendió sobre una blusa y puso encima la plancha. El trapo empezó a sisear y a despedir vapor enseguida.

¿Cómo contarle lo sucedido?, me pregunté mientras caminaba al fregadero para llenar un vaso de agua. No podía sacarme de la cabeza la desagradable premonición de que a mamá no le caerían nada bien las noticias. Llevaba tres días evitando esa conversación, pero tenía que hablar con ella ahora.

Era temprano por la tarde. Como siempre, en los últimos días de mayo París revelaba su más hermosa faceta. Bajo la cálida luz de la primavera, la ciudad se veía deslumbrante, inmaculada, sublime. Los arces y los castaños florecían en los amplios bulevares y, detrás de las hojas doradas que adornaban las rejas del Jardín de Luxemburgo, se alcanzaban a ver las lilas en plena floración.

Me senté en la mesa de la cocina y hojeé el periódico sin leer nada.

Mamá siguió planchando.

—Le falta un botón a tu blusa —masculló—. ¿Aún lo tienes?

Tamborileé los dedos sobre la mesa tratando de reunir el valor necesario.

—Bloquearon nuestra cuenta del banco —le dije, mirando en su espalda el moño que siempre se formaba cuando amarraba las cintas de su delantal.

Dejó la plancha y volteó a verme.

—¿Cómo? ¿De qué hablas? —exclamó con labios temblorosos.

—Fui al banco, me dijeron que ya no podemos hacer retiros.

—¡Pero eso es imposible! —gritó, ondeando las manos sin control—. En esa cuenta hay suficiente dinero para retirar.

—No es porque no alcance, mamá —respondí, mirándola directo a los ojos—, sino porque somos judías. Bloquearon la cuenta. Órdenes "de arriba". Fue todo lo que me pudo decir la empleada del banco antes de cerrar la ventanilla.

Mamá se sentó a mi lado.

—¡Malditos cerdos! —murmuró—. Están tratando de quebrantarnos. Mañana levantaré una queja con el gerente del banco.

—Puedes intentarlo, pero de todas formas no te dejarán sacar dinero —le expliqué. En ese momento olí que algo se quemaba y vi una flama elevarse sobre la tabla de planchar.

—¡Dios santo! ¡Mi blusa! —grité y me levanté de un salto para despegar la plancha de la tela. Tomé un trapo y di golpes a la flama hasta extinguirla.

Mamá se quedó sentada en la mesa con la cara entre las manos.

Regresé a mi asiento.

—Necesitamos conservar la lucidez, mamá.

Levantó la cara y vi sus labios contorsionarse en una mueca socarrona.

—¡La lucidez! ¡Tú y tus sabios consejos! ¿Acaso no te has dado cuenta de lo que está sucediendo? —gritó. Se quitó el delantal y lo lanzó a la mesa—. Ese maldito viejo traidor y senil de Pétain quiere exterminarnos por etapas. Los judíos tienen que registrarse. Los judíos ya no pueden trabajar en el servicio público, ni como abogados o médicos. Dentro de poco no nos dejarán trabajar en ningún lugar y, para colmo, ahora nos está quitando nuestro dinero —gritó, golpeando la mesa con la palma de la mano—. ¿Y ahora de qué vamos a vivir?

Cuanto más se agitaba ella, más me calmaba yo. Como de costumbre, cada vez que veía a mamá caer en las profundidades, yo cambiaba de papel y, en lugar de ser la hija, me iba convirtiendo en la madre o, al menos, en la persona responsable a cargo. Estaba convencida de la lealtad absoluta de Christian y sabía que nos apoyaría si lo necesitábamos. Traté de decírselo a mi madre.

—Christian puede conseguirnos alimentos, puede…

Pero no me dejó terminar.

—¡Lo único que escucho es Christian, Christian, Christian! —me reprochó. En su mirada noté el desprecio—. Ahora dependes para todo de tu *goy* —vociferó, sujetándose el cabello con furia y cerrando los ojos por un instante—. ¿Qué vamos a hacer si mañana *tu* Christian despierta y decide ya no traerte granos de café? —preguntó con tono burlón—. ¿Qué haremos si se enamora de otra? ¿De una chica más *adecuada*? ¿Una perteneciente a la raza dominante? ¿Una que *no* sea judía? —preguntó, fulminándome con la mirada—. Desde el principio te dije que esta relación era una mala idea. Estoy segura de que su familia trata a los judíos como basura. Sábelo: para ellos no somos más que leprosos.

En cuanto mencionó a los padres de Christian, me estremecí. Aunque no le había contado lo que ahora sabía sobre el padre, su venenoso comentario tocó una fibra sensible. Miré al suelo avergonzada.

—*Trabajo, Familia y Patria* —repitió como perico el lema del mariscal Pétain poniéndose de pie—: ¡Me repugna!

En ese momento, me pareció una desconocida. Era una mujer envejecida y amargada que ya no esperaba nada de la vida.

Lily saltó desde el alféizar y aterrizó justo a sus pies. Mamá la levantó del piso y se la llevó a su cuarto mientras ella pateaba tenazmente. Solo las vi desaparecer al cerrarse la puerta.

Teníamos que encontrar la manera de continuar viviendo, como fuera. Me pregunté qué podría intercambiar por alimentos en el mercado negro. El gran reloj de papá que aún estaba en la sala. La pesada cubertería de plata del ajuar de mamá. Estaba en la alacena, debajo de la cubierta de terciopelo y, además, nunca se había usado. El abridor de cartas de bronce de la abuela. Y luego, con el corazón hecho pedazos, decidí que si la situación empeoraba, sacrificaría mi traje de noche diseñado por Jacques Fath.

A través de la ventana abierta de la cocina escuché a un acordeonista sumergirse en las pronunciadas armonías de "Je n'en connais pas la fin": No conozco el fin. Vi las finas partículas de polvo bailar en la blanca luz del sol y me di cuenta de que hacía mucho tiempo que no me sentía tan sola.

Esta tarde, al entrar al departamento mucho antes de que anocheciera, me recibió un silencio opresivo. Dejé mi bolsa a un lado. Estaba exhausta. Me dolían los pies y el estómago me rugía como lobo rabioso. Había pasado toda la tarde soportando el sofocante calor, formada frente a la tienda de ropa para conseguir camisones nuevos para mamá y para mí.

Todos nuestros recursos naturales tenían que ser enviados al Reich alemán y no quedaba casi nada para nuestra gente; por eso, a principios del verano comenzaron a repartir las *cartes de vêtements*. Eran unas pequeñas tarjetas con cupones de distintos valores que se podían arrancar y canjear por ropa. Sin embargo, era ridículo pensar que ese sistema bastaría para cubrir nuestras necesidades. A mí me quedaban cuarenta puntos hasta que acabara el año, pero, solo para conseguir un vestido, necesitaba cincuenta.

Caminé de puntitas por el corredor. Mamá no se había levantado de la cama desde que detuvo el reloj de pared del corredor, varios días antes. Como cada vez que impedía al reloj marcar su tictac, ahora todo le producía dolor: escuchar, mirar, hablar, caminar... Lo único que toleraba esos días era el silencio, y yo sabía que lo mejor sería volverme invisible.

Me deslicé hasta la cocina sin hacer ruido, se veía justo como cuando salí de casa esa mañana. En la mesa estaba lo que quedaba de la hogaza de pan que compré varios días antes.

Ya estaba tan rancia que fue muy difícil cortarla. A un lado había un cuchillo y algunas migajas. Entonces vi la taza. La había dejado frente a la puerta de mamá con café auténtico recién preparado, tenía la esperanza de que el aroma la animara a salir de la cama, y ahora estaba en el fregadero con el sedimento seco. *Eso significa que, al menos, se levantó*, pensé, sintiéndome complacida por el marginal avance.

Serví algunas hojuelas de avena en un plato, las suavicé con agua y las coloqué en el suelo para Lily, ella salió de inmediato dando un salto desde detrás del horno. Olfateó el plato, me lanzó una mirada acusatoria y desapareció debajo de la alacena sin probarlas siquiera.

—Lo siento, pequeña —susurré—, pero me temo que no tenemos nada mejor que eso.

Sin mamá en nuestra vida, la cocina permanecía helada y nadie encendía el radio. Yo pasaba la mayor parte del tiempo en La Sorbonne, asistía a clases con el estómago rugiéndome de hambre o me sentaba en silencio en la biblioteca. Por la tarde, cuando por fin salía de la sala de lectura, los anaqueles de las tiendas de abarrotes ya estaban vacíos. A veces, animada por mis buenas intenciones, me levantaba muy temprano y me formaba afuera de la panadería, como a las cinco y media. Pero incluso a esa hora, la fila ya era tan larga que cualquiera perdía la esperanza. Las primeras mujeres formadas llegaban incluso más temprano y, en algunos casos, traían entre los brazos a sus hijos exhaustos y con lagañas en los ojos.

Gracias a Dios, Christian continuaba trayéndome provisiones. Ayer fueron dos paquetes de arroz y algunas manzanas; esta mañana, una bolsa de galletas y un frasco de mermelada. Él y su familia no sufrían en absoluto la escasez de alimentos que la población parisina había tenido que soportar desde el principio de la ocupación. En su departamento del elegante decimosexto distrito no les hacía falta nada. Las chicas del mercado negro iban hasta su casa todas las mañanas con carne, café, mantequilla y pan en abundancia, y partían con una caja de cigarros y un apretado fajo de billetes que guardaban en sus canastos y cubrían con los trapos de tela a cuadros. Y por las tardes, casi siempre, él se escapaba con su chofer para distribuir lo más que podía entre la gente que tenía incluso menos que yo y mi madre. Le gustaba llamarme "ángel mío", pero, en realidad, él era el ángel, el benefactor. Mamá se equivocaba, no nos decepcionaría. Jamás.

Esa mañana le conté sobre el bloqueo de nuestra cuenta bancaria y, para mi sorpresa, no reaccionó con calma como de costumbre.

—Me temía que la situación empeorara —dijo apesadumbrado—. Mi padre ha recibido a numerosos consejeros del gobierno de Vichy y oficiales alemanes. Von Stülpnagel también nos ha visitado algunas veces. Se encierran en la oficina de mi padre durante horas, así que no tengo idea de qué hablan, todo es un secreto —dijo con el ceño fruncido—. Pero si mi padre está involucrado, no puede ser nada bueno.

Sus palabras me sumergieron en un estado de intensa preocupación. Estábamos sentados en una *brasserie* de la ribera de Bourbon, y frente a nosotros había dos pequeñas *omelettes* color amarillo azafrán y un poco de pan. Miré alrededor con precaución, pero vi que nadie nos prestaba atención.

—¿Von Stülpnagel te ha dicho algo? ¿No me ha mencionado? —le pregunté y me sentí aliviada en cuanto negó con la cabeza—. ¿Puedes averiguar qué planean? —dije con la voz quebrándoseme de miedo. Necesitaba saberlo—. Les ha sucedido a todos los judíos. Mamá leyó que quieren apoderarse de nuestro dinero. Alguien le está haciendo llegar periódicos clandestinos.

Christian se tocó sutilmente las comisuras de los labios con la servilleta.

—Mi padre no habla de sus asuntos de negocios. Su oficina siempre está cerrada con llave, ni siquiera mi madre tiene permiso de entrar.

Arrastré sin fuerza la *omelette* por el plato y luego dejé el tenedor en la mesa.

—¡Abandonemos París! —susurró Christian inclinándose para acercarse más, mirando con ternura mi afligido rostro—. Vamos a la zona italiana. Al lago de Ginebra o a Grenoble. Ahí estarás segura —dijo, acariciándome la mejilla—, tengo amigos ahí.

Su propuesta fue tan repentina que, por un instante, solo me quedé mirándolo incrédula, pero poco después pude imaginarlo todo. Christian y yo, juntos en las riberas del lago. Una casita. Solo él y yo. Un jardín quizá. Un manzano. Los Alpes al fondo. Sonaba tan tentador... Y luego, volví a la realidad de golpe.

—No puedo —dije. Tenía que recobrar la lucidez—, debo cuidar de mi madre.

—La llevaremos con nosotros, por supuesto —exclamó sin dudar.

¡Cómo lo amé por decir eso! Sin embargo, su idea era demasiado maravillosa para concretarse.

—Ella nunca se iría de París —expliqué, tratando de ocultar mi desilusión—, ha vivido aquí toda su vida.

—Pregúntale de todas maneras, ¿quieres? —dijo en tono suplicante—. Tal vez estaría dispuesta a hacerlo... por ti.

¡Qué mal la conocía! Mi padre había tratado en vano de convencerla de mudarse a Rumania con él cuando ella todavía era joven y rebosaba de energía. Además, Christian no estaba al tanto de su ansiedad constante y sus lúgubres premoniciones.

—Por supuesto, le preguntaré —asentí con tristeza.

* * *

Caminé de puntitas hasta la puerta de su habitación y la encontré entreabierta. Traté de escuchar los sonidos provenientes del interior. Nada. Empujé vacilante el picaporte, unos quince centímetros. Mamá estaba recostada, acurrucada como un bebé, mirando el tenue resplandor del atardecer a través de las cortinas cerradas. De la hueca curva que formaba su vientre, Lily asomó su cabecita. En cuanto me vio de pie en la puerta saltó de la cama y empezó a maullar. Mamá gimió y extendió la mano para tratar de alcanzarla.

Entré a su habitación decidida a hablar con ella. Hacía calor y olía a encierro.

—¿Cómo te sientes? —pregunté en voz muy baja.

Se sobresaltó al escuchar mi voz, pero luego volteó a verme. Tenía los ojos hundidos, su piel se veía gris y arrugada como un periódico viejo.

—Cansada —dijo, con una suerte de graznido y se aclaró la garganta.

Después de tantos días de silencio, me agradó volver a escuchar su voz.

—¿Te gustaría comer algo? —pregunté, dirigiéndome a la ventana. La abrí, pero no corrí las cortinas porque sabía que no soportaría tanta luz.

Ella negó con la cabeza y me indicó con un gesto que me acercara.

Me senté al borde de la cama.

—Ay, mi niña… —dijo suspirando, mientras enderezaba la almohada debajo de su cabeza—. Estoy aterrada —murmuró y pasó saliva—. No podemos seguir así, no nos queda ni un céntimo, y como no me permiten trabajar, ¿cómo vamos a…?

—Esto terminará algún día, mamá. Pronto —la interrumpí, hablándole en ese tono maternal y optimista que me había acostumbrado a usar en años recientes, cada vez que la depresión volvía a apoderarse de ella—. Venderemos varias cosas y superaremos esto de alguna manera.

—Algún día... de alguna manera —repitió lentamente. Una lágrima se deslizó por su mejilla. Se quedó contemplando el estampado de pálidas lilas de su cobija—. Judith —hizo una pausa y me tomó de la mano—, corren rumores espantosos. Dicen que la policía está reuniendo a los judíos franceses también, que los está entregando a los alemanes. Y después... —vi el pánico y el horror desbordarse de sus ojos—, los deportan a Europa del Este para exterminarlos como si fueran ganado enfermo.

No sabía si creerle, tal vez la soledad de su cuarto la estaba haciendo alucinar.

—Mamá, son campos de trabajo —le dije y estreché su mano—, no son para matar gente.

Ella me miró con insistencia.

—Judith, tengo miedo por ti, tienes que irte de aquí —su voz sonaba a vidrio quebradizo.

De inmediato pensé en la sugerencia de Christian. Tal vez él tenía razón, tal vez mamá debía venir con nosotros. Me pareció que era un buen momento para proponérselo. Una vez más, nos imaginé paseando por la ribera del lago de Ginebra.

—Mamá, Christian nos ofreció ir a un lugar y alojarnos con amigos suyos en la zona italiana —le dije, esforzándome al máximo por sonar alegre y alentadora.

Bajó la vista. Las cortinas ondearon con suavidad empujadas por la brisa que entraba por la ventana.

—Hija, confías en Christian, ¿cierto? —preguntó, pasando saliva con dificultad. Asentí en silencio.

—Entonces ve con él —me dijo sin titubear—. Ve a algún lugar seguro.

—Quieres decir... ¿sin ti? —pregunté asombrada—. De ninguna manera. No te voy a dejar aquí sola —añadí antes de que pudiera decir algo más. Solo suspiró.

—Judith, tienes toda la vida por delante. Ve y aprovéchala, para mí... es demasiado tarde.

—No es tarde, mamá —repliqué, y me paré de un salto de la cama—. Tú vienes con nosotros.

Ella cerró los ojos.

—No puedo, no me queda fuerza, hija; apenas puedo levantarme.

—Precisamente por eso no te voy a dejar aquí —dije con aire autoritario, pero la verdad era que me sentía abrumada, impotente.

Mamá se cubrió los ojos con el brazo, incluso la escasa luz que entraba por las rendijas la cegaba.

—Ya nada parece lógico —dijo, antes de voltear a la pared—. Estoy cansada, muy cansada... Solo quiero dormir.

Me coloqué al pie de su cama y miré con detenimiento su cabello corto e hirsuto, la hacía parecer un erizo acurrucado.

—O vamos juntas o me quedo aquí contigo, pero no te voy a dejar sola —dije en tono definitivo.

No respondió.

—¡Mírame, madre! —vociferé, pero no se movió ni un poco—. ¡Háblame!

Nada.

Estaba a punto de tomarla de los hombros y sacudirla, pero entonces recobré la cordura, me tragué el enojo y salí de su cuarto con la cabeza gacha. Era inútil. Había tomado una decisión, nos quedaríamos en París. Si me iba y la dejaba sola, la culpa me perseguiría por el resto de mi vida.

17

BÉATRICE
WASHINGTON, D.C., 2006

La sección deportiva del periódico y unas cuantas revistas hechas jirones. Eso era todo lo que quedaba para matar el tiempo en la casi vacía sala de espera y, para colmo, el tiempo se negaba a morir. Béatrice llevaba casi dos horas moviéndose con incomodidad en una de las sillas anaranjadas de plástico. Esperaba a Jacobina. Cruzaba las piernas en un sentido y luego en el opuesto, a pesar de que con eso no lograba sentirse más cómoda. Inspeccionó sus uñas y luego sacó su celular y buscó "Ropa de maternidad" en internet.

Mientras tanto, Jacobina estaba sentada detrás de las amplias puertas de vidrio opaco que separaban el área de espera de las salas de tratamiento. Le estaban aplicando su primer coctel químico por vía intravenosa. Como le aterraba la idea de la infusión, le había pedido a Béatrice que la acompañara a su primera cita, muy temprano por la mañana, pero una vez que la tuvo sentada a su lado en la sala de auscultación, cambió de opinión.

—Espérame afuera, querida —le dijo con los ojos desbordantes de miedo—, no me gusta llorar frente a otros.

Béatrice era la única persona en la sala de espera. Tomó una de las revistas de la mesa y la hojeó. Desde las coloridas páginas, le sonrieron esbeltas actrices de Hollywood en diminutos shorts. En la página once vio el gran anuncio: **¡Es niño!** Entonces se quedó mirando el esférico vientre de Gwyneth Paltrow, quien, al parecer, estaba a punto de dar a luz y se veía como si se hubiera tragado un balón de baloncesto. Antes, siempre que hojeaba revistas, Béatrice se saltaba los artículos y las noticias sobre los embarazos de las actrices, pero ahora los devoraba renglón por renglón. Leyó todo respecto a cuánto peso había ganado la actriz estadounidense en los meses previos al nacimiento de su primer bebé, y el tiempo que le tomó perderlo después.

Por primera vez, la inundaba una tierna anticipación por la vida que crecía en su interior. Sonrió. No le importaba cuánto se complicaría su existencia al tener un bebé: sabría sortear los obstáculos. Se tocó el vientre. Tenía la esperanza de que todo estuviera en orden. Un embarazo a los cuarenta y tres años implicaba una buena cantidad de riesgos para la salud y, por lo tanto, no debía tomarse a la ligera. Con el cuidado médico correcto, lo lograría.

Su BlackBerry sonó. Joaquín. Ver su nombre en la pantalla fue como recibir una puñalada. Desde que salió furioso del restaurante, unos días antes, solo se habían comunicado por mensajes de texto. Béatrice colocó de nuevo la revista en la mesita y tomó la llamada.

Después de un breve saludo, él fue directo al grano.

—Béa, he estado pensando en esto… no estoy seguro de cómo decirlo, pero después de haberte visto en casa con Laura, a veces me pregunto si en verdad *quieres* tener un hijo.

Béatrice se tensó de inmediato.

—¿A qué te refieres? Siempre hago mi mejor esfuerzo.

Joaquín suspiró.

—Bueno, creo que no tanto como antes. En estos últimos tiempos te has distanciado bastante de ella.

Un disparo de adrenalina recorrió su cuerpo y la hizo sentirse mareada.

—¿Me estás sugiriendo que aborte? —dijo sin pensar siquiera y saltando de su asiento de una forma tan abrupta que estuvo a punto de irse hacia atrás.

—Tranquilízate, por favor —dijo Joaquín.

—¿Que me tranquilice? ¿Cómo diablos quieres que lo haga? —gritó—. ¡Llevas días evitándome y ahora me dices que aborte! —la rabia y la desilusión quebraban su voz.

La recepcionista se inclinó sobre el escritorio para alcanzar a verla. Béatrice evitó su mirada y se sentó en un rincón de la sala de espera donde quedó fuera de su campo de visión.

—Lamento no haberte llamado antes —dijo Joaquín—, pero necesitaba tiempo. Cuando estuvimos en el restaurante, todo fue muy repentino.

—¡Muy repentino *para ti*! Ni siquiera te importa cómo me siento yo ni cómo estoy —vociferó—. Siento que me abandonaste por completo —sentía que la cabeza empezaba a palpitarle con fuerza.

Joaquín exhaló profundamente.

—Claro que me preocupo por ti. Dar a luz a tu edad… es arriesgado.

Sonaba como un completo desconocido. ¿Cómo pudo creer que alguna vez en verdad supo quién era ese hombre?

—Todo en la vida es un riesgo —replicó—. ¿Tienes idea siquiera de cuántas mujeres de más de cuarenta tienen bebés en la actualidad?

—Además —agregó Joaquín—, las probabilidades de que tu bebé tenga problemas genéticos son muy elevadas —dijo, aclarándose la garganta—. Lo digo desde la perspectiva estadística, claro.

—*Nuestro* bebé, Joaquín. Es *nuestro* bebé, no solo mío —repitió, acariciando su vientre, a punto de llorar.

De pronto alguien la tocó en el hombro. Volteó y se encontró con unos ojos enmarcados por densas líneas de kohl. Era la recepcionista. La mujer señaló el letrero con la imagen de un teléfono y una línea roja atravesándolo.

—Casi termino —dijo Béatrice sin disculparse.

—Bueno y, además... yo acabo de cumplir sesenta y un años —dijo Joaquín en voz baja—. No quiero empezar de nuevo. Los cambios de pañal, las noches en vela... Ya no tengo energía para esas cosas.

—¿Por qué no me lo dijiste antes? —preguntó Béatrice en un tono seco y sintiéndose profundamente sola—. ¿Por qué no me lo dijiste antes de acostarte conmigo?

Joaquín se pasaba la vida desempeñando el papel del *über-padre* para Laura, pero ahora que se trataba del hijo de *ambos*, quería abandonarla.

Las puertas de vidrio se separaron con suavidad y una enfermera con pijama quirúrgica entró acompañando a Jacobina. La anciana cojeaba más que de costumbre y venía sujetándose con ambas manos de la enfermera.

—Soy demasiado viejo para tener un bebé —afirmó Joaquín—. Y no solo eso: los hombres mayores tienen más probabilidades de engendrar niños autistas. Las estadísticas son muy preocupantes.

—¡Deja de citar tus estúpidas estadísticas! —dijo Béatrice llorando, mientras la enfermera le ayudaba a Jacobina a sentarse en una silla.

—Lo logré —masculló la anciana exhausta. Le sonrió a su amiga.

Béatrice asintió rápido y sonrió de vuelta. Gesticulando le indicó que le apenaba estar hablando por teléfono y luego se dirigió a la ventana, desde donde contempló el mudo tránsito de K Street.

—No me desharé de este bebé de ninguna manera, ¿escuchaste? Jamás.

—Béa, pero ¿acaso no entiendes? —insistió Joaquín—. Te amo y quiero vivir contigo, que seamos felices juntos. Laura será nuestra hija. No puedo tener otro niño... simplemente no puedo.

A Béatrice se le empezaron a llenar los ojos de lágrimas que enjugó de inmediato con el dorso de la mano.

—Laura no quiere ser mi hija, lo sabes muy bien.

—¿Me daría un poco de agua? —escuchó Béatrice a Jacobina preguntarle a la enfermera con voz ronca—. Tengo la garganta muy seca.

Volteó a verla, cubrió la bocina del teléfono con la mano y susurró.

—Ya casi nos vamos, Jacobina —luego se volvió a poner el auricular junto a la oreja y dijo—: Mira, Joaquín, puedo hacerlo sola.

—Béa, por favor, tomemos esta decisión juntos —suplicó él.

—No hay nada que decidir —respondió con la voz entrecortada por el llanto y dio fin a la llamada.

—Vaya, ese pedazo de mierda —resolló Jacobina en cuanto Béatrice le contó todo sobre la conversación que acababa de tener—. Pero escúchame: en cuanto el bebé nazca, cambiará de opinión. Siempre lo hacen. Espera y verás.

Béatrice sacó un fajo de pañuelos faciales de una caja de cartón que estaba en la mesa junto a las revistas y se sonó la nariz.

—Quién sabe —dijo, con aire taciturno. Se inclinó sobre su bolso, sacó una botella de agua y se la entregó a su amiga—. Toma, Jacobina.

Jacobina la tomó agradecida y bebió con ganas.

—¿Y tú cómo estás? —le preguntó Béatrice mientras se ponía el saco—. ¿Fue muy difícil?

Jacobina negó con la cabeza.

—De hecho, fue más sencillo de lo que esperaba. Ni siquiera me di cuenta de lo que sucedió.

La enfermera con la pijama quirúrgica azul regresó y le entregó a Jacobina una pequeña bolsa con medicamentos y una nota.

—Tome, dulzura. Ahora vaya a casa y descanse —le dijo con una sonrisa de oreja a oreja y dándole unas cariñosas palmaditas en la espalda—. Si llegara a sentir náuseas, tome dos de estas tabletas, y si se sintiera demasiado mal, un par de estas. Puede comer lo que guste, pero no lo olvide: debe beber muchos líquidos.

Jacobina asintió obediente, entrelazó su brazo con el de Béatrice y se apoyó en ella para dirigirse a la salida.

—Vaya. Llamar "dulzura" a una desconocida, eso solo sucede en Estados Unidos —dijo cuando estuvieron en el elevador, y ambas rieron con ganas.

* * *

Béatrice le quitó la tapa al recipiente de yogur y la lamió: igual que Laura siempre lo hacía. El yogur no era uno de sus alimentos preferidos, pero en ese momento era lo único que podía comer sin sentir náuseas. Todas esas historias sobre mujeres embarazadas que atacaban sus refrigeradores con voracidad y se retacan de pepinillos agrios y helado de chocolate eran mentira. Tomó una cucharada de yogur de fresa y miró su BlackBerry indecisa. Llevaba una hora pensando en si debería llamar a Grégoire.

No habían hablado en algún tiempo, pero a ella no parecía incomodarle tanto. La dirección que tomó su vida desde la aparición de las dos líneas rosadas en aquella prueba de embarazo fue tan radical, que de todas formas no habría podido lidiar con Grégoire al mismo tiempo. No obstante, sentía que, al menos, podía contarle lo que estaba sucediendo.

¿En serio? ¿Podrías hablar de eso con él?, se preguntó mientras contemplaba las brillantes y maduras fresas en la etiqueta del pequeño tarro de yogur. Grégoire la invitó a cenar una

noche, cocinó para ella y siempre fue amable, pero, en realidad, nunca sucedió nada entre ellos. En ningún momento trató de acercarse más ni le confesó tener algún sentimiento en particular. Además, tampoco eran amigos cercanos. De hecho, casi no sabía nada de él ni de su vida privada. Entonces, ¿por qué tendría que contarle algo tan privado e íntimo como un embarazo y sus primeras etapas?

Luego se dio cuenta de que, si bien no podía adivinar lo que Grégoire pensaba, sus propias emociones las conocía muy bien, y sabía que estaba enamorándose de ese hombre. Se estaba enamorando, aunque le resultara difícil admitirlo y a pesar de que el momento no fuera solo pésimo sino imposible, porque en sus entrañas ahora crecía el bebé de Joaquín y todo en su vida se estaba desmoronando. En conclusión, si no lo hacía *por Grégoire*, debía hacerlo *por ella*. Debía hablar con él porque eso le permitiría recobrar la claridad mental y evitar cualquier malentendido en el futuro. Y más valía hacerlo ahora que después.

Dejó sobre el escritorio el tarro de yogur a medio comer y, en un gesto osado, tomó el teléfono y marcó.

Grégoire le contestó de inmediato.

—Me da mucho gusto saber de ti —dijo él, y empezó a hablar enseguida, como si su última conversación hubiese sido el día anterior.

Como cada vez que escuchaba su voz, Béatrice sintió una atracción magnética que no había experimentado con ningún otro hombre. Dejó pasar unos minutos, hasta que pudo contener sus emociones, y luego lo invitó a cenar el jueves por la noche.

—Con gusto —respondió él sin pensarlo. Dijo que traería un vino excelente.

Béatrice acababa de terminar la llamada cuando escuchó a alguien detrás de ella. Giró en su silla y vio a Michael recargado en el marco de la puerta con los brazos cruzados y la boca fija en una mueca detestable.

—Prolongados descansos para almorzar y llamadas privadas. Supongo que imaginas que, como estás aquí sola, no me voy a dar cuenta, ¿cierto? —dijo.

¿Cuánto tiempo llevaría parado ahí? Béatrice sintió su rostro enrojecer.

—Te tengo noticias —dijo, y cerró la puerta. Recargó su espalda en ella como si quisiera asegurarse de que nadie podría entrar. Se sentó en la silla junto al viejo monitor CRT, y esta chirrió y crujió al resentir su peso. Se quitó los lentes y frotó sus ojos.

—Ayer nos reunimos, es decir, el equipo de administración *senior* se reunió, y tuvimos una discusión sobre el presupuesto para los próximos dos años —empezó a decir mientras se frotaba la barbilla—. No se ve nada bien. El consejo ejecutivo ha decidido emprender nuevas reformas en los próximos años y necesitamos ahorrar por lo menos cincuenta millones de dólares —explicó, arqueando las cejas—. O sea, para decirlo llanamente, rodarán varias cabezas.

Béatrice se quedó estupefacta.

Era obvio que Michael estaba disfrutando del impacto que le causaban sus noticias, hizo una pausa y la miró a conciencia, en silencio.

—Dado que tu desempeño reciente deja mucho que desear, lo más lógico sería empezar contigo —continuó, dándose palmadas en el grueso vientre.

Sus palabras eran como golpes de boxeador. Béatrice cerró los ojos unos segundos, sabía que no podía despedir así nada más a una mujer embarazada. Había normas y regulaciones que lo prohibían. Pero, claro, no mencionaría su embarazo ahora, primero tenía que hablar con la asociación que se encargaba de los asuntos laborales del personal.

Michael se puso de pie y caminó hacia la puerta.

—Solo tengo un consejo para ti: toma muy en serio el trabajo que te asigné aquí en el archivo porque es tu última oportunidad —dijo, antes de salir y azotar la puerta.

* * *

Jueves por la noche. Béatrice estaba de pie junto a la ventana de su sala, mirando hacia el final de R Street. El sol se cernía sobre Georgetown y bañaba la ciudad con una cálida luz anaranjada. El día anterior, intensas lluvias azotaron los cerezos, y las últimas flores marchitas cayeron y tapizaron los flancos de las calles. Ahora, los automóviles pasaban sobre ellas, transformando los húmedos pétalos en una suave pasta. *Fue tan fugaz*, pensó Béatrice con melancolía. Apenas un poco antes, los árboles se inclinaban por el peso de aquel esplendor exuberante y blanquirrosado, y, ahora, todo había terminado.

Miró su celular y vio que Jacobina había tratado de comunicarse con ella varias veces. La llamaría mañana por la mañana. Desde que empezó con las sesiones de quimioterapia la llamaba constantemente para decirle lo mal que se sentía o que había perdido el apetito por completo. A Béatrice siempre le daba gusto escucharla y animarla a no darse por vencida, pero no esa noche. Esa noche era para ella. Para ella y para Grégoire, quien debería llegar en cualquier momento.

Apagó el celular y recordó la tarde de domingo en que paseó con él alrededor de la cuenca Tidal. Pensó en el instante en que minimizó la transitoriedad y colocó con suavidad en su mano varias flores de cerezo que había arrancado. Fue un momento perfecto, desbordante de deseo y esperanza. La esperanza de que Grégoire rentara un bote de pedales, la besara con pasión en medio del lago y decidiera no regresar a Francia. Ah, qué sueños tan ingenuos y pasajeros. Ahora el destino la lanzaba en una dirección completamente distinta. Tan distinta, que aquellas fantasías secretas respecto a Grégoire la avergonzaban. Estaba embarazada de Joaquín, alguien a quien ya no quería en su vida, y que no quería a su propio hijo en *la suya*.

El timbre sonó. Béatrice se mareó de la emoción. Se había preparado con frenesí para la visita de Grégoire: limpió el departamento, se sumergió en libros de cocina, compró queso francés en Whole Foods y enrolló su poco cooperativo cabello en unos rulos fijadores de vapor.

No dejaba de pensar en cómo darle la noticia. Las dos palabras que pondrían fin a cualquier cosa que habría podido suceder entre ellos, pero, sobre todo, que pondrían fin a sus propias fantasías: *Estoy embarazada*. La mera frase sonaba demasiado nueva, incluso para ella. Era algo hermoso y extraño al mismo tiempo.

¿Cuándo sería más adecuado confesarle lo que estaba sucediendo? ¿De inmediato? O, ¿tal vez debería esperar a cuando pasaran a los quesos? No, entonces sería demasiado tarde. Lo más probable era que, cuando sirviera el plato principal, él le preguntara por qué no comía. Y entonces tendría que decirle.

Pero, poco después, cuando ya estaban sentados a la mesa, llegó a otra conclusión: no le diría nada esa noche. Era demasiado pronto. Ni Monique… vaya, ni siquiera su madre estaba enterada del embarazo. El médico al que vio pocos días antes le había recomendado que fuera prudente. *El primer trimestre es el más difícil. Cualquier cosa podría suceder, en especial a su edad. Si todo sale bien, en unas semanas que venga a verme podríamos detectar el latido del corazón.* Las palabras del médico aún hacían eco en ella como una advertencia silenciosa.

No, no podía decirle a Grégoire. Todavía no. No lo haría sino hasta que escuchara los latidos del bebé por primera vez.

Esa noche solo disfrutó de una cena sin preocupaciones. Quería volver a verlo, observar cómo pasaba el vino de un lado al otro de su lengua en un estado de concentración profunda. Quería escucharlo explicar las particularidades del añejo que traería y de la mezcla de las uvas. Quería fantasear un poco más antes de que ese hombre desapareciera para siempre de su vida.

Se había puesto un vestido negro ajustado que ordenó por internet un día antes de hacerse la prueba de embarazo. Quería impresionarlo ahora, antes de que su vientre se inflamara hasta alcanzar dimensiones inimaginables. *Me queda perfecto*, pensó con satisfacción al mirar de reojo su esbelta figura cuando pasó junto al espejo en la pared.

La forma en que Grégoire apreció su cuerpo cuando le abrió la puerta no le pasó inadvertida. Ahí estaba él, con su gabardina beige, tan cerca de ella y, al mismo tiempo, tan fuera de su alcance, con el cabello enmarañado de forma casual y una botella de vino en cada mano. Béatrice sintió su estómago tensarse por la emoción. La besó en ambas mejillas, dejó las botellas en la mesa y su gabardina en una silla.

—Qué espacio tan encantador tienes —dijo, dejándose caer en el sofá. Su presencia inundaba todo el lugar.

Béatrice se sentó a su lado y sirvió agua en las copas que había dejado en la mesa.

—Me encanta el estilo minimalista —comentó Grégoire, mientras miraba alrededor con curiosidad.

El departamento en el segundo piso del edificio victoriano contaba con buena iluminación y tenía solo dos habitaciones espaciosas en las que Béatrice había colocado pocos muebles. Frente al amplio sofá gris había un par de libreros rebosantes de novelas francesas y, en medio, una mesa ratonera. Junto a la sala estaba la cocina blanca abierta con el enorme refrigerador de acero inoxidable. Desde las dos ventanas altas y arqueadas en la parte oeste de la sala se podía ver a lo lejos. La vista daba al parque Dumbarton Oaks, donde a ella le agradaba sentarse en primavera, cuando la humedad no era demasiada y la temperatura todavía era soportable.

El departamento estaba ubicado en una zona de ensueño, en el vecindario más elegante de la capital. En esta área era posible ver magníficos edificios históricos con torrecillas y rosedales de un lado, y, del otro, pequeñas casas de brillantes colores. Georgetown era un fragmento del antiguo viejo mundo en el que las casas estaban protegidas debido a las políticas de conservación y las estaciones del metro no eran bienvenidas. El hecho de poder decir que ese departamento era suyo significaba todo para Béatrice. Dos años antes, cuando, llena de orgullo y júbilo, introdujo por primera vez la llave en la cerradura, sintió que por fin había triunfado.

Grégoire inclinó la cabeza hacia un lado para leer algunos de los títulos de los libros sobre las repisas. Estiró las piernas hacia el frente y extendió los brazos sobre el respaldo del sofá.

—¿Tienes alguna noticia sobre Judith? ¿Ya se puso en contacto contigo la Cruz Roja?

—No, por desgracia, no —respondió Béatrice con un suspiro—. No estoy avanzando mucho en eso por el momento. Nadie ha respondido mis correos electrónicos: ni el rabino ni la oficina de registros ni el Servicio Internacional de Búsqueda —dijo, apoyando el mentón sobre su mano y mirando con curiosidad las burbujas que subían a la superficie en el vaso de agua gasificada.

—No pierdas la esperanza. Recuerda que estas cosas toman tiempo —dijo Grégoire, mirándola de perfil—. Están atendiendo una gran cantidad de solicitudes. Miles, de hecho. Además, antes de responder tienen que investigar en los archivos. Una tercera parte de los empleados en Bad Arolsen están en el proceso de digitalizar toda la información, pero dentro de poco todo será más sencillo.

Béatrice asintió con aire distraído.

Grégoire le tocó el brazo.

—Fuera de eso, ¿cómo estás, Béatrice? Te ves afligida.

Béatrice no supo si fue la calidez en su voz al hablarle o el exceso de hormonas que, debido al embarazo, tenían su cuerpo hecho un caos, pero en cuanto escuchó la pregunta, algo se quebró en su interior. Estaba lidiando con demasiadas cosas a la vez: su espantosa conversación con Joaquín, el embarazo y tener ahora a Grégoire a su lado, tan cerca. Antes de poder responder siquiera, las lágrimas empezaron a brotar y a correr por sus mejillas.

—Oye, ¿qué sucede? ¿Estás bien? —susurró Grégoire, acercándose más a ella para rodearla con su brazo.

En cuanto sintió su mano en el hombro, todo el dolor que había acumulado se desbordó en crudos gemidos en *staccato*.

Grégoire la estrechó.

—¿Qué sucede? —repitió. Frotó con suavidad su espalda.

—Es que... yo... —fue lo único que pudo susurrar antes de cubrirse el rostro con las manos.

—¿Quieres hablar de ello?

¿Debería? Ya no estaba segura de nada, se sentía impotente, no podía dejar de llorar con abandono. El aroma de la loción para después de afeitar y el calor del cuerpo de Grégoire la aturdieron.

Él le acarició el cabello y la nuca.

—Béatrice... —musitó. Entonces exhaló y presionó ligeramente su cuello para acercarla poco a poco hacia él. Béatrice se tensó por un instante, pero luego cedió. La expectación hizo palpitar su corazón con fuerza—. Béatrice —repitió Grégoire, comenzando a besar sus húmedas mejillas, sus párpados y, por último, sus labios.

Fue como si la gravedad del universo dejara de ejercer su fuerza. Béatrice sintió su cuerpo flotar entre los brazos de Grégoire. De pronto se descubrió embriagada por su ternura y por el hecho de que la absurda fantasía que la confundía de una manera tan maravillosa y aterradora a la vez se volviera realidad. No quería pensar ni cuestionarse más, solo sabía que estaba lista para dejarse llevar y sucumbir ante él por completo, así que cerró los ojos y correspondió a su beso.

Se besaron por un largo rato, se aferraron el uno al otro como si tuvieran temor de que los separaran.

En algún momento, Grégoire se apartó de ella y la miró sin dejar de acariciar su mejilla.

—Esto va a sonar sacado de novela mala, pero... desde la primera vez que te vi en el museo he estado esperando el momento de poder besarte —dijo Grégoire, sonriendo con timidez.

—Pues lo ocultaste muy bien —respondió Béatrice, tratando de limpiarse el rímel que le había manchado los párpados inferiores—. Francamente, no sentí ningún interés de tu parte.

—Es solo que soy chapado a la antigua y quería conocerte un poco más antes de hacer cualquier cosa porque, pues ya no tengo veinte años, ¿sabes? —explicó, tomándola de la mano—. Pero, bueno, ¿quieres decirme qué sucede?

Béatrice se puso muy seria. Sabía que no estaba haciendo lo correcto, pero tampoco se atrevía a destruir ese momento celestial.

—Oh, es que... bueno, mi jefe es un macho vengativo —dijo. Había cambiado de opinión respecto a confesar su embarazo—. Todo lo que hago lo enfurece y me preocupa que no prolongue mi contrato.

Grégoire frunció el ceño.

—¿Quieres que hable un poco con él para convencerlo? —dijo en tono de broma.

Béatrice no pudo evitarlo, rio de buena gana y pensó que tal vez era momento de cambiar de tema.

—¿Quieres que te sirva una copa de vino? —se puso de pie para ir por el descorchador a la cocina.

Grégoire se levantó de un salto y la jaló con suavidad hasta volver a tenerla entre sus brazos.

—Olvida el vino, tenemos que idear una estrategia para lidiar con tu jefe: no puedes permitir que un tipo así arruine tu carrera.

—Ya encontraré una solución —suspiró Béatrice—, pero no en este momento.

Grégoire la besó.

—No quiero dejarte ir de nuevo. Jamás.

Béatrice se acercó a él, lo tomó de la mano y lo condujo a su habitación.

* * *

El sexo con Joaquín había sido bueno. No podría decir que apasionado, pero, al menos, lo suficientemente íntimo para reparar su frágil relación y mantenerlos juntos por algún tiempo tras las discusiones más intensas. El sexo con Grégoire, en cambio, era algo fuera de este mundo. Béatrice por fin comprendió lo que significaba que todo fluyera: la química, las hormonas y todas las inexplicables sensaciones que inundaron sus cuerpos de placer y gozo.

Pero, al mismo tiempo, sentía que todo estaba mal, que era incorrecto. En lugar de revelarle lo que estaba sucediendo en su vida como debió hacerlo, se dejó llevar por el hechizo del momento, por su propia fascinación, por la magia de su primera noche juntos y por un tipo de atracción que no había experimentado nunca. Ahora era demasiado tarde. Había fallado de nuevo. Cuando estuvo en el restaurante con Laura y Joaquín, dijo demasiado y lo dijo muy pronto. Ahora dijo demasiado poco, y era incluso peor porque, lo que omitió, conllevaba el peso de una mentira que la separaría por siempre de Grégoire como un invisible pero impenetrable muro.

No pudo dormir. Pasó la noche entera dando vueltas en la cama, escuchando la respiración constante de él y reprochándose su comportamiento. Hacia el amanecer, se quedó dormida al fin, pero poco después despertó sobresaltada y presa del pánico. ¿Había soñado? ¿Dónde estaba? ¿Qué sucedió? No lograba recobrar el aliento, se tocó el cuello con ambas manos y tosió con fuerza. La pálida luz de la mañana entró por las cortinas

Grégoire estaba dormido a su lado. En verdad estaba ahí, todo había sucedido. Tembló un poco, jaló la cobija y se cubrió hasta la barbilla. ¿Qué pasaría si le dijera la verdad *ahora*? Estaba segura de que la odiaría y no querría volver a verla.

Lo contempló, admiró los mechones sueltos de cabello rubio que le caían sobre la frente. Tenía el torso desnudo, su pecho se elevaba y descendía, su respiración era prácticamente silenciosa. De vez en cuando, exhalaba y suspiraba. Béatrice cayó en cuenta de que él era el primer hombre que dormía en su cama, aquí, en Washington. A menudo le había pedido a Joaquín que se quedara, pero nunca aceptó porque temía que a Laura le diera miedo quedarse sola en casa.

Béatrice sacó la mano de debajo de la cobija y acarició con ternura el brazo de Grégoire, trazando las pálidas sombras que formaban sus músculos. Él se movió un poco y la miró. Se veía fatigado.

—Durmamos un poco más —murmuró, antes de cerrar los ojos y darse la vuelta.

Béatrice se quedó en silencio y escuchó su respiración hasta que volvió a estabilizarse, luego se acomodó el cabello detrás de las orejas y bajó de la cama deslizándose con cuidado. Caminó de puntitas sobre el chirriante parqué hasta llegar a la cocina. Llenó la tetera de agua y la colocó sobre la estufa. Sobre la encimera todavía estaba la charola de quesos de la noche anterior que nadie toco. Los trozos de Petit Basque, Saint-Nectaire y Brillat-Savarin estaban formados como si fueran rebanadas secas de pastel. Al verlos, le dieron náuseas. Tomó la charola y la metió al refrigerador, luego encendió su teléfono. Seis de la mañana. Se mordió el labio, tenía que confesarle todo a Grégoire antes de que se fuera. Sin excusa ni pretexto. Se sentó en el banco junto al horno con la BlackBerry parpadeando en la mano. Escuchó el agua llegar al punto de ebullición. En cuanto terminara de verterla y verla pasar por el antiguo filtro de café como lo hacía su madre, lo despertaría. Miró la BlackBerry y se sorprendió al descubrir diecisiete llamadas perdidas y doce mensajes de Jacobina. Se puso el teléfono en la oreja y reprodujo los mensajes.

En los primeros dos escuchó a su amiga balbucear como si hubiera bebido, decía todo tipo de incoherencias. Se sentía mal, quería hablar con su padre. Sabía que él estaba ahí. Pareció empezar a ahogarse varias veces y luego tosió. "Ya nada tiene sentido", dijo antes de colgar. A partir del tercer mensaje su voz se escuchó más insistente y desesperada. "Es el castigo", gritó antes de resollar. "Todo, todo fue en vano", la escuchó farfullar; luego, solo el tono de la línea. En un mensaje escuchó como si el auricular se le hubiera caído de la mano. Oyó un golpe seco y una especie de crujido. En el último mensaje, la voz era la de un hombre: "Buenas noches, hablamos de la sala de emergencias del Hospital George Washington. Recibimos a la señora Jacobina Grunberg, requiere cirugía de inmediato. Usted aparece en su información como el contacto de emergencia. Por favor llámenos lo antes posible".

Béatrice corrió a su habitación y sacudió a Grégoire del hombro.

—¡Grégoire! ¡Despierta! —gritó. Él abrió los ojos y sonrió. Béatrice se sentó al borde de la cama—. Operaron a Jacobina anoche, tengo que ir al hospital de inmediato para ver cómo está.

La expresión de Grégoire cambió en ese instante.

—Iré contigo —dijo, mirándola muy serio.

Béatrice se quedó asombrada. No estaba acostumbrada a estar con un hombre que tuviera tiempo. Joaquín siempre se despertaba mucho antes que ella, preparaba chocolate caliente para Laura y se disponía para su jornada laboral. Con frecuencia, su secretaria lo llamaba antes de que dieran las ocho de la mañana siquiera.

—¿No tienes que ir a la oficina? —preguntó Béatrice.

—Sí, pero esto es una emergencia. Además, hoy es viernes, no es un día muy ajetreado. Solo beberé un café y estaré listo —contestó, rascándose la cabeza al tiempo que salía de la cama—. ¿Tienes un cepillo de dientes?

Definitivamente no era el momento adecuado para la gran confesión, lo haría más tarde. Entró al baño y buscó un cepillo de viajero en su bolsa de cosméticos. Cuando volteó, Grégoire estaba parado en la puerta.

La tomó de los hombros y la miró amoroso.

—Fue una noche maravillosa —susurró, antes de mostrarle una sonrisa juguetona—, a pesar de que prácticamente me dejaste morir de hambre.

18

JUDITH

—En verdad lo lamento, *Mademoiselle* Goldemberg —me dijo *Monsieur* Hubert, mirándome con aflicción a través de sus redondos lentes—, pero no puedo conservarla como empleada.

Aquel hombre mayor que siempre le había otorgado tanta importancia a su apariencia hoy lucía muy distinto. No se había afeitado, estaba despeinado y tenía ojeras. Estaba sentado en la silla café de cuero. Sus huesudas y blancas manos jugueteaban con un trozo de papel: lo enrollaba y lo desenrollaba.

Coloqué sobre la mesa los libros que tenía entre los brazos.

—No comprendo —tartamudeé—. ¿Hice algo malo?

Lo miré y vi que, sí, era él. *Monsieur* Hubert, quien alababa mi trabajo en público con tanta frecuencia que me hacía sonrojar. Quien, cada vez que mamá sufría de un episodio de depresión, se hacía de la vista gorda y me dejaba ir a casa aunque mi turno no hubiera terminado aún. *Monsieur* Hubert, quien nunca me reprendió a pesar de que a menudo devolvía los libros que había sacado en préstamo mucho después de la fecha de entrega. *Monsieur* Hubert, quien siempre escuchaba cuando me quejaba de la falta de sensibilidad de los estudiantes en los anfiteatros, y cuyo anhelo por la profundidad intelectual me recordaba al hermoso Lucien Chardon de *Las ilusiones perdidas* de Balzac. Siempre me había cuidado con la benevolencia de un padre, y ahora, ¿quería despedirme? ¿Así nada más?

Suspiró, desenrolló el trozo de papel que tenía en la mano y lo frotó hasta aplanarlo.

—No, en absoluto, *Mademoiselle*. Su trabajo es excelente como siempre, pero… —dijo, y me mostró el papel—. Mire, léalo usted misma. Me han prohibido tener empleados judíos.

Sentí una oleada de terror. De pronto, todo fue evidente. Que le prohibieran a mamá trabajar, el policía en nuestra calle temprano por la mañana, el bloqueo de nuestra cuenta de banco. Y ahora me tocaba a mí. Escuché las palabras de mamá en mi cabeza. *Para esta gente no somos más que basura. Somos un desecho.* Había pasado mucho tiempo sin querer admitirlo, pero todas las piezas encajaban: mamá tuvo razón desde el principio.

—Ya veo —susurré. En las palmas de mis manos se empezaron a formar perlas de sudor frío. Me estiré y tomé el trozo de papel con dedos temblorosos, reconocí enseguida el membrete oficial. Me acerqué a trompicones a la silla junto al escritorio, me senté y me quedé mirando los renglones. Del lado izquierdo estaba el emblema de La Sorbonne y, debajo, el nombre del rector. Vi aparecer en el texto varias veces la palabra *judío*, subrayada en cada ocasión.

—¿Por qué? —pregunté, sin esperar una respuesta. No de él, al menos. ¿Qué podría saber *Monsieur* Hubert de nuestro destino? ¿De nuestra implacable caída social?

Apenas un año antes, a mamá y a mí nos consideraban ciudadanas respetables. Éramos francesas como todos los demás y nos trataban como tal. Pero, ahora que los alemanes habían invadido nuestro país, éramos "sucias judías". Nos acosaban. Nos habíamos convertido en pordioseras y sobrevivíamos solo gracias a los víveres que Christian sacaba de contrabando de su cocina, porque sus padres tenían tanto que ni siquiera en tiempos de guerra notaban que algo faltaba. *Trabajo, Familia y Patria*. ¡Que cuelguen a Pétain y su propaganda! Yo perdí mi empleo y a mi familia, y ahora mi patria me traicionaba. *Monsieur* Hubert habló y me trajo de vuelta.

—*Mademoiselle*…

Bajé la carta y, de pronto, dirigí hacia él toda la rabia acumulada. Porque entonces comprendí que no era la amable y protectora figura paterna que yo había imaginado. No, *Monsieur* Hubert era uno de los que obedecían esas reglas ridículas sin cuestionarlas. Formaba parte de quienes permitían que esa locura fuera posible. No era más que un seguidor.

Se rascó la cabeza y enderezó sus gafas.

—Hay una nueva ley —dijo, titubeante—, se trata de un estatuto judío que…

—Una nueva ley —siseé.

—*Mademoiselle*, escúcheme —suplicó—, no puedo hacer nada… De otra manera yo…

—¿De otra manera qué? —exclamé entre sollozos. Me puse de pie con las manos en la cintura.

—Tengo… tengo una esposa… —tartamudeó—. Y tres hijos.

—¿Y qué hay de mí? —dije gruñendo—. Mi madre está enferma, ¿qué será de nosotras ahora? —tenía ganas de escupirle por cobarde. Rompí la carta y dejé caer los trozos de papel al suelo frente a él.

Apoyó la cabeza en sus manos y respiró hondo.

—Por favor… —levantó la vista y pude ver sus ojos cafés llorosos—. Por favor, escúcheme —dijo, pero yo no podía, lo único que me hacía sentir ese viejo era decepción y rabia—. Lo intenté todo… —argumentó, pasándose la manga de la camisa por la boca—. Le pedí al rector permiso de dejarla trabajar en el archivo, en la parte trasera de la biblioteca: donde nadie la viera. Le pedí que nos permitiera hacer eso hasta que terminara todo este asunto de los alemanes, pero él se negó.

—¿Donde nadie me viera? —repetí—. Entonces ¿se avergüenza de mí?

—No, *Mademoiselle*, por supuesto que no —exclamó, reclinándose en la silla. Se quitó los lentes y agregó—: Y, mire, por desgracia, eso no es todo. Debo decirle algo más.

—¿Algo más? —mi voz sonó como un eco llano.

—Siéntese, por favor —dijo, y se aclaró la garganta.

Recobré la compostura, volví a la silla y me senté.

—El segundo estatuto judío... es decir, la nueva ley... —dijo, lo vi tragar saliva con dificultad—. Bien, pues...

Me quedé contemplando las hebras tejidas de la alfombra mientras esperaba a escuchar lo que me diría.

—Tampoco tiene derecho a continuar estudiando en La Sorbonne.

Fue como si alguien me hubiera dejado caer encima una cubetada de agua hirviendo. De pronto sentí dolor, una sensación de ardor, todo me daba vueltas.

—¿Cómo dijo? —masculé, mirándolo a los ojos.

Él sacó un pañuelo del bolsillo de sus pantalones y limpió sus gafas laboriosamente. Las extendió hacia la luz, miró a través del vidrio y se las volvió a poner. Cuando me miró de nuevo, vi brillar grandes lágrimas en sus ojos.

—El rector declaró un *numerus clausus*, ya sabe, un límite al número de estudiantes. No tuvo opción, la ley es la ley. El estatuto tendrá efecto inmediato, solo tres por ciento de nuestros alumnos pueden ser judíos —explicó, resollando con fuerza, y se enjugó la nariz con el pañuelo—. Créame, *Mademoiselle*, hice todo lo que pude por usted, pero sus calificaciones en los últimos meses... —agregó, tosiendo en el pañuelo—. Es decir, algunos estudiantes judíos han tenido un mejor desempeño que el suyo —hizo a un lado el pañuelo, colocó los codos sobre los brazos de la silla y se pasó los dedos entre el poco cabello que le quedaba—. Pero, para mí, usted siempre ha sido la mejor. Además, sé que ha tenido dificultades en casa...

Me paré de la silla de un salto.

—¿"Dificultades en casa"? ¿De qué está hablando? —grité. No tenía la costumbre de discutir con mis superiores, pero la desesperación y el desconsuelo eran tan grandes que se desbordaron—. Escuche, *ahora* sí tengo dificultades. ¡Ahora! Ya no puedo trabajar ni estudiar. ¿Qué se supone que debo hacer? Mi vida terminó —dije con voz quebrada. Tenía la boca tan seca que apenas podía tragar. Los ojos se me llenaron de lágrimas. Fue como si *Monsieur* Hubert hubiera lanzado mi existencia al Sena y las aguas la arrastraran como un trozo de madera a la deriva. Me quedé parada en medio del lugar, paralizada en un mismo punto. Entonces sentí su brazo sobre mis hombros. Quise empujarlo, pero no tenía fuerza.

—*Mademoiselle*... —masculló, lo escuché llorando también—. Lo lamento... ¡Si tan solo pudiera ayudarla! Pero, no tengo ningún poder para luchar contra el *numerus clausus*.

Ningún poder, pensé, sintiendo un desprecio enorme. Siempre había una manera, incluso en estos tiempos tan brutales. Pasé el dorso de la mano por mi cara para enjugarme las lágrimas. Me enderecé y me liberé de su abrazo. Caminé de prisa hasta la puerta, la abrí y miré atrás una vez más. Lo vi frente a su silla con los hombros caídos, impotente, como un ciego que perdió su bastón. Las lentes de sus gafas estaban cubiertas de vaho.

—Usted no es mejor persona que los alemanes —le dije con toda la ira de que fui capaz y salí de ahí.

19

BÉATRICE
WASHINGTON, D.C., 2006

Béatrice y Grégoire llegaron al hospital en el atestado Washington Circle, en la esquina de 23rd Street. Pasaban de las siete. El cielo gris y nublado presagiaba un fin de semana lluvioso. El Circle ya estaba repleto de gente que venía de Virginia para ir al trabajo, y algunos trotadores avanzaban por 23rd Street. Se dirigían a Watergate Steps para llegar a la margen del río.

Ambos habían tomado una ducha rápida y bebieron café de pie. Camino al hospital, Grégoire se detuvo un momento en un Starbucks y salió con un *croissant* pálido y aplastado.

—Lo siento, pero tengo que comer algo —dijo, antes de partir el *croissant* en dos.

Le entregó la mitad a Béatrice, pero ella hizo una mueca y declinó.

Grégoire sonrió.

—Béatrice, no te preocupes tanto. Jacobina está en buenas manos. Más tarde iremos a desayunar juntos a algún lugar, ¿te parece? Y también podríamos comprar algo para ella y llevárselo al hospital —dijo al abrazarla—. Estoy seguro de que se sentirá mejor muy pronto.

Entraron al vestíbulo del hospital y le preguntaron el número de la habitación de Jacobina al joven en la recepción. Él levantó con desgano la vista del periódico, tecleó algo en su computadora y negó con la cabeza.

—No aparece en el sistema —dijo, mientras sacaba de una bolsa de papel una dona que luego mordió.

Las migajas llovieron sobre el teclado.

—Pero… tiene que estar aquí —insistió Béatrice.

El hombre levantó la vista de la pantalla y negó de nuevo con la cabeza. Guardó la dona en la bolsa y les pidió que volvieran a deletrear el apellido de Jacobina.

—¡Ah! Grunberg, no Greenberg —murmuró—. Habitación 712 —dijo. Les pidió sus identificaciones. Miró con detalle ambos permisos de conducir y les entregó dos etiquetas cuadradas que decían *Visitante*.

Cuando salieron del elevador, en el séptimo piso, una enfermera se acercó a ellos. Béatrice se detuvo y preguntó por Jacobina.

—¿La señora Grunberg? Sí, por aquí —dijo la enfermera, señalando el extremo opuesto del corredor—. Solo que… no se encuentra en su mejor momento. Le administramos analgésicos bastante fuertes.

—¿Qué le sucedió? —preguntó Béatrice. En ese momento tuvo que hacerse a un lado para que pasara un anciano en silla de ruedas.

—Lo siento, pero no puedo darle una respuesta —contestó la enfermera, era una religiosa—, tendrá que preguntarle al médico. No está en este momento, pero si gusta esperar aquí, en cuanto llegue le diré que la vea.

Béatrice asintió y vio a la hermana alejarse; en cuanto la perdió de vista, abrió la puerta de la habitación. La recibió un ambiente caliente y sofocante. Avanzó varios pasos, había tres camas. La primera estaba vacía. En la del centro había una mujer con audífonos mirando un televisor diminuto sujeto al techo. Sobre la mesa de noche había una charola con un *bagel* a medio comer.

Al fondo, en la última cama, a Béatrice le pareció ver el cabello ensortijado de Jacobina. Con un ligero gesto de la cabeza saludó a la mujer de los audífonos y caminó hacia la cama junto a la ventana. *Era* ella. Pálida como gis, las comisuras de sus labios formaban una mueca huraña, como si pudiera sentir el dolor incluso dormida. En el brazo tenía varios moretones que formaban un patrón peculiar y una aguja conectada a una intravenosa. También estaba conectada a una máquina que emitía bips regulares.

Al ver a Jacobina, tan pequeña y desvalida en esa cama enorme, Béatrice sintió mucha pena. Qué triste que todas sus amigas cercanas se hubieran mudado, incluso Nathalie, la mejor amiga a quien mencionó en varias ocasiones. Tener unos cuantos conocidos le vendría de maravilla en ese momento.

Salió de la habitación, cerró la puerta en silencio y se sentó junto a Grégoire, quien la esperaba en el corredor.

—Vamos a desayunar y volvamos más tarde —sugirió, poniendo la mano sobre su pierna.

—Preferiría quedarme. El doctor llegará en cualquier momento —dijo Béatrice. Solo de pensar en huevos revueltos y pan tostado sintió náuseas.

—Entonces esperaré contigo —dijo Grégoire, cruzando las piernas.

Béatrice se quedó mirando sus zapatos cafés, la piel estaba un poco desgastada en la zona de los dedos. ¡Ahora o nunca! No tenía ningún caso retrasar la confesión, pensó, moviéndose con ansiedad en la silla.

—¿Quieres ir a Nueva York a pasar el fin de semana? —Grégoire interrumpió sus pensamientos, la rodeó con el brazo—. Me dan ganas de hacer algo especial contigo.

Béatrice lo miró con el entrecejo fruncido y aire inquisitivo, pero no dijo nada.

—O, ¿te parece que las cosas van demasiado rápido? —le preguntó Grégoire antes de retirar el brazo de sus hombros.

—Grégoire, yo… —*nada de pretextos*—. Yo…

—Descuida —le dijo, tratando de reconfortarla con su voz—, no tenemos que ir a ningún lugar. No me importa lo que hagamos, siempre y cuando estemos juntos.

Béatrice levantó la vista y miró a la puerta de la habitación de Jacobina.

—Tengo… es decir, hasta hace poco *tenía* una relación con alguien más —explicó, y sintió a Grégoire retraerse un poco.

Silencio. La enfermera con la que habló empujó un carro con alimentos hasta la entrada de la habitación 712 y entró.

Béatrice sujetó con tanta fuerza los brazos de la silla, que los nudillos se le pusieron blancos. Sin dejar de mirar a la puerta, respiró hondo y terminó la oración.

—… y estoy embarazada.

Había dejado su bolso colgado en el respaldo de la silla, y en ese momento se cayó al suelo. Su lápiz de labios se salió y rodó, pero ni ella ni Grégoire se inclinaron para recogerlo.

La hermana regresó con una charola, la puso en el carro y lo empujó a la siguiente habitación.

—Pero ya no estamos juntos —añadió Béatrice en voz baja—. Lo siento mucho. Quería… Debí decírtelo antes.

Qué difícil articular las ideas, las palabras; era peor que enfrentar a Michael, peor que cualquier otra cosa.

Lo miró por el rabillo del ojo, trató de leer la expresión en su rostro.

Él permaneció sentado, su silencio era paralizante. Béatrice se levantó y recogió el lápiz de labios. Cuando volteó, sus miradas se encontraron. Toda la calidez de sus ojos verdes había desaparecido. Ella se inclinó rápido sobre su bolso, dejó caer en él el lápiz y, en cuanto se sentó, Grégoire se puso de pie.

—¿Por qué no me lo dijiste antes? —preguntó, con las manos metidas en los bolsillos del pantalón.

No parecía acusarla ni estar enojado. Su tono tan sereno, casi amistoso, le infundió un poco de esperanza.

—Lo sé, debí hacerlo, pero me pareció demasiado pronto. Acabábamos de conocernos y... anoche todo sucedió tan rápido que...

—Sí, muy rápido —dijo Grégoire mirando por la ventana. Volteó a verla directo a los ojos—. Esto cambia todo. Estás a punto de iniciar una familia.

—No, Grégoire. No —exclamó entre sollozos y parándose de un salto—. Este bebé no fue planeado.

Grégoire permaneció inexpresivo.

—No digas nada, Béatrice, no es necesario —dijo, interrumpiéndola—. Sabes que, de todas maneras, volveré a Francia pronto.

—Por favor, hablemos de esto —imploró Béatrice. Una vez más, fue incapaz de contener el llanto.

Pero Grégoire solo negó con la cabeza y empezó a caminar por el corredor hacia los elevadores.

—¡Espera! —exclamó Béatrice, trotando detrás de él—. Mi relación terminó —repitió desesperada.

Las puertas del elevador se abrieron con un sonoro *ping*. Una mujer salió cojeando. Iba empujando un perchero de metal del que colgaba una bolsa con una infusión balanceándose. Béatrice y Grégoire se hicieron a un lado para permitirle pasar.

—¡Estás embarazada! —dijo Grégoire—. Tu relación no ha terminado. Al contrario, las cosas apenas empiezan para ti y el padre de tu hijo.

El padre de tu hijo. Béatrice se estremeció al escuchar estas palabras. Se enjugó las lágrimas y lo tomó de la mano.

—Créeme, por favor, todo terminó. Él no quiere al bebé. Yo...

Grégoire se alejó de ella.

—Lo siento, debo irme. ¡Y tú necesitas concentrarte en tu familia! Estoy seguro de que encontrarán la solución. Les deseo lo mejor a ambos.

Béatrice gimió con fuerza.

—Quédate, por favor —le suplicó, estirando los brazos hacia él—. Hablemos.

—No, Béatrice, no quiero. No tenemos nada de qué hablar.

Al verlo entrar al elevador sintió lágrimas ardientes caer por sus mejillas, pero sabía que no debía seguirlo.

Las puertas se cerraron.

* * *

Cuando llueve, llueve a raudales, reza el viejo adagio estadounidense. Béatrice se tambaleó por el corredor hasta regresar a la hilera de sillas y se dejó caer en una de ellas. Buscó su celular y marcó el número de Grégoire. Como se lo esperaba, no contestó. Dejó un mensaje de voz y algunas oraciones que solo pudo tartamudear y, mientras todavía buscaba las palabras adecuadas, el sistema del teléfono de Grégoire dio fin al mensaje de forma automática. Ella volvió a marcar y le pidió que le devolviera la llamada.

Un hombre alto y en vías de quedarse calvo se acercó a ella. En el bolsillo del pecho de su bata blanca había un nombre bordado: *R. W. Adams, M. D.* La saludó lacónicamente, le preguntó si venía con Jacobina y se sentó a su lado.

—Tomando en cuenta las circunstancias, su amiga se encuentra bien —le dijo en tono amistoso—. Fue una obstrucción mecánica de los intestinos. La probabilidad de que se presente después del tipo de operación a la que se sometió es baja, pero no es inusual que suceda. A veces, la cicatrización en el abdomen forma pliegues y, en el peor escenario, estos ejercen presión en los intestinos desde el exterior. Me parece que debieron esperar antes de iniciar la quimioterapia.

El médico habló rápido y usando términos que Béatrice no entendía por completo. Obstrucción del intestino delgado. CT espiral. Valores de leucocitos. Le costó trabajo comprender toda la información. Estaba muy preocupada por Jacobina y, al mismo tiempo, en su mente se repetían los últimos instantes con Grégoire y su rostro desapareciendo detrás de las puertas del elevador al cerrarse.

El médico negó con la cabeza.

—Cuídela mucho. La señora Grunberg se repondrá, no se inquiete.

Béatrice continuaba pensando en lo que le había dicho Grégoire cuando el doctor Adams ya iba camino a ver a su siguiente paciente.

* * *

Seguía recostada en la cama, mirando la grieta en el techo. Justo como imaginó que sucedería, Grégoire no la había contactado desde que la dejó en el hospital el viernes por la mañana. En el departamento de arriba, su vecino iba chocando con todo y haciendo escándalo con la aspiradora, pero estaba demasiado fatigada para enojarse como solía hacerlo. Volvió a marcar el número de Grégoire. Después de escuchar una interminable cantidad de esperanzadores tonos de llamada, el sistema de mensajería se volvió a activar y ella colgó de inmediato.

Esa mañana fue al hospital para hacerle una breve visita a Jacobina, quien empezaba a percibir de nuevo lo que sucedía a su alrededor y a quejarse del tubo que tenía en la nariz para proveerle la alimentación artificial. En cinco o seis días, cuando pudiera comer bien otra vez y sus valores sanguíneos se estabilizaran, la dejarían volver a casa. Se lo prometieron.

Al regresar del hospital, Béatrice pasó por el edificio de Grégoire y tocó varias veces el timbre, pero no tuvo respuesta. Trató de mirar por la ventana en la entrada. No vio nada. Luego fue a casa, se desvistió, se puso el camisón y cayó en la cama como un leño.

Ya no le quedaba fuerza ni para llorar. En la almohada todavía se percibía un poco del aroma de Grégoire, de su loción para después de afeitar. Casi se volvió loca de anhelo y dolor. Sacó la almohada y arrojó la funda al suelo. La lavaría al día siguiente.

Su vecino de arriba apagó la aspiradora y encendió el televisor. Los fragmentos ininteligibles de diálogo que se oían en su cuarto la irritaron. Estaba desesperada. Presionó la almohada sobre su cabeza hasta quedarse dormida.

Los siguientes días pasaron morosos. Por las mañanas iba a la oficina, llegaba una hora antes de lo usual para no encontrarse con ninguno de sus colegas y tener que responder a preguntas fastidiosas como "¿Y cuándo vuelves de tu misión especial?" o "¿Ya te enteraste de que Ricardo se consiguió un empleo maravilloso en la oficina del presidente?".

La mayor parte de la semana pasó sin mayor novedad. Nadie llegó a buscarla al archivo y Michael no la molestó. El jueves, sin embargo, justo antes de las cinco de la tarde, cuando estaba a punto de volver a casa, de pronto escuchó el temido *clic clac, clic clac*. El corredor que llevaba a los elevadores estaba alfombrado y amortiguaba los pasos de la gente, pero, con el tiempo, Béatrice había aprendido a reconocer el paso ágil de Michael, un ritmo que no coincidía en absoluto con su corpulenta figura. Por eso reconocía de inmediato cuando era él quien se acercaba.

Abrió la puerta de golpe.

—¿Ya tienes puesto el abrigo? ¿Adónde planeabas ir tan temprano?

Béatrice exhaló.

—Llegué muy temprano hoy.

Michael guardó su teléfono celular y miró alrededor con tristeza. Olía a loción para después de afeitar, pero ni siquiera eso disfrazaba el acre olor del cigarro que tal vez acababa de fumar.

—Esto no se ve muy distinto. ¡Esfuérzate un poco! —dijo, a pesar de que era obvio que el lugar había sufrido una transformación. Ya no era una cueva polvosa, se había convertido en un archivo bien organizado. Las carpetas de las conferencias estaban etiquetadas y acomodadas en orden alfabético, todos los otros documentos habían sido clasificados, y en ningún lugar se veían papeles sueltos ni carteles enrollados. Los objetos inútiles habían desaparecido y los libros de la colección aleatoria apilada por todos lados ahora estaban acomodados por temas y subíndices de desarrollo sobre los estantes que dominaban el archivo.

—¿No notas el tremendo cambio? —dijo Béatrice señalando los libreros para defenderse—. Todo está en su lugar ahora. Todo tiene un acomodo lógico.

—Mmm, mmm —gruñó Michael. No sabía qué decir, lo cual resultaba raro.

Béatrice se regocijó con su pequeña victoria, pero lo mejor sería no mostrarlo.

—De cualquier manera —continuó Michael—, vine a decirte que esta noche volaré a Ecuador con el vicepresidente. Será un viaje de una semana. En cuanto vuelva hablaremos de tu desempeño. Mientras tanto, espero que me entregues un reporte detallado de lo que has hecho aquí abajo hasta el momento.

—Por supuesto, Michael —dijo Béatrice asintiendo—. El reporte casi está listo, lo tendrás el lunes.

Michael resolló con fuerza y se fue.

Ella ya tenía un plan. Mientras su jefe estuviera de viaje, hablaría con la asociación de asuntos del personal y daría aviso de su embarazo. El banco tomaba muy en serio la maternidad, nadie podría despedirla.

En ese momento escuchó un repiqueteo. ¡Grégoire! ¡Por fin! Sacó su BlackBerry, pero no, no era Grégoire, sino Joaquín, la última persona que esperaba que llamara. La desilusión fue demasiada, dejó que sonara varias veces antes de contestar.

—Hola, soy yo. Estoy abajo, en el vestíbulo. ¿Tienes tiempo para tomar un té?

—¿Qué quieres? —respondió ella con aire sereno.

—Me gustaría hablar contigo.

Aceptó de mala gana, tomó su bolso, caminó hasta el elevador y descendió a la planta baja.

Joaquín estaba parado en la entrada con su anorak café oscuro y el mantón a cuadros que siempre usaba en los meses más fríos. Llevaba colgada al hombro la pesada mochila de cuero en la que transportaba sus posesiones más sagradas: la computadora portátil y un cuaderno.

Béatrice caminó hacia él. Al acercarse, se sorprendió por su apariencia. Parecía haber envejecido varios años desde la última vez que lo vio. Se veía cansado, tenía ojeras y no se había rasurado. Él sonrió y la besó en la mejilla, y ella sintió como si volviera al viejo automóvil que abandonó en algún lugar de la carretera porque dejó de funcionar, a su antigua vida.

Fueron al Starbucks de I Street. Estaba lleno de jóvenes sentados frente a computadoras abiertas y *latte macchiatos venti* en vasos de papel tan grandes que parecían cafeteras. Béatrice y Joaquín pidieron té y se sentaron afuera, en las sillas de metal raspadas por el uso.

Remojaron las bolsitas de té en el agua caliente con movimientos sincronizados. Béatrice sabía que, en unos segundos,

Joaquín pescaría la suya con una cuchara, la rodearía y la exprimiría con el cordel para sacarle las últimas gotas. Un ritual que, por alguna razón, siempre le pareció desagradable y anticuado.

Poco después, Joaquín hizo justo lo que temía. Cuando terminó, depositó con cuidado la cuchara y la bolsa de té sobre una servilleta. Ella, en un gesto de desafío silencioso, sacó la suya del vaso de papel y solo la dejó caer, saturada de agua, sobre la mesa.

—¿Todo bien? —preguntó Joaquín, mientras limpiaba el té salpicado con otra servilleta.

—Qué estupidez, ¿qué tipo de pregunta es esa? —respondió Béatrice, arrepentida de haber aceptado verlo—. Sabes que nada está bien —dijo, rasgando al mismo tiempo dos sobres de azúcar que espolvoreó en su té.

—Llevo toda la noche pensando, Béa —dijo él, en ese amable tono de voz que a ella le sonaba tan maduro y sereno que siempre hacía que le dieran ganas de taparse las orejas—. Por favor, perdóname por todas las cosas horribles que dije el otro día. Reaccioné como un verdadero idiota. Por supuesto que quiero que tengamos este hijo juntos.

Béatrice se quedó muda. Por primera vez en la vida, Joaquín no decía lo que ella esperaba.

—Criar a un niño es una responsabilidad enorme, sí... pero también es lo más extraordinario y hermoso que puede suceder en la vida —dijo Joaquín y le dio un sorbo a su té—. Y quiero que vivamos esa experiencia juntos —agregó con una sonrisa vacilante.

—Y... ¿qué hay de Laura? —respondió Béatrice. Aún no podía creer lo que acababa de escuchar.

Joaquín hizo un gesto desdeñoso.

—Ay, Laura. Lo que hice en el restaurante fue una reacción, un reflejo, ya me conoces. A ambos nos abrumó la noticia, me apena mucho que haya sido así. Como todos los chicos de su edad, Laura está atravesando una etapa difícil, lo sabes. No lo tomes como algo personal.

—De todas formas, no creo que quiera un medio hermano —Béatrice no estaba segura de si debía confiar en ese repentino cambio de opinión, pero lo que en verdad le inquietaba era no saber qué lugar ocuparía ella en ese escenario familiar que se proyectaba a futuro y que cada vez se revelaba más incómodo.

—Para ser franco, está un poco celosa y tiene miedo de que la reemplaces en mi corazón, pero es normal, ¿cierto? Ya pasará. Laura se siente mal por lo que sucedió, me lo dijo —acercó su silla a la de Béatrice y le acarició la mejilla—. Ya se acostumbrará a la idea de que ahora seremos cuatro. Le vendrá bien no estar sola en casa, ser parte de una familia de verdad —dijo, acercándose para besarla, pero ella volteó y lo esquivó.

—¿Y cómo la imaginas *tú*? Es decir, la vida siendo cuatro.

—Sencilla. Te mudarás con nosotros y transformaremos la habitación para invitados en el cuarto del bebé. Y, claro, tendrás que economizar. En especial en lo referente al espacio, pero también en el aspecto financiero. Tendrás que vender tus muebles y no podrás trabajar tantas horas. Ya sabes, yo paso mucho tiempo fuera de casa y alguien tendrá que quedarse para cuidar a los niños. Estoy seguro de que podremos hacer que funcione —dijo con un suspiro, mientras agitaba su té—. Béatrice, cuando uno tiene un hijo, las prioridades cambian, ya lo verás. La ropa, los restaurantes elegantes, los viajes… todo eso pierde importancia.

Béatrice arqueó las cejas, pero no hizo ningún comentario. Todavía no visualizaba la situación: ella como madre, los cuatro juntos.

—¿Tenemos que vivir en tu casa en McLean? —preguntó. Aunque con reticencia, estaba dejándose llevar poco a poco por los planes de Joaquín para su vida familiar—. No me sentiría cómoda criando a nuestro hijo ahí porque, bueno, esa casa la compraste para tu primera esposa. ¿Por qué no buscamos un nuevo lugar para vivir aquí, en D.C.?

—Porque, en primer lugar —respondió Joaquín, respirando hondo—, no puedo pagarlo. Los precios se han disparado hasta el cielo. En segundo lugar, porque las escuelas públicas del Distrito son malísimas. No serían una buena opción para Laura. Además, no puedo alejarla de sus amigos solo porque sí.

Mudarme con Joaquín. Renunciar a mi propia vida, incluyendo mi departamento y mis muebles. Llevar a Laura a todas esas fiestas y a las casas de sus amigas. Hacer las compras en el Safeway de McLean. Preparar de cenar todas las noches. Pasar los fines de semana con gente como Anne Parker en este suburbio o en aquel. Asar hot-dogs el Día de los Caídos en el jardincito de Joaquín. Las imágenes pasaron por la mente de Béatrice de manera fugaz, como rayos en tormenta eléctrica. Acaso… *¿le agradaba* lo que veía?

Sería bueno para el hijo de ambos y eso era lo único que importaba. Fue lo mismo que le dijo Jacobina. *Será bueno para el bebé.* La frase a la que tendría que acostumbrarse.

—Mmm —dijo, asintiendo.

Joaquín la acercó a él, y esta vez no opuso resistencia.

—Te extrañé mucho, mi amor, me alegra que hayamos hablado —dijo, mirando su reloj—. ¡Dios santo, debo irme! La conferencia editorial está a punto de empezar —se puso de pie y se echó la mochila de cuero al hombro—. Nos vemos el fin de semana, ¿de acuerdo? Así podremos sentarnos con Laura y discutir el asunto.

La besó en la frente y subió el cierre de su anorak. Salió de la terraza, caminó un poco, levantó el brazo y, unos segundos después, un taxi se detuvo frente a él. Antes de abordarlo, se despidió de ella rápido. El vehículo inició la marcha acelerando y rechinando las llantas.

* * *

Después de la visita sorpresa de Joaquín, Béatrice no trató de contactar a Grégoire de nuevo. Había decidido conservar al bebé y el bebé necesitaba a su padre, así que ahora tendría que enfrentar las consecuencias y dejar de correr detrás de un sueño roto.

Pero ¿cómo dar fin a la obsesión y el anhelo? ¿Cómo impedirse pensar en él todo el tiempo? La imagen de su tierno rostro y sus ojos color turquesa había quedado plasmada en su mente, su recuerdo habitaba su departamento. Lo veía en el sofá con las piernas extendidas; durmiendo junto a ella, del lado izquierdo de la cama; descalzo, sosteniendo una taza de café en su cocina. Sacó del refrigerador las dos botellas que él trajo aquella noche y las escondió en el fondo de su armario, donde no volvería a mirar. Porque sabía que sería incapaz de solo verter el vino y verlas vaciarse.

* * *

El sábado por la mañana sintió un peculiar jalón en el bajo vientre. Llegó y se fue, como cuando iniciaba su periodo. Cuando por fin pudo contactar al médico por teléfono, este le dijo que no había de qué preocuparse, era normal. Algunas horas después se sintió mejor, así que, más tranquila, salió de casa y fue de compras.

Tenía terror de la noche que pasaría en casa de Joaquín, de la cena familiar en la cocina y del inevitable sexo de reconciliación. Después, él prometería darse más tiempo para ella y, luego, todo seguiría como hasta ese momento. Durante varios meses, ella podría evitar la intimidad diciendo que tenía náuseas y que estaba cansada debido al embarazo, pero ¿luego?

Se detuvo en medio de la calle, afuera del supermercado Whole Foods. Traía dos bolsas rebosantes de víveres. Miró alrededor en busca de un taxi libre. Había comprado el tipo de alimentos que el médico le recomendó: mucha fruta y vegetales. Todo orgánico para nutrir adecuadamente a la vida que ahora brotaba en sus entrañas.

De pronto, un intenso dolor le atravesó el abdomen. Dejó caer las bolsas, sintió una conmoción, se agachó y se sujetó el vientre. Había leído respecto a los cólicos y las punzadas, sabía que formaban parte de los cambios en el primer trimestre, pero ¿podían llegar a ser así de fuertes?

Se mantuvo doblada hasta que el dolor empezó a menguar poco a poco. Algunas papas y un paquete de galletas se habían salido de las bolsas. Las tomó y trató de caminar, pero entonces la volvió a sacudir un dolor insoportable. Gritó, bajó de nuevo las bolsas y se presionó el vientre con las manos. El dolor volvió a disminuir, pero luego volvió con fuerza y de golpe. Sintió como si la rasgaran por dentro. Gimió. Una anciana se detuvo a su lado.

—¿Te sientes bien, querida? —le preguntó.

Béatrice asintió en silencio, su rostro se retorcía de dolor, se inclinó hasta que lo único que pudo ver fue el asfalto.

Sintió una fuerte contracción, peor que las anteriores. Emitió un grito agudo y chocó con las bolsas que había dejado en el suelo. De ellas salieron cebollas, manzanas, papas y brócoli, todo rodó por el pavimento hasta el arroyo. *Mi bebé*. Las palabras retumbaron en su cabeza. *¡Estoy perdiendo a mi bebé!* Se desplomó hasta el suelo sollozando y se hizo un ovillo.

La mujer se cernió sobre ella.

—Espera un momento, voy a llamar a una ambulancia.

—Gracias —dijo Béatrice entre bocanadas y lágrimas.

Después de eso, todo pasó muy rápido. Llegó una ambulancia y la llevó al hospital Georgetown.

El médico de urgencias hizo muchas preguntas y luego le explicó el procedimiento.

—Me temo que tuvo un aborto espontáneo. Tenemos que realizarle una cirugía menor para prevenir una infección.

Béatrice cerró los ojos, gimió y asintió. No le importaba lo que le pasara, lo único que quería era que el dolor terminara. Firmó los papeles con manos temblorosas y le entregó su tarjeta de crédito a la hermana encargada del pabellón.

—¿A quién quiere que llamemos? —preguntó la enfermera—. Alguien deberá venir a recogerla después de la cirugía.

Béatrice le dio el número de Joaquín.

Tenía que desvestirse, la llevaron hasta una cama y la empujaron por un corredor hasta llegar a una sala helada. Por fin llegó la redentora anestesia que le permitió escapar de todo.

***

Cuando volvió a abrir los ojos estaba recostada en una cama de hospital y Joaquín estaba sentado a su lado. Ya no sentía dolor.

—¿Cómo sucedió esto? —le preguntó. Sonaba muy preocupado.

—Solo sucedió —respondió ella en voz baja. La tortura había terminado, lo único que quería ahora era aferrarse a esa reconfortante idea. Sentía la lengua inflamada y seca—. ¿Me pueden dar un poco de agua?

—Por supuesto, toma —dijo Joaquín. Sirvió agua y le dio el vaso.

Ella bebió unos sorbos y le devolvió el vaso semivacío.

—Perdí a mi bebé —susurró mirando a la pared—. ¿Comprendes? Se ha ido —se dio la vuelta y lloró sobre la almohada.

Lloró por el bebé que había aceptado con tanta renuencia. La inundó un sentimiento abrumador y cálido por aquel ser para el que no estaba lista, pero que, al mismo tiempo, ya amaba.

Joaquín le acarició la espalda en silencio.

—Llévame a casa —murmuró—. Quiero salir de aquí.

La puerta se abrió y entró una enfermera.

—¿Cómo se encuentra? —le preguntó con una afable sonrisa.

—Bien, gracias —mintió. Luego levantó la cabeza y se enjugó las lágrimas con la sábana.

—Ya puede irse, pero, por favor, repose los días que vienen, necesita sanar —le dijo la enfermera al quitarle la banda de plástico que tenía alrededor de la muñeca. Sacó la aguja y la reemplazó con un apósito—. Por favor, no se desanime demasiado —agregó y le dio unas palmaditas en el brazo—. No deben perder la esperanza —dijo, mirándolos a ambos—, un aborto espontáneo no es impedimento para que vuelvan a embarazarse.

* * *

—¿Quieres que pase a comprar algo para cenar? —preguntó Joaquín poco después, cuando iban en el auto y dio vuelta en R Street. No había dicho casi nada hasta ese momento. Béatrice estaba agradecida de no tener que hablar.

—No tengo hambre —murmuró, mirando por la ventana.

—Pero tienes que comer algo. Vamos, puedo pasar por el restaurante de Lucio.

—No —dijo ella—, no quiero nada.

Joaquín detuvo el automóvil frente al edificio de Béatrice y apagó el motor. Los faros del frente también se apagaron. Un ciclista pasó junto a ellos.

—¿Quieres que suba contigo? Ahí hay un lugar para estacionarse.

Béatrice no respondió por un rato.

—Joaquín, no deberíamos estar juntos. No nos correspondemos —dijo al fin.

Él suspiró con fuerza y permaneció en silencio. Pasado un rato, que a Béatrice le pareció una eternidad, habló.

—Lo sé. Creo que lo he sabido desde hace algún tiempo.

—Será mejor que... que ya no nos veamos —dijo Béatrice bajo la tenue luz de la farola y vio a Joaquín asentir.

—De acuerdo... —respondió él con voz entrecortada.

—Debo subir ahora —dijo ella antes de abrir la puerta del automóvil y bajar de él sin voltear.

Joaquín encendió el motor y se fue.

Béatrice se quedó mirando el automóvil mientras este avanzaba con dificultad por R Street, hasta que desapareció en la oscuridad, junto con un año completo de su vida.

20

JUDITH
PARÍS, AGOSTO DE 1941

Era temprano por la tarde. El calor y la inmovilidad de la ciudad asemejaban el *bouillon* en mi plato. Sorbí cada cucharada con voracidad. Era el primer día que comía de verdad en días.

Christian y yo estábamos sentados en la terraza de Mille Couverts, una popular *brasserie* en la rue du Commerce, en el decimoquinto distrito. El espacioso restaurante de tres pisos, que a principios de siglo fue una boutique para damas, era uno de los pocos establecimientos que todavía le ofrecía a la población parisina un menú accesible a pesar de la escasez de alimentos. Antes de la guerra, la mayoría de los comensales eran trabajadores de la industria automotriz, pero ahora lo visitaban todas las personas que ya no soportaban la deprimente soledad en sus viviendas. Yo prefería esta *brasserie*, me agradaba más que los restaurantes finos que a Christian le gustaba frecuentar, donde nos daban servilletas blancas almidonadas y siempre teníamos miedo de que un grupo de oficiales alemanes entrara y se sentara en alguna de las mesas contiguas.

El caldo estaba delicioso. En lugar de la suave carne de res con que se preparaba el consomé típico, solo tenía algunos trozos de zanahoria y papas, pero el sabor salado me vigorizó y me ayudó, aunque fuera solo por un rato, a olvidar mis preocupaciones.

Christian fumaba y bebía vino. Me sonrió a través del humo.

Había pasado bastante tiempo desde la última vez que me preguntó por mi madre. Yo sabía que le incomodaba hablar de ella porque nunca tenía buenas noticias. Mamá pasaba todo el día en la cama, se veía pálida y demacrada, solo se levantaba para ir al baño. Rara vez tocaba el pan o los otros alimentos que Christian nos seguía suministrando. Y si acaso lo intentaba, solo comía unos bocados y hacía el resto a un lado. Desde la noche en que le sugerí que huyéramos juntas, no había podido tener con ella una sola conversación en forma. No me escuchaba, solo se me quedaba viendo o, mejor dicho, me atravesaba con la mirada y empezaba frases que nunca acababa. Me daba la impresión de que se sentía más cómoda cuando Lily estaba a su lado y presionaba su afelpado cogote contra su cara. En esas ocasiones, a veces tarareaba una melodía, se reía sola y le susurraba a la gatita en la oreja.

Su estado depresivo me hacía sentir tristeza, furia e impotencia al mismo tiempo. Semanas antes estuve a punto de llamar al médico, pero ella me suplicó que no lo hiciera e insistió hasta que me rendí. Admito que ningún médico habría podido hacer mucho por ella. Los sedantes azules que el doctor Fabri, nuestro médico familiar, le prescribió con anterioridad le habrían ayudado a dormir varias horas, pero no hubieran podido curar su depresión de ninguna manera.

A veces sentía como si mamá me estuviera jalando con ella hacia el oscuro y profundo agujero del que no podía escapar. Desde que me expulsaron de La Sorbonne empecé a percibir la amenaza de la vacuidad. Al principio, me levantaba todos los días a las cinco y media como siempre y todo parecía normal. La luz entraba a mi habitación y me daban ganas de beber la primera taza de café del día, pero luego, para cuando iba a la cocina, recordaba todo súbitamente: que ya no tenía ingresos, ni planes, ni objetivos ni tareas que cumplir. Que no importaba si me levantaba o me quedaba en la cama. A veces daba vuelta en ese mismo instante y me volvía a acostar. Me quedaba mirando el techo. Veía a las moscas zumbar y trazar grandes arcos en el aire, y fumaba varios cigarros. O me cubría la cabeza con la cobija y trataba en vano de dormir un poco más.

En esos momentos silenciosos, cuando la inutilidad de mi existencia y la desesperanza de mi situación se desplomaban sobre mí como un grueso manto negro, cuando mi respiración se prolongaba y mi pulso se desaceleraba, comprendía el sufrimiento de mi madre. Sentía compasión por su alma herida y deseaba poder liberarla de la maldad de este mundo. Y liberarme a mí también.

Un año antes, cuando los alemanes entraron marchando a París, no tuve miedo. *No pueden dañarnos*, pensé. Francia era un país libre, una república que había salvado a miles de judíos que llegaron a principios del siglo huyendo de las matanzas en Europa del Este. A muchos incluso les había permitido convertirse en ciudadanos franceses. Estaba convencida de que Francia nos protegería. ¡Pero qué estúpida e ingenua! Perdimos todo. Unos días antes tuvimos que renunciar a nuestro radio, mi última conexión con el mundo exterior. Los judíos ya no podían tener radios. ¡A qué sistema tan absurdo teníamos que ajustarnos!

Mis días pasaban arrastrándose con pesadez. Prolongados, vacíos. Me sentaba en el departamento acompañada de mis lúgubres pensamientos, limpiaba algo aquí y allá sin saber bien lo que hacía. Para escapar del letal silencio y matar un poco de tiempo, a veces caminaba por las calles sin un destino específico. Pero ni siquiera eso me proporcionaba alivio. No dejaba de mirar por encima del hombro porque sentía que alguien me observaba. La aprensión estaba tan presente que incluso el golpeteo de mis propias suelas contra el pavimento me asustaba.

Christian era el único resplandor en mi vida. Su amor me transportaba, me permitía seguir avanzando. Esa noche, estar sentada con él en Mille Couverts, verlo y saber que nuestro amor continuaba vivo, me dio valor para regresar al denso aislamiento de mi hogar más tarde.

Me tomó de la mano.

—¿Te gustó la sopa, ángel mío? —preguntó, acariciando mis dedos.

Asentí con ganas, comí las últimas cucharadas que quedaban en el bol y me recargué satisfecha. El viento llevaba en sí la ligereza del verano. Las parejas pasaban a nuestro lado. Dos niños corrían detrás de una pelota. Un vendedor de periódicos agitaba la edición más reciente del *Paris Soir*.

—Avance alemán en Ucrania —gritó—. Las tropas alemanas ocupan el puerto de Jersón.

—Quédate conmigo esta noche —murmuró Christian. Lo miré sorprendida, nunca me lo había sugerido—. Mis padres están en Vichy, la servidumbre tiene la tarde libre… Tendremos el departamento para nosotros.

Me enderecé y sentí la pesadez de la sopa en el estómago.

—¿Quieres decir…?

Me tomó de la mano y miró lo más profundo de mis ojos.

—Sí —dijo—, quiero que pasemos la noche juntos.

Sentí que el corazón me estallaba de amor.

—No quiero solamente pensar en ti todo el tiempo —agregó—. Quiero yacer a tu lado, escucharte respirar.

Un sinuoso ardor se dispersó por todo mi cuerpo. Sentí el profundo anhelo de estar a solas con él. Con cuánta frecuencia había soñado en quedarme dormida a su lado, en sentir su voz en mis oídos y sus labios en mi cabello. En verlo al abrir mis ojos por la mañana. *¿Qué es solo una noche?*, pensé.

Mamá ni siquiera notará si no regreso. Y al día siguiente volvería a casa en cuanto levantaran el toque de queda, a las seis de la mañana. Los vecinos pensarían que vengo de vuelta de la panadería.

—*Paris Soir* —siguió gritando el vendedor de periódicos—. ¡Victoria alemana en Ucrania! Solo un franco, *mesdames et messieurs.*

Los peatones se amotinaban en torno a él extendiendo las manos con monedas para comprarle.

—Yo también quiero estar contigo —susurré.

Christian estrechó mi mano, le hizo un gesto al mesero y dejó algunos cupones de alimentos sobre la mesa. Poco después pasábamos a lado de la Torre Eiffel a toda velocidad en el Traction Avant, y luego sobre el Puente de Passy y el Sena. Atravesamos el decimosexto distrito hasta llegar a la elegante Avenue Victor-Hugo, donde se ubicaba el departamento de sus padres.

Sacó una bolsa de debajo de su asiento, tomó un sombrero, una delicada túnica de seda, un par de zapatos y unas gafas de sol.

—Toma, ponte esto —dijo. Vi a Jean-Michel, su chofer, mirándome por el espejo retrovisor. ¿Qué tanto sabía? ¿Guardaría el secreto?

—¿Qué es? —pregunté titubeando.

—Son objetos de mi madre, es solo para estar seguros, en caso de que nos encontremos con alguien conocido.

Me quedé callada. ¿En qué me había metido? Jean-Michel estacionó el Traction Avant, afuera, la oscuridad empezaba a rodearnos.

—Todo estará bien —me aseguró Christian—. El conserje tiene el día libre y salió de la ciudad —explicó, mientras me ponía el sombrero de su madre y lo enderezaba. Se sentía almidonado y pesado, tenía ala ancha decorada con grandes

plumas rojas que me cubrían la mitad del rostro. Me guiñó—.
Voilà, Madame. Le queda de maravilla.

Tomé la túnica y metí las manos y los brazos por las amplias mangas. Nunca había sentido nada tan suave tocar mi piel. La tela tenía el aroma de un perfume afrutado y dulce, de rosas, jazmín y albaricoques.

Después de mirarme y analizar mi rápida transformación, Christian asintió.

—¡Perfecto! Solo faltan las gafas de sol y los zapatos. Me adelantaré para asegurarme de que no haya nadie en el vestíbulo. En cuanto te dé la señal, sígueme —dijo, volviendo a guiñar—. No te preocupes, Judith. Este mes la mayoría de la gente está de vacaciones, y quienes se quedaron viven más arriba y siempre usan el elevador.

Traté de meter los pies en los estrechos zapatos de su madre mientras Christian bajaba del automóvil y cojeaba hacia la entrada del edificio. Me puse las gafas y lo miré nerviosa, mordiéndome los labios. El riesgo de encontrarme con otros residentes me preocupaba menos que el hecho de que, en unos minutos, entraría al cubil del león, al hogar de uno de los antisemitas más influyentes de nuestra república. Un hombre que se había fijado el objetivo de destruir a gente como yo.

Christian volvió a aparecer en la entrada y ondeó la mano. Jean-Michel bajó del asiento del conductor, dio vuelta al automóvil y me abrió la puerta. Yo no había logrado meter los pies por completo en los estrechos zapatos de piel de patente, así que caminé hacia Christian poco a poco, de puntitas y trastabillando.

—No hay nadie —susurró mientras me guiaba.

El vestíbulo era un amplio salón con forma oval. Elegante e inmaculado. Las paredes y el suelo estaban revestidos con mármol gris veteado. Los vidrios de la recepción eran oscuros.

—Tomaré el elevador y tú subirás por las escaleras —susurró antes de entrar a la cabina de hierro forjado con ornamentos en forma de hojas que me hicieron pensar en una jaula para pájaros. A la derecha y a la izquierda se elevaban dos amplias escalinatas que evocaban serpientes. Los escalones estaban cubiertos con tapetes de color rojo profundo—. Vivimos en el segundo piso —agregó—. Te veré en un momento.

La jaula comenzó a ascender traqueteando.

Me quité los zapatos, los metí en mi bolso y subí presurosa los escalones, de dos en dos. Para cuando llegué al segundo piso no me había encontrado con nadie y Christian iba saliendo del elevador.

—¿Ves qué fácil fue? —preguntó. Sacó con aire triunfante las llaves del bolsillo de su pantalón y abrió la puerta.

Entré. Las piernas me temblaban de miedo y emoción. El olor del humo frío de puro y perfume de mujer me sacudió. Me quité el sombrero, las gafas de sol y la túnica de seda, dejé todo en la delgada banca cerca de la entrada. Luego seguí a Christian caminando descalza sobre el parqué con aroma a cera para pisos y entramos a la sala de recepción. Su imponente vastedad y lo espléndido del mobiliario me dejaron sin aliento. Eso no era un departamento, ¡era un palacio! Los enormes candelabros que colgaban de intricadas cadenas le otorgaban al lugar una atmósfera casi mística. De las paredes colgaban pesados y resplandecientes tapices con escenas de caza desbordantes de perros y caballos. Miré las sillas color verde oscuro: seis de ellas estaban acomodadas de manera equidistante alrededor de una mesa de fumadores estilo Luis XV. Más atrás, montada en la pared, había una consola blanca, con tallado y baño de oro, sobre la que reposaban garrafas de cristal con vino, licores y coñac, así como copas de distintos tamaños.

Christian señaló una puerta de roble oscuro.

—Es la oficina de mi padre —dijo.

Entramos al salón principal. Extraviada en mi asombro, escudriñé los retratos al óleo del siglo dieciocho. Desde la pared me miraron abotargados rostros masculinos y mujeres rollizas con la piel cubierta de polvo blanco vistiendo largas togas. Del otro lado del salón, entre las amplias ventanas batientes, vi cómodas de nogal talladas al sofisticado estilo rococó y adornadas con incrustaciones y accesorios dorados. Me acerqué con curiosidad a la chimenea, observé los candeleros de bronce sobre la repisa y deslicé con cuidado mis dedos entre ellos.

—No digas nada, por favor —dijo Christian en tono seco cuando se sentó en una *chaise longue* gris en forma de riñón y de frágil apariencia que estaba en medio del salón—, me avergüenza cuánta codicia y dinero hay aquí.

Caminé sobre la gruesa alfombra y me senté junto a él. La *chaise longue* emitió un suspiro y yo estuve a punto de levantarme, pero Christian me rodeó con su brazo.

—Quédate a mi lado, ángel mío —murmuró y besó mi cabello.

Me quedé sentada un rato con la cabeza acurrucada en su hombro, desbordante de dicha por aquel momento que creamos en nuestra breve y anhelada realidad.

Las ventanas, ocultas detrás de cortinajes de seda color marfil, estaban cerradas y casi no dejaban pasar sonidos del exterior. Era como si el mundo de afuera hubiera cesado de existir. La guerra, las avenidas lóbregas, el toque de queda, las revisiones de pasaportes, el miedo y las dificultades sucedían en otro lugar. En los periódicos. En la radio, entre las *chansons* de Maurice Chevalier y Tino Rossi. Aquí, en cambio, en este pequeño Versalles de l'Avenue Victor-Hugo prevalecía un mundo antiguo. Un mundo cuyo esplendor, abundancia y exceso me seducían y me repugnaban al mismo tiempo.

Christian se puso de pie y cojeó de vuelta al recibidor. Regresó poco después con dos copas llenas de vino y me ofreció una. Bebimos en silencio. Hice rodar el tallo en mi mano tímida. No sabía por qué, pero de repente perdimos las palabras. ¿Sería porque nos encontrábamos en un dominio prohibido? ¿Porque Christian creía que no me sentía cómoda en su ostentoso palacio? ¿Porque nos daba temor que sus padres entraran de súbito? ¿O sería quizá porque, por primera vez desde que nos conocimos, estábamos absolutamente solos?

Examiné las miradas melancólicas en los cuadros al óleo sintiendo que Christian tenía los ojos clavados en mí. Una singular tensión se había forjado entre nuestros cuerpos. Era una especie de energía erótica y crepitante cuya existencia percibí por primera vez en el invierno, cuando nos sentamos juntos en la oscuridad del cine y nos besamos por horas. Era esa misma emoción, pero se había vuelto mucho más intensa y excitante; me hacía sentir un hormigueo y un ardor en el cuerpo, como si por todas mis células fluyera energía eléctrica. Me llevé la copa a los labios con mano temblorosa y bebí un poco más.

Christian puso su copa en la mesa de al lado y me tocó el brazo.

—Ven —dijo en voz baja—. Vamos a mi habitación.

El vino se me atoró en la garganta y me hizo toser. Dejé la copa en la mesa también y lo vi a los ojos tiritando.

Su mirada era acogedora y amorosa.

—¿Tienes miedo de… la primera vez?

Asentí en silencio.

—Yo también —dijo, poniéndose de pie y tomándome de la mano.

Atravesamos en silencio el salón principal y luego el recibidor, pasamos junto a las mujeres empolvadas, las garrafas de vino y las escenas de caza. Vi un caballo galopando, un ciervo pastando y la pequeña banca donde había dejado el sombrero de la madre de Christian. Al percibir todos esos colores y aromas desconocidos, sentí vértigo.

Me hizo pasar por una puerta hacia la oscuridad de su habitación.

—No enciendas la luz, por favor —dije en tono llano. No quería que me viera y tampoco quería verlo. Necesitaba que la oscuridad ocultara mi vergüenza.

Colocó sus manos sobre mi cadera, sus labios en los míos y, al sentir su piel, la tensión entre nuestros cuerpos se liberó.

—Judith —murmuró—. Judith —repitió, mientras me besaba y desabotonaba mi blusa. Sus labios vagaron por mi cuello y descendieron hacia mis senos.

Sentí mi sangre agitarse, arder. Me dio temor estar tan cerca, era algo demasiado nuevo y desconocido. Todo iba muy rápido y, al mismo tiempo, anhelaba su cuerpo como nada en el mundo. Tenía la certeza de que lo que estaba a punto de hacer no era un acto crudo y desconsiderado.

—Te amo, Judith —lo escuché decir una y otra vez.

Mi inhibición se evaporó como el rocío matutino de los campos hasta que lo único que sentí fue un profundo y ardiente deseo. Mi mente y mi corazón le habían pertenecido por mucho tiempo, ahora le entregaría cada una de las fibras de mi cuerpo. En ese momento, dejé de pensar.

21

BÉATRICE
WASHINGTON, D.C., 2006

Cuando Béatrice despertó a la mañana siguiente, todo le pareció normal por un momento, pero luego las imágenes se volvieron inclementes. La sangre. Los cólicos. El dolor. *Mi bebé se ha ido.* Una profunda tristeza la abrumó. Por un largo rato no pudo levantarse, sentía las extremidades pesadas y rígidas.

Cuando reunió la fuerza para abandonar la cama, caminó con dificultad hasta el baño y se roció la cara con agua fría. No se atrevió a mirar al espejo. Fue a la cocina, se preparó un café fuerte y llamó a la oficina para avisar que se tomaría una semana porque estaba enferma. En el estado en que se encontraba, no soportaría la desolación del archivo.

Poco después llamó a Jácobina para preguntarle cómo se encontraba y contarle lo que había sucedido.

—¡Ay, por Dios! —exclamó su amiga desbordando compasión—. ¡Es terrible! Y yo aquí, sin poder ayudarte; lo siento mucho.

Luego le llamó a su madre, y enseguida a Monique. A ambas les contó sobre el aborto espontáneo y ellas respondieron de manera muy cariñosa y supieron reconfortarla. Qué bien se sentía volver a estar en contacto con su hogar, permitir que todo pasara. Como le sucedía con frecuencia, le entristeció estar a miles de kilómetros de su familia y sus amigos.

Se quedó en su departamento varios días, no tenía energía para vestirse y salir de compras. En la alacena encontró algunos paquetes de pasta y un frasco de puré de manzanas que había expirado varias semanas antes. Qué importaba. Lo comió de todas formas.

Tenía la idea de que Joaquín la llamaría para preguntarle cómo iba todo y si quería que le llevara algo; era lo mínimo que podía hacer, pero no lo hizo. Por una parte, su indiferencia la decepcionaba a pesar de que lo conocía bien: en algún momento se sorprendió a sí misma mascullando un amargo "típico" en medio del silencio. Por otra, con cada minuto que pasaba, el alivio de por fin haberse separado de él iba en aumento.

También pensaba en Grégoire. Se preguntaba todo el tiempo dónde se encontraría y qué estaría haciendo. ¿Pensaría en ella?

El tercer día hurgó un poco en su armario y sacó una de las dos botellas de vino que había escondido detrás de sus botas para esquiar. Se sirvió una copa y la bebió sin reservas. No lo hizo deleitándose como él le había enseñado, sino de forma apresurada, con sed. El alcohol se le subió de inmediato a la cabeza y, después de unos cuantos sorbos más, la habitación empezó a girar. Estimulada por su ligera ebriedad, llamó al Museo del Holocausto y preguntó por Grégoire. Le dijeron que había salido. Y seguía sin responder las llamadas al teléfono celular. Más tarde le escribió un correo electrónico preguntándole si podrían verse. No mencionó el aborto espontáneo, era un asunto demasiado personal para tratarse en un mensaje de ese tipo.

Grégoire no respondió.

* * *

Dos días después, el jueves por la mañana, el lluvioso clima primaveral dio paso a un repentino y pluvioso inicio de otoño.

En Washington las estaciones tenían la tendencia a variar de forma abrupta. Cuando Béatrice salió del edificio, se encontró con un aire cálido y húmedo que la hizo ajustar su chaqueta y anudar el cinturón. Dentro de poco, los voluminosos aparatos de aire acondicionado traquetearían en todas las paredes de la casa; los jóvenes en chancletas darían paseos por el vecindario; y los trotadores bañados en sudor y con rostros sonrojados pasarían con pesadez a su lado.

Se suponía que hoy darían de alta a Jacobina. Béatrice le había prometido que la recogería en el hospital para llevarla a casa.

Su anciana amiga se veía frágil y exhausta, había perdido mucho peso. En donde más se le notaba era en el rostro: tenía las mejillas hundidas y los huecos oculares casi se habían tragado sus ojos. El traje deportivo negro ondeó con holgura alrededor de sus piernas cuando caminó hacia la salida apoyada en una andadera. Béatrice la tomó del brazo y la ayudó a abordar el taxi.

—Ese té de hinojo que me dieron todas las mañanas… ¡qué rotunda bazofia, eh! —se quejó Jacobina.

—En cuanto lleguemos a tu departamento te prepararé una excelente taza de café —dijo Béatrice.

—No lo tengo permitido. Me prohibieron casi todo por el momento.

—De acuerdo, entonces buscaremos otra cosa que te agrade —dijo Béatrice, tratando de infundirle ánimo.

—¿Cómo te sientes, querida? Pasaste por algo muy difícil —preguntó Jacobina, inclinándose un poco más hacia su amiga.

Béatrice se encogió de hombros.

—Estoy tratando de superarlo, aferrándome. No es fácil lidiar con una pérdida así.

Jacobina le estrechó la mano con dulzura.

—Cuentas conmigo, Béatrice, en cualquier momento que lo necesites, no lo olvides.

—Gracias —dijo Béatrice con una sonrisa.

Jacobina le pidió al taxista que no tomara la ruta de Dupont Circle porque la desviación le costaría por lo menos dos dólares más, y luego volvió a mirar a Béatrice.

—¿Y tu guapo viticultor? ¿Qué ha pasado con él?

—No tengo idea, no se ha comunicado conmigo.

Jacobina suspiró.

—Ay, los hombres, son tan problemáticos. Yo siempre me la pasé bastante bien sin ellos.

El departamento de U Street estaba oscuro. En el aire se percibía un aroma rancio, como si alguien hubiera derramado un cartón de leche varias semanas antes. Béatrice se apretó la nariz y caminó directo a la sala para abrir las persianas y las ventanas.

—No las abras demasiado —dijo Jacobina mientras caminaba hacia el sillón, apoyándose en la andadera—, detesto que entre el calor húmedo y pegajoso.

—Solo un rato, Jacobina; es casi imposible respirar ahora —dijo Béatrice.

La anciana se sentó gruñendo y sacó de la bolsa de plástico los medicamentos que le habían dado en el hospital.

—Ay, Dios santo —dijo mientras colocaba los pequeños frascos sobre la mesa frente a ella—. Mira todo lo que tendré que tomar.

Béatrice se puso a trabajar de inmediato porque el departamento se encontraba en muy mal estado. En la cama, entre las sábanas, encontró unas toallas húmedas y mohosas, el suelo estaba cubierto de ropa tirada y toallas de papel arrugadas. Cuando entró al baño descubrió la fuente del espantoso hedor: alrededor del borde del inodoro había una gruesa capa de vómito que había goteado hasta el suelo y se secó.

—¡Ugh! ¿Qué sucedió aquí? —preguntó, apretándose fuerte la nariz para cerrar las fosas nasales.

—No tienes idea de lo mal que me sentí, no podía dejar de vomitar. El dolor era tan intenso que pensé que estaba a punto de encontrarme con mi Creador —gritó Jacobina desde la sala.

Béatrice se cubrió la boca con una mano.

—¡Oh, por Dios! ¡Y yo no devolví tus llamadas! —apenas en ese momento comprendió la intensidad y el alcance del sufrimiento de su amiga la noche en que Grégoire se quedó en su casa.

—No te sientas mal, Béatrice, ya pasó —dijo su anciana amiga en un tono relajado antes de encender el televisor.

Béatrice llenó la lavadora, lavó el baño y sacó sábanas limpias para hacer la cama. Luego dobló toda la ropa y le pasó un trapo a la cocineta. Esperaba que mantenerse ocupada la distrajera, pero por más que lo intentaba, a cada rato, pasados ciertos minutos, volvía a pensar en el bebé que había perdido y, más tarde, en Grégoire.

—Todavía no me repongo por completo, Jacobina —explicó Béatrice, al arrojar el trapo al fregadero una hora después—, pero te prometo que la próxima semana vendré y haré limpieza a fondo.

Jacobina ondeó la mano.

—No hay ninguna prisa, Béa, de por sí ya estoy muy agradecida contigo por todo lo que haces. Solo quédate un rato más a mi lado, ¿sí?

Béatrice preparó un poco de té de hierbas y regresó al sillón con dos tazas llenas. Se sentó junto a Jacobina y abrió la pantalla de su BlackBerry, llevaba algunos minutos parpadeando. Les echó un vistazo a los correos electrónicos recién llegados. Había varios mensajes relacionados con el banco, una nueva oferta de Air France y, ¡oh, por Dios! La Cruz Roja. ¡Por fin! El pulso se le aceleró.

—Adivina qué, Jacobina. Nos respondieron de Baltimore.

—¿Quién?

—El servicio de búsqueda de la Cruz Roja —exclamó Béatrice, mientras abría el mensaje para leerlo en voz alta:

Estimada señorita Duvier,

Le escribimos atendiendo a su petición de información respecto a Judith Goldemberg y a su conjetura de que tal vez habría sobrevivido al Holocausto. Por desgracia, debo informarle que no fue así. La señorita Goldemberg no sobrevivió al campo de concentración de Auschwitz. Contrariamente a la aseveración de George Dreyfus, cuya obra cita usted en su carta, no es una *"rescapée"*, no sobrevivió.

El nombre de la señorita Goldemberg se encuentra en la lista de los judíos que fueron deportados a Auschwitz el 17 de diciembre de 1943, en el convoy 63. Adjunto encontrará una copia de la página 473 del libro de Serge Klarsfeld, *Crónica de los judíos deportados de Francia*. Como podrá ver, Klarsfeld añadió un pequeño punto junto a los nombres de los supervivientes, pero no hay uno después de Judith Goldemberg.

Lamentamos darle esta noticia tan sensible. Continuamos a su disposición en caso de que tenga más preguntas.

Cordialmente,

Linda Evans

Béatrice bajó la BlackBerry y miró a Jacobina con ansiedad.

—Lo lamento, de verdad tenía la esperanza de que la encontraríamos.

Jacobina no contestó, solo pateó la andadera.

—No comprendo por qué Grégoire no tenía esta información —dijo Béatrice, desilusionada. Se puso de pie y caminó a la ventana—. Me mostró los libros en el Museo del Holocausto. Hablamos un rato sobre la obra de Klarsfeld y luego me mostró la lista Dreyfus y dijo que todo indicaba que Judith había sobrevivido.

—Tu Grégoire no puede saberlo todo —contestó Jacobina, jugando con el cinto de su bata—. Los nazis cargan con seis millones de judíos en la conciencia. ¡Seis millones! Nosotros solo buscamos a una persona, es obvio que encontraremos resultados e información diferentes. De hecho, me sorprende haber hallado algo tanto tiempo después de lo sucedido. Además... lo que dice el mensaje de la Cruz Roja es bastante claro: sabemos con exactitud cuándo deportaron a Judith a Auschwitz, pero no tenemos nada que demuestre que la liberaron.

Béatrice estaba de acuerdo, pero le costaba trabajo aceptar ese final tan abrupto.

—En todo caso, me alegra por fin saber lo que le sucedió a Judith —dijo Jacobina después de un rato—. Gracias a ti, a toda tu ayuda, pude cumplir la promesa que le hice a mi padre, eso es lo único que importa.

Béatrice asintió con aire triste.

—Sí, es solo que yo esperaba...

—No hay problema, Béatrice —interrumpió Jacobina—. Todo está bien. De todas formas, sabíamos que era poco probable que hubiera sobrevivido —dijo, extendiendo las piernas y cruzando los tobillos—. Esta noche encenderé una vela y oraré el *kadish* por ella. De esa forma, al menos alguien de nuestra familia le habrá dado una bendición a manera de despedida.

* * *

Al siguiente día, Béatrice volvió al trabajo. Le inquietaba la incertidumbre respecto a su carrera. Si Michael lograba despedirla justificándose con los nuevos recortes presupuestarios, solo le pagarían una modesta suma por el despido y le darían el aviso con pocos meses de anticipación. Y, en ese caso, tendría que encontrar un empleo lo más pronto posible. *Rodarán varias cabezas*, le había dicho, y la suya podría ser una de ellas. Jacobina tenía razón, debía buscar algo fuera del banco, en Naciones Unidas, por ejemplo. En Nueva York, Ginebra o Roma. Había muchas organizaciones y sub-organizaciones internacionales, y todas tenían departamentos de prensa. A partir de ahora se enfocaría por completo en su carrera.

Cuando entró al ascensor, se encontró con Verônica. La exuberante brasileña tenía en la mano una angulosa cajita: el desayuno para llevar de la cafetería. Béatrice percibió el delicioso aroma a pan tostado que manaba de ella.

—Hola, ¿te sientes mejor? —le preguntó Verônica, mirándola con curiosidad.

Béatrice asintió.

—Sí, todo bien, gracias.

—¿De qué te enfermaste?

—Un espantoso virus —dijo Béatrice. Era una mentira blanca, su vida privada no era asunto de Verônica—. Me noqueó. ¿Cómo van las cosas por aquí?

—Lo mismo de siempre, ya sabes —contestó su colega—. Lo único que cambió fue Michael.

—¿Michael? —preguntó la francesa, arqueando las cejas incrédula—. Pero ¿cómo? La molécula del cambio no forma parte de su ADN —comentó en tono sarcástico.

—Ya verás —dijo Verônica, resoplando para retirar un mechón de cabello de su frente—. Desde que regresó de Ecuador ha estado corriendo de una reunión a otra. Y si no está en una junta, se encierra en su oficina. Todo el tiempo se ve estresado y ya casi no le presta atención a nuestro equipo. También noté que recibe muchas llamadas de la oficina de Haití. Algo muy raro está sucediendo.

—¿La oficina de Haití? —el cerebro de Béatrice comenzó a funcionar a toda velocidad—. ¿Ya les entregaron los resultados de la investigación?

¿Sería posible que la exoneraran y su inocencia pudiera ser reivindicada? O, quizá, pensó sintiendo calambres en el estómago, Michael estaba maquinando otra espantosa mentira para deshacerse de ella para siempre.

Verônica negó con la cabeza.

—Todavía no, pero los tendremos pronto, quizás en un par de semanas —el ascensor se detuvo con un tintineo y las puertas se abrieron—. Debo correr, te veo después —dijo Verônica antes de salir y trotar por el corredor.

En cuanto Béatrice entró al archivo sintió que había tocado un nuevo tipo de fondo. El silencio, el aislamiento, el dolor de haber perdido a su bebé... era insoportable. Y Michael, por supuesto. ¿Qué estaría fraguando en ese momento para dañarla? ¿Debería llamarle a Cecil y preguntarle cómo iba la investigación? *Créeme, voy a averiguar cuál fue el error en la oficina de Haití*, le había dicho. Sin embargo, de inmediato descartó la idea de llamarle porque, después de todo lo sucedido, seguramente no compartiría con ella ninguna información confidencial. Lo único que podía hacer en ese momento era continuar trabajando y empezar a buscar un nuevo empleo en otro lugar.

* * *

Sus solitarios días se prolongaron hasta convertirse en semanas, y cada vez se sentía más ansiosa. Durante el día actualizaba su CV, redactaba cartas de motivación y buscaba en internet puestos en la industria de los medios. No había muchas vacantes y, las pocas que encontró, implicarían un significativo descenso en sus ingresos.

Por las noches daba vueltas en la cama y solo se fatigaba más. Bebía vino y vivía su luto. Lo había perdido todo. A su bebé, a Grégoire, a Joaquín... y ahora también era muy probable que perdiera el empleo.

Con la esperanza de poder combatir un poco la soledad y revigorizar sus antiguos contactos, hizo planes para cenar con una antigua amiga del banco, pero, unas horas después, su colega canceló la cita porque todavía tenía mucho trabajo por hacer antes de volar a una conferencia en África.

Y mientras el aire acondicionado del archivo disparaba un viento gélido a su nuca, afuera el aire se sentía más caliente y húmedo con cada día que pasaba.

Al menos, Michael la había dejado en paz por primera vez. Ya no pasaba para ver qué estaba haciendo ni le enviaba instrucciones por correo electrónico. Tampoco había hecho comentarios sobre los reportes que solicitó antes de su viaje a Ecuador, es decir, el recuento detallado de su conversación con Daniel Lustiger y la lista de las actividades que realizó para arreglar el archivo. Béatrice le había enviado esa información tiempo atrás, pero hasta ese momento no había recibido retroalimentación. Era como si el energúmeno de su jefe se hubiera esfumado. No extrañaba en absoluto su hostil y arrogante mirada, ni el olor a cigarro frío, pero, al mismo tiempo, la angustiaba ese silencio tan poco característico de él. Era como la incómoda quietud antes de una tormenta apoteósica. No era solo que se hubiera olvidado de ella, había algo más. Algo que podría tener implicaciones negativas y duraderas para ella.

* * *

Cada tercer día, de camino a casa, Béatrice pasaba a ver cómo estaba Jacobina y le llevaba algo de comer. Dieta blanda. Nada grasoso, nada crudo, nada de nueces ni vegetales. Su amiga seguía sufriendo de dolores en el vientre y pasaba la mayor parte del día sentada con apatía frente al televisor, pero cuando ella la visitaba y traía bizcochos y yogur, se ponía feliz como si fuera una niña.

Una noche calurosa, hacia finales de junio, Béatrice acababa de llegar al departamento y, antes de tocar, la puerta se abrió y Jacobina la recibió con una gran sonrisa.

—Vamos, Béa, apresúrate —le dijo, apoyándose en la andadera e invitándola a entrar agitando la mano. Su mirada expresaba vigor y energía, Béatrice nunca la había visto tan eufórica.

—¿Qué sucede? —le preguntó al entrar.

—No te imaginas lo emocionada que estoy. Sucedió un milagro —dijo Jacobina, dejándose caer en el sofá.

Béatrice colocó sobre la mesa de vidrio el recipiente de crema de avena caliente que acababa de comprar para su amiga y se sentó a su lado.

—Cuéntame todo. ¿Qué pasa?

—¿Recuerdas la correspondencia que encontraste en la alacena en una de tus primeras visitas?

—¿Cómo no? —dijo Béatrice, riendo entre dientes—. Era un fajo impresionante.

—Bien, pues esta mañana estaba tan aburrida que saqué todas las cartas y abrí los sobres, uno por uno. Y adivina qué —exclamó con ojos destellantes—. Entre toda la publicidad y las facturas había una carta de Nathalie. Era de diciembre del año pasado, ¿te imaginas? Había tratado de llamarme, pero como la línea estaba fuera de servicio por falta de pago, nadie podía comunicarse.

—Qué maravilla —exclamó Béatrice—. ¿Y cómo se encuentra?

—Ahora vive en un pueblito muy lindo en Maine. Su hija y sus nietas residen cerca de ahí, y ella realiza muchas actividades caritativas para niños de familias desfavorecidas. En su carta me cuenta que forma parte de una próspera comunidad y que la gente que la rodea se interesa por los otros, y todos se cuidan entre sí.

—Me da mucha alegría que hayan vuelto a ponerse en contacto —dijo Béatrice.

—Espera —interrumpió Jacobina—, no te he dicho la mejor parte —tenía las mejillas rosadas del júbilo—: Nathalie quiere que vaya a Maine a visitarla cuando me recupere. Incluso dijo que me podría quedar con ella de manera permanente. O que, si prefiero, podría ayudarme a encontrar un lugar económico cerca de su casa.

—¡Fantástico! —dijo Béatrice con una sonrisa—. ¿Y qué te parece su idea?

—Si todo sale bien, me gustaría visitarla en cuanto termine la quimioterapia —explicó Jacobina—. Nathalie y yo ya hablamos de eso esta tarde y, si me agrada el lugar, podría quedarme más tiempo —dijo con alegría, pero luego se puso seria y sorbió un poco—. Todo te lo debo a ti. Si no hubieras encontrado la correspondencia, si no hubieras mencionado las cartas, jamás habría vuelto a mirarlas. Béatrice, has cambiado mi vida de tantas maneras...

Se quedaron por un rato sentadas en silencio, abrazándose y compartiendo un momento especial de amistad. A Béatrice le daba gusto que la alegría de su amiga se hubiera renovado, sintió que ella también estaba lista para dar el siguiente paso. El gozo de Jacobina le imbuyó luz y energía *a ella*.

La amistad. Qué concepto tan vigoroso.

* * *

Jueves por la mañana. Béatrice entró al archivo, dejó sobre su escritorio el vaso de papel con café que había comprado camino a la oficina y se enjugó la humedad del rostro con un pañuelo. A pesar de que aún era muy temprano, afuera ya hacía un calor y una humedad brutales. ¿Alguna vez se acostumbraría a ese clima demencial?

Le esperaba otro largo día de confinamiento en el archivo y todavía no tenía noticias de Michael. Al menos, se acercaba el Día de la Independencia y, con él, una pausa laboral. La semana siguiente, los bancos estarían cerrados el lunes y el martes. Además, planeaba tomarse la tarde del día siguiente para acompañar a Jacobina a su primera cita de seguimiento con el médico y cumplir la promesa que le había hecho tiempo atrás: limpiar su departamento a fondo.

Esperaba con entusiasmo las breves vacaciones para liberarse de todo lo negativo e incómodo que la rodeaba en ese lugar. Al menos por unos días.

En el corredor se escuchó el eco de unos pasos. Vigorosos, apresurados, pero, por suerte, distintos al temido *clic clac* que anunciaba la visita de control de Michael. Un instante después se abrió la puerta y Verônica entró hecha un torbellino. Respiraba con dificultad y su largo cabello colgaba sobre sus hombros en mechones despeinados.

—¿Ya te enteraste de las noticias? —dijo, casi sin aliento.

—¿Qué noticias?

—La investigación de Haití —exclamó, aún resollando—. Ya salieron los resultados. Hace rato.

Béatrice se enderezó de inmediato.

—¿Y?

—No lo vas a creer —exclamó Verônica, negando con la cabeza y pasándose los dedos entre el cabello.

Béatrice sintió que las palmas de las manos empezaban a sudarle.

—¡Dime!

Verônica cerró la puerta y se dejó caer sobre una silla.

—Un informante en nuestra oficina de Puerto Príncipe habló con los investigadores. Escuchó por casualidad, e incluso grabó, una conversación telefónica que tuvo Alexander con Michael.

Béatrice se tensó. ¿Habrían conspirado contra ella?

—Como sabes, Alexander esperaba ser nuestro próximo vicepresidente para Latinoamérica, pero como su desempeño en Haití no ha sido genial, los directores *senior* pusieron algunas objeciones. Para contrarrestar su oposición y presumir un éxito, le dijo a Michael que usara las cifras exageradas de los "treinta mil" estudiantes. Y, obviamente, el informante fue también quien le entregó los documentos con las cifras reales a la ONG: Proyecto para el Desarrollo Global.

Béatrice se quedó mirando a Verônica con los ojos abiertos como platos. Había imaginado muchas cosas, pero no esto.

—A cambio, Alexander le prometió a Michael que en cuanto asumiera el puesto como vicepresidente crearía el puesto de director para él.

A Béatrice le costó trabajo hablar.

—¿Y ahora? —fue lo único que atinó a decir.

Verônica sonrió. Era obvio que le satisfacía el fuerte impacto que las noticias estaban teniendo en Béatrice.

—¡Michael tiene que dejar su puesto actual de inmediato! Lo van a degradar al puesto de consultor de una asociación de bajo perfil en la que está involucrado el banco, pero ya sabes lo que eso significa —dijo Verônica con una sonrisa y poniendo los ojos en blanco—. Solo estará sentado en una oficina sin ninguna responsabilidad. Por su parte, Alexander aceptó un paquete de jubilación temprana y va a dejar el banco.

Verônica se levantó de un salto y caminó hacia la salida.

—¿Lo ves, Béa? Después de todo, en este mundo *sí* hay algo de justicia —dijo antes de abrir la puerta y despedirse ondeando la mano.

Béatrice se quedó desconcertada. Después de un rato, cuando pasó la conmoción inicial, comprendió lo que acababa de suceder. En efecto, *rodaron cabezas.* ¡La de Michael para empezar!

Una profunda sensación de triunfo recorrió su cuerpo como un cometa y la instó a emitir un ruidoso, duradero y liberador alarido. El primer grito de triunfo y alegría que escuchaban los muros que la rodeaban.

* * *

Por la tarde recibió otra sorpresa importante y, una vez más, Verônica fue la portadora de las noticias. Béatrice recibió un mensaje de texto.

—Nuestra nueva jefa quiere reunirse contigo.

—¿Quién es? —escribió de inmediato sin saber qué esperarse.

—Catarina Serrano —respondió Verônica—. Será la directora hasta que contraten a un nuevo supervisor. Quiere verte ahora.

Béatrice sabía quién era Catarina e incluso la había escuchado hablar en las reuniones, pero nunca había trabajado con ella de forma directa. Era una mujer peruana con excelente reputación que acababa de llegar a la matriz del banco en D.C. para hacerse cargo de la oficina central de prensa. Venía de la oficina en París.

—Gusto en conocerte, Béatrice —le dijo Catarina cuando entró a la que antes era la oficina de Michael. Qué alivio ver a esa mujer en lugar de a él, pensó en cuanto se sentó. No más ansiedad, no más ataques de pánico. Lo único que perduraba era el ligero olor a cigarro que había quedado en el ambiente. Pero incluso eso desaparecería pronto también.

Catarina tendría cincuenta y tantos años, y ese día se veía muy elegante con aquel traje azul marino de grandes y brillantes botones. Su cabello era negro azulado y lo traía recogido en un chongo clásico. Tenía una mirada cálida y amigable.

—Me han hablado muy bien de ti —dijo.

—Gracias —contestó Béatrice, un poco sonrojada. Había pasado mucho tiempo desde la última vez que uno de sus superiores en el banco la elogió.

—Bien, dime, ¿qué estás haciendo exactamente en el archivo?

—Michael me pidió que lo organizara.

Catarina arrugó la frente.

—¿Organizar el archivo? ¿Una profesional de alto nivel y con vasta experiencia como tú? ¿Qué tontería es esa?

Béatrice se encogió de hombros.

—Michael y yo… Tuvimos una…

Catarina agitó la mano con un gesto desdeñoso.

—Estoy al tanto de todo el asunto con Daniel Lustiger. Escribir despropósitos sobre el banco forma parte de su sello personal. La única manera en que esto se habría podido evitar sería si nuestros dos estimados colegas no hubieran salido con su falsa cifra de éxito —dijo. Cruzó las piernas y se quitó una pelusa de la manga—. En cualquier caso, Béatrice, todo este asunto del archivo se acabó. Quiero que vuelvas a tu oficina de inmediato para empezar a hacer tu verdadero trabajo.

Un peso inmenso se levantó de los hombros y el alma de Béatrice, y una mezcla de alegría y alivio hicieron efervescencia en su interior.

—¡Por supuesto!

Catarina se reclinó en la silla.

—Hay algo más de lo que quiero hablarte. Como podrás imaginar, tengo que comenzar a toda marcha porque este cambio fue muy repentino. Necesito algunos días para ambientarme, empezar a desempeñar mis nuevas funciones e identificar las prioridades más urgentes.

Béatrice escuchó con atención. ¡Qué mujer tan extraordinaria! Con ella aquí, ahora podría empezar a concretar proyectos *y* disfrutarlos.

—Por todo esto —continuó Catarina—, no podré asistir a la conferencia de desarrollo de la OCDE en París el próximo martes y me gustaría que *tú* asistieras en mi lugar, si te parece bien. ¿Estás de acuerdo? ¿Estarías lista para entonces?

Béatrice se le quedó mirando perpleja. ¿Había escuchado bien? ¿Catarina la enviaría a París y, además, le estaba preguntando si le parecía bien y estaba de acuerdo?

—Lamento hacerte esta petición de último minuto —dijo Catarina—, sé que esto interferirá con las actividades que tendrás planeadas para el cuatro de julio, pero necesito que alguien vaya y ya tengo lista la presentación.

Béatrice la miró y sonrió de oreja a oreja. De nuevo la estaban tratando con respeto, como la profesional que era.

—Será un honor ir a París para hacer la presentación.

—Excelente —dijo Catarina—. Verônica se encargará de todos los arreglos de tu vuelo y hospedaje ahora mismo, y dentro de poco te enviaré un correo electrónico con toda la información pertinente. Buena suerte.

París, pensó Béatrice, mientras iba flotando como en las nubes por el corredor para ir a recoger los efectos personales que había dejado en el archivo. ¡Qué oportunidad tan increíble! No solo podría recuperar y reencaminar su carrera, hacer nuevos contactos y ofrecer una presentación extraordinaria, también podría ver a su madre. Si lograba partir al día siguiente por la noche, después de ayudarle a Jacobina toda la tarde, podría pasar el fin de semana en casa con su madre. No podría ser mejor. Le llamaría de inmediato para anunciarle la inesperada visita.

* * *

Al día siguiente, a la hora del almuerzo, Béatrice salió del edificio del banco con un boleto de avión, su computadora portátil y una presentación sobre el crecimiento inclusivo. Fue a casa, empacó, guardó en una bolsa algunos artículos de limpieza y tomó un taxi para ir directo al departamento de Jacobina. Su vuelo saldría por la noche, ya tarde. Tenía suficiente tiempo para hacer todo lo que necesitaba.

Cuando regresó con Jacobina del hospital, le sirvió un vaso de agua y se puso los guantes decidida a limpiar hasta el último rincón.

—¿Vas a emprender una gran misión? —preguntó su amiga.

—Por supuesto —contestó—. Recuerda que salgo a París esta noche. Quiero que este lugar quede limpio y arreglado antes de irme porque, a pesar de que al médico le dio gusto ver tu mejoría, aún estás demasiado débil para este tipo de actividades.

Abrió un gran saco de plástico y metió todo lo que se cruzó en su camino: los periódicos viejos que estaban apilados en el suelo, cajas vacías, polvorientas flores secas y todas las otras porquerías que se habían acumulado en las alacenas y los rincones olvidados.

Jacobina se quejó.

—¡Espera! ¡No puedes tirar nada más así todo lo que encuentres!

—Descuida, es solo la basura, no necesitas nada de esto.

—De acuerdo, confiaré en ti —gruñó la anciana antes de retirarse a su diminuto cuarto.

El sol de la tarde brilló y penetró con toda su fuerza por la ventana de la sala, y, a pesar de que el aire acondicionado zumbaba a su máxima potencia, no lograba refrescar el departamento. Béatrice sintió el sudor correr por su espalda, se enjugó el de la frente con el brazo. Luego empujó el sofá para aspirar la gruesa capa de telarañas y polvo que había florecido debajo por años sin que nadie la perturbara. De pronto vio un sobre amarillo. Lo levantó, estaba a punto de tirarlo en una de las bolsas con papel para reciclaje, pero entonces reconoció la caligrafía redonda y generosa porque la había visto antes. La carta estaba dirigida a *Mademoiselle Judith Goldemberg*. Abajo había una dirección en Galati, Rumania.

¡Era el sobre que no encontró cuando revisó los recuerdos de Lica! Debió de haberse caído debajo del sofá cuando vació la caja.

Volteó el sobre y su corazón se detuvo por un instante. Estaba conmocionada, no sentía la punta de los dedos. Era imposible. ¡Este tipo de coincidencias no sucedían jamás!

—Jacobina —gritó al entrar a la habitación—. Encontré al remitente.

Su amiga se asomó confundida entre las almohadas.

—¿Cuál remitente?

—Ya sé quién le escribió la carta a Judith —dijo, agitando el sobre emocionada—. ¡Tengo el nombre completo de C! No lo vas a creer, él...

—Espera un instante —la interrumpió Jacobina—. Primero tengo que sentarme —dijo entre gruñidos, mientras sacaba las piernas de debajo de las cobijas y se enderezaba.

—Su nombre es Christian —gritó Béatrice moviéndose por el pequeño cuarto con frenesí—: Christian Pavie-Rausan.

Jacobina se pasó la mano por entre los rizos y bostezó.

—Nunca escuché hablar de él.

—Escucha, Jacobina, Pavie-Rausan, ¡así se apellida Grégoire! —exclamó y le puso a su amiga el sobre en la mano—. Tal vez solo se trate de una coincidencia monumental, pero ¿qué tal si este hombre está relacionado de alguna manera con Grégoire? —preguntó, mirando a su amiga como en éxtasis.

Jacobina, sin embargo, no parecía muy impresionada por la euforia de Béatrice y solo frunció el ceño.

—¿Con tu viticultor? Pero ¿por qué?

—Grégoire me dijo que su familia era de París.

—París es una ciudad grande.

—Sí, pero este apellido es muy peculiar —insistió Béatrice. Imaginó con frenesí las distintas maneras en que las familias de Grégoire y Jacobina podrían estar conectadas. Y se dijo que, quizá, su amiga podría llegar al fondo de este misterio ahora, a sesenta y tres años de distancia.

La anciana volvió a bostezar y le devolvió el sobre.

—Cariño, este hombre, Grégoire, de verdad que te ha vuelto loca. A todo le encuentras relación con él.

—Tengo que verlo ahora mismo y mostrarle la carta. No contesta mis llamadas —dijo.

Entonces se inclinó y sacó la caja de Lica de debajo de la cama. Revisó los papeles en busca de la carta de Christian y, cuando la encontró, la insertó en el sobre y lo levantó con aire triunfante.

—¡Coinciden a la perfección! —gritó. Corrió de vuelta a la sala y tomó su bolso—. Terminaré de limpiar después, cuando regrese; primero tengo que averiguar si Grégoire y Christian están relacionados de alguna manera.

—Cierra la puerta cuando salgas, querida —dijo Jacobina mientras volvía a recostarse—. Vaya, pues sí, por algo dicen que la enfermedad del amor es incurable.

22

JUDITH
PARÍS, AGOSTO DE 1941

Cuando desperté, todo olía distinto a lo que estaba acostumbrada, percibí el aroma intenso de flores dulces y humo frío. ¿Dónde estaba? Abrí los ojos y parpadeé al sentir en mi rostro el sol matinal que entraba por la ventana abierta. Cuando mis ojos se ajustaron a la luz, descubrí un mobiliario que no había visto nunca. Un escritorio con patas curveadas sobre el que había un buqué de lirios en flor. Junto, un gran sillón con brazos y gruesos almohadones abombados. Libros abiertos por todas partes.

Entonces recordé todo. La noche anterior. Christian, sus labios en mis hombros. El dolor que me hizo mujer y reacomodó las estrellas en el universo. Un delicioso escalofrío me recorrió.

Me senté y tallé mis ojos. Entonces descubrí que estaba desnuda y jalé con timidez la cobija hasta mis hombros. Christian yacía a mi lado, aún dormía. Su cabello rubio oscuro le caía en mechones largos sobre la frente, su sinuoso brazo sujetaba el edredón de plumón contra su cuerpo como si no quisiera dejarlo ir.

Mi mirada se posó en su reloj dorado sobre la mesa de noche. ¡Ya eran las siete! Mucho más tarde de la hora a la que había planeado estar de vuelta en casa. Salí de la cama de un salto y recogí mis pertenencias, estaban dispersas por todo el piso. Me puse la falda y la blusa deprisa, y miré alrededor. No vi mis zapatos por ningún lugar. Entonces recordé que la noche anterior los había metido en mi bolso. Tomé el peine de madera laqueada que estaba junto al reloj y lo deslicé rápido por mi cabello.

El edredón crujió detrás de mí.

—Buenos días, ángel mío —dijo Christian con voz grave. Volteé y de inmediato me extravié en los tenues y casi infantiles rasgos de su hermoso rostro. Tenía los ojos entrecerrados y, bajo los primeros rayos del sol matinal, su cabello había adquirido un resplandor rojizo.

—¿Cuánto tiempo llevas despierto? —le pregunté sonriendo. Esperaba que no me hubiera visto caminando desnuda por su habitación.

—¿Por qué ya estás vestida? —preguntó adormilado y cubriendo un bostezo con la mano—. ¿Quieres café?

—No, es tarde; debo ir a casa enseguida o mamá se preocupará.

—Espera un minuto —dijo mientras se incorporaba. La cobija se deslizó y dejó al descubierto su terso y juvenil torso—. Me vestiré y te llevaré a casa.

—No, está bien, tomaré el metro.

—De ninguna manera —protestó. Sacó su pierna sana de debajo de las cobijas y luego la enferma—. ¿Podrías pasarme mi bata, por favor? Está colgada detrás de la puerta.

Cuando extendí mi muñeca para darle la prenda, me jaló hacia él.

—Judith... —dijo y se quedó en silencio.

Presentí que tenía algo importante que decir, así que me senté a su lado.

Me miró a los ojos con franqueza.

—Tal vez no sea el momento adecuado, pero... —parpadeó—. ¿Aceptarías casarte conmigo?

Una profunda alegría recorrió mi cuerpo y me hizo sentir increíblemente viva. Los ojos se me llenaron de lágrimas y mis manos empezaron a temblar.

—Sí... —susurré—. Acepto.

Christian acarició tiernamente mi labio inferior con su dedo.

—Nos pertenecemos. Nos perteneceremos por siempre —dijo antes de besarme.

* * *

Veinte minutos después, estábamos sentados y tomados de las manos en el asiento trasero del Traction Avant, mientras Jean-Michel conducía silbando jovialmente por las calles vacías.

Era el inicio de un hermoso día de finales del verano. Hacía calor, las primeras hojas empezaban a tornarse amarillas, y los meseros con sus largos delantales blancos colocaban las sillas en las aceras y limpiaban las mesas. Christian bajó la ventana y dejó entrar un poco del aire matinal. Una energía gozosa desbordaba de mi corazón y me hacía sentir invencible.

Pasamos por las panaderías y las tiendas de comestibles rodeadas de mujeres y niños con miradas hambrientas. Me identificaba con ellos, sabía bien lo que significaba formarse durante horas con el estómago vacío.

El automóvil entró por la rue du Temple y, en cuanto vi los edificios a los lados, me sentí culpable. Nunca había dejado tantas horas sola a mamá, esperaba que aún durmiera.

Bajé la vista y, al notar mi falda arrugada, deseé tener un trapo húmedo y ropa limpia. Christian estrechó mi mano y sonrió. Había empacado pan, mantequilla y mermelada, dentro de poco compartiríamos un desayuno tranquilo y tal vez después pasearíamos al lado del Sena. Por la tarde asistiríamos a una lectura en la librería de Adrienne Monnier en la rue de l'Odéon. En ese momento me di cuenta de lo hambrienta que estaba y pensé con ansiedad en el primer sorbo de café.

Justo antes de llegar a nuestro edificio, Jean-Michel detuvo el automóvil y volteó a vernos.

—*Monsieur, mademoiselle*, no puedo avanzar más, la calle está acordonada. ¿Podría molestarlos y pedirles que desciendan aquí?

Me asomé por la ventana, afuera del edificio había una muchedumbre que impedía ver.

—¿Qué sucede? —me pregunté, con un súbito mal presentimiento. Las inquietantes imágenes de aquella mañana en que la policía francesa sacó a personas inocentes de los edificios aledaños y se las llevó en furgonetas volvieron a mí. Desde ese día, nadie había hablado del asunto en nuestra calle.

Descendí de un salto antes de que Jean-Michel pudiera bajar del automóvil y abrirme la puerta.

—Espera aquí —le grité a Christian—, volveré en un momento.

Rodeé la barricada de madera y corrí hasta nuestro edificio. Una premonición ominosa me decía que algo le había sucedido a mi madre.

Avancé con lentitud entre la muchedumbre. Había rostros sombríos por todos lados, algunas personas susurraban cubriéndose la boca con las manos. Le pregunté qué había pasado a una joven que había visto varias veces en la panadería.

Me miró rápido y bajó la vista.

—Alguien… alguien…

—¿Qué? ¡Dígame! —la insté con voz quebrada.

Pero la joven solo negó con la cabeza, frunció los labios y desapareció entre la muchedumbre.

Empujé hacia el frente, pasé entre hombros y brazos hasta llegar a la entrada. Ahí estaba Jeanne, nuestra conserje. Por fin, ¡un rostro familiar! Ondeé la mano con ansiedad para captar su atención, pero no me vio.

Estaba parada, vestía su overol gris de trabajo y tenía los brazos cruzados, hablaba con un policía; era obvio que la estaba interrogando. Sacudió la cabeza hacia atrás y hacia delante antes de responder. El policía escribió algo en su libreta y luego sentí la mirada de Jeanne sobre mí. Sus ojos se abrieron horrorizados y, mientras el gendarme seguía ocupado tomando notas, ella me hizo un gesto que trató de disimular. No entendí lo que quiso decir, me señalé a mí misma con el dedo para confirmar que se refería a mí. Jeanne asintió de modo enfático y, señalando con discreción la calle, me indicó con otro gesto que desapareciera. Con la boca formó palabras inaudibles que no pude descifrar. Entonces el policía levantó su libreta y Jeanne actuó de inmediato como si estuviera inmersa en la conversación con él.

El terror me atravesó el corazón. Me alejé de la puerta y me mezclé de nuevo con la gente. ¿Qué debería hacer? ¿Dónde estaba mi madre? Alguien colocó su mano en mi hombro y giré conmocionada. Frente a mí estaba *Madame* Berthollet, la anciana del quinto piso. Casi no la había visto desde que los alemanes invadieron nuestra ciudad.

—Dios santo, Judith —dijo entre sollozos.

Me tomó de la mano y, sin decir nada más, me jaló para alejarme caminando entre el confundido gentío. Me sorprendió su agilidad a pesar de la edad que tenía. En cuanto llegamos al otro lado de la calle me empujó y me hizo pasar por una entrada hasta que llegamos a un pequeño patio interior. Tenía el rostro sonrojado y de su chongo se habían soltado varios mechones.

—Judith… —dijo, en una suerte de graznido y tratando de recuperar el aliento. Tenía los ojos vidriosos, noté un tic en sus párpados—. Vinieron esta mañana… muy, muy temprano.

Me recargué en el muro del edificio y me le quedé mirando confundida. Entonces comprendí. ¡Mamá! Se habían llevado a mi madre. Sentí que un cuchillo me atravesaba el corazón.

Madame Berthollet miró alrededor para verificar que nadie nos hubiera seguido.

—Fue una de esas redadas que hacen con regularidad ahora —explicó, ya casi recuperaba el aliento—. Eran casi las seis de la mañana, creo que vinieron por ambas, pero entonces...

Mi mirada se fijó en sus labios. ¿Escuché bien? Un destello de esperanza surgió en mi interior.

—Pero, mamá logró huir, ¿cierto? No la encontraron —*Madame* Berthollet evadió mi mirada—. ¡Diga algo! —vociferé, sacudiéndola de los hombros—. ¿Dónde está mi madre? Debo reunirme con ella de inmediato.

Nuestra vecina exhaló con fuerza y, cuando volvió a mirarme, estaba llorando.

—Tu madre... tu mami... —un sollozo escapó de su garganta—. Saltó por la ventana para huir y murió al instante...

Me envolvió una densa neblina. El rostro de *Madame* Berthollet se desdibujó y no pude verla más. Mamá estaba muerta. Y la única persona que habría podido evitar su salto fatal... Pero no, porque en ese momento yo estaba en la cama con Christian.

El estómago se me retorció, no podía respirar bien, tosí sintiendo que me ahogaba. Semanas antes habríamos podido huir en paz al lago de Ginebra. Christian me había ofrecido organizar todo, pero, ahora, mamá se había ido.

Avancé trastabillando a lo largo del muro del edificio, aturdida, dando bocanadas. Las náuseas se agudizaron. Me agaché y vomité bilis. Grandes gotas amarillentas corrieron por mi barbilla formando largos hilos. Sabían a vinagre. Mi espalda se deslizó por la pared hasta que quedé acuclillada en el suelo. Cerré los ojos y me cubrí el rostro con las manos. *Murió al instante*. Las palabras de nuestra anciana vecina no dejaban de retumbar en mi cabeza. ¿Cómo sabía? ¿Cómo, en el nombre de Dios, podía saber que mi madre no sufrió de una manera inefable mientras la muerte devoraba lenta y tortuosamente su piel reventada, sus entrañas supurantes y sus huesos quebrantados hasta que por fin sucumbió en un charco de su propia sangre? Y era mi culpa, la dejé sola. Dios mío, ¡quería morir también!

Alguien tocó mi hombro. Oculté la cabeza entre mis brazos y me encorvé. Quería que me dejaran sola.

—Judith —dijo una voz que escuché como a una gran distancia. *Mamá*, pensé, vi de nuevo su rostro frente a mí, la vi recostada en la cama acariciando a la gatita. *No me queda fuerza*, la oí decir—. ¡Judith! —gritó la voz.

No era la de mi madre. Abrí los ojos y vi a *Madame* Berthollet arrodillada a mi lado, acercándose más.

—Tienes que irte de aquí —instó con urgencia—, van a regresar y te llevarán.

La empujé para alejarla de mí.

—Quiero verla —sollocé, mirando las amplias piedras color ocre de los adoquines en el patio—. Quiero ver a mi madre.

—¿No comprendes, Judith? —siseó *Madame* Berthollet mientras me sujetaba la cabeza con ambas manos y me obligaba bruscamente a mirarla—. Tienes que salir de aquí. ¡Ahora! Corres un peligro extremo.

—Mi madre está muerta —respondí en tono llano con los ojos cerrados—. Quiero ir a casa.

—Judith, ¡mírame! —me ordenó.

Abrí los ojos renuente.

—La policía estuvo en tu departamento —explicó con voz temblorosa—. No puedes volver a entrar, bajo ninguna circunstancia, ¿me escuchas? En cuanto alguien te vea ahí, estarás perdida.

—¿Y adónde más podría ir, por Dios? —le contesté de mal modo y fulminándola con la mirada a pesar de que solo trataba de ayudarme.

—¿Hay algún lugar en el que te puedas esconder?

Me le quedé mirando, poco a poco empecé a comprender lo que me estaba diciendo, pero ¿adónde debería ir? No tenía dónde ocultarme. De pronto me sentí aterrada. Y entonces recordé a Christian, supuse que seguiría sentado en su automóvil, esperando mi regreso. Necesitaba volver a su lado. Él me ayudaría a encontrar un escondite. Me puse de pie y las articulaciones me tronaron.

—¿Adónde llevaron a mi madre?

—No lo sé —respondió *Madame* Berthollet. También se puso de pie—. Vino a recogerla un vehículo de la morgue hace rato.

Valiente. Tenía que ser valiente. Inhalé, exhalé y tragué un torrente de lágrimas. Regresé con cautela a la entrada del patio donde estábamos y me asomé. La calle seguía acordonada, pero la multitud había empezado a disiparse; entonces alcancé a ver una parte del pavimento que, minutos antes, la gente estaba tapando. Mi mirada se posó sobre un oscuro charco rojo que fluía hacia la calle. Entonces vomité.

En cuanto pude volver a mirar, vi a los residentes, algunos vecinos y espectadores parados en pequeños grupos, solo se escuchaban susurros. El policía que había interrogado a Jeanne ya no estaba ahí. Me incliné un poco más. El Traction Avant seguía en el mismo lugar.

Tienes toda la vida por delante, fueron las palabras de mi madre, *ve y aprovéchala*. Tragué saliva y sentí la acritud en toda mi boca, me limpié la bilis de las comisuras de los labios y di media vuelta. Caminé hasta donde estaba *Madame* Berthollet y la abracé.

—Gracias por su amistad —susurré—. Nunca olvidaré lo que acaba de hacer por mí.

—Ahora vete, mi niña —dijo en voz baja, empujándome con suavidad hacia afuera del inmueble.

Caminé con paso lento sobre la rue du Temple, al abrigo de las sombras de los edificios y rebosando de miedo, de la cabeza a la suela de los zapatos. No podía ir demasiado lento porque podría atraer la atención de alguien, pero tampoco podía apresurarme porque me notarían también. No me atreví a mirar atrás ni una sola vez, cualquier movimiento innecesario podría ser mi perdición.

De repente vi a Christian parado frente a mí y me sobresalté.

—¿Qué sucedió? —preguntó, mirándome con los ojos abiertos como platos—. Te vi caminar de prisa con una mujer.

Los ojos se me volvieron a inundar de lágrimas en ese instante.

—Mamá —tartamudeé y caí entre sus brazos—. Está muerta.

—Oh, Dios mío —susurró. Me estrechó contra su pecho y tomó mi mano—. Tenemos que salir de aquí —dijo resuelto—. ¡Pronto!

Asentí y avancé de prisa al automóvil. Christian caminó detrás de mí. En cuanto llegué al Traction Avant tiré de la puerta y entré de prisa al asiento trasero. Jean-Michel salió y ayudó a Christian a abordar, venía resollando.

—¡Vamos! —le grité a Jean-Michel en cuanto volvió a su asiento—. Sácanos de aquí lo más rápido que puedas.

—¿Adónde? —preguntó. Había comenzado a avanzar y estaba a punto de dar la vuelta.

—A cualquier lugar —dije entre sollozos, presionando la cara contra el pecho de Christian. Y entonces dejé fluir todo el dolor y el llanto.

23

BÉATRICE
WASHINGTON, D.C., 2006

Béatrice salió corriendo. Avanzó sobre la acera ardiente, detuvo a un taxi y le pidió al conductor que la llevara al Museo del Holocausto. En el trayecto, miró su reloj de pulsera casi a cada instante. El museo cerraría en una hora; si en 14th Street el tráfico de la hora de pico previa al fin de semana de celebraciones no era demasiado denso, tendría tiempo suficiente.

Al llegar, cuando trató de pasar por el control de seguridad de la entrada, le dijeron que el museo cerraría sus puertas más temprano esa tarde. En menos de quince minutos todos los visitantes deberían salir de las salas de exhibición. Béatrice aseguró que tenía una cita urgente y colocó su bolso en la banda transportadora de la máquina de rayos X. Mientras lo veía desaparecer en el interior, no dejó de balancear su peso de una pierna a la otra. En cuanto le permitieron entrar atravesó el vestíbulo corriendo, subió por las escaleras y llegó al segundo piso, a la zona de trabajo de Grégoire.

Desde lejos vio que no había nada en su escritorio. Se detuvo confundida y miró alrededor.

En lugar de Julia, quien usualmente estaba ahí, vio a un hombre calvo de mediana edad atendiendo a los visitantes.

—Disculpe —murmuró Béatrice—, busco a Grégoire.

—¿Greg? —preguntó el hombre—. Ya no trabaja aquí.

Sus palabras fueron como una bofetada para Béatrice. Se le quedó mirando tan consternada, que el empleado dio un paso atrás.

—¿Se siente bien? —le preguntó preocupado.

—¿Por... por qué ya no trabaja aquí? Tengo que hablar con él. Es urgente. ¿Dónde está? —la sala empezó a girar a su alrededor. El calor de afuera, el frío dentro del museo, descubrir el sobre, la noticia sobre la partida de Grégoire. Era demasiado, se sintió abrumada. El hombre frente a ella empezó a desdibujarse. Béatrice perdió el equilibrio y se sintió en caída libre, como si el suelo desapareciera.

Alguien la tomó de los hombros y la ayudó a sentarse en una silla. Cuando recobró la visión, vio al hombre calvo parado frente a ella.

Aún no le soltaba el brazo derecho.

—Le traeré un vaso de agua —dijo y se alejó. Regresó unos segundos después con un pequeño vaso de plástico.

Béatrice le agradeció y bebió el contenido de un trago.

—Por lo que sé, Greg tuvo que volver a Francia antes de lo previsto —explicó el empleado—. Se fue hace una semana.

Béatrice sintió un dolor intenso en la cabeza. Los ojos se le llenaron de lágrimas. Se sintió tan avergonzada que bajó la mirada mientras se enjugaba el llanto.

—¿Se siente mejor? —le preguntó el hombre antes de tomar el vaso y tirarlo al cesto de basura.

Un empleado del museo les solicitó en voz alta a los visitantes que salieran del edificio.

—Me temo que deberá salir ahora —le dijo el hombre sin esperar su respuesta—. Vamos a cerrar en unos minutos.

Béatrice lo miró entre lágrimas.

—¿Por qué van a cerrar temprano hoy? —dijo. En realidad, no le importaba, solo quería decir algo para distraer al hombre. Era obvio que le incomodaba verla llorar.

—Vamos a tener un evento en memoria de una empleada que falleció hace unos días. De hecho, trabajaba con Greg.

—¿Se refiere a Julia? ¿La señora mayor?

—Sí, Julia. Era una mujer asombrosa, es increíble lo que tuvo que enfrentar. Su fallecimiento nos conmovió a todos.

—Lo lamento —dijo Béatrice. Sintió tristeza, nunca tuvo la oportunidad de conocer a Julia un poco más. Cuán enriquecedor habría sido escucharla hablar de su vida. De pronto recordó el día que llegó buscando a Grégoire y estuvo a punto de mostrarle la fotografía de Judith. Si él no hubiera aparecido en ese instante habría conversado más tiempo con ella, pero ahora era demasiado tarde. Qué rápido puede cambiar la vida. Volvió a pensar en Grégoire y de nuevo sintió una oleada de dolor.

El empleado del museo dio media vuelta y tomó una nota de su escritorio.

—Tome, este es el obituario de Julia que desplegamos hoy en el museo.

Béatrice tomó el trozo de papel, vio la fotografía de Julia sonriendo y le echó un vistazo al texto, pero no lo leyó. Guardó el obituario en su bolso y se puso de pie.

—Debo irme, gracias por su ayuda —le dijo al empleado antes de dirigirse a la salida. Cuando pasó por el escritorio de Grégoire se detuvo un instante y miró con atención la superficie desprovista. No había nada en ella que sugiriera que, pocas semanas antes, él estuvo ahí.

Volvió a salir a la calle. El aire se sentía caliente y húmedo, los washingtonianos se preparaban para la gran celebración. Era justo la hora pico del fin de semana, el tránsito avanzaba a vuelta de rueda. A lo lejos se escucharon sirenas que cada vez ulularon más cerca. Los automovilistas se hicieron a un lado para dejar un carril libre al centro de la calle. Unos segundos después, tres limusinas negras escoltadas por numerosas patrullas pasaron a toda velocidad en dirección a la Casa Blanca. Luego, los automóviles que se orillaron volvieron a incorporarse al tránsito y todo siguió su curso.

Béatrice caminó hasta el borde de la acera y extendió el brazo. Pasaron varios taxis a toda velocidad, pero ninguno se detuvo. Pasados algunos minutos, se rindió, cruzó la calle y llegó a la deslumbrante avenida cubierta de grava de National Mall. Varios trotadores sudorosos pasaron dando bocanadas a su lado y, un poco más adelante, vio a un grupo de turistas muertos de la risa y rodando en transportadores personales Segway.

Se sentó en una banca y los observó. De pronto la invadió una devastadora sensación de pérdida. Todo ese tiempo se había aferrado a la esperanza de que sus múltiples intentos por comunicarse con Grégoire lo animaran a volverse a poner en contacto. Sin embargo, ahora sabía que, en realidad, él ya estaba de vuelta en Francia, inmerso en su antigua vida. Y, mientras él continuó avanzando en su camino, ella se quedó estancada. El dolor le desgarró el pecho. ¿Cómo demonios logró aquel encantador francés atravesar las murallas que ella había construido alrededor de su corazón con tanto esfuerzo? ¿Por qué pensar en él desencadenaba anhelos tan intensos en su interior?

Un alarido arrancó a Béatrice de sus pensamientos. Entonces vio que uno de los turistas se había caído del Segway. El hombre se incorporó y empezó a maldecir mientras se sacudía el polvo de la chamarra. El guía del grupo levantó el transportador y se lo devolvió al turista, pero este se negó a volver a usarlo y caminó dando pasitos hasta una banca que estaba cerca. Béatrice miró su reloj, eran las cinco en punto, hora de volver a casa de Jacobina y terminar de limpiar. Se puso de pie, caminó de vuelta a 14th Street y, esta vez, tuvo suerte: en cuanto levantó el brazo, se detuvo un taxi.

* * *

Jacobina abrió la puerta con una sonrisa traviesa.

—Y bien, ¿qué dijo tu guapo viticultor?

—Nada —Béatrice encogió un poco los hombros y entró al departamento—. No estaba en el museo.

—No te preocupes —masculló la anciana—, cuando regreses de tu viaje podrás ir al museo y hablar con él —dijo, apoyándose en la andadera. Luego caminó hasta el sofá y se sentó.

—No —dijo Béatrice mientras recogía una de las bolsas de basura—. Ya no trabaja ahí.

—¿Y no tuvieron la amabilidad de decirte dónde trabaja ahora?

—Sí —dijo con un suspiro y volteando hacia otro lado para que su amiga no viera las lágrimas en sus ojos—, sí me dijeron. Volvió a su casa en Burdeos.

Jacobina no dijo nada por un instante; lo único que Béatrice podía oír era el aire acondicionado. Entonces, la anciana se aclaró la garganta.

—Bueno, querida, ¿y qué estás esperando?

Béatrice se enjugó las lágrimas y jugueteó con la cinta de la bolsa de basura, tratando de anudarla.

—¿A qué te refieres?

—No creo que Burdeos esté muy lejos de París —continuó Jacobina—. Si mañana tomas un vuelo de conexión poco después de aterrizar, podrás estar de vuelta en París a tiempo para la conferencia de la próxima semana.

Béatrice dejó caer la bolsa de basura y volteó.

—Es decir, ¿crees que debería…?

—¡Por supuesto! —añadió su amiga con los ojos brillando por el entusiasmo—. Este hombre te interesa de verdad, ¿cierto? ¡Entonces no lo pierdas! Lucha por su amor.

Béatrice se sentó junto a Jacobina.

—Pero no puedo aparecerme en su casa así nada más.

—¿Por qué no?

—Porque… —Béatrice se mordió el labio, su mente trabajaba a toda velocidad. De pronto imaginó frente a ella los ojos color esmeralda de Grégoire, pero también la tristeza y la desilusión que vio en su mirada cuando le confesó lo que estaba sucediendo. *¿Por qué no me lo dijiste antes?* Solo de recordar ese momento en el hospital, volvió a sentir vergüenza—. Porque no quiere verme —dijo, encogiéndose de hombros.

—¿Por qué estás tan segura? —insistió Jacobina—. Yo creo que ha estado pensando en ti tanto como tú en él —dijo, dándole palmaditas en la espalda—. Vamos, Béa, arriésgate un poco. Lo arruinaste la primera vez, pero esta es tu oportunidad de recuperarlo; serías muy tonta si no la aprovechas —dijo su amiga, en tono firme y persuasivo.

Béatrice la miró y la esperanza fue surgiendo con sutileza en su corazón. Su amiga tenía razón. *¿Por qué no?* No tenía nada que perder. De pronto, le pareció que todo cobraba sentido. Esta era *su* oportunidad y, si no la aprovechaba, se arrepentiría el resto de su vida.

Respiró hondo y sonrió.

—De acuerdo. ¡Lo haré!

***

Unas horas después, Béatrice se sentía nerviosa y emocionada al mismo tiempo. Estaba sentada en la sala de espera del aeropuerto con su boleto en la mano. Se reclinó en el respaldo y observó el ajetreo alrededor. Madres con bebés llorando en sus carriolas, jóvenes con pesadas mochilas de campismo y hombres de traje arrastrando pequeñas maletas detrás de sí y dirigiéndose a la sala *business*.

Aunque Jacobina había logrado convencerla de que lo hiciera, la idea de presentarse en la puerta de Grégoire sin haberse anunciado no dejaba de asustarle. ¿Cómo reaccionaría? ¿Le daría gusto verla o seguiría negándose incluso a escucharla? Pero más allá del miedo había otra cosa: la premonición de que este viaje no era solo un intento desesperado por recobrar la felicidad que, por un breve tiempo, tuvo a su lado. Además, tras haber encontrado el sobre unas horas antes, presentía que su viaje a Burdeos también podría ayudar a llegar al fondo de otro misterio: el de la familia de Jacobina y su posible relación con la de Grégoire.

Béatrice no dejaba de moverse en su asiento, estaba nerviosa, tenía todo tipo de dudas y sospechas. Pensó en lo que Jacobina le dijo, que París era una ciudad grande y que, sin duda, mucha gente tendría el mismo apellido. Sin embargo, tal vez su corazonada era cierta y Christian Pavie-Rausan, el hombre que se enamoró de la hermosa Judith cuando era una joven estudiante, era, en efecto, pariente lejano de Grégoire. El mero hecho de pensarlo le puso la piel de gallina. También se preguntaba qué habría sucedido entre el padre y el abuelo de Grégoire. Tal vez algo que su padre siempre le ocultó, algo tan terrible e insondable que destruyó a toda la familia.

¿Podría tener algo que ver con Christian y Judith?

Mucho después de que el avión despegara y hubiese surcado varias horas el aire sobre el mar, Béatrice logró liberar un poco su mente y, aunque no tuvo un sueño reparador, logró dormir un poco.

24

JUDITH
PARÍS, OCTUBRE DE 1941

Seis metros cuadrados. Un colchón, una silla y una mesa. Era todo. Me oculté, justo como *Madame* Berthollet me dijo que lo hiciera. Llevaba ahí seis semanas, en un diminuto cuarto del *grenier*, en el sexto piso del edificio de Christian, en l'Avenue Victor-Hugo. La decisión se tomó sin demora.

—En nuestro inmueble estarás a salvo —dijo Christian cuando le conté sobre la redada y el suicidio de mi madre—. Los nazis y la policía andan por todos lados, pero este es el último lugar donde te buscarían.

Jean-Michel nos llevó directo al departamento de los padres de Christian. No imaginé que volvería a ese lugar tan pronto. Todo estaba como lo dejamos una hora antes, cuando en las venas de la vida aún corrían el amor y la ternura. Las almohadas y las sábanas arrugadas, los dos cigarros a medio fumar en el cenicero. El peine laqueado sobre la mesa de noche. Me senté en la cama de Christian y deslicé mi mano sobre la cobija. Apenas unas horas antes aún yacíamos ahí, felices en los brazos del otro. Daba la impresión de que, entre ese instante y el ahora, había pasado una eternidad.

¡Lo que habría dado por poder regresar el tiempo y salvar a mi madre! Pero no quedaba ni un instante para el luto ni el arrepentimiento. Christian me dijo que la servidumbre llegaría en cualquier momento para arreglar el lugar y que estuviera listo al regreso de sus padres de Vichy.

Empacó rápido algunos víveres: velas, fósforos, botellas de agua, alimentos, algo de ropa que tomó del armario de su madre, una cobija y varias almohadas. Luego lo seguí y subimos por las escaleras al sexto piso hasta la puerta de mi solitaria celda. En ese *grenier* habían construido varios cuartos, los otros los usaban los propietarios de los demás departamentos como espacio de almacenamiento y estaban cerrados con gruesos candados, pero nunca subía nadie, ni siquiera las camareras, me aseguró Christian. Al corredor lo invadía el denso olor a naftalina y orines de gato. El polvo hizo que me dieran ganas de estornudar.

—¿Estás seguro de que podemos confiar en Jean-Michel? —susurré. Me inquietaba lo mucho que sabía de mí.

—Absolutamente —contestó Christian. Sacó de su bolsillo un aro plateado con muchas llaves y probó en la cerradura una tras otra—. Jean-Michel odia a mi padre tanto como yo. Hace algunos años quiso despedirlo, pero yo me opuse y lo impedí, así pudo conservar su empleo. Créeme que no lo ha olvidado.

—¿Estás seguro? —insistí, mirando nerviosa al fondo del corredor.

Christian besó la punta de mi nariz.

—Estoy seguro, ángel mío.

La cuarta llave coincidió con la cerradura y, a partir de ese momento, me volví invisible. Era buena para ello: debido a la enfermedad de mamá, tenía años de práctica moviéndome por ahí en absoluto silencio.

Las camareras vivían en las *chambres de bonne* del piso de abajo, pero, gracias al conserje, Christian sabía que no todas estaban habitadas. De todas maneras, yo tendría que estar siempre alerta para evitar que sospecharan. El momento de mayor seguridad para mí en el día era cuando el personal estaba en los opulentos departamentos de sus patrones, algunos pisos más abajo, porque desde ahí no podían escuchar mis pasos.

Al final del corredor, en una cabina sin puerta había un balde de madera con tapa que usaba como sanitario. En poco tiempo supe cuáles eran las piezas de madera podrida del suelo que debía evitar al caminar para no hacerlo crujir y delatarme. Derecha, izquierda, derecho, en medio y derecha: ese era mi código. Significaba que primero debía pisar con el pie derecho sobre la estrecha pieza justo afuera de la puerta de mi cuarto, luego daba un gran paso a la izquierda con el otro pie y levantaba la pierna derecha para ponerla junto. Las dos piezas de madera del centro, entre mi puerta y la de junto, eran las más peligrosas. En cuanto pisaba sobre ellas, se hundían y emitían un fuerte ruido, así tenía que saltar para llegar a la siguiente. Luego, dos pasos al frente, un ligero ángulo en medio y, por último, a la derecha de nuevo para llegar al muro.

Una vez a la semana, muy temprano, cuando los habitantes del edificio estaban dormidos, Jean-Michel subía a escondidas a la cabina del *grenier*, arrastraba el balde, lo bajaba por las escaleras y lo vaciaba en algún lugar. Era algo que me avergonzaba profundamente, también me inquietaba mucho que pasara algo malo. ¿Qué sucedería si alguien lo viera? ¿O si se resbalara y el balde cayera por las estrechas escaleras? No quería ni pensarlo. Sin embargo, él nunca mostró ni temor ni asco. Una hora después, el balde estaba limpio y de vuelta en su lugar, y yo aprovechaba para lavar mi cabello con una botella de agua y un poco de jabón. Lo que habría dado por poder hundirme en una bañera llena de agua caliente y perfumada.

Me sentía sola en el *grenier*, no tenía ni reloj, ni radio, ni idea de lo que sucedía afuera. Sin embargo, la soledad era mi amiga porque me protegía de los alemanes y de los decretos antisemitas de Vichy.

Al principio, lloré casi todo el tiempo por lo que había perdido: mi madre, mis estudios y mi libertad. A veces, incluso lloraba por mi padre, pero con el paso del tiempo las lágrimas fueron menos y empecé a llevar el luto en silencio, en mi corazón.

Calculaba qué hora era por la forma en que la luz entraba por la diminuta ventana semicircular. No podía pararme junto y mirar hacia fuera porque alguien podría verme desde el otro lado de la calle, sospechar y llamar a la policía. Por eso, durante el día abría la ventana solo lo suficiente para que entrara un poco de luz solar. Cuando oscurecía, apagaba la lámpara que mantenía sobre la mesa cubierta con un trozo de tela negra, corría las cortinas por completo y miraba el cielo nocturno. A veces abría la ventana y respiraba el húmedo aroma del otoño, pensaba en la época en que todavía podía vagar con libertad por las calles y añoraba nuestra casa en rue du Temple. Al mirar en retrospectiva, me di cuenta de que incluso los difíciles días que pasé en nuestro departamento con mi silenciosa y deprimida madre fueron gozosos en comparación con lo que estaba viviendo ahora.

Por la noche, el miedo me invadía y sacudía mi cuerpo. Cuando las ratas y ratones corrían por el corredor de afuera, me daba la impresión de que el golpeteo de sus patas era los pasos de los policías que venían por mí. Entonces me quedaba inmóvil en la oscuridad con los ojos bien abiertos y las rodillas apretadas. Escuchaba y sentía que en cualquier momento entrarían furiosos a mi escondite, me arrastrarían en camisón hasta la calle y me forzarían a subir a sus furgonetas como lo hicieron con mis vecinos. Al amanecer, los roedores se iban a sus ratoneras y desaparecían, todo se quedaba en silencio y yo me hundía poco a poco en la almohada, preparándome para otro doloroso e interminable día que tendría que ver pasar sin hacer nada.

A lo largo de la jornada yacía inquieta en el colchón, fumaba y veía cómo iba cambiando la luz. Sentía el humo descender y raspar mi garganta mientras la nicotina me aceleraba el ritmo cardiaco. De repente, por algunos segundos, me percibía tan ligera que me mareaba.

Pero en cuanto la colilla del cigarro comenzaba a oscurecer en mi plato, mis pensamientos volvían a confundirse y mis pestañas se sentían pesadas. En ese momento extendía el brazo y tomaba alguno de los libros que Christian me había traído: mi adorado *Le Père Goriot* de Balzac o una de las maravillosas novelas de George Sand, pero rara vez lograba concentrarme. Las letras nadaban frente a mis ojos y mi pensamiento comenzaba a vagar: de vuelta a la gran sala de lectura en La Sorbonne, a mis clases o a *Monsieur* Hubert.

A menudo, solo me quedaba ahí con los ojos cerrados, pero las imágenes y sentimientos inconexos que me daban vueltas en la cabeza me impedían dormir. A veces sentía tristeza, a veces pánico. Luego, no sentía nada por un largo rato, como si la vela de mi vida se hubiera extinguido.

En los pocos días buenos, cuando tenía suficiente fuerza, escribía en el diario que Christian me dio en una de sus visitas. Era un cuaderno grueso forrado en cuero y atado con un cordel café.

—¿Qué se supone que debo hacer con esto? —le pregunté, pasando las páginas en blanco cuando me lo entregó.

—Solo escribe lo que se te ocurra —me sugirió mientras sacaba una pluma fuente dorada de su mochila y la dejaba en la mesa—. Te mantendrá ocupada.

Solo puse mala cara y dejé el cuaderno a un lado.

Pero luego, una de esas noches sin sueño, cuando lo único que hacía era dar vueltas en la cama, se me ocurrió escribir nuestra historia. En cuanto el crujido de las ratas y los ratones corriendo por el suelo por fin se acabó, encendí la lámpara cubierta, desenrosqué la pluma y pensé en todo lo que había sucedido entre Christian y yo.

Muy pronto me di cuenta de que disfrutaba escribir, que me hacía bien. Era una mejor manera de pasar el tiempo que leyendo porque, cuando leía, mis pensamientos se resbalaban y se separaban de mí como un trozo de jabón húmedo. En cambio, formular frases era una suerte de medicamento. Inmersa en una ensoñación fui recordando todos los detalles de nuestra historia de amor, con tal intensidad que caí en una especie de delirio y viví de nuevo todo como si estuviera sucediendo en ese momento. De repente, estaba cruzando la calle otra vez, mirando al suelo mientras me dirigía a nuestra primera cita en el Café de la Joie. O, si no, veía frente a mí el rostro de Christian a la luz de las velas explicándome que había un menú rojo y otro negro. El pasado se volvía el presente, y mi soledad se adormecía por un rato. Escribir era una droga exquisita. Un escape exquisito.

* * *

A veces, como al mediodía, algunas palomas aleteaban cerca de la ventana e interrumpían el silencio. No alcanzaba a ver sus temblorosas cabezas, pero las escuchaba saltar de aquí para allá sobre el alféizar. Su alegre gorjeo me recordaba un momento que sucedió mucho tiempo atrás. Charles Trenet cantaba melodías en la radio con un trino saleroso y yo estaba descalza y de pie en nuestra cocina, esparciendo migajas de pan sobre el alféizar para las aves. Cuando las palomas se iban volando, lo único que podía escuchar era mi propia respiración. Luego solo analizaba el patrón de las grietas en la pared: era como un ser que iba devorando el yeso y dibujando a su paso delgadas telarañas. Veía la esquina donde la pintura se había descarapelado. Al principio tracé con tinta pequeñas líneas en la pared, una por cada día que pasaba en ese infierno. Sin embargo, después vi que eran demasiados días y los raspé con un cuchillo. Perder tiempo me dolía menos si no lo iba contando. En las primeras semanas que pasé en el *grenier*, permanecí acurrucada sobre el colchón, desesperada, tratando de contar los instantes hasta que Christian y Jean-Michel subían por las escaleras.

Al principio, me visitaban a menudo, casi todos los días. Me cuidaban con ternura. Traían botellas de agua fresca, platos limpios y sábanas recién lavadas. Pan, manzanas, queso y, a veces, una pieza de pollo frío e incluso una botella de vino. También se les ocurrió traerme guantes de baño humedecidos para que pudiera limpiarme un poco. Después de usarlos no me sentía de verdad limpia, pero mejor eso que nada.

Jean-Michel siempre ayudaba a cargar las cosas, pero desaparecía en cuanto acababa para no perturbarnos. Qué hombre tan considerado y amable.

En cuanto Christian terminaba de colocar los víveres sobre la tambaleante mesita de madera, me miraba con esperanza. Anhelaba volver a verme sonreír, pero yo ya no sentía la urgencia de devorar una pieza de pan como cuando, en lo más crudo del invierno, él apareció en nuestra puerta con un morral lleno de regalos y yo lamí el pegajoso y dulce *bûche de Noël* de mis dedos para no desperdiciar ni una migaja.

Christian también se encargó de que lavaran mi falda y mi blusa, y me las trajo de vuelta recién planchadas. *Las prendas que llevaba puestas cuando murió mi madre.* Al verlas sentí náuseas, como las que producen los cólicos. Volví a sentir el sabor de la bilis en mi boca, y vi frente a mí como un destello el charco rojo que formó su sangre. *Murió por mi culpa.* Las palabras me martilleaban la cabeza. Volteé y traté de contener las lágrimas.

Christian empacó la ropa de nuevo.

—Lo lamento —susurró—. Pensé... pensé que querrías tener algo que te perteneciera.

—Pero no estas cosas —dije, sacudiendo la cabeza con violencia.

Al día siguiente me trajo una bolsa llena de ropa y camisones que tomó del armario de su madre. Era una mujer que no parecía poseer nada normal ni cómodo.

—Deberían quedarte —dijo—. Mi madre mide más o menos lo mismo que tú, solo es un poco más curvada.

—¿Y no crees que notará que le faltan estas prendas? —pregunté, mientras iba sacando de la bolsa una camisa de seda, un camisón color gris plateado, un par de pantalones, un vestido tejido color azul oscuro, ropa interior de encaje blanco. Todo de Coco Chanel.

—No conoces a mi madre —respondió con un guiño—. La ropa se desparrama de sus armarios, y si no encuentra lo que está buscando, solo le pide a mi padre que le compre algo nuevo.

Las prendas Chanel eran mis preferidas. Los pantalones y la blusa tenían un corte holgado y la textura se sentía bien sobre mi piel. Así fue como, ataviada con las elegantes prendas que Christian le había robado a su madre, me senté frente a él en un viejo *grenier*, cuatro pisos arriba de la oficina de su padre: un antisemita, un colaborador. Y esperé que llegaran mejores días. ¡Qué absurda, brutal y triste puede ser la vida!

* * *

Poco después, Christian empezó a visitarme menos, solo venía dos o, máximo, tres veces por semana.

—Tengo que ser más cauteloso —explicó—. La conserje me vio hace poco en la escalera y empezó a hacerme preguntas estúpidas de todo tipo.

Estuve de acuerdo con él, debíamos impedir que la conserje sospechara. Sin embargo, en los largos y vacíos días que pasaron después de que tomó la decisión de verme menos, empecé a desconfiar cada vez más. *De él.*

—¿Por qué llegaste tan tarde hoy? —le pregunté en una ocasión.

Dejó el morral en el suelo y me besó.

—Lo siento, ángel mío, no pude llegar antes.

—¿Y qué fue tan importante que te lo impidió? —insistí.

Me la pasaba preguntándome qué haría Christian todo el tiempo que no estaba a mi lado. ¿Su vida continuaría igual que siempre? Mientras yo anhelaba estar con él, cada segundo del día, ¿él disfrutaba del desayuno con sus padres unos pisos más abajo? ¿O pasaba las tardes leyendo el periódico en los cafés como solía hacerlo?

—Nada en especial —respondió en tono evasivo—. Primero tuve clase y luego fui a la biblioteca.

—Pero es domingo, hoy no hay clases.

—No, hoy es miércoles —dijo, acariciando mi mejilla.

Me quedé callada unos segundos, preguntándome cómo pude perder la noción del tiempo a ese punto. Pero entonces solo dejé salir la pregunta que me había quemado la lengua durante días.

—Estás viendo a otras mujeres, ¿no es cierto?

Christian abrió los ojos como platos.

—¿Por qué dices eso?

Enderecé la banda que me había puesto en el cabello para ocultar lo grasoso que estaba.

—Es decir, ahora que estoy aquí atrapada...

Me puso las manos sobre los hombros.

—¿Qué pensamientos tan tontos se te han metido en la cabeza? Para mí no existe ninguna otra mujer.

Sin embargo, sus palabras no lograron mitigar mis miedos y mis dudas. Rompí en llanto, me dejé caer hasta el suelo y me aferré a sus rodillas.

—Te extraño muchísimo —dije, tartamudeando—. Tengo miedo de perderte. Me moriría si dejaras de amarme.

Fue la primera vez desde mi llegada al *grenier* que mi temor de ser descubierta palideció ante el de perder a Christian. Dependía de él por completo. Era mi único contacto con la vida, con el mundo que perdí. Al amor que le tenía ahora lo opacaban la desesperación y la dependencia, era un sentimiento que no tenía nada que ver con las mariposas que antes sentía aletear en el estómago.

Christian me sujetó de los hombros, me levantó y me abrazó.

—Por favor, amor mío, no vuelvas a pensar algo así nunca. Nunca, ¿me escuchas? Te amo. Te amo solo a ti. Y solo vivo por ti. Eres toda mi felicidad, mi sol, mi todo.

Presioné mi cara contra su pecho y gemí sobre la tela de su tiesa camisa recién planchada.

—Nunca te dejaré —dijo, acariciándome la espalda—. Nunca.

—Pero es que... ahora soy horrible —dije con voz entrecortada—. Me siento muy avergonzada.

—No, no te sientas así. Lo único que yo veo es tu belleza —dijo, jalándome más hacia él—. Con esta pierna mía que renga, ¿acaso crees que no tengo miedo de que dejes de quererme?

Cerré los ojos y me aferré a él. Cuando estaba a mi lado, todo estaba bien. Su amor era lo único que me quedaba, así que, de la misma manera en que me acostumbré al hedor de los orines de gato y la naftalina, también aprendería a aceptar el silencio y la interminable espera.

Por desgracia, en cuanto se fue, los pensamientos destructivos volvieron y se cernieron sobre mí como buitres volando alrededor de su presa. ¿No sería mejor morir que languidecer en ese *grenier* vestida con prendas robadas? ¿No sería mejor para todos si solo me entregara a la policía?

Las palomas respondieron con el arrullo de su gorjeo.

Los cielos se tornaron grises y nublados, los días se volvieron más cortos. Llovía mucho y, antes de que las nubes se dispersaran, la oscuridad ya había vuelto a cubrir la ciudad. Un prolongado invierno anunciaba su llegada. Por la noche hacía tanto frío que me ponía encima todas las prendas de Coco Chanel al mismo tiempo. Usaba el vestido azul tejido sobre la blusa y los amplios pantalones y, sobre eso, la chaqueta de punto gris claro de lana y la falda tableada color café oscuro. Había perdido mucho peso, todo me quedaba grande y se me caía de la cadera. Encima de toda esa ropa, me ponía un suéter calientito y un abrigo grueso que Christian me dio y que traía todo el tiempo puesto, en especial por la noche.

Me acurruqué como si fuera una madeja apretada y jalé la cobija hasta cubrirme la cabeza. Los dientes me tiritaban. Por las mañanas, mi cara amanecía adormecida por el frío y las articulaciones me crujían al levantarme.

Cuando la temperatura descendió, mis miedos aumentaron. ¿Cómo sobreviviría los largos meses de invierno en el *grenier*? Pensé en las noches gélidas del año anterior, cuando teníamos tan poco carbón que solo podíamos calentar la cocina, y solo una vez al día. En el *grenier* no había ni horno ni agua caliente. Temía que, si Christian no me encontraba otro escondite, moriría congelada.

Encendí un cigarro. Fumar le inyectó de inmediato vida nueva a mi cuerpo helado. Lo que habría dado por poder lavarme el cabello, bañarme, ponerme un poco de lápiz labial y arreglarme y verme hermosa para Christian que, ese día, planeaba visitarme antes del almuerzo.

El simple hecho de pensar en verter una botella de agua helada sobre mi cabeza y frotar el jabón en mi cabello hizo que se me erizara la piel, así que solo me pasé por la cara el guante de baño húmedo, atravesé mi opaco cabello con un peine y lo oculté debajo de una mascada. El baño caliente seguiría siendo nada más un deseo durante mucho tiempo.

El viento golpeó la ventana y una ráfaga helada atravesó por entre las grietas. Yo no dejaba de temblar. Me froté las palmas y me ajusté el abrigo a la altura de la cintura.

Soñé con otras cosas que añoraba. Mi hermosísimo vestido diseñado por Jacques Fath. ¡Si solo pudiera acariciar la fina tela una vez más! Recordé nuestra noche en la ópera, cuando me senté en una de las sillas tapizadas con suave terciopelo rojo en el palco de los padres de Christian y me sentí como una princesa en su trono. Luego pensé en la cofia de lana de mamá, seguramente todavía olería a su cabello. Recordé nuestro radio de bulbos color cobrizo en el que solíamos escuchar en secreto a Jean Oberlé transmitiendo desde la BBC.

En las primeras semanas tras la muerte de mamá, me habría resultado insoportable ver esos objetos porque me habrían recordado demasiado su trágico fallecimiento y la pérdida de nuestro hogar. Ahora, sin embargo, después de todos esos largos días y noches en que me sentí más muerta que viva, anhelaba los objetos de mi vida anterior, cuando era libre. Quería tener cerca de mí algo que me conectara con mi madre. Por eso, cuando me visitó Christian la última vez, le pregunté si podría traerme algunas cosas de nuestro antiguo departamento y él aceptó de inmediato.

—El vestido está en el armario de mi cuarto —le dije cuando le entregué la llave del edificio—. Las cofias de mamá están en el cajón superior del lado derecho de la cómoda junto a la puerta de la entrada. Y no olvides la bufanda.

Solo pensar que dentro de poco tendría algunos recuerdos personales de nuestra vida familiar, que podría oler y tocarlos, mejoró mi ánimo.

—Estoy segura de que Jeanne ha cuidado bien nuestro departamento y a Lily —continué parloteando—. Siempre hemos podido contar con ella.

También le pedí que trajera las fotografías de mí y mi madre que estaban en su habitación. En especial, la de mi primer día de escuela porque la adoraba, pero también en la que aparecíamos con el rabino frente a la sinagoga. Esa la tomó mi padre la última vez que vino a París a visitarme, ya se había divorciado de mamá. Después de eso, no volví a verlo. También le pedí a Christian que regara el pequeño árbol que teníamos en la sala y que le enviara todo mi cariño a Jeanne. Mis mejillas se encendieron. Era la primera vez en semanas que esperaba algo con exaltación.

Christian acarició mi cabeza.

—Lo haré, ángel mío. Mañana, lo prometo. Te traeré las cosas el jueves —dijo, mirándome con ternura, mientras yo me apoyaba en su larguirucho cuerpo.

* * *

El momento llegó al fin. Reconocí los pasos de Christian por el ritmo que provocaba su cojera. Emocionada, salté del colchón y pegué la oreja a la puerta. Sus pasos se escucharon más fuerte, estaría ahí en cuestión de segundos. Sin embargo, no escuché a Jean-Michel. Esperaba que acompañara a Christian para cargar las pesadas bolsas con los artículos que pedí. ¿Por qué no estaría ahí? ¿Habría sucedido algo? Me alejé de la puerta algunos pasos y esperé hasta que Christian presionó la manija.

Entró al cuartito con los labios fruncidos. Estaba un poco sonrojado por el esfuerzo de subir las escaleras, pero de inmediato noté que algo no andaba bien. Cerró la puerta sin decir nada, se quitó de la espalda una mochila grande color azul oscuro que cayó al suelo de golpe y produjo un ruido sordo.

—Cuidado —susurré—. ¡Alguien podría oír! —dije, escuchando el miedo en mi propia voz—. ¿Dónde está Jean-Michel?

Christian abrió la mochila, sacó tres botellas de agua y las colocó en la mesa moviéndose con nerviosismo.

—Está haciendo algunos mandados, llegará más tarde —masculló.

Lo miré con ansiedad.

Él respiró hondo y se pasó la mano por el cabello.

—Fui… fui a rue du Temple —dijo, acercándose a mí. Me tomó de las muñecas y me miró a los ojos—. Tu departamento… —me soltó y se mordió el labio.

—¿Qué sucede? —pregunté con urgencia. Imaginé que había encontrado la puerta abierta de una patada, las alacenas saqueadas y la vajilla hecha pedazos en el piso—. Robaron nuestras cosas, ¿no es cierto?

Christian negó con la cabeza.

—Hay alguien más viviendo ahí ahora.

Sentí que me drenaban toda la sangre de las venas. La columna y el pecho se me tensaron.

—¿Cómo? —pregunté, caminando a trompicones hacia el colchón.

Pero antes de colapsar, él me tomó de los hombros y me envolvió con sus brazos.

—Lo siento mucho —dijo entre susurros y presionando sus labios contra mi cabello.

Nos quedamos ahí un largo rato, inmóviles, aferrados el uno al otro. Traté de procesar la noticia con la mejilla hundida en la suave tela de su abrigo.

En algún momento me separé de él y retiré de mi rostro algunos mechones de cabello que se habían salido de la banda que traía en la cabeza.

—¿Y quién vive ahí ahora?

No respondió de inmediato.

—Una pareja de gente mayor —dijo. Se quitó el abrigo y lo colgó en la silla—. Cuando llegué, la conserje no estaba, así que solo subí por las cosas y la llave no entró en la cerradura. Ni siquiera tuve que tocar el timbre porque en ese momento se abrió la puerta.

Hizo una pausa y me miró como queriendo asegurarse de que estaba preparada para escuchar el resto. Asentí para indicarle que continuara.

—Una mujer de unos sesenta y cinco años. Francesa. Se mudó hace unas semanas al departamento con su esposo. Al parecer, pagan renta y tienen un contrato en regla. Me dijo que no sabía quién había vivido ahí antes y que no le interesaba averiguarlo —explicó Christian cruzado de brazos—. También me dijo que, cuando se mudaron, el departamento estaba vacío. Luego me pidió que me fuera.

Caí sobre el colchón temblando y jalé la cobija para cubrirme los hombros. Una cofia, una bufanda y algunas fotografías, no pedí demasiado, pero incluso esos últimos recuerdos de mi hogar me fueron arrebatados.

Christian se sentó a mi lado, deslizó el brazo debajo de la cobija y buscó mi mano.

—Olvida el pasado —dijo—. Enfoquémonos en el futuro —su voz sonaba ligera, como si no pudiera convencerse ni a sí mismo.

Más tarde hicimos el amor con ansiedad y melancolía, pero mi cuarto en el *grenier* no era un lugar adecuado. Como me preocupaba que alguien nos oyera, no dejé de cubrirle la boca con la mano, y me moví inhibida.

—Enfoquémonos en el futuro —repetí en un susurro cuando estábamos recostados con las extremidades enredadas sobre el colchón con olor a humedad. Me acarició la espalda y los latidos de su corazón vibraron en el interior de mi cuerpo—. El futuro —dije.

Pero en mi corazón solo había tinieblas.

25

BÉATRICE
POMEROL, FRANCIA, 2006

El taxi avanzó por la calle principal hasta que dio vuelta y entró a un amplio sendero privado flanqueado por cipreses. Los estrechos árboles se elevaban hacia un cielo despejado y se mantenían firmes como soldados. Béatrice viajaba en el asiento trasero, presa de la ansiedad y mirando por la ventana. Había viñedos por todos lados, se extendían en un estricto orden simétrico sobre el suelo desnudo, cubriendo kilómetros de un paisaje desbordante de colinas. El crecimiento y la dirección los controlaban postes de madera que llegaban a la altura de los hombros y estaban clavados al suelo y unidos por alambre tensado.

El taxi se dirigió a un arco de arenisca. En la piedra había dos palabras cinceladas con letras grandes: *Château Bouclier*. Había llegado al mundo de Grégoire. Un escalofrío le recorrió la espalda.

El taxi atravesó la entrada. Avanzó sobre la grava y entre los olivos hasta llegar a un extenso patio delantero rodeado por un círculo de setos podados a la perfección. Béatrice vio una elegante finca con una casa señorial al centro y numerosas edificaciones adyacentes, todo construido con arenisca de color tenue. Al centro del patio delantero había un viejo alcornoque con gruesas hojas verdes que aparentaban manos extendidas tratando de acercarse al sol.

El conductor se detuvo justo frente a la amplia escalinata de mármol que conducía a la casa principal y cuyos escalones se iban estrechando a medida que uno subía.

Béatrice contempló la casa, se veía tan impecable y bien cuidada como los viñedos. Parecía que la habían pintado hacía poco. El impecable yeso resplandecía bajo la luz crepuscular y las baldosas rojas del techo titilaban. La puerta de la entrada y los postigos de las ventanas también estaban pintados con un invitante tono de rojo. Junto a la entrada había redondas macetas de terracota con rosales y, al borde de uno de los escalones, un despreocupado gato se lamía las patas.

La nostalgia inundó a Béatrice. Durante años consagró toda su energía a la labor de forjarse una carrera en el extranjero, desdeñando todo lo familiar y anhelando tierras lejanas, novedad e incertidumbre. Ahora, al ver esta acogedora casa de arenisca bajo la deslumbrante luz del sol, en algún lugar al noreste de Burdeos, anheló regresar a los aromas de su país y a las sonoridades de su lengua natal. Quería empaparse y aferrarse a todo. Quería quedarse.

El conductor del taxi volteó a verla.

—¿Necesita ayuda con su equipaje? —preguntó.

Béatrice lo miró, se había olvidado de él por completo. Apenas en ese momento notó cuán joven era, no podía tener más de veintiocho años.

—No, gracias —murmuró mientras abría su bolso para sacar la cartera.

—Serán exactamente noventa euros —dijo él.

Le entregó un billete de cien euros y sacudió la mano de un lado al otro cuando el conductor empezó a buscar monedas.

—Conserve el cambio, por favor.

Tomó la maleta que tenía al lado, sobre el asiento, y salió del taxi. En cuanto cerró la puerta, el joven conductor inició la marcha y ella solo escuchó la grava crepitar bajo las llantas antes de que el vehículo desapareciera a través del arco de la propiedad.

Levantó la vista y miró los postigos rojos. ¿Habría alguien observándola? Las ventanas del primer piso estaban abiertas, pero no veía a nadie detrás. El aire se mantenía inmóvil. Nada se agitaba. Subió poco a poco por la escalinata; cuando pasó junto al gato, este saltó a un lado y maulló.

Dejó la maleta en el suelo y golpeó la aldaba de hierro forjado contra la gran puerta de la entrada. El impacto produjo un ruido sordo, pero nada se movió en la casa.

Volvió a golpear la puerta y, unos instantes después, escuchó pasos. Una mujer mayor y delgada con delantal gris abrió la puerta. Tenía el rubio cabello recogido en una coleta holgada y traía una escoba en la mano.

—*Bonjour* —dijo Béatrice sonriendo nerviosa—, me gustaría ver a Grégoire, por favor.

La mujer, evidentemente contrariada porque Béatrice había interrumpido sus quehaceres, se le quedó mirando con las cejas arqueadas.

—¿Quiere decir que desea ver a *Monsieur*? —contestó, con un fuerte acento extranjero que Béatrice no pudo identificar.

—Sí... ¿Se encuentra aquí?

—Pase, por favor —dijo la mujer, haciéndose a un lado.

Béatrice levantó la maleta y entró al amplio vestíbulo caminando sobre el resplandeciente y pulidísimo parqué. Del techo colgaba un candelabro cuyas luces se conectaban a través de incontables cadenas con lágrimas de cristal incrustadas. Una escalinata de madera con balaústres con cima redondeada conducía al primer piso.

—*Monsieur* está en la oficina —dijo la mujer—. Lo llamaré para avisarle que está usted aquí.

—Dígale, por favor, que su amiga Béatrice, de Estados Unidos, desea verlo.

La mujer condujo a Béatrice a la sala de estar.

—Tome asiento —dijo y salió con prisa.

Béatrice miró alrededor, contempló los valiosos cuadros, los cortinajes de seda y el mobiliario antiguo. Los colores y materiales fueron elegidos con esmero y atención a los detalles, por lo que, a pesar de la diversidad de estilos, todo armonizaba.

A través de la puerta entreabierta escuchó al ama de llaves hablar por teléfono, quizás con Grégoire.

Escudriñó la chimenea abierta de mármol blanco sobre la que brillaba un enorme espejo con marco con baño de oro. Su mirada vagó hasta las dos cómodas Luis XV y luego pasó a los oscuros retratos en óleo del siglo dieciocho en los que se veía a hombres con expresión seria y rizos grises, y mujeres sonrientes con vestidos etéreos. Caminó vacilante hacia una antigua mesa de juego y acarició con la palma de su mano el tablero de ajedrez incrustado.

Todo era muy burgués, muy tradicional. Esta era la casa de alguien que disfrutaba del pasado. El mobiliario y los más de dos siglos de historia que encarnaba radiaban una cierta opresión. Béatrice empezó a dudar de su viaje *impromptu*. Tal vez Grégoire no era el intelectual y adorable aventurero que a ella le pareció cuando lo conoció en Washington. ¿Qué le hizo creer que sería bienvenida en ese lugar?

Pensó en el mundo sencillo en el que ella creció, en el tapiz floral aburrido y los muebles de segunda mano del pequeño departamento de dos habitaciones en la rue Dareau. En la cama de su infancia comprada en IKEA, en la que, cuando creció, ya no cupo y tuvo que empezar a dormir con las piernas flexionadas.

Caminó sin hacer ruido sobre las pesadas alfombras y se sentó en un sofá tapizado de terciopelo. Miró por la ventana y vio las laderas sobre las que se extendían las vides en líneas geométricas como si las hubieran colocado con regla. No se escuchaba ni un sonido: ni el ruido de los motores de las granjas ni las tuberías de agua ni el cantar de las aves. Incluso el ama de llaves había dejado de hablar. El silencio se sentía bien. De pronto, un cansancio plúmbeo descendió sobre ella. Se reclinó y cerró los ojos.

En cuanto escuchó que la puerta de la entrada se cerraba, se enderezó asustada. ¿Cuánto tiempo llevaba sentada ahí? ¿Se habría quedado dormida? Miró su reloj y notó que todavía no había cambiado a la hora de Francia. Le tomó unos segundos calcular la diferencia de seis horas. Cinco de la tarde. Se retiró el cabello de la frente.

Entonces Grégoire entró a la sala, más alto y guapo que nunca. Distinto. Su rostro ya no se veía pálido como en la primavera en Washington, sino bronceado y angular. Su cabello había crecido, ahora llegaba a los hombros, y llevaba una barba de tres días. Vestía camisa blanca con las mangas remangadas hasta los codos y jeans azul claro. Lo único que reconoció Béatrice fueron los zapatos cafés, los de las puntas desgastadas. El ligero aroma de su loción para después de afeitar inundó la sala y casi la hizo olvidar en qué estaba pensando.

En cuanto la vio, Grégoire se quedó paralizado.

Béatrice no cabía en sí de la emoción, de la incertidumbre. Su pulso se aceleró.

En Washington, pensar en él sin saber cómo se encontraba o lo que estaba haciendo había sido un tormento. Y ahora que vivía el momento que tanto había anhelado, verlo frente a ella, a solo unos metros, le permitió sentir toda la intensidad de su pasión por él. Había imaginado ese reencuentro incontables veces, hasta el más mínimo detalle. Sintió en todo el cuerpo un hormigueo de felicidad, pero también de aprensión. No dijo nada, solo esperó la reacción de Grégoire.

Pero él tampoco dijo nada. Se quedó parado con los brazos colgando, mirándola.

Béatrice imaginó que debía de verse horrible con los ojos cansados y la piel del rostro tan arrugada como su blusa.

—Béatrice —dijo Grégoire después de un largo rato—. ¿Qué estás haciendo aquí?

En cuanto escuchó su voz, la febril ansiedad que la acompañó todo el viaje desapareció. Una vez recobrada la calma, se puso de pie y caminó hasta él.

—He pensado mucho en ti, en nosotros —dijo, mirándolo de manera profunda a los ojos—. Como no devolviste mis llamadas, decidí arriesgarme y venir. Quiero explicarte lo que sucedió.

Grégoire sonrió con aire tímido, y en el corazón de Béatrice se produjo un destello de alegría.

—¿Me permitirías explicarte ahora? —preguntó en tono de súplica.

Sus ojos color esmeralda brillaron cuando se inclinó hacia el frente, colocó sus manos en ambos lados de la cara de Béatrice y la atrajo hacia él.

—Desde que llegué aquí, he pasado cada maldito minuto pensando en ti, deseándote —susurró antes de estrujarla y estrecharla contra su pecho—. Estoy muy contento de que hayas venido.

Se aferraron el uno al otro. Con gozo. Con frenesí. Se besaron. Al principio, con indecisión y cautela, como si tuvieran miedo de acercarse demasiado. Pero luego, sus labios se tornaron ávidos y comenzaron a derretirse. Entonces, Béatrice supo que llevaba toda la vida esperando este momento. Este beso. A este hombre.

Grégoire fue el primero en retirarse del abrazo. La condujo al sofá.

—Me porté como un niño —le dijo, acariciando sus manos—. Ni siquiera permití que te explicaras… Pero es que me sentí demasiado herido —dijo. Acercó los dedos de Béatrice a sus labios y los besó—. Yo también tuve mucho tiempo para pensar en nosotros. Encontraremos la manera de estar juntos. Con tu bebé —volvió a acercarla a él—. Estoy seguro de que, en alguna parte de mí, se esconde un buen padrastro —dijo, y Béatrice sintió el calor de su aliento en su oreja—. Si no hubieras venido, yo habría tomado un avión para ir a verte. La siguiente semana, a más tardar: no habría dejado pasar más tiempo —murmuró entre su cabello.

Béatrice se acurrucó entre sus brazos e inhaló el aroma de su piel.

—Ya no hay ningún bebé —dijo—, lo perdí... hace como dos meses.

Grégoire la soltó y se sentó. Se quedó mirándola con los ojos bien abiertos.

—Lo lamento, Béatrice.

—No digas nada, no es necesario —dijo ella, negando suavemente con la cabeza—. Estoy bien. Tal vez fue lo mejor.

—¿Acaso tuviste...? Es decir... —hizo una pausa.

—No —contestó ella, adivinando sus dudas—. Fue algo espontáneo, solo sucedió. Les pasa a muchas mujeres de mi edad.

Le contó sobre la operación, sobre su infeliz relación con Joaquín y le explicó que había dejado pasar demasiado tiempo antes de terminar con él.

Grégoire estrechó su mano.

Permanecieron en silencio.

Luego él le sonrió y la besó en la frente.

—¿Cuánto tiempo te puedes quedar? —le preguntó.

—Solo hasta el lunes por la mañana —dijo Béatrice—. El martes tengo que hacer una presentación en la OCDE, en París, y también quiero ver a mi madre.

—¡Maravilloso! La pasaremos increíble. Pero primero, permíteme ofrecerte una visita guiada de la propiedad y el viñedo —propuso Grégoire. Se puso de pie, la tomó de la mano y salió con ella de la sala—. Luego haremos una cata de los mejores vinos que ha producido Château Bouclier. El 1955, por ejemplo. Un año clásico.

—Espera, tal vez primero debería tomar una ducha y cambiarme —dijo Béatrice. Tropezó con él y se rio—, me veo terrible.

—Lo puedes hacer más tarde —susurró, haciéndola girar para besarla en la boca—. Además, siempre te ves deslumbrante, con o sin *jet lag*.

En el corredor se encontraron con el ama de llaves, quien estaba atareada trapeando el piso.

—Béa, esta es Ewa, el alma de Château Bouclier. Ewa es de Polonia y ha trabajado para mi padre casi treinta años —dijo Grégoire, sonriéndole al ama de llaves—. Espera a probar su *bœuf bourguignon* esta noche. ¡Es una delicia! —exclamó, antes de besar las puntas de los dedos de Béatrice mientras le guiñaba a Ewa—. Estoy seguro de que la carne ya lleva por lo menos una hora cocinándose en tu cacerola de hierro forjado, ¿no es cierto?

Ewa sonrió con humildad.

—Lo sabía —dijo Grégoire sonriendo de oreja a oreja—. Por cierto, todo lo que sé sobre cocina me lo enseñó Ewa —exclamó, y el ama de llaves jugueteó con su mandil un poco apenada—. Béa se quedará con nosotros un par de días —le explicó—. Esta noche cenaremos en la terraza.

26

JUDITH
PARÍS, DICIEMBRE DE 1941

Un par de noches antes, dos delgados témpanos se formaron en el alféizar de la ventana de mi diminuto cuarto. *Por dentro*. Empezaron a crecer más y más, hasta que casi tocaron el piso. A la luz de las velas, parecían cristal pulido. Cuando todavía eran pequeños, incluso me parecieron hermosos, pero ahora me daban miedo.

El crudo e inclemente frío se extendía por todas partes. Atacó mi cuerpo como un virus insidioso, penetró mis pulmones, mis manos y mis pensamientos. Tenía los dedos y los pies congelados, rígidos, casi no me atrevía a moverlos porque me daba miedo que se quebraran. Perdí el sentido del olfato, ya no podía dormir ni escribir ni pensar con claridad. Solo sentía el frío, me tenía rodeada. El terrible e inclemente frío.

En algún tiempo creí que la soledad del *grenier* podría salvarme, pero me equivoqué. La soledad y el frío me destruyeron, era imposible escapar de ellos. Lo único que podría liberarme sería la muerte.

Tal vez, si hubiera caído en sus manos, los alemanes me habrían disparado al instante. O, quizá, no habría soportado el trabajo en sus campos y habría caído muerta poco después. Aquí, sin embargo, en mi solitario confinamiento, el precio que tenía que pagar por mi supuesta seguridad era un lento y tortuoso declive.

El frío me estaba volviendo loca. Quería llamar a Christian a gritos, pero lo único que salía de mi boca era un aliento mudo. Nadie podía escucharme, nadie me sacaría de aquí. Me habían olvidado. Cerré los ojos. ¿Cuánto más podría esperar hasta que el dolor adormeciera mis sentidos y un suave sueño me invadiera?

En la ventana veía el resplandor de flores congeladas. Gruesos y abultados pimpollos en sus tallos se entretejían y formaban una red de luz y sombras. Heraldos de muerte sembrados en medio de la frigidez crecieron y se transformaron en venenosos cardos que se incrustaron en mi corazón. Las flores congeladas oscilaban como si bailaran un vals lento. Verlas me provocó mareos. Imaginé que flores recién abiertas me transportaban y me acurrucaban entre sus hojas. Me acunarían hasta que esta maldita vida terminara evaporándose y empezara otra. Una donde no hubiera frío, donde no hubiera dolor. Una vida en la que podría reunirme con mi madre.

* * *

—Judith —escuché que una voz llamaba desde algún lugar—. Judith.

Algo cálido, algo cálido en mis pies. ¿Qué era? ¿De dónde venía? Dolía muchísimo, como si alguien hubiera encendido mi cuerpo con una antorcha. Luego sentí el calor en la espalda. Quería aullar del dolor. Sentí un brazo que me rodeaba. Una mano tocó mis dedos y la envolvió en algo tibio, húmedo.

—Judith, por favor, háblame —esa voz otra vez. Sonaba familiar. Traté de mover los labios, de hablar, pero no pude.

—Ángel mío, estoy aquí contigo.

Ángel mío. ¡Christian! ¿Cómo era posible que estuviera de pronto ahí? Entonces escuché crujidos. Voces.

—Dame la otra botella. Rápido —dijo alguien con urgencia.

Lenta, muy lentamente, la sensación volvió. Al principio solo pude mover el dedo gordo, luego todo el pie. El dolor era insoportable. Traté de hablar otra vez, pero tenía los labios pegados. Tragué saliva. Me dolía la garganta. Algo tibio tocó mis labios. Alguien volvió a pronunciar mi nombre. Moví la cabeza hacia el lugar de donde provenía la voz. Abrí los ojos y vi el rostro de Christian cerniéndose sobre mí. ¿En verdad había vuelto? ¿Estaría alucinando?

—Judith, ay, por Dios… me dio tanto miedo —presionó sus labios sobre mi frente, se sentían húmedos.

Una cuchara tocó mi boca.

—Come esto —dijo, al tiempo que colocaba su mano debajo de mi cuello y levantaba mi cabeza. Obedecí, abrí la boca y sentí que un líquido caliente goteaba sobre mi lengua. Tragué. El caldo cayó por mi garganta y me quemó como fuego. Escuché a Christian decir que debía comer más. Volví a abrir la boca y él metió la cuchara en ese instante.

—Ángel mío, estuviste a punto de morir congelada —susurró. Sentí que el caldo me quemaba la boca. *Sal*, pensé, *sal ardiente*. Estimuló mis glándulas. Poco después, hilos de saliva me cosquillearon las mejillas.

—Lo siento mucho, no pude venir antes.

¿Por qué se disculpaba? Tragué. Fue un poco más fácil que la primera vez.

—Mi padre empezó a sospechar, estoy casi seguro de que tiene a alguien siguiendo mis pasos —continuó.

Su padre. Avenue Victor-Hugo. Mi escondite. Montones de pensamientos comenzaron a llover, como si fuera una tormenta. El sueño de las flores congeladas bailando había llegado a su fin. Estaba de vuelta. Mi vida no había terminado. De pronto me vencieron las ganas de toser.

—¿Te encuentras bien? —preguntó Christian, tocando con suavidad mis labios.

Asentí y miré alrededor. Tenía las manos envueltas en toallas húmedas y tibias. Debajo de mis pies había una botella de aluminio con agua caliente. Tenía encima una cobija adicional.

—Perdóname, por favor —dijo.

Debajo de las toallas sentí mis manos, las cerré en puños y las estiré de nuevo. Funcionó, los dedos se movieron sin quebrarse. Entonces me quité las toallas de encima y toqué la cobija.

—A partir de ahora enviaré a Jean-Michel dos veces al día para que traiga botellas con agua caliente y sopa —dijo y tomó mis manos entre las suyas—. Esto no volverá a suceder.

Escuchaba lo que decía, pero me costaba trabajo comprender todo. Seguía enfocada en el hecho de que podía mover las manos de nuevo.

—Y los días que no podamos vernos, te escribiré y te contaré lo que estoy haciendo, y tú le dirás a Jean-Michel qué necesitas. No volveré a dejarte sola tanto tiempo —presionó su boca contra mis fríos labios—. Jamás —exclamó y miró hacia atrás—. ¿Cierto, Jean-Michel?

Solo hasta ese momento noté la sombra que se encontraba acuclillada detrás de Christian y se movía sin hacer ruido. En medio de la oscuridad, Jean-Michel estaba arreglando los víveres y desdoblando humeantes toallas para manos, humedecidas con agua caliente. Luego se levantó y puso la mesa: una vela, copas y la vajilla.

—Te tengo una sorpresa, Judith —anunció Christian con una alentadora sonrisa, y le susurró algo a Jean-Michel, quien abrió una bolsa, sacó una caja grande y, emitiendo un ligero gruñido, la colocó en el suelo junto al colchón.

—*Voilà*, nuestro radio portátil de bulbos —anunció, dándole unos golpecitos a la caja con orgullo. Era un radio, un radio de verdad.

Sonreí. Incluso en esos momentos, Christian seguía asombrándome.

—Las baterías no duran mucho tiempo, pero creo que servirán hasta que el general De Gaulle dé su discurso de Navidad en la BBC.

—¿Discurso de... Navidad? —tartamudeé. Eran mis primeras palabras en mucho tiempo. Sentí comezón en la garganta.

—Mañana es Navidad —volteó a ver a su chofer—. Gracias, Jean-Michel, puedes retirarte. Y, de ahora en adelante, por favor tráele a Judith dos botellas de agua caliente y un termo con té todas las mañanas y todas las noches. Aquí arriba el frío puede ser en extremo peligroso.

—A su servicio, *Monsieur* —respondió Jean-Michel con expresión imperturbable. Nos deseó buenas noches y salió del cuarto.

Me senté poco a poco, coloqué la cobija sobre mis hombros y vi a Christian encender la vela y sacar una botella de vino de su mochila. El corcho en el cuello estaba flojo. Seguro la había descorchado en su departamento.

—Me da mucho gusto contar con Jean-Michel —dijo. Luego sirvió vino en las dos copas que su chofer había dejado en la mesa—. Mi padre me ha estado haciendo muchas preguntas últimamente. Qué hago, adónde voy, en dónde he estado y cosas así. Antes no le importaba lo que hacía en todo el día —explicó. Se sentó en el suelo junto al colchón y me entregó una de las copas.

Cuando extendí la mano, noté que estaba temblando.

—Creo que se dio cuenta de algo —continuó—. Hace dos días, cuando salí a comprar las botellas de agua caliente, un hombre me siguió. No pude verlo bien porque tenía el sombrero muy abajo y casi le cubría el rostro. Sin embargo, tuve una sensación rara todo el tiempo. No tengo idea de si mi padre tiene algo que ver con el asunto, pero me parece muy extraño.

Bebí un sorbo de vino y, en cuanto el denso líquido cubrió mi lengua, sentí náuseas. Dejé la copa en el suelo, me cubrí la boca con la mano y reprimí mis deseos de vomitar.

—¿No te sientes bien? —me preguntó Christian. En su mirada pude ver la vergüenza y la preocupación.

Las náuseas pasaron pronto.

—El frío afectó un poco mi estómago, eso es todo, descuida —dije, tratando de sonar relajada—. Pero me gustaría comer un poco más de caldo —no quería que se sintiera culpable por haberme dejado sola. Sabía que no tuvo alternativa.

De inmediato tomó la sopera de metal que tenía cerca de sus pies. Levantó la tapa y me la entregó. En cuanto percibí el aroma, la saliva se acumuló en mi boca. Engullí una cucharada tras otra de caldo y poco después sentí un calor delicioso extenderse en mi interior. Incluso mis manos dejaron de temblar.

—La última vez que te vi comer así fue en Mille Couverts, ¿recuerdas? —dijo Christian. La cobija se me había resbalado un poco, la jaló y volvió a colocarla en mis hombros con ternura.

Levanté la vista un momento.

—Mi última comida como persona libre —añadí, antes de volver a concentrarme en el caldo.

—Tenemos que sacarte de aquí —dijo—. Esto no puede seguir así. Vamos a huir.

La cuchara se me resbaló de la mano y cayó en la sopera repiqueteando.

—¡Shh! —siseó Christian, colocando el dedo índice sobre sus labios.

—¿Huir? —repetí.

—Ya no puedo quedarme sentado viéndote sufrir aquí arriba —exclamó. Se retiró el cabello de la frente y me miró de lado—. Además, ya no hay nadie por quien nos interese permanecer en París.

Los ojos se me llenaron de lágrimas en cuanto pensé en mi madre. Si no la cremaron tiempo atrás, seguro sus huesos se estarían pudriendo en una fosa común en algún lugar.

—Sabes que no puedo irme —dije, tratando de ocultar mis deseos de llorar como loca—. En mis papeles dice que soy judía, me arrestarían en el primer puesto de control.

—Un conocido me puso en contacto con alguien que trabaja de forma clandestina. Mañana me encontraré con esa persona y le pediré que te consiga documentos falsificados.

De forma clandestina. Documentos falsificados. Sus palabras se encendieron en mi interior como fósforo blanco al aire. Tragué con dificultad. ¿Eso quería decir que sí había una manera de salir de ese infierno de soledad? Tomé su mano y la besé.

—¿Harías eso por mí? —le pregunté con lágrimas escurriéndome por las mejillas.

—Haría cualquier cosa por ti, amor mío —susurró—. Ya no estás segura aquí, he escuchado rumores espantosos de lo que los alemanes les están haciendo a los judíos. Tenemos que irnos a Suiza lo antes posible.

Los labios me temblaron.

—¿Cuánto tiempo crees que les tome falsificar los documentos?

Bebió un sorbo de vino y se rascó la cabeza.

—No tengo idea, tal vez uno o dos meses. Mañana sabré más.

—Estoy segura de que será un servicio muy costoso. ¿De dónde sacaremos el dinero? —pregunté, a pesar de que sabía la respuesta. Me sentía incómoda al hablar de dinero con Christian, quien tenía tanto.

—Deja que yo me encargue de eso —dijo, acariciando mi mejilla. Era la respuesta que imaginé que me daría—. Eres lo más importante en el mundo para mí y, además, hace tiempo que aparté el dinero para cubrir ese gasto.

—¿Por qué no me mencionaste antes que tenías este plan? —le pregunté, frotándome las manos para mantenerlas tibias.

—No quería darte falsas esperanzas. Necesitaba tiempo para pensar las cosas —tomó la sopera que yo tenía en el regazo y la volvió a colocar en el suelo—. Además, mi conocido tenía que encontrar a la persona adecuada para el trabajo. Tenemos que ser muy, muy cautelosos. Nadie puede enterarse de quién es mi padre —explicó. Empecé a temblar de la emoción. Christian me atrajo hacia él—. Para la primavera estaremos sentados junto al lago de Ginebra, ángel mío, te lo prometo.

Inhalé su aroma y me sentí amada y protegida, como siempre que él estaba cerca de mí.

—Dentro de poco, todo esto no será más que un mal recuerdo —murmuró. En la oscuridad, con mi rostro tan cerca del suyo, sus palabras sonaban claras y sus planes posibles. Era como si hubiéramos decidido hacer un viaje de fin de semana al campo y ahora solo tuviéramos que decidir si queríamos almorzar en Honfleur o Deauville.

Se reclinó, encendió el radio y giró la gran perilla dorada.

—Escuchemos la BBC. Ya empezó el discurso del general De Gaulle.

Al principio, lo único que salía por las bocinas eran suaves crujidos y chasquidos. Christian giró la perilla un poco más y el ruido blanco se acabó de pronto. Entonces escuché la voz de un hombre hablando en francés.

—Nuestros aliados, los ingleses y los rusos, ahora tienen tropas muy poderosas —explicó la voz—. Y ni qué decir de las que han proveído nuestros aliados estadounidenses. Los alemanes no podrán defenderse contra todos estos ejércitos porque, en Inglaterra, Rusia y Estados Unidos, se están fabricando incontables aviones, tanques y barcos.

El diminuto cuarto del *grenier*, presa de las corrientes de aire helado, donde dos horas antes estuve a punto de morir, se llenó de una atmósfera reverente, casi como si estuviéramos en un ritual o una fiesta religiosa.

Christian me miró. El cálido resplandor de la luz de las velas hizo que sus pupilas se ensancharan hasta convertirse en amplias lunas negras.

—¿Sabes? Le creo a De Gaulle. Estoy seguro de que salvará a nuestro país —dijo, con un solemne respeto en la mirada.

Escuchamos con atención la voz que se transmitía desde Londres. Aquella helada noche de la víspera de Navidad de 1941, a salvo en los brazos de Christian y habiendo comido caldo tibio, mi corazón se atrevió a volver a tener fe. Teníamos un plan. Christian me rescataría. Y De Gaulle rescataría a Francia.

Contemplé los témpanos que centelleaban amenazantes bajo la luz de las velas. No, no permitiría que me conquistaran, me aferraría hasta la primavera. Me levanté con piernas temblorosas, caminé a tropezones hasta la ventana y quebré los témpanos con la mano.

—"Mis queridos niños de Francia —anunció el general en la atmósfera radial al mismo tiempo—, muy pronto recibirán una visita: la victoria vendrá a su encuentro ¡y los asombrará con su belleza!"

27

BÉATRICE
CHÂTEAU BOUCLIER, POMEROL, 2006

Grégoire condujo a Béatrice a la parte exterior de la casa y descendieron juntos por la escalinata de mármol. Caminaron por el bien aplanado sendero de grava, flanqueados por árboles frutales y arbustos de rosas. Así llegaron a una construcción del mismo estilo que la casa principal, con amplias puertas de vidrio enmarcadas en madera. En el letrero junto a la puerta de la derecha se leía *Salle de dégustation*, y en el que estaba junto a la puerta de la izquierda, *Bureau*.

Grégoire abrió su oficina.

—Aquí es donde trabajo —exclamó.

Béatrice entró y miró alrededor con curiosidad. Frente a ella se desplegó la imponente vista hacia el viñedo.

Grégoire se recargó en un moderno escritorio blanco sobre el que había alteros de carpetas y documentos sueltos. Las esquinas de su computadora personal sobresalían debajo de cartas y sobres abiertos. Señaló un extenso mapa enmarcado en la pared.

—Esa es nuestra tierra. Cinco hectáreas. En la zona oscura del lado derecho es donde crecen las mejores uvas.

Béatrice analizó los círculos, las líneas y los terrenos del mapa.

—¿Por qué son las mejores?

—Porque hay más arcilla en el suelo y la exposición al sol es óptima —explicó Grégoire—. La arcilla es lo que le da al vino su fuerza particular y su estructura.

Béatrice asintió sin prestar mucha atención, todavía se estaba acostumbrando al hecho de que Grégoire no era solo el estudiante de doctorado que trabajaba en el Museo del Holocausto, sino también el dueño de un viñedo en Pomerol.

Él pareció leerle la mente.

—Descuida, sigo siendo la misma persona que conociste —dijo riendo.

—¿Sabías que Julia falleció? —le preguntó Béatrice. También quería contarle todo respecto al sobre que encontró debajo del sofá de Jacobina.

Grégoire asintió con tristeza.

—Sí, alguien del museo me dejó un mensaje de voz en el teléfono, pero no he tenido tiempo para devolver la llamada —explicó, cruzándose de brazos—. Sucedieron muchas cosas en el viñedo mientras estuve en Estados Unidos, aún sigo trabajando para resolver los problemas más urgentes.

—¿No había nadie haciendo esa labor?

—Sí, Xavier, pero hace dos meses renunció sin advertirnos. Suponemos que le ofrecieron un mejor empleo en otro lugar. Todavía no encuentro quién lo reemplace. Por eso tuve que volver antes de lo previsto, para administrar las cuestiones cotidianas —explicó con un suspiro. Entre sus cejas se formó una arruga de preocupación—. Además, nuestra región está en crisis porque los vinos de California, Australia y Chile están inundando el mercado, literalmente. Debo admitir que no es algo nuevo, pero este año empeoró la situación —dijo, pasándose la mano por el cabello. Luego se acomodó un mechón detrás de la oreja—. Nuestra botella cuesta ochenta euros, los vinos de Chile y Australia son más económicos y de muy buena calidad. Para continuar siendo competitivos, tenemos que desarrollar una mejor estrategia de mercado.

—¿Eso significa que no viajarás más a Washington? —preguntó Béatrice con un guiño. En ese momento decidió posponer la conversación sobre la carta.

Grégoire se acercó y la abrazó de la cintura.

—Verás, no estoy preocupado. Tal vez no seamos Château Petrus, pero Bouclier continúa siendo uno de los mejores vinos de la región. Ya se nos ocurrirán nuevas ideas —la tomó de la mano de nuevo—. Pero dejemos de hablar de esto, ahora tienes que *probar* nuestro vino.

Salieron de la oficina, caminaron unos pasos al aire libre y cruzaron la otra puerta de vidrio. Entraron a un lugar con piso de mosaicos oscuros: era la sala de degustación. En las paredes, a la izquierda y la derecha, había anaqueles de madera que se extendían hasta el techo y, sobre ellos, incontables botellas de vino. Grégoire le indicó a Béatrice con un gesto que se acercara a una barra en forma de herradura sobre la que brillaba un candelabro rojo.

La sala se sentía fresca. Ella se frotó los brazos y se sentó en uno de los bancos del bar temblando un poco.

Grégoire fue detrás de la barra, tomó un chal de lana y se lo entregó.

—Cúbrete con esto. Tenemos que mantener la temperatura baja para que los vinos se añejen de la manera adecuada.

Ella le agradeció con un gesto y se envolvió con el chal. Luego lo vio sacar varias botellas de los anaqueles y descorcharlas. Detrás del bar había un muro de vidrio a través del cual se veía una bóveda llena de barriles de roble.

—Es nuestra sala de exhibición —explicó Grégoire mientras olfateaba uno de los corchos—. Aquí es donde organizamos las catas y, a veces, ofrecemos cenas para clientes especiales.

Tomó algunas copas de la alacena, las levantó, las miró a contraluz y las pulió con un trapo. Luego sirvió el vino, hizo girar una copa y se la entregó a Béatrice.

—Noventa por ciento Merlot, nueve por ciento Cabernet Sauvignon y uno por ciento Cabernet Franc. La tierra fresca de Pomerol le sienta mejor a la variedad Merlot que a la Cabernet.

Béatrice acercó la nariz a la copa.

—Arándanos y... mmm, ¿quizás ciruela? —dijo, y recordó que no debía beber todo de un solo trago.

—Sí. Y una pizca de nueces tostadas —añadió Grégoire, riendo sutilmente.

Ambos bebieron.

Se quedaron sentados lado a lado bastante tiempo, saboreando los vinos, comparando aromas y gustos, intercambiando miradas amorosas.

Béatrice observaba el movimiento de las manos de Grégoire fascinada, lo escuchaba como presa de un hechizo mientras él hablaba del áspero suelo arcilloso de su *terroir*, de la tierra ferrosa y de las vides que crecían en ella.

Béatrice nunca se había sentido tan feliz.

28

JUDITH

El año pasado, cuando por fin llegó la primavera, las palomas regresaron a mi alféizar. En su sutil zureo escuché un mensaje de esperanza. Sentí como si hubieran venido a desearme buena suerte, aunque mis documentos no estaban listos aún y tuvimos que retrasar nuestro escape. Tiempo después, descubrí que el hombre que Christian me aseguró que podría fabricar mi nueva *carte d'identité* solo tomó el dinero y desapareció. Al segundo individuo en quien confió, lo mataron los alemanes de un disparo poco después de que le entregó el dinero. Y el tercero, de alguna manera se enteró de quién era su padre y, después de eso, ya no quiso saber nada de nosotros. Tal vez temía que Christian lo traicionara.

Tres oportunidades de escapar, tres amargas desilusiones. No estaba segura de poder lidiar con una más, pero tenía que aferrarme.

Muchos soles y lunas después, nos invadió otro atroz invierno. A los rusos les permitió tener una victoria momentánea porque devastaron a una sexta parte del ejército alemán en Stalingrado. A mí, sin embargo, solo me trajo miseria y un frío infinito.

La tormentosa primavera se fundió con un verano caliente. Yo percibía el paso de las estaciones gracias a la cambiante luz que entraba por los huecos entre las cortinas. El tiempo pasó, pero nosotros permanecimos. En lugar de estar sentada junto al lago de Ginebra, continué en mi desgastado colchón en el *grenier*, incluso más deprimida, incluso más sola. Para ese momento, ya llevaba mucho tiempo de haber comprendido que nuestro plan de huir con documentos falsificados era un sueño imposible.

* * *

El impío cuarto invierno bajo la ocupación alemana me golpeó con fuerza. Un grupo de oficiales de la Wehrmacht se mudó al edificio al otro lado de la calle, y por la noche los escuchaba regresar a casa ebrios, tropezándose y riendo. Como tenía miedo de que me vieran por la ventana, había dejado de correr las cortinas en las noches, y las pocas veces que me aventuraba a hacerlo, no las deslizaba por completo.

Al principio, cuando Christian me ocultó en el *grenier*, pensé que sería imposible vivir ahí más de unas semanas. En ese tiempo, viajar a Rusia caminando o cruzar el Atlántico a remo en un botecito me sonaba más viable que sufrir en esta tumba. Sin embargo, pasaron dos años y medio. *Dos años y medio*. En mi recuerdo, ese tiempo era como una densa neblina de días vacíos y noches frías sin poder dormir. Si no hubiera dejado de contar los días con trazos de pluma, ahora la pared estaría repleta de líneas.

* * *

Afuera del *grenier*, la vida continuaba. En los periódicos que me traía Christian leí que habían nombrado comisionado-general de Asuntos Judíos al extremadamente antisemita Louis Darquier de Pellepoix. Una humillación más para mi gente.

La guerra también se intensificó. El año anterior, las Fuerzas Aliadas atacaron las fábricas Renault en Boulogne-Billancourt, en las afueras de París y, apenas hace unos meses, volvieron a bombardear nuestros suburbios. A través de los huecos de las cortinas alcancé a ver llamas elevándose en el horizonte.

A pesar de todo, Christian aún tenía esperanza.

—Solo ten un poco más de paciencia, no nos rendiremos. Nuestra victoria llegará pronto —decía siempre.

Para mí, sin embargo, sus palabras sonaban ingenuas, casi absurdas.

¿En verdad creía eso? La esvástica continuaba ondeándose en alto sobre Francia y, el año anterior, los alemanes y los italianos ocuparon el sur del país: la última zona que quedaba libre. Debido a eso, la posibilidad de escapar se tornó casi ínfima.

Él veía la situación desde otra perspectiva.

—Te aseguro que no reconocerías nuestro hermoso París —me dijo poco antes—. Los alemanes abandonaron la ciudad. Los museos están vacíos, los departamentos ruinosos y, en los parques, el césped crece con descuido. Por todos lados hay espantosos refugios subterráneos, y la mitad del sistema del metro está muerta.

Según Christian, los alemanes ya no tenían aquella actitud arrogante y victoriosa de dos años atrás. Ahora los veía reunirse en grupos grandes y, de acuerdo con su lógica, lo hacían porque eso les hacía sentir más confianza. Además, siempre estaban ebrios, jugando y presumiendo sus pistolas, y maldiciendo a los parisinos.

En su opinión, la situación dio un giro tras la batalla de Stalingrado. Me contó sobre el aterrizaje de las Fuerzas Aliadas en África del Norte, las incursiones de las tropas francesas en Italia, y los grupos de resistencia locales que lograron la liberación de Córcega.

Él estaba convencido de la caída inminente del Reich alemán.

Sin embargo, como le expliqué, Rusia y África del Norte estaban lejos, y Córcega no era París. Para mí, no había cambiado nada.

* * *

Impulsado por su inquebrantable optimismo, Christian continuó haciendo una gran cantidad de contactos entre las redes clandestinas y, junto con Jean-Michel, empezó a tener cierta actividad como parte de la Resistencia. Estaba obsesionado con nuestro escape y con el triunfo final sobre los alemanes. Cada vez que me visitaba, su energía y su entusiasmo se desbordaban y, por un instante, yo le creía. En cuanto me volvía a quedar sola, sin embargo, sus ideas se desvanecían como burbujas de jabón: redondas, iridiscentes y llenas de aire.

Me corté el cabello. Igual que mamá cuando se fue mi padre. Ella lo hizo porque su matrimonio llegó a su fin. Yo, porque quería rendirle homenaje, recordarla, porque no tenía una tumba a donde ir a dejar flores. Y solo en ese momento, cuando vi que mi vida había sido destruida, comprendí bien la magnitud de su dolor.

No me dolió perder el cabello porque los rizos que alguna vez fueron castaños con reflejos dorados ahora se veían frágiles y opacos. Lo que sí me dolió perder fue mi vida previa. Cada segundo.

* * *

Un día escuché a Christian subir cojeando por las escaleras, más rápido de lo normal. Miré a la puerta con alegría; dentro de poco, me rescataría de la soledad... aunque fuera solo por un rato.

—Adivina qué —susurró, incluso antes de entrar bien al cuarto.

Traía el saco abotonado a medias y la bufanda mal ajustada en el cuello. Llegó resollando y con las mejillas color carmesí. Nunca lo había visto tan agitado. El miedo me invadió. ¿Habría sucedido algo malo?

—Tu pasaporte está listo —dijo con una brillante sonrisa en el rostro.

—¿Mi... *pasaporte*? —repetí incrédula y ajustándome a la altura de los hombros la cobija que traía encima.

Él se arrodilló frente a mí en el colchón y me tomó de las manos. Sus ojos brillaban.

—Voy a ir a recogerlo ahora mismo. La entrega será en un pequeño café en Place de l'Étoile.

Me le quedé mirando conmocionada. Tratar de asimilar la noticia hizo que la cabeza me diera vueltas. *Por fin está sucediendo.* Abandonaría esa prisión, volvería a ser una persona libre y por fin me reuniría con mi amor.

—Saldremos de la ciudad en cuanto oscurezca —me explicó con voz grave y decidida—. Jean-Michel está cargando el automóvil en este momento: cobijas, algo de ropa y provisiones.

Mi cuerpo temblaba con una palpitante mezcla de alegría y ansiedad que me recorría las venas. Me arrojé a él y lo abracé del cuello con los ojos llenos de lágrimas.

—Mi vida...

Él me estrechó y besó mi cabello.

—Todo estará bien. Nos espera una nueva existencia —dijo, sujetando mi cara entre sus manos y mirándome fijo a los ojos—. En cuanto estemos en Suiza nos casaremos.

—Te amo —murmuré, y sucumbí a una felicidad que no había experimentado en años—. Te amo tanto.

—Yo también te amo —respondió en voz baja. Luego se levantó y se abotonó el abrigo—. Debo irme ahora —dijo con una sonrisa—. Abrígate bien, come algo y prepárate para partir.

Asentí y traté de recobrar la compostura.

Christian abrió la puerta y salió.

Presa del miedo y la ansiedad, deambulé por mi pequeño cuarto. El momento del escape había llegado al fin, esperé tanto este día, con temor y anhelo al mismo tiempo. Me resultaba difícil creer que, dentro de poco, mi miseria y soledad quedarían en el pasado.

Me forcé a pensar de forma práctica. Vístete, come y prepárate, me había dicho Christian. Estaría de vuelta en máximo una hora. Saqué de debajo de la mesa la bolsa donde guardaba la ropa. Con ese frío, necesitaría por lo menos tres capas. Sobre la camiseta de lana y las medias que nunca me quitaba en el invierno, llevaba una pijama. Saqué los pantalones negros de la bolsa y me los puse, también la blusa de seda y un suéter blanco grueso. Por último, me cubrí con la elegante chaqueta de lana de borrego. Las instrucciones de Christian hicieron eco en mi mente, se repitieron sin cesar como si sus palabras bastaran para sosegar las febriles oleadas de gozo y pánico que me recorrían el cuerpo.

Me senté en la mesa y devoré de prisa un trozo de pan. Estaba tan duro que se me atoró en la garganta. Tosí, di arcadas y respiré con dificultad. Tuve que beber un vaso de agua para hacer pasar el mendrugo. Cuando sentí que estaba fuera de peligro, me recliné aliviada y enjugué el sudor de mi frente. Tenía que calmarme.

De pronto volví a escuchar pasos. ¿Habría olvidado algo Christian? No, no se escuchaba que cojeara. Eran pasos pesados y fuertes, como los de un soldado con botas gruesas.

Las sienes empezaron a palpitarme, las palmas me sudaron. Impulsada por una repentina oleada de temor, abrí la estrecha ventana y traté de pasar mi cuerpo por ella. Pero en ese momento, alguien entró furioso a mi cuarto.

—¡Detente! —gritó la penetrante voz detrás de mí. Sentí sus manos en mi cadera, me jaló hacia atrás hasta hacerme caer al suelo.

Cuando levanté la vista vi a un hombre alto. Tenía un rostro elegante, como esculpido, cejas delgadas y pómulos marcados. Llevaba el cabello gris peinado sobre la frente, en cierto ángulo para cubrir las zonas calvas. Tenía los labios fruncidos. Vestido con aquel abrigo oscuro de cuello de piel gris moteada parecía estadista o embajador. Me dio la impresión de que lo había visto antes.

—¡Levántate! —gritó.

Me puse de pie temblando.

El hombre dio un paso hacia mí. Mi cuerpo se tensó. Clavé las uñas en la tela de los pantalones.

—Por fin te atrapé —dijo tranquilo, fulminándome con la mirada—. ¿Cuánto tiempo llevas ocultándote aquí?

Me mordí el labio.

—¡Habla!

—Algunos meses —masculló y bajé la vista.

—¡Mírame cuando te hable! —sus palabras me golpearon como disparos.

Me le quedé viendo, los labios me temblaban. De pronto supe frente a quién estaba parada.

—Vaya, así que has estado seduciendo al tonto de mi hijo para vivir aquí, cerca del lujo, ¿no? —gritó y escupió a mis pies—. Qué fácil aprovecharse del rengo, ¿no? —me perforó con sus ojos negros y luego me jaló del cuello de la chaqueta—. Ah, ¿y qué tenemos aquí? —preguntó en tono sarcástico—. Ese bueno para nada le robó a su propia madre. ¡Quítatelo! ¡De inmediato!

Apenas podía respirar, me abracé y presioné mi pecho como para protegerme.

—Te dije que te quitaras la ropa de mi esposa —gruñó. Fue un sonido casi tan aterrador como sus gritos.

Poco a poco, me quité la chaqueta temblando, luego pasé el suéter por mi cabeza.

—Por favor, *Monsieur*, no tengo nada más que ponerme.

—¿Y a mí qué me importa? —dijo, riéndose con crueldad y a todo pulmón. En ese momento sentí su pesada bota chocar con mi estómago. El punzante dolor me recorrió el cuerpo. Tropecé y caí al suelo, me enrollé y empecé a quejarme en agonía. Volvió a patearme y el dolor me cegó.

—Robarle a gente respetable es típico de ustedes, maldita peste judía.

Estaba tumbada frente a él, rechinando los dientes y con la cabeza palpitándome. Me sujetó con fuerza del brazo, me levantó de golpe y me escupió en la cara. Tuve que contener la respiración para no mostrar mi repugnancia.

Cuando lo volví a ver, tenía la cara del color de la sangre.

—¡Has estado disfrutando de la vida aquí en el *grenier* a costa mía! Al menos, mi hijo ya entró en razón —volvió a reunir su flema en la boca y me escupió de nuevo—. El cobarde ya confesó todo —dijo, jalándome del cuello hasta que estuvimos cara a cara, lo más cerca posible. Su aliento olía a licor dulce—. Tu acaudalado amante te traicionó.

Sus palabras me devastaron. Sentí su saliva escurrirme por las mejillas hasta la boca. *¿De verdad pudo Christian…? No, nunca.* Ese hombre estaba mintiendo.

—Por favor, *Monsieur*, déjeme ir.

—Cierra la boca —gruñó. Sentí que me soltaba, pero en realidad me había rasgado la blusa. Me enterró las uñas en el pecho. Escuché la tela rasgarse, y los botones cayeron al suelo y tintinearon como canicas.

—No —grité—, por favor, no.

—No te preocupes, esqueleto en dos patas —siseó con una sonrisa malévola—, soy demasiada pieza para bazofia como tú. ¡Quítate los pantalones! También son de mi esposa.

Me bajé los pantalones y me quedé en pijama, cuando me vio frente a él temblando de frío, sonrió de oreja a oreja.

—Ahora vamos a bajar y llamaré a la policía —dijo antes de levantar la mano y abofetearme con toda su fuerza. El dolor era insoportable, empecé a sangrar de la nariz. Me empujó hacia la puerta y yo avancé a trompicones, con el cuerpo adormecido. Al menos eso era menos malo que el dolor.

—Se te acabó el juego, maldita perra.

29

BÉATRICE
CHÂTEAU BOUCLIER, POMEROL, 2006

Después de la cata, Béatrice y Grégoire caminaron con calma de vuelta a la casa principal, desaparecieron en la habitación de él en el primer piso e hicieron el amor. Después de afirmar la alegría de estar reunidos de nuevo, permanecieron entrelazados en la cama por largo tiempo, escuchando los sonidos de la casa. El crujido de las vigas del techo, el suave susurro de las cortinas junto a la ventana abierta. Abajo, Ewa hablaba con un hombre que no dejaba de toser.

Béatrice solo tenía una conciencia vaga de la vida que se desarrollaba a su alrededor; dormitaba satisfecha, absorta en la cercanía del cuerpo tibio y pulsante de Grégoire.

—Mi padre está abajo —dijo él, acariciándole el hombro—, va a cenar con nosotros.

Ella abrió los ojos y se estiró.

—De acuerdo, solo necesito darme una ducha y vestirme —bostezó, salió de la cama y se dirigió al baño. Mientras estaba debajo de la regadera, el agua caliente fluyó por su cuerpo haciéndola sentirse de nuevo fresca a pesar del *jet lag*. Después de secarse, sacó un vestido negro de su maleta y se lo puso. Quería verse hermosa cuando conociera al padre de Grégoire.

Abrió su bolso, buscó el lápiz de labios y, como siempre, no lo encontró cuando más lo necesitaba. Fue sacando los objetos, uno por uno, BlackBerry, pase de abordaje y pastillas de menta. Sus dedos rozaron entonces un trozo de papel. Lo sacó y lo desdobló. Era el obituario de Julia, después de guardarlo sin haberlo leído, lo olvidó por completo.

—Grégoire, mira esto. Alguien me lo dio en el museo —dijo, y volvió a mirar la fotografía de Julia. A pesar de su edad, su rostro era hermoso y terso.

Grégoire miró por encima de su hombro.

—Oh, por favor, léelo en voz alta —le pidió a Béatrice antes de abrir un cajón.

—"Julia Rosenkrantz —leyó—, una mujer valiente que…".

Leyó lo indispensable que había sido el compromiso personal de Julia con el museo y la comunidad judía en los últimos quince años, y que, gracias a ella, numerosas familias separadas por el Holocausto se habían podido reunir. Cuando llegó al último párrafo, se detuvo.

—No puede ser cierto —gritó, sintiendo un profundo dolor en el pecho. El corazón casi se le detuvo.

—¿Qué sucede? —preguntó Grégoire.

Béatrice volteó a mirarlo boquiabierta. Él estaba sentado al borde de la cama, amarrándose las agujetas.

Entonces volvió a leer la escalofriante oración, pero esta vez, lento y en voz alta: "Julia nació en París en 1921 y vivió ahí bajo su nombre original, Judith Goldemberg".

—¿Qué? —exclamó Grégoire. Se enderezó y se le quedó mirando con los ojos bien abiertos—. No puedes estar hablando en serio.

Béatrice empezó a tiritar. Sus rodillas cedieron en cuanto comprendió la enormidad de esa coincidencia. Se mareó de pronto y tuvo que apoyarse en la pared.

—¡Continúa leyendo! —la instó Grégoire.

Sintiendo la boca seca, tragó saliva y siguió leyendo.

—"El diecisiete de diciembre de 1943, a la edad de veintidós años, Julia, estudiante de literatura de La Sorbonne, fue deportada a Auschwitz a través del campo de internamiento de Drancy. En 1945, tras su liberación, emigró a Estados Unidos y se cambió el nombre. En 1955 se casó con el arquitecto Moses Rosenkrantz, quien falleció hace diecisiete años. La pareja tuvo dos hijos".

Bajó el obituario y miró a Grégoire.

—Es muy difícil de comprender —susurró él, negando con la cabeza.

Béatrice aflojó los hombros. Qué ironía tan inclemente y amarga. No fue George Dreyfus quien se equivocó, sino la Cruz Roja de Baltimore. El punto significaba que esos sobrevivientes del Holocausto habían sido identificados con un nombre equivocado, lo cual le dio esperanza a una familia, pero a Jacobina y a ella se las arrebató.

Béatrice se sentó en la cama junto a Grégoire y se quedó mirando la fotografía de Julia.

—Y pensar que hablé con ella. Incluso te conocí gracias a Julia.

—Increíble —murmuró Grégoire.

Béatrice cerró los ojos y se apoyó en él, de pronto sintió que le habían drenado la energía. Grégoire la rodeó con su brazo y la acercó más. Se quedaron ahí un largo rato. Béatrice trató de recordar todos los detalles sobre Julia, cada una de sus palabras. Imaginó lo que habría sucedido si hubiera sacado de su bolso la fotografía de los Archivos Nacionales de Francia algunos segundos antes y se la hubiera mostrado. La fotografía de la joven Judith.

Estoy buscando a esta mujer, habría dicho. *Soy yo*, le habría contestado Julia, pálida, con lágrimas en los ojos. Imaginó cómo habría sido el encuentro con Jacobina, cómo habrían confiado la una en la otra y compartido recuerdos de su padre. Conocer a su media hermana, una mujer tan distinta a ella, ¿habría retrasado su fallecimiento?

* * *

La mesa estaba arreglada para una ocasión formal, con pesada cubertería de plata, candelabros y tiesas servilletas blancas que yacían entronizadas sobre los inmensos bajoplatos como gorros puntiagudos. Ewa se movió con prisa yendo y regresando de la cocina para afinar los últimos detalles: una canasta llena de pan recién cortado, cuchillo para mantequilla y un salero con cuchara de plata. Cuando Grégoire y Béatrice entraron, les explicó disculpándose que hacía demasiado frío para comer afuera, en la terraza, y por eso decidió preparar todo en el interior.

Cerca de la ventana, dándoles la espalda, había un hombre mayor apoyado en un bastón y mirando hacia el viñedo. Tenía grueso cabello canoso y vestía un saco de terciopelo oscuro.

—*Bonsoir, papa* —dijo Grégoire, acercándose a él.

El hombre dio media vuelta y sonrió. Era un poco menos alto que Grégoire, tenía amigables ojos color café y hoyuelos en las mejillas. Llevaba el cabello peinado de raya en medio. Béatrice notó sorprendida que no se parecían en absoluto.

—Por fin te encuentro, hijo mío —dijo el padre con una voz profunda y sonora—, he estado tratando de llamarte.

—Hoy... Hoy recibí una visita sorpresa, papá —dijo Grégoire en tono formal—. Me gustaría presentarte a Béatrice, mi novia de Washington.

Al pronunciar la palabra *novia*, vaciló un instante y miró a Béatrice con aire inquisitivo.

Ella confirmó con una sonrisa que había elegido la palabra correcta y se acercó al padre de Grégoire con la mano extendida.

—Es un placer conocerlo, *Monsieur*.

El anciano estrechó su mano y sonrió con benevolencia.

—Llámeme Christian, por favor.

Béatrice retiró la mano como si hubiera recibido una descarga eléctrica. Se puso lívida. Dio un paso atrás confundida y se quedó mirando al hombre azorada.

—¿Qué sucede? —le preguntó Grégoire preocupado.

—Christian... —susurró Béatrice con la voz quebrada—. ¡Usted es Christian Pavie-Rausan! —dijo, comprendiendo que lo que acababa de decir era devastador.

—¿Qué sucede? —insistió Grégoire, tocando con suavidad su hombro—. ¿No te sientes bien?

No respondió. Solo metió la mano a su bolso y, con dedos temblorosos, sacó el sobre con la caligrafía redonda y se la entregó al padre de Grégoire.

—Usted escribió esto, ¿no es cierto?

El viejo frunció el ceño y tomó la carta. En cuanto reconoció la caligrafía, empezó a respirar con dificultad.

—¿Cómo... cómo obtuvo esto? —preguntó en tono brusco. Su mirada se tornó salvaje. Se puso a la ofensiva.

—Fue... por casualidad... —tartamudeó Béatrice. ¿Por dónde debería empezar? El parpadeo del hombre la incomodó.

—Por Dios de todos los cielos, ¿cómo obtuvo esta carta? —gruñó.

La mirada de Grégoire se movía rápidamente alternando entre su padre y Béatrice.

—¿Qué carta es esta? —preguntó—. No me la habías mostrado.

—Yo... estaba esperando que se presentara el momento adecuado —susurró—. Han pasado tantas cosas que... el viaje, nosotros, el obituario.

Y mientras tanto, Christian cojeó apoyándose en su bastón hasta uno de los tres sillones Louis Philippe que formaban un semicírculo frente a la chimenea. Se dejó caer en él con un gruñido y aventó el bastón.

Ewa caminó presurosa hasta donde se encontraba y le entregó un vaso de agua.

—*Monsieur*, tranquilícese, por favor —le dijo.

—Jacobina Grunberg es amiga mía —empezó a explicar Béatrice titubeando—. Es la media hermana de Judith.

En cuanto Christian escuchó el nombre de Judith, se retrajo.

—Pero ¿qué tiene que ver esta carta con Judith? —preguntó Grégoire.

Béatrice respiró hondo.

—Déjame empezar por el principio —dijo, volteando a verlo. Se sentó frente a Christian y cruzó las piernas—. Ni Judith ni Jacobina sabían que la otra existía. El padre de ambas le confesó a Jacobina la existencia de su media hermana poco antes de morir y la hizo jurarle que la encontraría. Sin embargo, Jacobina pospuso la búsqueda durante décadas, hasta que se sintió lista para cumplir su promesa, hace poco.

Christian permaneció hundido en el sillón, inmóvil. Tenía los ojos vidriosos, la vista fija en la fría chimenea.

—Quise ayudarle a Jacobina a realizar la búsqueda, y así fue como conocí a su hijo, en el Museo del Holocausto —continuó explicando. El silencio de Christian la animó a seguir—, y, por una tremenda casualidad, acabamos de descubrir... —hizo una pausa breve y fijó la mirada en el rostro de Christian— que Judith trabajaba con Grégoire en el museo.

—¿De qué está hablando? —gritó Christian indignado. Sujetó el cuello de su camisa y lo jaló con fuerza, como si no pudiera respirar—. ¡Judith está muerta, por Dios santo, muerta!

—Por desgracia, así es —dijo Béatrice—, pero no murió en Auschwitz. Sobrevivió. En cuanto fue liberada emigró a Estados Unidos y vivió en Washington —Béatrice estaba consciente del devastador impacto que estaban teniendo sus palabras en el viejo—. Judith falleció la semana pasada —añadió, casi en un murmullo—. Tenía ochenta y cinco años.

El rostro de Christian adquirió el color de las cenizas. Se quedó mirando a la nada boquiabierto. En sus ojos había una mezcla de negación, duda y terror absoluto.

—¿Qué está diciendo? —dijo, con voz entrecortada—. ¿Que estuvo viva todo este tiempo?

Béatrice asintió de forma casi imperceptible.

Ewa entró con una charola. Sobre la mesa baja de acero frente a la chimenea colocó una botella de vino en una hielera de plata y tres copas. Las llenó en silencio y, al percibir la tensión en el ambiente, volvió a salir deprisa del salón.

Christian seguía paralizado, mirando a la distancia.

—Todo este tiempo —susurró—, todos estos años creí que estaba muerta.

—Papá —dijo Grégoire. Caminó hasta la parte de atrás del sillón y colocó sus manos sobre los hombros de su padre—. ¿Cuál era tu vínculo con ella?

Su padre no reaccionó.

Béatrice apenas se atrevía a respirar. Se sentía demasiado afligida por el anciano padre de Grégoire, sabía que la noticia lo había devastado.

—Continúe por favor, Béatrice —dijo Christian de súbito.

Béatrice se pasó la mano por la cabellera. Se sentía avergonzada, le daba temor aumentar su malestar.

—Jacobina tenía una caja llena de documentos viejos que le dejó su padre —continuó—. Su carta estaba ahí, pero el sobre lo encontré apenas ayer —explicó y volteó a ver a Grégoire—. Fui de inmediato al museo para mostrártelo, entonces me enteré de que ya no trabajabas ahí... y que Julia había fallecido.

Sacó la fotografía de Judith de su bolso y la colocó sobre la mesa.

—Hace algunas semanas recibí esta fotografía de los Archivos Nacionales.

En cuanto Christian vio el joven rostro ovalado y las tersas mejillas, aulló de dolor, como si alguien le hubiera disparado.

Grégoire se arrodilló junto a su padre.

—¿Qué pasa, papá?

—Judith. Ella... —Christian perdió el control, bajó la mirada y rompió en un llanto suave.

Al ver que el dolor que ese hombre enterró en el fondo de su corazón más de medio siglo atrás salía a la superficie como un torrente y devastaba su ordenada vida, Béatrice de pronto se sintió como una intrusa. Entonces se puso de pie y se dirigió a la ventana. El sol se estaba poniendo y bañaba la terraza y la primera hilera de vides con un resplandor sutil y saltarín. Durante un largo rato lo único que escuchó fueron los solitarios gemidos de Christian y los murmullos de Grégoire tratando de apaciguarlo, en vano. Para Béatrice, resultaba muy difícil comprender aquel repentino giro del destino. Y, lo peor de todo: si Julia no hubiera fallecido, tal vez jamás se habrían enterado de su verdadera identidad. Aunque fue gratificante saber que sobrevivió a Auschwitz, su muerte cerraba el círculo de una manera muy cruel.

—Cuéntanos lo que sucedió, papá —dijo Grégoire después de un rato—. Por favor.

Béatrice dio la vuelta y vio a Grégoire entregarle un pañuelo a su padre. Christian lo tomó, se sonó la nariz y lo guardó en su bolsillo. Luego miró a su hijo con los ojos hinchados, cansados.

—Judith... —suspiró y fijó la vista de nuevo en la chimenea—. Es una historia muy larga. Habría dado mi vida por ella... todo —dijo. Exhaló con fuerza y apoyó la frente en su mano. Una vez más, se quedó callado por un largo rato: los recuerdos parecían demasiado dolorosos para pronunciarlos. Después de cierto tiempo, levantó la cabeza—. Durante sesenta años traté de olvidarla, pero no pude. Su rostro. Su sonrisa. Su voz. Todo sigue tan vivo en mí, como si la hubiera visto ayer —frunció los labios—. Fue mi único verdadero amor. Nunca amé a nadie como a ella —Grégoire colocó su mano sobre el brazo de su padre—. Y ahora me entero de que estuvo viva todo este tiempo —dijo, negando con la cabeza—. Que todo este tiempo fue en vano —el llanto volvió a abrumarlo.

Béatrice se sentó en una silla al lado de la ventana. Estaba muy conmovida.

Christian resopló y se enjugó los ojos.

—Nos conocimos en La Sorbonne en 1940 —dijo, luego de unos minutos—, poco después de que los alemanes invadieron París —su voz se escuchaba hueca. Se aclaró la garganta, se inclinó para tomar una de las copas sobre la mesa y bebió. El vino pareció revigorizarlo. Bebió otro sorbo y enderezó los hombros—. Las esvásticas colgaban por todas partes —continuó—. La Wehrmacht marchaba por las calles, los alemanes estaban seguros de su victoria. Ocuparon los departamentos, los cafés y los restaurantes. Utilizaron el Hôtel de Crillon como su centro de operaciones. Para nuestra familia, la vida continuó sin pormenores. Mi padre era director de un banco respetado y siguió haciendo negocios como si no pasara nada. Conseguíamos todo lo que necesitábamos en el mercado negro y mis padres incluso ofrecían recepciones con champagne para los peces gordos nazis. Tardé mucho tiempo en comprender hasta qué punto mi padre colaboraba con los alemanes —explicó, rascándose un poco la oreja—. Y yo... yo estaba enamorado. Enamorado como loco. De la inteligente y hermosa Judith, una chica que trabajaba en la sala de lectura de la biblioteca de la universidad.

Béatrice permaneció inmóvil junto a la ventana, escuchando embelesada.

—Sin embargo, Judith era judía y, para ella, todo cambió. Cuando las redadas se volvieron más frecuentes y los nazis comenzaron a deportar también a las mujeres francesas y los niños, la escondí donde me pareció que nadie sospecharía —tomó la botella de la hielera y se sirvió más vino—. En un diminuto cuarto en el *grenier* de nuestro edificio, en el sexto piso. Judith y yo planeábamos huir juntos, pero no le pude conseguir una *carte d'identité* falsificada sino hasta finales de 1943 —Christian hizo una pausa y bajó la vista. Tragó saliva con dificultad.

—¿Qué sucedió luego? —preguntó Grégoire, quien ya se había sentado en el sillón al lado de su padre.

Christian giró la copa en su mano, sumergido en sus pensamientos.

—Lo que más me temía —respiró hondo y dejó la copa sobre la mesa—. El día que planeábamos escapar, subí al *grenier* a mediodía y le dije que iría a recoger los documentos y que partiríamos en cuanto los tuviera. Cuando regresé, había desaparecido sin dejar ni una nota. Sin llevarse nada. Su diario seguía abierto sobre la mesa. Parecía que había salido del lugar solo por un momento, pero, al mismo tiempo, era como si la tierra se la hubiera tragado. Casi me volví loco. No sabía dónde buscarla. Corrí a encontrarme con mi chofer, quien prepararía el automóvil para nuestro escape, pero él tampoco tenía idea de dónde estaba. Busqué en las calles llorando durante horas. No podía pensar con claridad. Al día siguiente tuve fiebre muy elevada. Pasé semanas regresando al *grenier* todos los días para ver si Judith había vuelto. Me sentaba en el diminuto cuarto hurgando entre sus cosas, llorando, consciente de que algo dentro de mí se había muerto.

Christian se veía exhausto, resignado.

—Encontré en su bolso una nota con la dirección de su padre, era un lugar en Rumania. Judith casi nunca me habló de él, ni siquiera sabía si estaban en contacto. Desesperado, escribí… la carta que me acaba usted de mostrar, Béatrice —dijo, mirándola—. No sabía qué más hacer. Logré sacar la carta de Francia, un amigo me ayudó a pasarla de contrabando. De otra manera, habría caído en manos de los alemanes porque el correo estaba sujeto a una censura muy estricta. Es un milagro que haya llegado a Rumania. Como imaginará, nunca recibí respuesta —Christian juntó las manos y las colocó sobre su regazo—. No fue sino hasta mucho después que me enteré de que mi padre se la había llevado y entregado a la policía. ¡Bastardo!

—¿Cómo te enteraste? —preguntó Grégoire. Con un gesto, invitó a Béatrice a acercar su silla, y ella lo hizo de inmediato.

Christian rio con amargura.

—Mi padre lo admitió tiempo después. Nunca olvidaré ese momento. Fue un sábado de junio de 1944. Mis padres estaban almorzando y yo llegué tarde. En cuanto entré al comedor, él dejó la cuchara en la mesa y sacó del bolsillo del chaleco su reloj de oro. "Llegaste cinco minutos tarde, hijo", anunció, sosteniendo de la cadena el reloj para mostrarme la hora. "Supongo que estabas otra vez en el sexto piso, llorando por tu puta judía". Por un momento me quedé sin aliento. Entonces comprendí todo: ¡estaba al tanto de Judith y de que la había ocultado en el *grenier*!

Béatrice escuchaba con la vista fija en los labios de Christian. Buscó a tientas la mano de Grégoire y la estrechó.

—Mi padre cerró su reloj, lo guardó y sonrió con malicia —continuó Christian—. Y luego siguió comiendo la sopa como si nada. Con un fatídico presentimiento, caminé hasta la mesa, reuní todo mi valor y le pregunté dónde estaba Judith. "Donde debe estar", contestó con una voz gélida sin siquiera mirarme. "En un campo de concentración en el Reich alemán, en donde sí saben cómo deshacerse de la basura humana", exclamó, dejando caer una pizca de sal en su sopa. "No volverás a verla nunca, eso te lo juro".

Christian se quedó mirando la botella de vino medio vacía sobre la mesa.

—En ese instante caí al suelo, a los pies de mi padre, y vomité. Él siguió comiendo tranquilamente y no dijo nada. Hasta la fecha puedo ver frente a mí sus zapatos negros boleados y escuchar el tintineo de la cuchara. Y, mientras tanto, yo estaba ahí, aullando, ahogándome en el dolor de mi pérdida. Mi madre corrió al teléfono y llamó a nuestro médico de cabecera, quien vino y me inyectó un sedante —explicó, reclinándose en el sillón. Sus ojos brillaban, tenía las pupilas dilatadas. Parecía como si revivir esa conversación le hubiera drenado la poca energía que aún le quedaba—. Entonces juré que no volvería a hablar con mi padre —dijo—, y nunca rompí mi juramento. Cuando terminó la guerra di por terminado todo contacto con mi familia, dejé París y me mudé a Burdeos.

—Y su madre, ¿cómo lo tomó? —preguntó Béatrice antes de acercar su silla un poco más a Grégoire.

—Mi madre… —Christian siseó con aire burlón—. Era demasiado débil para confrontarlo. Él tenía el dinero y el control, podía comprarle cualquier cosa que ella deseara. Siempre estuvo de su lado, ya sea por lealtad o por miedo. Me daba mucha lástima.

—¿Y su padre nunca trató de reconciliarse con usted?

Christian arqueó las cejas.

—No, nunca. Siempre creyó que tenía la razón. Mi madre falleció pronto y, ni siquiera en su funeral, se acercó a mí. Tiempo después, sin embargo, cuando él murió, me dejó toda su fortuna. Quizá fue un sutil y póstumo intento por reconciliarse o algo así. O, lo que tal vez es más probable, no tenía a nadie más a quién heredarle. Los viejos muebles y las pinturas que están en la sala de estar también me los heredó. Nunca me animé a venderlos porque mi madre los eligió y siempre tuvo mucho apego por ese tipo de cosas. El dinero de mi padre, sin embargo, no quise tocarlo. Como era director de un banco, congeló las cuentas de los judíos y hundió a las familias en la ruina. Todo lo que me heredó lo cedí a distintas fundaciones del Holocausto para que se ocupara en proyectos de investigación y homenajes. Château Bouclier es algo que construí yo solo. Me tomó años de concienzudo trabajo. El vino no nos volvió ricos, pero nunca nos ha faltado nada.

—¿Alguna vez trató de encontrar a Judith? —preguntó Béatrice.

Christian asintió de forma enérgica.

—Por supuesto, lo intenté todo. En cuanto fue la liberación, empecé a ir casi todos los días al hotel Lutétia porque, al final de la guerra, fue donde se ocuparon de los sobrevivientes de los campos de concentración y los registraron. Andaba por ahí preguntando por Judith con su fotografía y tratando de reconocerla entre todos esos rostros macilentos y traumatizados. Me sentaba en uno de los sillones de brazos tapizados con cuero que había en el vestíbulo y la buscaba entre la multitud durante horas, pero... —hizo una pausa, sus ojos volvieron a humedecerse, los labios le temblaban—. Judith no vino nunca. Tiempo después, me recomendaron que dejara de buscar —explicó. Respiró hondo y se frotó la nariz—. Si tan solo hubiera seguido buscando, la habría encontrado y mi vida habría vuelto a significar algo.

A Béatrice se le hizo nudo el estómago. Y pensar que Grégoire pasó meses cerca de Julia sin tener la menor idea de quién era. ¡Qué espantosa ironía!

En ese momento apareció Ewa con una cacerola humeante.

—¿Puedo servir la cena? —preguntó.

—Sí, Ewa, por supuesto —dijo Christian. Ya había recobrado la compostura. Asintió y se inclinó para tomar su bastón, que seguía en el suelo—. Estoy seguro de que los jóvenes están hambrientos. Comamos antes de que se enfríe la comida.

Grégoire estiró la mano y ayudó a su padre a levantarse. Christian se apoyó en su brazo y caminó cojeando sobre la fina alfombra tejida hasta llegar a la mesa. Se sentó a la cabecera, desde donde podía ver la terraza. Béatrice lo siguió, aún aturdida por la historia. Christian desdobló la servilleta y la extendió en su regazo. Ewa le sirvió un poco de vino tinto de una garrafa. Béatrice y Grégoire se sentaron frente a él y vieron a Ewa llenar sus copas también.

Grégoire se inclinó hacia el frente, olió la generosa terrina caliente y se pasó la lengua por los labios con gusto.

—Ewa, ¡huele delicioso! Comencemos.

Grégoire hundió el cucharón en el aromático *bœuf bourguignon* y sirvió una generosa porción en el plato de Béatrice. Ewa volvió a la cocina. Unos minutos después, reapareció con un bol de arroz y lo pasó en silencio por la mesa.

Grégoire levantó su copa.

—Por la verdad y contra el olvido —dijo en tono ceremonioso. Le sonrió a Béatrice y bebió un sorbo.

Christian no respondió al brindis, pero se veía un poco más relajado.

Tras escuchar las revelaciones del padre de Grégoire, lo último en que podía pensar Béatrice era en comer, pero no quería insultar ni a sus anfitriones ni a Ewa, así que levantó el tenedor y probó la carne. Estaba exquisita y tan suave que se le derritió en la lengua como mantequilla. Los tres comieron en silencio durante un rato, lo único que se escuchaba era el repiqueteo de los cubiertos al tocar los platos.

Cuando Béatrice levantó la mirada, notó que Christian tampoco tenía mucha hambre, se veía sumido en sus pensamientos, solo empujaba el arroz de un lado a otro en el plato. De vez en cuando se llevaba el tenedor a la boca y masticaba muy lento.

—Grégoire —dijo de pronto—. Todavía me cuesta trabajo comprender cómo es que trabajaste con Judith. ¿Alguna vez le contaste sobre ti? ¿Sobre tu familia? Es decir, estoy seguro de que, al escuchar tu apellido, habría aguzado las orejas.

Grégoire dejó el cuchillo y el tenedor en la mesa, y se frotó la boca con la servilleta.

—Es que ella solo me conoció como Grégoire Bernard, papá, porque tuve que solicitar la beca con mi nombre legal.

Christian parecía desilusionado. Levantó una caja de la mesa, la abrió y la volvió a cerrar.

—Cuéntame de ella, ¿cómo era?

—Era… —Grégoire frunció el ceño—. Era distinta en todos los sentidos. Una mujer extraordinaria —dijo, contemplando el rostro triste de su padre a la luz de las velas—. Vestía con elegancia. Era inteligente y siempre estaba dispuesta a ayudar. Era una mujer humilde, pero también firme y estricta. No toleraba los descuidos. Los visitantes la adoraban, y todos nuestros colegas la admiraban y respetaban. Transmitía una especie de paz. Claro, quienes trabajábamos ahí estábamos al tanto de su traumático pasado. Sabíamos que era superviviente de Auschwitz, pero ella nunca quiso hablar del asunto. El museo busca de manera constante a quienes sobrevivieron para que les cuenten sus historias a los visitantes. Dos señores hacen este tipo de narraciones dos veces al mes. Son polacos y emigraron a Estados Unidos después de la guerra. Judith se negó con firmeza a participar en el programa. Nosotros, por supuesto, respetamos su decisión, pero nos habría gustado saber más sobre ella.

—Yo hablé con Judith en dos ocasiones —interrumpió Béatrice—, pero jamás habría imaginado que era francesa porque hablaba inglés sin ningún tipo de acento. Y tenía brillantes ojos azules que parecían… aguamarinas.

Al oír esto, los labios de Christian se arquearon y formaron una dolorosa sonrisa.

—Sí —dijo para sí, más que para Béatrice— … aguamarinas.

—¿Por qué nunca me contaste sobre Judith, papá? —preguntó Grégoire, sirviéndose otra cucharada de arroz.

La sonrisa de Christian se desvaneció. Se encorvó un poco.

—Porque no habría sido justo para tu madre.

—¿A qué te refieres?

Christian se quedó mirando el plato.

—De acuerdo —suspiró—, en realidad, solo les conté la primera parte de la historia, ahora escucharán el resto. Cuando Judith desapareció, me convertí en una sombra. Por fuera estaba vivo, funcionaba y trabajaba, pero por dentro… —con su huesuda mano, se dio varios golpes suaves a la altura del corazón—, todo estaba muerto. Las imágenes me atormentaban. No solo las de los recuerdos de Judith y de cómo me esperaba todos los días que estuvo aprisionada en el *grenier*, sino también las de Auschwitz, las imágenes que el miedo a lo que le pudieron haber hecho ahí creó en mi mente. Poco a poco fue saliendo a la luz la abominable verdad respecto a los campos de concentración. Reportes de los supervivientes. Cifras. Fotografías. Fue muy difícil procesar todo eso sabiendo que los nazis habían asesinado de una forma brutal a mi Judith en una de sus fábricas de la muerte —dijo, antes de hacer una pausa, beber un sorbo de vino y reclinarse en la silla. De pronto su rostro se tornó amarillento y se quedó mirando al frente, a la nada—. Luego vinieron las acusaciones, los reproches que me hice a mí mismo. Me sentía responsable de su muerte, así que continué recriminándome: si no la hubiera escondido en nuestro edificio mi padre no la habría encontrado. Si hubiera podido convencerla de huir conmigo mucho antes, la habría podido salvar. Si mis contactos clandestinos hubieran trabajado más rápido, nos habríamos ido más pronto. Empecé a beber mucho, sufría de insomnio, sufrí de depresión. La culpa estaba a punto de destruirme. Poco después de que cumplí cuarenta años, por fin fui a ver a un terapeuta. Fue la primera vez que hablé con alguien sobre mis batallas internas. El psicólogo se esforzó por convencerme de que no era responsable de la muerte de Judith. Me dijo que tenía que liberarme de una vez por todas de esa carga e iniciar una nueva vida. Cuando lo razonaba, sabía que tenía razón, pero mi corazón no era libre. Y entonces… conocí a tu madre. Era mucho más joven que yo, así que vivió la guerra siendo bastante más chica que yo, y solo desde la provincia. Era una joven llena de vida, hermosa. Y me amaba. Yo anhelaba volver a enamorarme e iniciar una familia. Nos casamos y, poco después, en 1962, naciste tú.

Christian tomó la mano de Grégoire y la estrechó.

—Cuando te vi por primera vez, recuperé mis emociones. El amor que sentí por ti fue un verdadero milagro. Tu nacimiento me liberó de mis fuerzas destructivas. Dejé de beber de la noche a la mañana para poder estar disponible para ti, para vivir la experiencia de ver a un ser tan pequeñito convertirse en adulto. A menudo me sentaba junto a tu cama para verte dormir o para reconfortarte de inmediato si llorabas —dijo, sonriendo con nostalgia, luego se volvió a poner serio—. Cuando naciste, tu madre se volvió menos importante para mí, pero al principio no me di cuenta porque nuestras vidas eran muy ajetreadas. El negocio del vino iba mejorando, incrementamos la producción y empezamos a ganar premios. Tu madre, sin embargo, no era feliz porque nunca le di lo que más necesitaba: un amor profundo y sincero. Mi corazón pertenecía a Judith y a ti. Comenzó a impacientarme con más frecuencia, discutíamos de manera constante… y empecé a beber de nuevo. Por algún tiempo trató de volver a embarazarse porque creía que tener otro hijo salvaría nuestro matrimonio. De hecho, se embarazó, pero perdió al bebé unas semanas después. A partir de ese momento vivimos vidas separadas. No le prestaba atención ni a ella ni a sus sentimientos. El trabajo me obligaba a viajar con frecuencia, también tenía aventuras con otras mujeres. El matrimonio se había acabado —arrugó la servilleta y la arrojó cerca de su plato, donde aún quedaba la mitad de la comida que le habían servido—. Nos separamos a principios de los setenta. Ella se mudó a París y tú te fuiste con ella. Algunos años después conoció a Henri, con quien espero que sea feliz.

Béatrice miró discretamente a Grégoire. Tenía el cuerpo tenso y el rostro inexpresivo.

—Tienes razón —susurró—. No habría sido justo que nos contaras.

Béatrice deseó poder envolver a Grégoire con sus brazos y decir algo para reconfortarlo, pero la presencia de su padre la inhibía.

—Ni siquiera tuve que hacerlo —dijo Christian—, ella lo sabía. Separarnos fue lo mejor —se puso de pie y cojeó hasta una antigua consola al lado de la puerta que llevaba a la cocina. Abrió un cajón, hurgó en él y sacó un cuaderno. Lo acarició con un gesto tierno, volvió a la mesa con pasos inseguros y se sentó. Colocó el cuaderno junto al plato de Grégoire—. Toma, es el diario de Judith; es lo único que tengo de ella.

Béatrice se quedó mirando el grueso cuaderno forrado de cuero y atado con un cordel café.

Christian volteó a la puerta y llamó a Ewa. El ama de llaves entró enseguida al salón y se llevó la vajilla.

—Quizá, no volver a verla también fue lo mejor —dijo Christian, como hablando consigo mismo mientras su mirada vagaba por la terraza—. No habría soportado saber que encontró a otro hombre —hizo una pausa y volteó a ver a Grégoire y a Béatrice—. Pero basta por hoy —dijo y se puso de pie—, voy a acostarme.

Grégoire se quedó sentado y asintió en silencio.

30

JUDITH
A BORDO DEL *SEA BREEZE*, AGOSTO DE 1948

El altavoz retumbó cuando los motores empezaron a rugir y el barco de vapor avanzó. Estaba parada en la popa del enorme buque de pasajeros, sola entre cientos de personas. Miré el puerto. Primero se fue haciendo pequeña la gente, enseguida los barcos. Luego, también se encogieron las casas y las colinas. Poco después, solo alcanzaba a discernir unas diminutas manchas negras en el horizonte.

Me despedí en silencio de Europa, de sus ruinas, sus atrocidades y su pobreza. Me juré que no volvería a poner un pie en ese continente mientras viviera.

Tenía las manos aferradas al barandal, el sol me quemaba la cabeza. Vestía el anticuado vestido azul con las costuras rasgadas que recibí varios meses antes en una tienda de caridad perteneciente al Comité Judío-Estadounidense de Distribución. Me pregunté a quién le habría pertenecido. La tela ondeó alrededor de mis rodillas y el aire salado hizo que el cabello se me agitara sobre la cara.

Por fin iba camino a Estados Unidos, a una tierra lejana y desconocida donde tendría la oportunidad de reinventarme. En menos de dos semanas llegaría a Nueva York. Sabía que era una ciudad extraordinaria, llena de grandes secretos por descubrir. Ahí no vería casas saqueadas donde alguna vez vivieron judíos que conocí, tampoco cafés donde me senté con Christian y nos tomamos de las manos con la cabeza desbordante de sueños. Y, mucho menos, ventanas como de la que saltó mi madre.

Tal vez Estados Unidos también me liberaría de las pesadillas que de manera constante me arrastraban de vuelta a la miseria del campo de concentración. Ya no quería que me rodearan aquellas figuras fantasmales que solían ser seres humanos y junto a las que yo también esperé a la muerte.

Antes de descender al infierno, fui una ciudadana francesa con un hogar y una dirección, pero ahora, habiendo emergido de entre las cenizas de los cuerpos de Auschwitz, era una *persona desplazada* o PD, como las fuerzas ocupantes llamaron a los supervivientes.

El día de mi liberación, creí que el terror había llegado a su fin, ¡pero cuán equivocada estaba! Me mudaron a otro campo, ya no le llamaban de concentración sino campo para PD. Una vez más, fui prisionera y viví tras cercas de alambre con púas, teniendo que convivir con quienes antes fueron mis guardias y mis torturadores. Estuve a punto de rendirme y de terminar con mi propia vida, pero me repetí sin cesar que ya había sobrevivido a Auschwitz y que no me daría por vencida ahora.

Con el paso del tiempo mejoraron las condiciones de vida. Nos mudaron a distintos campos y recibimos ayuda de Estados Unidos, ayuda que necesitábamos con desesperación.

Incluso entonces tenía claro que no podía volver a Francia. Los franceses fueron responsables de la muerte de mi madre, los franceses me entregaron a los nazis. No volvería a pronunciar una palabra en su idioma, eso también me lo juré.

Para mí, Europa no era más que escombros, un cementerio. No pensaba volver jamás. Tampoco volvería a Christian. No porque dudara de él o del amor que me profesaba: no, no le creí a su padre ni por un instante. Christian jamás me habría traicionado. Sin embargo, sabía que no podría encontrar el camino de vuelta a él. Nos habían separado demasiadas cosas.

Yo ya no me parecía en nada a la joven e ingenua chica de la biblioteca. La mujer en la que me había convertido no podría casarse con un hombre cuyo padre apoyó a los nazis y contribuyó a la aniquilación de mi pueblo, sin importar cuán tensa fuera la relación entre él y ese monstruo. Siempre amaría a Christian, pero, ahora, amarlo para mí significaba dejarlo ir. Tenía que romper con el pasado para volver a existir.

En Estados Unidos habría un lugar para mí, estaba segura de ello. Imaginé el arte y la cultura en Nueva York, las extensas praderas del oeste, los majestuosos cañones y el infinito flujo de agua de las cataratas del Niágara. Estados Unidos era rico y estaba lleno de promesas, de posibilidades. Era una tierra sin reyes ni déspotas en la que regía la democracia y el trabajo arduo era recompensado con éxito y prosperidad.

Alguien me había ofrecido un empleo como camarera en un pequeño hotel de Manhattan. Tenía planeado aprender inglés por las noches y los fines de semana. Exploraría la ciudad, me convertiría en una verdadera estadounidense, masticaría goma de mascar, fumaría Lucky Strikes y bebería café instantáneo.

De pronto me di cuenta de que estaba sonriendo. Era la primera vez que lo hacía en mucho tiempo. Me abrí paso entre los viajeros y sus maletas, los escuché hablar y reír en muchas lenguas. También eran PD como yo, gente ansiosa por comenzar una nueva vida en algún lugar de la enorme tierra adonde nos dirigíamos.

Caminé por el piso de madera recién fregado hasta llegar a la popa del barco. Miré a lo ancho del océano, observé el horizonte sabiendo que dentro de poco ahí aparecería mi nuevo hogar. Las gaviotas graznaron sobre mí, el viento rasgó mi vestido. Volví a tener fe.

Judith Goldemberg había dejado de existir, pero yo seguía viva. ¿Qué más podía pedir?

31

BÉATRICE
CHÂTEAU BOUCLIER, POMEROL, 2006

—Siempre pensé conocer a este excéntrico solitario —dijo Grégoire. Estaba recostado en la cama con la camisa desabotonada y las manos entrelazadas detrás de la nuca—. Solía ponerme del lado de mi madre porque creía que ninguna mujer podría soportar a alguien como él a largo plazo. Y, de repente, llegas tú, sacas una fotografía de tu bolso y mi padre desnuda su alma frente a nosotros.

Béatrice estaba en camisón. De pie, recargada en la ventana. Volteó a ver a Grégoire. Era tarde, casi medianoche. A pesar del largo viaje y de un día de emociones demasiado fuertes, estaba totalmente despierta. Ahora que veía frente a ella la trágica historia de Christian como si fuera un libro abierto, dormir le resultaba impensable. No dejaba de imaginar a la joven pareja en el París ocupado, a Judith en el estrecho *grenier* y a Christian recorriendo las calles desesperado tras la desaparición de su amada. Al día siguiente llamaría a Jacobina y le contaría todo. Y, en cuanto volviera a Washington, trataría de ponerse en contacto con los dos hijos de Julia. Qué maravillosa oportunidad: conectar a Jacobina con esta parte de su familia y, a través de ellos y de forma póstuma, con su media hermana Judith. Todos esos años tuvo familia en Washington, D.C., sin saberlo. Qué alegría sería reunirlos.

—Mi padre se guardó esta historia durante sesenta años —continuó Grégoire, y se incorporó—. ¡Sesenta años! ¿Puedes imaginarlo? ¿Fingir frente a tu esposa y tu hijo que todo está bien cuando, en realidad, el dolor y la aflicción te consumen todos los días?

Se puso de pie y empezó a caminar de ida y vuelta sobre el chirriante parqué.

—¿Qué más habría podido hacer? —preguntó Béatrice.

—Para empezar, jamás debió casarse con mi madre.

—Creo que estás siendo demasiado severo —dijo, acercándose a él—. Eran tiempos de guerra y el mundo estaba de cabeza. Su padre lo traicionó. Luego huyó a Burdeos para escapar de su pasado y reprimir sus sentimientos. Años después, tu madre lo salvó y lo hizo revivir.

—Ella lo amaba, pero él solo la usó —replicó Grégoire en tono brusco. Entonces sintió con los pies sus zapatos al lado de la cama y los pateó maldiciendo a todo volumen.

Béatrice tocó su hombro.

—Estoy segura de que, durante mucho tiempo, realmente estuvo convencido de que podría iniciar una nueva vida con tu madre y de que se esforzó por hacer funcionar su relación.

Grégoire la acercó a él y la abrazó.

—Lo sé —murmuró—. Es solo que... me siento abrumado. Fue una gran revelación.

Béatrice presionó su cabeza contra su pecho desnudo y escuchó latir su corazón. Cerró los ojos y permaneció así un largo rato.

—Béatrice... ¿podrías imaginar... —dijo Grégoire tentativamente, rompiendo el silencio—, podrías imaginar una vida aquí, conmigo?

Ella se apartó y parpadeó.

—¿Aquí? ¿Contigo y tu padre?

—No, por supuesto que no con mi padre. Él lleva algún tiempo queriendo mudarse a Burdeos. Tenemos un pequeño departamento allá. Aquí tiene que caminar mucho, subir demasiadas escaleras. Es muy pesado para él.

Al pensar en la posibilidad de construir una vida con Grégoire, a Béatrice la inundaron el gozo y la felicidad. Luego pensó en su empleo. Frunció el ceño.

—¿Y qué hay de mi carrera?

—Como directora de relaciones públicas de Château Bouclier, estoy seguro de que tendrías bastante trabajo —dijo Grégoire convencido—. De todas formas, tu empleo en el Banco Mundial no te satisface, ¿no es cierto? Yo necesito con urgencia a alguien que me ayude a diseñar una nueva estrategia de marketing. Pero debe ser alguien en quien pueda confiar. En un mes voy a organizar varias catas exclusivas en Asia para atraer nuevos clientes. Hong Kong. Tokio. Shanghái. Podríamos ir juntos… y hacer famoso nuestro vino.

Sonaba tan sencillo. Tan tentador.

Béatrice asintió. La palabra *juntos*, que Grégoire usó con tanta naturalidad, a ella le resultaba nueva, desconocida. Sin embargo… sí, podía verse en ese maravilloso futuro que él acababa de describir. Volver a Francia, a casa. Porque estaba segura de que, a pesar de que ahora la situación en el banco parecía mucho más promisoria, no se arrepentiría de dejarlo a cambio de una vida plena con el amor de su vida.

Miró a Grégoire y quiso plasmar en su memoria ese momento especial para siempre: la acogedora habitación con las sábanas arrugadas. La cálida luz de sus ojos. Su mirada llena de esperanza.

En ese instante, el tiempo se detuvo alrededor de ellos.

—Sí —dijo Béatrice—, me gustaría vivir contigo.

Ambos sonrieron. Fue una sonrisa íntima y amorosa entre dos personas vinculadas por algo tan profundo que no podía explicarse con palabras.

Béatrice tomó la mano de Grégoire, recogió el diario de Judith y juntos comenzaron a leer:

Estaba sentada en uno de los peldaños a la mitad de la desvencijada escalera de la biblioteca cuando descubrí la nota. Escrita en un papel peculiar, demasiado grueso, color azul cielo, doblado varias veces...

AGRADECIMIENTOS

Debo mi más profunda gratitud y aprecio a cinco personas muy especiales que me ayudaron a darle vida a este libro:

Pascal, mi maravilloso, mi extraordinario esposo, siempre paciente, siempre amoroso. Tu apoyo lo es todo para mí. No puedo imaginar la vida sin ti.

Jacklyn Saferstein-Hansen, mi considerada agente literaria de Renaissance Literary & Talent. En verdad me hiciste comprender la profundidad emocional de mis personajes. Me da mucho gusto que nos hayamos encontrado.

Gillian Green, directora de publicaciones en Pan Macmillan, tus comentarios y cuestionamientos modificaron mi novela por completo y la mejoraron. Fue un honor trabajar contigo.

Jacobina Löwensohn, sin ti no habría libro. Gracias por confiarme los documentos históricos que recopilaste durante tu búsqueda de Melanie Levensohn a lo largo de tantos años.

Vanessa Gutenkunst, mi agente literaria en Copywrite, en Alemania, y mi primera lectora. Todo comenzó contigo, Vanessa, y siempre estaré agradecida por el tiempo que pasamos juntas.

Una chica judía en París de Melanie Levensohn
se terminó de imprimir en el mes de marzo de 2023
en los talleres de Diversidad Gráfica S.A. de C.V.
Privada de Av. 11 #1 Col. El Vergel, Iztapalapa,
C.P. 09880, Ciudad de México.